Zu diesem Buch

Etliche Monate verrichtet Ruth im Frauen-KZ Ravensbrück mit den anderen Frauen Schwerstarbeit. Eines Tages wird sie von einer Frau angesprochen, die als Helferin im Krankenrevier arbeitet und sie warnt, das Lager solle durch immer schlimmere Existenzbedingungen «geleert» werden. Sie läßt Ruth ins Siemens-Arbeitslager abkommandieren, wo für die Rüstungsindustrie produziert wird. Schichtarbeit fast rund um die Uhr, kaum Schlaf und immer kleiner werdende Essensrationen erwarten sie, aber auch die Solidarität anderer Frauen, mit denen sie die spärlichen Nachrichten von draußen bespricht und den Sieg der Alliierten herbeisehnt. Aber wer würde dann noch am Leben sein? Die Lagerkommandantur ordnet «Aufräumungsarbeiten» an. Den Abriß der Tötungsanlagen, den Abtransport aller erbeuteten Wertsachen und Kleidungsstücke, die Vernichtung von Akten – und die Erschießung möglichst vieler Lagerinsassinnen. Alle Spuren und Zeugen der Greuel sollen verschwinden. Ein Wettlauf mit der Zeit beginnt. Die Angst der Nazi-Schergen und die Hoffnung der verbliebenen Gefangenen führen zu einer letzten mörderischen Konfrontation. Als Ruth eines Tages in der Nähe des Krematoriums einen Raum entdeckt, in dem Leichen gestapelt liegen wie Brennholz für die Öfen, gibt sie das letzte auf, was sie besaß: Hoffnung.

Anja Lundholm beschreibt mit der authentischen Stimme der Davongekommenen die Entsetzen des Lagers: Wer nicht mehr arbeitsfähig war, wurde durch eine Injektion oder medizinische Versuche umgebracht. Doch die meisten der Häftlinge starben irgendwann beim Appell, beim Arbeitseinsatz, vor Hunger, Erschöpfung oder an einer der zahlreich grassierenden Krankheiten.

«Noch immer sind vielerart Verharmloser dabei, diese Vergangenheit wegzuräumen. Anja Lundholms erschütterndes Erinnerungsbuch leistet dagegen entschiedenen und dringend nötigen Widerstand.» («Neue Zürcher Zeitung»)

Anja Lundholm, geboren am 28. April 1918 in Düsseldorf, lebte während des NS-Regimes jahrelang im Untergrund und kam 1944 ins KZ Ravensbrück. Nach dem Krieg arbeitete sie als Übersetzerin und Publizistin in Brüssel, Rom, Stockholm und London. Seit 1953 lebt sie, mit schwedischer Staatsangehörigkeit, als freie Schriftstellerin in Frankfurt am Main. In der Reihe der rororo-Taschenbücher liegen vor: «Narziß postlagernd. Briefe einer Ehe» (Nr. 5933) und die Romane «Die äußerste Grenze» (Nr. 12146) und «Mit Ausblick zum See» (Nr. 12636).

Anja Lundholm

Das Höllentor

Bericht einer Überlebenden

Mit einem Nachwort
von Eva Demski

rororo
Rowohlt

Die Arbeit der Autorin wurde durch den
Deutschen Literatur-Fonds gefördert.

Veröffentlicht im Rowohlt Taschenbuch Verlag GmbH,
Reinbek bei Hamburg, April 1991

Redaktion Meike Wolff
Umschlaggestaltung Walter Hellmann
Gesamtherstellung Clausen & Bosse, Leck
Printed in Germany
1280-ISBN 3 499 12873 X

Das Höllentor

Das Sandkistenspiel und anderer Zeitvertreib

Juni 1944

Der Tag wird heiß werden. Die Sonne des Vortags hat den schwarzen Sand der Lagerstraße von den Lachen des Dauerregens befreit. Ein Hauch von Wind trägt uns, die wir in langen Reihen zum Zählappell angetreten sind, von den Kieferwäldern her reinen Harzgeruch zu. Im Krematorium wird erst zum Nachmittag geheizt. Der Lagerführer selbst sorgt dafür, daß zügig verbrannt wird, damit der süßliche Gestank aus dem Schlot über Nacht abwandern kann. Es heißt, das wellige Land zwischen Havel und Uecker mit seiner Seenplatte sei lieblich, sehr still, sehr weit. Wir sehen es nicht. Weihen und Fischadler kreisen über dem nahen Schwedtsee. Wir sehen ihn nicht, doch wir hören die Schreie

der Wildvögel. Unsere Sicht endet bei der von Starkstromdrähten gekrönten Mauer, die das gewaltige Frauenlager umgibt. Über einhunderttausend gefangene Frauen. Und täglich kommen weitere Transporte an.
Wir stehen salopp, gezeichnet von einer Müdigkeit, die weit über das Körperliche hinausreicht, Alte, Junge, viele Kranke, mehrere langsam Sterbende. Sie haben es besonders schwer. Solange noch ein Funke Leben in ihnen ist, haben sie anzutreten und mit den anderen strammzustehen; auf solche, die dabei umfallen, werden die Hunde losgelassen. So bleiben sie gerade aufgerichtet, bis die Uhle, die Sirene, das Ende des Appells meldet. Während die Masse der übrigen sich zur Arbeitseinteilung einreiht, sinken sie still, tot in sich zusammen und werden zur Nacht weggeräumt.
Entlang der Lagerstraße steht, sich perspektivisch verjüngend, die blau-grau gestreifte Riesenschlange aus Frauenleibern, wie Stückvieh darauf wartend, abgezählt zu werden. Frühdunst webt blaue Schleier um die geschorenen Köpfe. Seit vier Uhr stehen wir hier. Nun ist es fast fünf. Morgendämmerung, Vorbotin der Sonne, ertastet die Schadstellen auf der Pappe der Barackendächer. Ich denke, daß ich müde bin, weil ich wieder nicht geschlafen habe. Oder habe ich doch? Man weiß das nicht so genau; der Begriff dessen, was wirklich ist und was nicht, verliert hier an Aussagekraft.
Die Nachmann, Leiterin unseres Blocks, umkreist uns mit zunehmender Nervosität, ein wachsamer Hirtenhund; stupst Abseitsstehende zurück in die Reihe, regt sich einmal mehr über die mangelnde Disziplin der ihr unterstellten Häftlinge auf. Der lila Winkel auf ihrem Ärmel weist sie als Bibelforscherin aus. Die wortwörtliche Auslegung der Heiligen Schrift mit ihrem Gebot, der Obrigkeit zu dienen und strikten Gehorsam zu üben, trägt ihr die Verachtung so mancher engagierten Widerständlerin ein.
Nimm die Pfoten weg, Nachmann, sagt die Petzold, eine

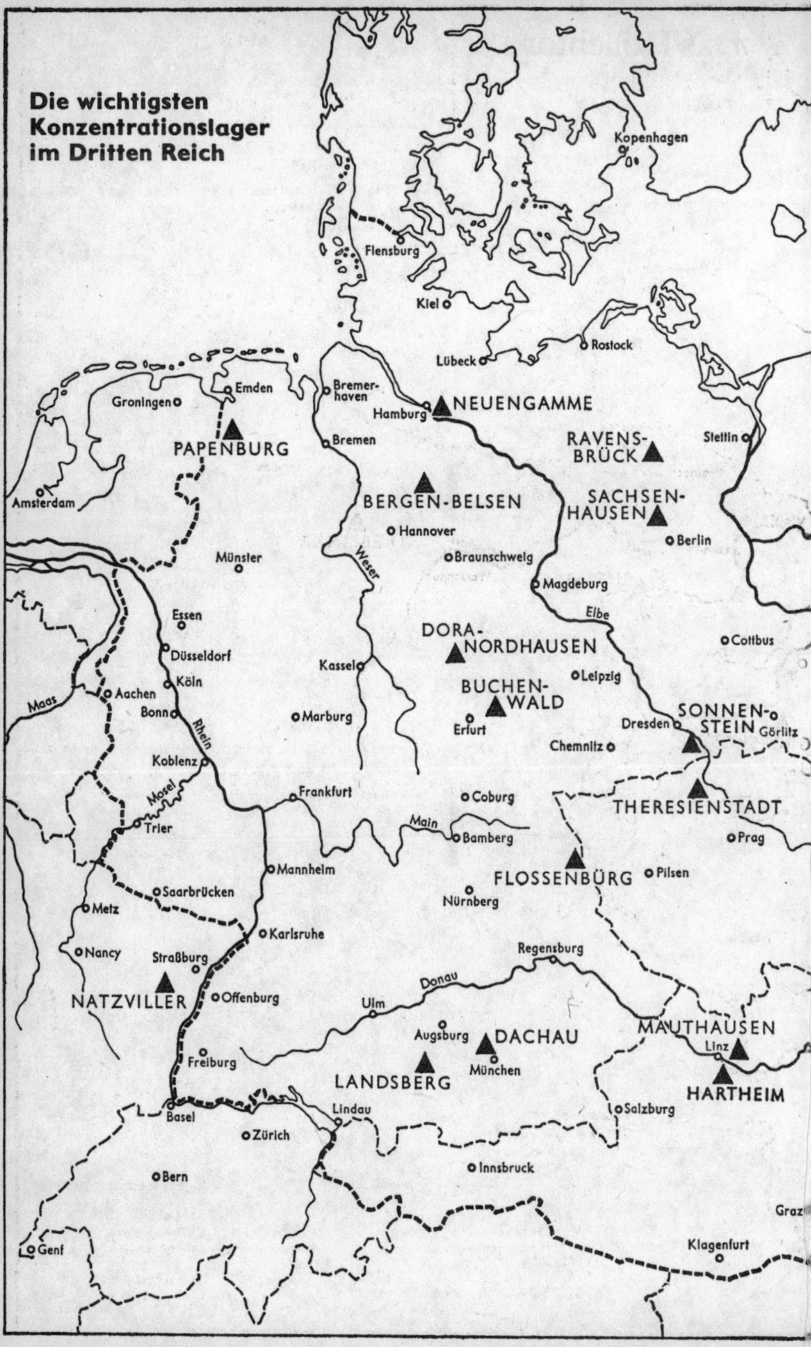
Die wichtigsten Konzentrationslager im Dritten Reich
Kopenhagen
Flensburg
Kiel
Lübeck
Rostock
Emden
Groningen
PAPENBURG
Bremerhaven
Hamburg
NEUENGAMME
Bremen
RAVENSBRÜCK
Stettin
Amsterdam
BERGEN-BELSEN
SACHSENHAUSEN
Berlin
Hannover
Braunschweig
Münster
Weser
Magdeburg
Elbe
Essen
DORA-NORDHAUSEN
Cottbus
Düsseldorf
Kassel
Leipzig
Köln
Aachen
BUCHENWALD
Maas
Bonn
Marburg
Erfurt
Dresden
SONNENSTEIN
Görlitz
Rhein
Chemnitz
Koblenz
Mosel
Frankfurt
Coburg
THERESIENSTADT
Trier
Main
Bamberg
Prag
Mannheim
FLOSSENBÜRG
Pilsen
Saarbrücken
Nürnberg
Metz
Karlsruhe
Regensburg
Nancy
Straßburg
Donau
NATZVILLER
Offenburg
Ulm
MAUTHAUSEN
Augsburg
DACHAU
Linz
Freiburg
München
LANDSBERG
HARTHEIM
Basel
Lindau
Salzburg
Zürich
Innsbruck
Bern
Graz
Genf
Klagenfurt

Das Höllentor

Riga
Memel
Tilsit
Kowno
Wilna
Königsberg
Danzig
STUTTHOF
Elbing
Memel
Graudenz
Baranowicze
Bromberg
Bialystok
Slonim
Warthe
Posen
TREBLINKA
Weichsel
Pinsk
Warschau
CHELMNO
Brest-Litowsk
Lodź
SOBIBOR
Oder
Lublin
Breslau
MAJDANEK
GROSSROSEN
Kielce
Hrubieszow
Rowno
Dubno
PLASZOW
Gleiwitz
Mielec
BELZEC
Krakau
Tarnow
AUSCHWITZ
Lemberg
Przemysl
Brünn
Wien
Donau
Budapest
Konzentrationslager
Städte
Grenzen 1937
Großdeutsches Reich 1942

Straßenbahnschaffnerin, inhaftiert wegen ihrer Freundschaft zu einem gesuchten Kommunisten, oder ich lang dir eine, du Miststück.
Neben mir sagt Lisa: Wieder keinen Kaffee abgekriegt. Das Gedränge jeden Morgen durch die Gänge. Bis du halbwegs da bist, ist es schon Zeit zur Aufstellung, und du gehst leer aus.
Auf die Brühe kannst du doch verzichten.
Aber man hat was im Magen. Selbst wenn es nur Schmuddelwasser ist.
Lisa ist Norddeutsche, Grundschullehrerin. Beim Unterricht über deutsche Gegenwartsgeschichte hatte sie, so jedenfalls empfanden es die HJ-Mitglieder ihrer Klasse, es an der erforderlichen Begeisterung für die Blitzsiege der deutschen Wehrmacht fehlen lassen. Die Pimpfe und Jungmädels berichteten ihren Eltern. Die Eltern erstatteten dem Gauleiter Bericht. Aus der Klasse heraus, während des Unterrichts, war Lisa von Beamten der Gestapo abgeholt und inhaftiert worden. Ihr Winkel auf dem Ärmel ist schwarz; sie ist als Asoziale eingestuft.
Von ihrem Kummer um den verpaßten Morgenkaffee wird sie durch Stéphane abgelenkt, die, ihr zu langes Lagerkleid mit einem Stück Bindfaden um die Hüften gerafft, von Lisa wissen will, was es Neues von der Front gebe, weil Lisa mit der Novacek von der Schreibstube befreundet ist und diese jeden Morgen den *Völkischen Beobachter* liest, bevor sie die Zeitung an die Lagerleitung weiterreicht. Stéphane, ehemalige Inhaberin eines Kolonialwarengeschäfts in Rouen, ist überzeugte Antifaschistin. Das sagte sie auch jenem freundlichen Herrn, der eines Vormittags ein Viertel Salami kaufen wollte und den sie in fataler Verkennung seiner wahren Identität für einen patriotisch gesinnten Landsmann hielt. Man soll sich nicht auf Äußerlichkeiten verlassen und selbst auf Sprache nicht; der freundliche Herr, gesegnet mit der Physiognomie seiner Mutter südfranzösischer Abstammung, erwies

sich als Deutscher und pflichtbewußter Diener seines Vaterlands. Das war's dann.
Neues habe sie nicht gehört, seitdem vor einer Woche die Alliierten in der Normandie gelandet seien, sagt Lisa.
In die Reihe, in die Reihe, brüllt die Nachmann dazwischen, seid ihr taub?
Was erwartet ihr? Gerade haben sie die französische Küste genommen, und schon sollen sie am Lagertor stehen. Die werden schon kommen, wartet's ab.
Das ist Emma, die Schlachtersfrau aus Aschaffenburg. Politik interessiert sie nicht. Der Kalauer, sie habe ihren schwarzen Winkel einer Schwarzschlachtung zu verdanken, machte seinerzeit die Runde und löste eine Welle nicht enden wollenden Gelächters aus. Es war ein Witz, ein prächtiger Witz, begierig aufgenommen und weitergegeben. Lachen hilft beim Überleben.
Nun wendet sich auch Suzi zu uns um, die erst fünfzehnjährige Schülerin aus Utrecht, als Tochter und Schwester holländischer Widerständler in Sippenhaft. Falls wir es noch erleben, sagt sie ruhig. Ihre Stimme hat ihr kindliches Timbre noch nicht verloren.
Warum sollten wir nicht?
Es heißt, sie werden kommen und das Lager bombardieren, die Deutschen, um alle Spuren zu verwischen.
Zuzutrauen wär's ihnen, bestätigt Stéphane. Die anderen schweigen. Ein Kommentar erübrigt sich. Die Logik ist ebenso einfach wie zwingend. Ich schaue mich nach den Unzertrennlichen um. Ganz vorn entdecke ich sie. Sie müssen wieder einmal beim Verlassen der Baracke getrödelt haben, nun stehen sie mitten in der ersten Reihe, sozusagen an der Front. Das ist schlecht. In der Frontlinie ist man den Blicken der Aufseherinnen gnadenlos ausgesetzt. Claire, die alternde Kabarettistin, und ihre Geliebte, die mickrige Cilly, beide aus Berlin, bieten dem Aufsichtspersonal schon optisch jede Menge Angriffspunkte. Wenn sie Pech haben, nimmt heute die Bergmann die Parade ab. Dann sind sie

dran. Die Bergmann kann Lesbierinnen nicht ausstehen und wittert sie auf hundert Meter Distanz. Mit Lisa, Stéphane, Emma, Suzi und den beiden Unzertrennlichen würfelte das Schicksal mich auf dem Weg ins Lager zusammen. Wir begegneten uns in einem der Transitgefängnisse. Sieben Bombennächte hinter wechselnden Gittern gaben jeder von uns die Möglichkeit, von ihrem bisherigen Leben und den Umständen ihrer Verhaftung in aller Ausführlichkeit zu erzählen. Seither bilden wir eine Gruppe. Ohne persönliche Kontakte bist du verloren in der Masse. Fast sechs Monate sind wir jetzt im Lager. Ist das wenig? Ist das lange? Wer vermag das zu sagen, an einem Ort, an dem schon kleinste Zeiteinheiten zu Ewigkeiten erstarren. Sicher ist nur, daß wir um Jahre zu spät hergekommen sind, unsere fünfstelligen Nummern auf den Ärmeln beweisen es. Längst sind alle halbwegs guten Posten vergeben, Vorzugsplätze fest in den Händen der alteingesessenen Häftlinge. Bei der allmorgendlichen Arbeitsverteilung sind, so will es die Lagerordnung, nach 1943 eingelieferte Gefangene *Verfügbare*. Wir sind die Parias, in der Rangliste des Lagers das Letzte vom Letzten.
Ach-tung! Sofort nehmen wir Haltung an. Das plötzliche Straffen von Zigtausenden von Frauenkörpern riffelt wie eine Bö durch die Menschenschlange. Um die Ecke der äußersten Baracke biegen zwei breithüftige Aufseherinnen in hohen Schaftstiefeln. Beide haben grobe Gesichter. Falls es je dagewesen sein sollte, haben sie sich das Mitleid längst gründlich abgewöhnt. Sie könnten wohl auch sonst ihren Beruf nicht ohne ernsthafte Schwierigkeiten ausüben; Härte ist oberstes Gesetz, im Dienst für das Reich und gegen die Feinde des Vaterlands. Ziemlich genau vor uns bleiben sie stehen. Aus dem schwarzen Umhang der einen schnellt eine Hand mit der Aufstellungstabelle. Listen werden verglichen; die Nachmann mit ihrem beflissenen Eifer, es den uniformierten Wächterinnen recht zu machen, ist ein peinlicher Anblick. Als hätte ich es geahnt: Die zweite Aufsicht ist ausgerechnet die Bergmann, dazu offenbar in gereizter Stim-

mung. Mit der dünnen Gerte, die sie an der Schlaufe trägt, schlägt sie nervös gegen ihre Stiefel.

Auf den Zahlenvergleich mit den Ältesten der übrigen Blöcke folgt die Parade. Ich stelle mir vor, daß es eine der befriedigendsten Viertelstunden im Tagesablauf einer Wärterin ist, wenn sie wie ein Potentat die stummen Reihen ihrer Untergebenen abschreitet, Herrin über ein Heer von Sklaven, deren Angst ihr Machtgefühl noch steigert. Schweigend verfolgen wir, wie die Bergmann mit der Spitze ihrer Gerte hier eine Hand an die Kittelnaht schlägt, dort ein Kinn hochreißt, alles Gesten, die keine andere Bedeutung haben als die, uns Untermenschen unseren Platz im physischen und moralischen Abseits zu verdeutlichen. Wer ganz vorn steht, muß sich, wird er einer Musterung unterzogen, hinter dem Mimikryblick verbergen und starr an den Augen der Aufseherin vorbei auf ihr Ohr schauen: Ich sehe dich nicht, also siehst du mich auch nicht. Ich weiß, Cilly, das Nervenbündel, schafft das nicht. Ich beobachte mit Sorge das Blickduell zwischen ihr und der grausamsten aller Lageraufseherinnen. Ein paar Sekunden vergehen, in denen die Bergmann Claires Lebensgefährtin unverwandt anstarrt. Denn natürlich hat sie die beiden Unzertrennlichen schnell entdeckt und sie als jener Gruppe zugehörig erkannt, die sie unter dem Deckmantel einer offiziellen Doppelmoral zutiefst verachtet. Klar ist auch, daß sie sich an die schwächere der Partnerinnen hält. Schon denke ich, es sei um die beiden geschehen, als sich die Bergmann mit einer brüsken Bewegung abwendet und ihre Parade wiederaufnimmt.

Das war knapp, flüsterte mir Lisa zu. Auch sie hat die kleine Szene beobachtet, ein Intermezzo, so zufällig scheinbar, so unbedeutend, daß kein Außenstehender auf den Gedanken verfallen wäre, in diesen Sekunden sei einmal mehr die Entscheidung über Sein oder Nichtsein eines Menschen gefallen. Ich habe gehört, Gorillas, sonst eher gutmütige Tiere, würden bis zum Wahnsinn gereizt, blickte man ihnen direkt in die Augen. Cilly muß einen Schutzengel haben.

Die Uhle heult die Tonskala rauf und runter: Appell beendet. Unsere Stube reiht sich zur Arbeitsverteilung unter die Verfügbaren ein, die als Sonderkommando nach Belieben der Lagerleitung zu allen nur erdenklichen Tätigkeiten herangezogen werden können. Der Arbeitsführer am Tisch vor Baracke neunzehn verteilt Einsatznummern, ein dicklicher, untersetzter SS-Mann mit zerkauten Fingernägeln, den man für gutmütig halten könnte, hätten wir nicht die Erfahrung gemacht, daß seine scheinbare Jovialität einer tiefen Menschenverachtung entspringt.
Einzeln defilieren wir an ihm vorbei. Jede von uns mustert er mit einem schnellen Blick, bevor er entscheidet. Ich erhalte acht-Strich-fünf. Eine Doppelzahl bedeutet Doppeleinsatz, eine vom Frühappell bis zur Mittagspause, der andere von zwei bis zum Abendappell, wenn sie prüfen, wie viele Häftlinge während der Arbeit endgültig ausgefallen sind und gestrichen werden können, um Neuankömmlingen Platz zu machen.
Bis zum Arbeitsbeginn um acht haben wir noch ein paar Minuten Zeit. Wir drängen in die Baracke zurück, um zu den Abortkübeln zu gelangen. Für die nächsten viereinhalb Stunden wird dazu keine Gelegenheit mehr sein. Die Kübel stinken ekelerregend; wir haben Fälle von Ruhr in unserer Baracke. Wer so viel Disziplin aufgebracht hat, sich die Hälfte seiner Brotscheibe vom vorigen Mittag aufzusparen, kann sie nun als Frühstück genießen. Wir vergleichen unsere Einsatzzahlen. Von meinen Freundinnen teilt nur Stéphane mein Kommando.
Was meinst du, was es sein könnte? – Das fragen wir uns alle. Sie wechseln die Nummern aus. Es ist nie das gleiche.
Wart's ab.
Wieder die Sirene.
Acht Uhr. Draußen auf der Lagerstraße stehen die verschiedenen Kommandoführerinnen. Die Acht-Strich-Fünfer werden von der Böhm in Empfang genommen: *zum Sortieren.* Der anbrechende Tag hat mittlerweile endgültig alle

Nachtwebe aus den Winkeln vertrieben. Lagerstraße und -platz sind in das sanfte Licht des Morgens getaucht, eine gleichmäßige Helle, die die flächige Struktur des Lagers herausstellt. Jolan, die Polin, noch geschwächt vom Typhus, kommt als letzte.
Brauchst du eine Extraeinladung?
Da hat sie auch schon ihren Peitschenhieb weg. Jolan preßt die Lippen aufeinander; sie ist dreiundsechzig, eine der talentiertesten Bildhauerinnen ihres Landes, geehrt mit mehreren Kunstpreisen. Aber die Böhm, das hätte sie wissen müssen, verleiht ihrer Überzeugung, alle Polen seien faules Gesindel, gern Nachdruck.
Wir haben es nicht weit. Unser Weg führt aus dem doppelten Lagertor hinaus zu einem umfriedeten Grasstück, auf dem zwei Lastwagen mit heruntergeklappten Laderampen warten. Unruhe erfaßt unsere fünfunddreißig Frauen starke Gruppe. Es gibt Gerüchte, Gerüchte, die sich allen Zweifeln zum Trotz hartnäckig halten: daß auch in unserem Lager, obwohl wir so gut wie keine Juden haben, täglich vergast wird; daß es in Ravensbrück zwar keine Gaskammern, jedoch mehrere Lkws gibt, deren Auspuffgase während der Fahrt ins Innere der Wagen geleitet werden. Hier, im größten Frauenlager des Reichs, spielt der Tod noch mehr Versteck als anderswo. Nicht nur Juden werden vernichtet. Allen Feinden des braunen Vaterlands der Tod! Und dieses Vaterland hat viele Feinde. Sehr viele.
Vorwärts, ihr Schleicheulen. Soll ich euch Beine machen? brüllt die Böhm und holt aufs neue aus. Wir stolpern vorwärts, die Böschung hinab zur Wiese. Angst erfaßt mich so plötzlich und von solcher Stärke, daß ich meine zu ersticken. Ich will noch nicht sterben. Ich bin doch erst einundzwanzig. Gleichzeitig überlegt etwas in mir, unberührt von Panik, ganz sachlich, was für eine Art Tier wohl eine Schleicheule sei.
Bei den Wagen angekommen, werden wir in drei Gruppen aufgeteilt. Sechs Frauen laden aus dem ersten Wagen einen

Kübel aus, in dem eine chemische Brühe schwappt. Das starke Desinfektionsmittel reizt unsere Nasenschleimhäute. Ein Niesen geht um, Wasser rinnt uns aus Nase und Augen.
Was ist das für Zeug? fragt eine aus der Hauptgruppe verwirrt.
Darin wird aufgelöst, was von dir nach der Spazierfahrt noch übrig ist, verstehste? Hanne, die Berlinerin, ist für ihren makabren Witz bekannt. Sie hat nichts mehr zu befürchten. Zum Skelett abgemagert, schwer lungenkrank, ist sie dem Tod näher als dem Leben.
Die zweite Gruppe erhält eine hölzerne Krate mit aufklappbarer Seitenwand, hoch genug, um einen Elefanten darin zu verpacken. Auch sie besteht aus sechs Frauen.
Wir übrigen bilden, am ersten Wagen beginnend, am zweiten endend, einen hufeisenförmigen Halbkreis um die Aufseherin, die auf einem Klappstuhl in unserer Mitte hockt und von nun an alles Weitere mit argwöhnischen Augen verfolgt. Unserer Gruppe werden verbeulte Blecheimer zugeteilt, einen für jede von uns, gefüllt mit Waschlauge. Es kann losgehen. Stéphane hat sich dicht an mich gehalten. Wir stehen nebeneinander, beobachten, wie die ersten, angewiesen von der Böhm, ihrem Lkw Wäschestücke entnehmen und sie in die Brühe werfen, eines nach dem anderen. Jetzt sehen wir auch, daß das Innere des Wagens bis oben hin mit schmutziger Wäsche gefüllt ist. Getränkt mit dem Desinfektant, wird sie einzeln an uns weitergereicht. Wir müssen die Unterkleidung waschen, Zerrissenes, Unbrauchbares aussortieren und das übrige an die Nachbarin weiterreichen, die ihrerseits den Waschprozeß wiederholt. Hat ein Stück alle Zerreißproben bestanden, wird es, vom Wringen fast trocken, von den letzten in die Transportkrate geworfen. Die Arbeit scheint zu Beginn nicht sonderlich schwer. Doch die Wäsche stinkt faulig, die Desinfektionsbrühe haftet nur oberflächlich an ihr. Um so fester sitzen die großen schwarzen Flecken, sosehr wir auch reiben.

Das ist Blut, Frau Aufseherin, sagt eine Grünwinkelige – die mit dem grünen Winkel kommen aus den Zuchthäusern zu uns, wo man sie sicherer glaubt als in bombardierten Städten –, das geht nicht raus.
Die Böhm fährt mit dem Kopf herum. Blut von unsere Helden, sagt sie. Blut von unsere Soldaten vom Lazarett in Fürstenberch. Habt jefälligst Respekt, ihr Muselweiber!
Jawohl, Frau Aufseherin, echoen wir im Chor.
Das nächste Wäschestück, das mir zugeworfen wird, falte ich im Rücken der Böhm auseinander. Es ist ein Kinderjäckchen, ganz durchtränkt von Blut. Wir verständigen uns untereinander mit Blicken. Stéphane entknotet nacheinander einen Frauenunterrock, einen Hüfthalter mit einem Rand aus Spitze, ein Babystrampelhöschen. Die Frau uns gegenüber, Mischa wird sie von ihren Kameradinnen gerufen, kippt vornüber; ganz gemächlich, den Mund halb geöffnet, sinkt sie zu Boden. Sofort lassen ihre Freundinnen das Dreckzeug in die Eimer fallen, eilen herbei, um Hilfe zu leisten. Auseinander! schreit die Böhm aufspringend.
Die Mischa ist ohnmächtig, Frau Aufseherin.
Das scheint unsere Aufsicht zu belustigen. Sie tritt an die Bewußtlose heran, blickt kopfschüttelnd auf sie herunter: Schwache Nerven, wie? Wat seid ihr doch für Arschlöcher. Dat ist Heldenblut, wiederholt sie, wo man als Deutsche stolz drauf sein kann. Aber dat versteht ihr Kümmeltürken nicht.
Ich muß an den Abend in der Baracke denken, als Marita uns die Sache mit dem Gartenbaukommando erzählte, im Flüsterton. Es seien ihnen exemplarische Strafen angedroht worden, würden sie nicht darüber schweigen. Da war ihr Kommando, mit Spaten ausgerüstet, eines Morgens losgezogen, angeblich, um bei der Villa des Lagerleiters einen Steingarten anzulegen. Statt dessen hatte man sie an einen langen, offenen Graben geführt und ihnen befohlen, seinen Inhalt mit Chlorkalk abzudecken und ihn zuzuschütten, eine Grube, bis zum Rand gefüllt mit Leichen, Frauen, Kindern.

Alle nackt. Ich spüre die Ohnmacht meiner Wut. Was vermag schon Zorn gegenüber der Gewalt? Ein Wurm, der sich krümmt im Schatten der Stiefelsohle.
Die Sonne steht hoch. Es wird unerträglich heiß. Unsere groben Häftlingskleider sind dunkel von Schweiß. Die Knochen der Wirbelsäule zeichnen sich scharfkantig unter dem Stoff gebeugter Rücken ab. Schweigend nehmen wir die nassen Stoffknäuel entgegen, wringen sie aus, reichen sie weiter. Unsere Hände, spindeldürr, arbeiten selbsttätig, ohne Verbindung zum Hirn. Die Sonne brennt auf fünfunddreißig kahle Schädel. Die eine oder andere beginnt zu schwanken, schließt für Sekunden die Augen, um das Schwindelgefühl zu überwinden; wir sind nur noch ausgemergelte Skelette mit vom Hunger aufgedunsenen Bäuchen.
Schneller, schneller, ihr Schmuckstücke. Oder wollt ihr euer Mittagessen verpassen?
Nein, Frau Aufseherin.
Auf jede Frage der Lagerführung, und sei sie noch so idiotisch, haben wir mit lauter Stimme zu antworten. Rund um uns dehnt sich, leicht ansteigend, verträumte mecklenburgische Landschaft mit Farben wie aus einem romantischen Bilderbuch – Licht und Weite. Wir aber untersuchen Wäsche mit dem Blut von Gemordeten auf Brauchbarkeit für die Mörder. – Von fern tönt das Geheul unserer Uhle zu uns herüber.
Die Böhm setzt die Trillerpfeife an: Mit-tag! Aufstellen zum Abmarsch. Vorwärts!
Wir lassen alles, was wir gerade in Händen halten, achtlos auf den Grasboden fallen, formieren uns zu Fünferreihen. Die Aussicht, etwas in den Magen zu bekommen, weckt vorübergehend unsere müden Lebensgeister. In strammer Ausrichtung marschieren wir durch das Doppeltor *Arbeit macht frei* ins Lager zurück. Von allen Seiten kommen sie jetzt zum Suppefassen. Im Innern der Baracken versuchen jeweils zweitausend hungrige Frauen, sich zu ihren Stubenältesten durchzudrängeln, die aus schwappenden Kübeln den ausge-

laugten Kochsud der Kartoffeln für Blockälteste und Vorzugshäftlinge austeilen. Die Haller, das Zahlengenie, hat es ausgerechnet: Rund zweitausend Frauen bei vierhundertfünfzig Bettstellen pro Baracke, das macht, die Gänge mitgerechnet, knappe anderthalb Quadratmeter Bewegungsraum pro Häftling. Wir liegen zu fünft auf einer Pritsche. Sardinenbüchsenverfahren: Kopf neben Füße, immer abwechselnd.

Stéphane hat sich an meine Seite geschlagen. Ein Nerv zuckt um ihre Mundwinkel; sie hatte das mit der Grube nicht gewußt. Die Hände abspülen – erst die Hände abspülen! sagt sie immer wieder. Für den Waschraum aber bleibt uns keine Zeit; wir belegen, indem wir es anfassen, unser Brot mit dem Blut der Ermordeten da draußen vor dem Tor.

Denk nicht daran, sage ich. Sieh mal, du hast einen Kanten bekommen. Mensch, das nenne ich Glück!

Das Endstück eines Brotlaibs ist besonders begehrt. Mit seiner geschlossenen Kruste nährt es die Illusion, an ihm sei mehr dran. Da lacht Stéphane und freut sich. Ihr Gesicht wird wieder glatt.

Von neuem Aufstellung, diesmal zum Fünferkommando. Die Fünf ist die magische Zahl im Lager; sie begegnet uns auf Schritt und Tritt.

Wohin geht es, Frau Aufseherin?

Sandberg, sagt die kurz.

Das Schweigen, während sich unser Zug in Bewegung setzt, ist Schock, Entsetzen. So reagieren Verurteilte, die erst in letzter Minute erfahren, daß sie auf dem Weg zur Hinrichtung sind. Der gefürchtete Sandberg. Das ist keine Arbeit, das ist Folter, eine bis ins kleinste Detail präzise ausgetüftelte körperliche und seelische Tortur ohne ein anderes Ziel als das, bei der Dezimierung des Lagerbestandes Nachhilfe zu leisten. Sie führen uns, die Verfügbaren, mal wieder an die Front. Nur die Stärksten werden es überstehen. Werde ich unter ihnen sein? Das fragen sich wohl in diesem Augenblick alle.

Unser Trupp von einhundertzwanzig Frauen zieht durch das Städtchen Fürstenberg. Da leuchten rot die Geranien vor den Fensterbänken, eine Katze döst im Sonnenglast. Ein paar Männer stehen um eine Bank geschart, auf der ein Alter sitzt und ihnen irgend etwas mit ausgreifenden Gesten erzählt. Eine Frau lehnt mit verschränkten Armen aus dem Fenster. Nicht zu fassen, dieser Friede, nur wenige hundert Meter von unserem Lager entfernt. Ob sie sich in ihre Häuser zurückziehen an den Nachmittagen, wenn der Wind den stinkenden Rauch vom Krematorium in ihre Straßen und Gassen bläst? Beim Geräusch unserer schlurfenden Schritte blicken die Männer auf und dann gleich wieder weg. Die Frau über weißen Wicken richtet sich auf, schließt hastig das Fenster.
Ein Lied – zwei, drei! brüllt die Aufseherin.
Die vorne intonieren «Am Brunnen vor dem Tore», vermutlich, weil wir gerade an ein paar sommerlichen Linden vorbeiziehen. Es ist kein Marschlied. Die im hinteren Teil des Zuges geraten endgültig aus dem Tritt. Was zur Aufmunterung gedacht war, versickert nach wenigen Takten kläglich.
Noch ein Stück Weg durch hügelig ansteigendes Gelände, und wir erreichen ein Plateau, auf das die Sonne breitflächig niederbrennt. Wir sind angekommen, schauen tief in ein künstliches Tal hinab. Dort unten, von hier oben aus kaum auszumachen, hat das Baukommando einen Brunnen anlegen müssen. Am Brunnen vor dem Tore...
Unterscharführer Pflaum trifft ein. Sein Wagen wirbelt Sandwolken auf. Unsere Zugführerin, schwitzend in der grauen Uniformjacke, steht stramm, meldet uns zur Arbeit an. Pflaum, gestriegelt wie immer, im Rücken spreizt sich das Jackett über dem fetten Hintern, zerrt seinen weißen Spitz aus dem Wagen. Wir halten den Atem an. Der Unterscharführer ist im gesamten Lager als Sadist bekannt, als Frauenhasser, der sich ein Vergnügen daraus macht, Häftlinge zu demütigen und nach Lust und Laune zu quälen.

Wir werden zu Paaren aufgeteilt. Jedes Paar erhält eine Holzkiste mit Seitenlöchern zum Einhaken der Finger. Eine Gruppe Häftlinge hat den hölzernen Tragekorb bis zum Rand mit Sand aufzufüllen. Dann heißt es für das Paar, im Laufschritt den Abhang hinunter bis zum Brunnen. Dort erwarten sie, stundenlang allen Wettern ausgesetzt, zwei ausgewählt schwache, ältliche Frauen, die Wasser über den Sand in der Kiste zu pumpen haben, bis er ganz durchtränkt ist. Die Frauen an der Pumpe, krank, halb verhungert, werden nach Rückkehr ins Lager von der Liste gestrichen oder, schlimmer, als *Nicht mehr einsatzfähig* abgebucht. Renate aus der Schreibstube hat es mir erzählt.
Der Arbeitsführer scheint mich nicht leiden zu können. Wie sonst käme er auf die Idee, mir als Sandkistenpartnerin ausgerechnet Knickebein zuzuteilen?
Knickebein, du hier?
Mir hat die Sauerkamp 'ne Meldung verpaßt. Da war ich dran, sagt Knickebein, breit grinsend. Hab wieder mal mein Maul nicht halten können.
Alle im Block mögen das quirlige Wesen mit dem seltsamen Gang, der es nach jedem dritten Schritt halbwegs in die Knie brechen läßt, als seien die Beine zu schwach, das Gewicht des kleinen, schmalen Körpers zu tragen. Eine Folge von Gestapo-Folterung während des Gefängnisaufenthalts. Auch Knickebein ist eine Politische, von der man mit bewährten Methoden die Namen ihrer Genossen herauszubekommen hoffte. Zum Durchhalten gehören starke Nerven. Zehn unermeßlich lange Tage und Nächte Stehzelle, die Beine bis zu den Waden im Wasser, haben Knickebein, zusammen mit einer schweren Muskelatrophie, den Spitznamen eingebracht.
Die Kisten werden verteilt. Wie bei einer Sportveranstaltung gibt Pflaum mit Trillerpfeife das Startzeichen. Das erste Paar, die Kiste mit Sand zwischen sich, läuft los. Wir kommen als vierte dran.
Wie stellst du dir vor, daß wir das schaffen? Keine einzige

Kiste werden wir machen. Hinunter geht's ja noch. Aber dann wieder herauf mit der ganzen Scheiße, dazu dein Gehinke, und das alles zwanzigmal bis zum Abend.
Mein Hinken ist rhythmisch, sagt Knickebein fröhlich. Paß auf: eins, zwei, drei – knick; eins, zwei, drei – knick. Wir müssen uns nur einstimmen. Du machst einfach mit. Das spart Kraft, verstehst du?
Wir starten. Pflaum auf halber Höhe mag sich die Augen reiben, wie wir knicksend an ihm vorbeistolpern. Der weiße Spitz an der Leine wedelt und fiept. Er hält das wohl für ein lustiges Spiel. Ich habe empfindsame Klavierhände; meine Finger wollen dem Druck des Holzgriffs nachgeben. Ich keuche schon bei diesem ersten Mal. Doch unbarmherzig kommandiert Knickebein: Eins, zwei, drei – knick. Woher nimmt dieses zarte Geschöpf mit dem rötlichen Flaum auf dem Schädel so viel Kraft? Atemlos kommen wir bei den Frauen am Brunnen an. Es sind Skelette, zwei ausgemergelte Gestalten. Neben ihnen der Wachtposten hat dafür zu sorgen, daß sie strammstehen. Eine erbarmungslose Sonne heizt die nackte Kopfhaut auf, bis sie glüht und sich zusammenzieht. Die Frauen schwanken hin und her. Ihre aufgesprungenen Lippen lechzen nach Wasser. Sie stehen an der Quelle, aber sie dürfen nicht trinken. Keinen Schluck. Dafür müssen sie uns nun helfen, die Kisten anzuheben. Acht kraftlose Hände versuchen, sie vom Kippen abzuhalten, das gäbe für alle vier eine Meldung. Und Meldung heißt bestraft werden. Lagerführerin Binz hat eine sadistische Phantasie.
Mit einigem Geschiebe hat die Kiste den vorgesehenen Platz unter dem Kran erreicht. Die Frauen betätigen den Pumpenschwengel. Er ist rostig, läßt sich schwer bewegen, schrillt mißtönend durch die Stille ringsum. Schnell jetzt, wir müssen zurück. In der Ferne sehen wir schon die nächsten anstolpern. Unser Sand ist nun schwer von Nässe. Wir müssen all unsere Kräfte anspannen, um die triefende Kiste abzuheben. Der Posten hat sich eine Zigarette angezündet, sieht gleichmütig zu.

Im Laufschritt zurück, marsch, marsch, eins, zwei, drei – knick. Und das aufwärts, den Hügel hinauf. Meine Hand, die linke im Wechsel, ist von einer imaginären Eiskruste überzogen. In den Untersuchungsgefängnissen der Gestapo hat man mir zwar nicht die Wasserkur verpaßt. Aber zerstochene, ausgebrannte Fingernägel fördern auch nicht gerade das Kreislaufsystem. Jetzt bin ich froh, daß man mir Knickebein zugeteilt hat; der Knicks zwischen den Laufschritten entlastet ein wenig.
Pflaum hat sich auf halber Höhe des Hangs postiert. Mit dem Schaft der Ledergerte klopft er rhythmisch gegen seine gewienerten Stiefelschäfte. Da kommen die Clowns wieder, sagt er zu seinem Hund. Unsere Gangart scheint ihn zu belustigen, er läßt uns passieren. Wie oft aber können wir das wiederholen? Der Untersturmführer ist bekannt für seine Unberechenbarkeit.
Mein Blut pocht im Hirn. Nach der siebten Kiste schlägt die Hitze in Kälte um. Ich friere, während wir uns zum nächsten Transport anstellen. Von oben sehen wir zu, wie die ersten zusammenbrechen. Unsere Aufseherin reicht Pflaum das Megaphon. Aufstehen, aber sofort!
Die Gestürzten rappeln sich mühsam hoch, nehmen ihre Kiste auf, taumeln weiter. Später, wenn ihre Kräfte sie endgültig verlassen haben, werden sie liegenbleiben, um zur Nacht mit den anderen, die auf der Strecke geblieben sind, eingesammelt und ins Lager zurückgebracht zu werden. Dann gehen sie durch den Kamin, und wir anderen beneiden sie um ihre wiedergewonnene Freiheit: *Arbeit macht frei*...
Knickebein hat die Ärmel ihres Streifenkittels hochgekrempelt. Ihre Arme sind wie ihr Gesicht von Sommersprossen übersät. Sie ist schon zum viertenmal im Sandbergkommando, die SS findet wohl Vergnügen an ihrem Gehoppel. Es scheint Knickebein nichts auszumachen. Was geschieht mit all dem aufgeschütteten Sand hier? frage ich.
Wenn er trocken ist, wird er im umgekehrten Verfahren wieder abgetragen, antwortet sie.

Das ist das Unerträglichste, sagt die Svoboda, auch aus unserer Baracke, eine Intellektuelle, die Sinnlosigkeit von alldem. Unsere letzten Kräfte für etwas einzusetzen, das keinen Sinn ergibt.
Loewerens, die Holländerin, schaut böse: Möchtest du lieber, daß es einen Sinn hat? Wenn du dich um Kollaboration reißt, solltest du –
Schweigt doch! Die vor uns stehende Grazyna, sowjetische Soldatin, Kriegsbeute des Rußlandfeldzugs, wendet ihr schweißnasses Gesicht zu den beiden um. Wir müssen unsere Kräfte sparen.
Und wieder ist die Reihe an uns. Knickebein tut sich nun auch sichtlich schwerer. Sie atmet in kleinen Stößen, die Stirnadern treten hervor. Das zuversichtliche Grinsen, ihr Markenzeichen, ist verschwunden. Im Zickzack taumeln wir zum Brunnen. Ich kann nichts mehr erkennen, sehe nur noch flirrende Luft. Die Kisten werden mit jedem Lauf schwerer. Der Rückweg bergauf ist nur unter Anspannung letzter Kräfte zu schaffen.
Schneller! Im Laufschritt! kommandiert Pflaum. Unser Hinken, längst unrhythmisch geworden, belustigt ihn nicht länger. Da bleibt, unerwartet für mich, Knickebein mit einem Ruck stehen und läßt die Kiste los. Nasser Sand kippt aus der Schräglage zu Boden. Gehbehindert, Herr Untersturmbannführer! meldet sie heiser. Ist sie wahnsinnig geworden? Sie vor allem sollte wissen, daß man Pflaums Unmut nicht noch reizen darf. Mir bleibt nichts übrig, als auch mein Ende der Kiste loszulassen und strammzustehen.
Soso. Gehbehindert. Sieh mal an. Brauchst ein bißchen Nachhilfe, wie? Seine Augen haben sich zu Schlitzen verengt. Ich denke, daß seine Stimme zu hoch ist für einen Mann. Das Unnatürliche ihres Timbres läßt mich frieren.
Kiste hoch! Bewegung!
Wir bücken uns, um unsere Last wieder aufzunehmen. Ein scharfer, beißender Schmerz in der Nierengegend. Pflaum hat seinen Ochsenziemer auf unsere Rücken niedersausen

lassen. Ich rutsche auf dem schrägen Boden aus, falle vornüber, möchte meine strapazierten Glieder in der Strecklage dem heißen Boden überlassen, einfach liegenbleiben. Die Angst, einer seiner berüchtigten Auspeitschungsorgien als willkommene Zielscheibe zu dienen, bringt mich wieder auf die Füße. Knickebein hat mehr abbekommen als ich. Sie stand in seiner unmittelbaren Nähe. Ich wage kaum, sie anzusehen. Mit unserer Last erklimmen wir eilig das letzte Stück Weg bis zur Abladestelle.

Ich glaube, ich schaff's nicht mehr bis zum Abend, keucht Knickebein beim Ausladen. Auf dem Rücken ihres Lagerkleides zeichnen sich blutige Flecke ab.

Du mußt, sagen die anderen, nicht minder erschöpft, halt durch.

Du mußt, sage auch ich, sie wollen doch, daß wir krepieren. Tu ihnen nicht den Gefallen. Später wird sich Kirstin um deinen Rücken kümmern.

Kirstin, die Norwegerin, Ärztin, mit einem deutschen Juden verheiratet, schlug dem Gestapomann, der ihren Mann abholte, ins Gesicht. Öffentlich, vor allen Leuten. Seither ist sie bei uns in Ravensbrück. Ihr Mann kam auf Transport nach Buchenwald.

Als die tiefstehende Sonne ihre Hitze wieder an sich nimmt und das gesamte Gelände mit rötlichem Glanz überzieht, pfeift die Aufseherin zum Sammeln. Es ist überstanden. Wir formieren uns. Pflaum, der SS-Mann, klopft mit seinem Taschentuch den Sandstaub von seiner Uniform, bevor er mit seinem Spitz in den wartenden Wagen einsteigt und davonfährt.

Knickebeins Sommersprossengesicht ist verzerrt. Mehrere von uns sprechen ihr Mut zu.

Ich schwöre euch – wenn er das noch einmal mit mir macht, bringe ich ihn um, diesen verfluchten Hund!

So erschöpft wir alle sind, es ist keine von uns auf der Strecke geblieben. Das freut vor allem die Rotwinkeligen unter uns. Auch das ist Widerstand. Passiver Widerstand ist da wertvoll, wo aktiver nicht mehr geleistet werden kann. Schweigender Rückmarsch ins Lager über unwegsamen Boden. Kein Lied zwei, drei; die begleitende Aufseherin, knochiges Gesicht mit engem Mund, zeigt angesichts unseres Zustandes einen Anflug menschlichen Mitgefühls. Es käme wohl auch nichts weiter dabei heraus als ein Krächzen. Unsere Kehlen sind ausgedörrt. Wir schleppen uns vorwärts wie der abgesprengte Trupp einer geschlagenen Armee. Die Sohlen unserer Lagerschlappen, uns aus dem Fundus der Kleiderkammer zugeteiltes Schuhwerk, sind voller Löcher; die Füße schmerzen und bluten.

Wieder, diesmal in umgekehrter Richtung, ziehen wir durch den Ort Fürstenberg, der tut, als wüßte er nichts von Krieg und Weltgeschehen. An den Obstbäumen in den Gärten schaukeln reifende Früchte im leichten Wind. Ein unsichtbarer Hund bellt uns an. Vom Kirchturm mit dem Wetterhahn, die Strahlen der sinkenden Sonne fangen sich in seinem Metall, läutet ein monotones Glöckchen die achtzehnte Tagesstunde ein. Ich halte nach den Fensterblumen Ausschau. Sie haben ihre Farbe verloren, gehören zu der Straßenseite, die schon im Schatten liegt. Aus den Häusern hinter den sauberen Gardinen dringt Tellerklappern. Sie rüsten wohl schon zum Abendessen, die friedlichen Bürger des friedlichen Ortes. Ich will mir nicht ausmalen, was sie da wohl auf den Tisch bringen mögen, wir bekommen ja gleich unsere Suppe. Ob sie, denke ich, der Brandgeruch nicht stört, der vom Lager her den Ort durchzieht und sich durch die Fensterritzen in ihre Wohnungen drängt? Schmorende Knochen riechen anders als brennendes Holz. Fragt sich hier wirklich niemand, welchen Ursprung dieser Rauch hat, der ihre Häuserwände schwärzt?

Vor uns, mitten auf der Straße, spielen Kinder Ball. Sie haben runde, wohlgenährte Gesichter, lachen laut und sorglos, lassen sich durch unser Nahen nicht stören, weichen erst zur Seite, als wir sie fast erreicht haben. Einer der Jungen wirft uns seinen Ball zu. Mascha, die lange Polin, fängt ihn auf,

gibt ihn mit der Andeutung eines Lächelns zurück. Schon eilt eine füllige Frau, das Blondhaar im Nacken zum nordischen Knoten geschlungen, von der anderen Straßenseite herbei, zerrt das Kind von uns weg:
Das darfst du nicht tun, Friedhelm, hörst du! Das sind Verbrecher, Staatsfeinde, die werden abgeführt.
Das Gesicht des Jungen, eben noch voll kindlicher Unbeschwertheit, nimmt einen feindseligen Ausdruck an. Sie lernen es früh, das Gehorchen, ohne zu fragen, meine jungen Landsleute, mit denen ich mich durch nichts mehr verbunden fühle.
Wir kommen im Lager an. Hier stinkt die Luft wohlvertraut nach süßlichem Qualm, Kohlrüben und undefinierbaren Chemikalien. Und wieder, wie zum Mittag, strömen sie von allen Seiten herbei, die Außenkommandos, sammeln sich auf dem großen Appellplatz zum Abzählen. Wir reihen uns ein. Hunger und Erschöpfung halten sich die Waage.
Josepha, hast du noch deine Wochenendmargarine?
Hab ich. Aber sie ist teurer geworden.
Was willst du dafür?
Was bietest du?
Anderthalb Brotscheiben. Frisch, von gestern und heute.
Wenn du das Fett ohne Brot frißt, krepierst du.
Wenn schon. Gibst du sie mir, deine Margarine?
Na schön. Weil du es bist.
Ich denke, wie begierig ich auf Süßes bin, und daß ich mein morgiges Brot bei der Lewzinskaja gegen ihre Sonnabendration Marmelade eintauschen sollte. Sicher hat sie den Klecks noch; sie leidet an Magenkrebs und macht sich nichts aus Süßem.
Die Braunschweiger erscheint, den Appell abzunehmen. Mißmutig, beide Hände in den Taschen ihres grauen Hosenrocks vergraben, baut sie sich breitbeinig vor uns auf, läßt sich von der Blockältesten Bericht erstatten, winkt ab, als eine nochmalige Zählung nötig zu werden scheint. Auch

sie treibt der Hunger zur Eile; ihre Kameradinnen erwarten sie in der SS-Kantine.
Zurück in die Baracken, untertauchen in die totale Anonymität der dichtgedrängten Masse aus zweitausend Körpern mit viertausend Armen und Beinen auf zweieinhalbtausend Quadratmetern Bewegungsraum. Die Fenster lassen sich nicht öffnen; Luft kommt nur durch die kaputten Dächer.
Das wäßrige Rübensudgebräu, Suppe genannt, lindert die kratzige Trockenheit im Hals, reicht aber nicht aus, den Magen zu füllen. Sonnabends gibt es als Zusatzration zwanzig Gramm Fischmargarine und einen Klecks verdünnte Marmelade. Im Vorgeschmack der ausgehandelten Süßigkeit am morgigen Mittwoch lasse ich sie imaginär schon jetzt auf meiner Zunge zergehen. Ich bilde mir ein, leichter ohne die Brotscheibe aus Kastanienmehl als ohne Zucker auszukommen. Der Strom aus schwitzenden Leibern wälzt sich durch die engen Gänge den Bettstellen zu, verliert allmählich an Dichte, während jede, voll angekleidet, ihre Schlafstelle erklimmt. Nur ganz wenige bringen die zusätzliche Energie auf, sich noch zum Waschraum durchzuschlagen, um sich vom Dreck zu reinigen. Wozu selbst gehen, lautet die Lagerparole, zieh nur dein Kleid aus, es findet von selbst den Weg. Eine Anspielung auf die Läuse, von denen es in den Stoffnähten nur so wimmelt.
Ich habe meinen Platz an der Außenkante. Während des Schlafes, zu fünft eng aneinandergedrängt, müssen vor allem die außen darauf achten, bewegungslos auf dem Rücken liegenzubleiben, wollen sie nicht riskieren, abzustürzen. Bester Schutz dagegen: einen Arm um das nachbarliche Bein schlingen. Das gibt Halt. Oftmals allerdings erkaltet solch ein Bein über Nacht, Dreck und Unrat fördern Infektionen aller Art, meist mit tödlichem Ausgang. Nicht umsonst heißen die Blocks fünfzehn bis einunddreißig die Slums. Unser Block hat die Nummer siebzehn. Von denen, die die verschmutzte papiergeflochtene Unterlage mit uns teilen, er-

fährt man selten Näheres. Sie wechseln zu oft. Hör auf zu schniefen, sagt die an der anderen Bettkante zu einer kahlrasierten Neuen, die mit angezogenen Knien zwischen uns hockt, ich will schlafen.
Die Neue blinzelt, fährt zögernd mit der flachen Hand über ihren Kopf, zuckt zurück.
Und deshalb heulst du? sage ich. Haben wir doch alle mitgemacht. Das ist so Sitte bei der Ankunft.
Aber ihr habt doch Haare –
Nachgewachsen, sage ich.
Beruhigt, eine Ansprache zu haben, erzählt sie, daß ihr knapp nach Betreten der Baracke eine Frau eine schallende Ohrfeige versetzt habe. Augenblicklich solle sie zu weinen aufhören, sonst stecke sie damit die ganze Umgebung an. – Sie hätte gesagt, viele der Häftlinge seien zu geschwächt, um einen Weinkrampf zu überleben, berichtet die Neue.
Sprach sie mit Akzent?
Sie sprach französisch, als sie merkte, daß ich ihre Sprache verstehe. Nannte auch ihren Namen: de Chaumont oder so ähnlich.
Aufhören mit dem Gequassel! brüllt ihre Nachbarin zur Linken, eine robuste Grünwinkelige.
Ich strecke mich flach auf der Pritsche aus, bedeute der Neuen, es mir gleichzutun. Das mit der Ohrfeige muß Danielle gewesen sein. Unsere Gräfin. Auch eine Politische, eine der Organisatorinnen des elsässischen Widerstands. Sie hat ein Herz für ihre Mitmenschen, hier im Slum eine seltene Eigenschaft.
Draußen vor den staubigen Barackenfenstern verschmilzt das matte Licht der Bogenlampen mit dem Schein des aufgehenden Mondes zu diffuser Helle. Wenn meine Blase die Nacht nicht durchhält, werde ich aufstehen und das halbe Lager durchqueren müssen, um zu den Außenaborten zu gelangen. Vor den Kübeln in der Baracke ekle ich mich zu sehr, sie sind unbeschreiblich verdreckt. Im Mondlicht wird

der Wachtposten mich sehen, mich anhalten und wissen wollen, was ich in der Nacht draußen zu suchen hätte. Wieder gelingt es mir nicht, einzuschlafen. Nicht *obwohl*, sondern eben *weil* ich so erschöpft bin.

Bei den Betten im rückwärtigen Teil der Baracke gibt es Streit: Mein Brot. Das Mistvieh hat mein Brot gestohlen! schreit eine alte Frau.

Schau nach. Es wird schon dasein.

Nein, es ist weg. Hier, unter den Strohsack hatte ich es gelegt. Sie war es, sie hat beobachtet, wie ich es dorthin getan habe!

Wer? fragen mehrere Stimmen.

Na die da, die Zigeunerin!

Das ruft alle Zigeunerinnen, und es sind viele, auf den Plan. Vehement verteidigen sie die beschuldigte Stammesgenossin. Wir Sintis, nix stehlen, du Mistvieh lügen.

Argumente hin und her. Einige Umliegende ergreifen Partei. Der Streit droht in Handgreiflichkeiten auszuarten. Da ist plötzlich die Stubenälteste zur Stelle. Aufhören! Sofort! Oder ich mache Meldung!

Hast du schon zur Nacht gebetet, Walburga? höhnt eine Stimme aus einem der oberen Betten in Anspielung auf deren lila Winkel.

Ein paar andere spielen entzückt mit: Das ist noch nicht der Weltuntergang, Frau Stubenälteste, der kommt erst übermorgen.

Immer diese Zigeuner, nicht wahr, Frau Stubenälteste? Gelächter. Der ist nicht zum Lachen zumute. Verantwortlich für makellose Ordnung in ihrer Baracke, muß sie den Kopf hinhalten, wenn sie nicht rigoros durchgreift. Ihrem Naturell nach ist sie eher ein phlegmatischer Typ. Einen Augenblick lang steht sie ratlos, mit hängenden Armen, zwischen den Pfosten, dann hebt sie noch einmal die Stimme: Ich bitte mir Ruhe aus. Kein Laut mehr. Jetzt wird geschlafen! Damit macht sie kehrt, geht in ihre Stube zurück.

Die Zigeunerinnen schlüpfen wieder unter die dünne, ausgediente Pferdedecke zu ihren Kindern. Sie sind die einzigen im Lager, denen man die Kinder, falls älter als acht, gelassen hat. Vom Bettkantenplatz unter mir kommt die tiefe Knurrstimme der Bienhold: Ihr Sintis solltet vorsichtiger sein.

Ich beuge mich herab: Was meinst du damit, Bienhold?

Sie sind im Lager besonders gefährdet. Noch mehr als wir.

Glaub ich nicht. Denen lassen sie doch sogar ihre Kinder.

Das hat seinen Grund! Sie sagt es so bedeutungsvoll, daß sie mich bei aller Müdigkeit neugierig macht. Die Bienhold hat schon Dachau und Auschwitz hinter sich, sie kennt sich gründlich aus.

Ich beuge mich noch tiefer hinunter: Was für einen Grund?

Paß auf, du verlierst das Gleichgewicht, sagt sie und dann: Der Suhren wartet auf das Eintreffen von Doktor Schuhmann, dann geht's los.

Wer ist Schuhmann, und was geht los?

Schuhmann ist der, der das Euthanasieprogramm leitet. Wenn der hier eintrifft, werden alle Zigeunerkinder sterilisiert. Deshalb läßt man sie bis dahin noch bei ihren Müttern. Um keinen Verdacht zu erwecken.

Ich schlucke. Aber nachher, wenn man sie sterilisiert hat –

Werden sie getötet, sagt Bienhold gleichmütig. Weil es dabei um ein medizinisches Experiment geht. Die Leichen werden zerteilt und obduziert, um die Veränderungen zu studieren. Und jetzt gib Ruhe.

In der Baracke ist es still geworden. Der Schlaf der Erschöpfung ist tief und traumlos. Nachtwind trägt durch die Risse im Dach ferne Laute heran. Ein Käuzchen schreit. Die getretene Erde beginnt zu singen, ein feiner, hoher Klageton erfüllt die Luft. Hinter der Mauer, in den Wohnstuben des SS-Personals, ticken unhörbare Uhren unsere verrinnenden Lebensstunden. Ich habe Angst.

Frische Luft und froher Mut – ja, da tut Bewegung gut!

(aus einem medizinischen NS-Ratgeber, 1934)

Juli / August 1944

Die Hitze ist kaum noch zu ertragen. Keines der häufigen Gewitter bringt Kühlung. Der warme Regen, zur Hälfte schon verdunstet, bevor er uns erreicht, läßt die Erde dampfen. Zum giftigen Brodem, der das Lager durchzieht, gesellt sich Kanalisationsgestank.
Die junge Frau, meine Bettgenossin, die den Verlust ihres Haares betrauerte, hat Vertrauen zu mir gefaßt und mir ihre Geschichte anvertraut. Sie heißt Anita und stammt aus dem Fränkischen, ist gebildet, eine angehende Volkswirtschaftlerin. Ihren Freund Benno, einen Juden, den sie offiziell nicht kennen durfte, versteckte sie bei Ausbruch des Krieges in einer Scheune auf dem Hof ihres Vetters. Es flog auf.

Benno wurde zusammengeschlagen und abgeführt. Anita landete in Ravensbrück. Es erstaunt mich, daß sie im siebenten Monat schwanger ist; ich hätte es nicht bemerkt. Hier ist man den Anblick von Blähbäuchen gewohnt.
Anita streicht mit einer rührenden Geste der Zärtlichkeit über ihren gewölbten Leib: Sein Kind, sagt sie, und sie sieht ihn dabei wohl vor sich, denn der Blick geht in die Ferne, sein Kind!
Vor einer Woche haben sie Anita nach dem Morgenappell aufgerufen und abgeführt. Gestern morgen kam sie zurück, kommandiert zum Innendienst. Baracke schrubben, Latrinen reinigen. Fast hätten wir sie nicht wiedererkannt. Die Wangen eingefallen, die Augen dunkel gerandet, leer.
Sag bloß, die haben dir noch mal fünfundzwanzig verpaßt, ruft die Petzold. Wir alle wissen, daß Deutsche, die mit einem Juden oder Fremdarbeiter *Rassenschande* getrieben haben, bei ihrer Einlieferung ins Lager fünfundzwanzig Stockhiebe auf das nackte Gesäß erhalten. Viele neugierige Köpfe drängen sich zur Mittagspause um Anita, die auf ihrer Pritsche hockt und schweigt.
Nun red schon, wo bist du so lange gewesen?
Was haben sie von dir gewollt?
Bist du noch einmal verhört worden?
Bis die Kerndörfer, die schnoddrige Wahlberlinerin, auch eine Politische, konstatiert: Die Frage kannste dir sparen – mit einem Blick auf Anitas Körper zwischen Brust und angezogenen Knien, wo der Stoff des Lagerkleides, bisher straff gespannt, Falten wirft.
Mit unnatürlicher Langsamkeit wendet ihr Anita das Gesicht zu, beginnt zu lächeln mit starren Augen, läßt das Lächeln sich ausbreiten, schließlich die Grenzen überschreiten, wo stummes Lachen zur Fratze wird.
Was ist denn mit der los?
Die hamse fertiggemacht, sagt die Kerndörfer. Siehste doch.
Die Köpfe, nicht länger neugierig, ziehen sich zurück. Es stimmt also, denke ich hungrig, denn meine Brotscheibe

kriegt die Lewzinskaja im Tausch gegen ihre Marmelade, sie treiben die Ungeborenen ab. Ist ja wohl auch besser so, vorausgesetzt, es wird sorgfältig gemacht. Man muß ja nicht jedes Latrinengerücht glauben. Hat's weh getan? frage ich, und dann noch: Was war's denn, Junge oder Mädchen? Anita rührt sich nicht. Sehr aufrecht sitzt sie auf ihrem Bettplatz und lacht mit leeren Augen vor sich hin. Sie hat den Verstand verloren. Später wird man sie abholen und ins Idiotenstübchen auf Block zehn bringen, in den schmalen, fensterlosen Raum, in den sie die Geisteskranken zwängen, nackt, ohne Decken, auf halbe Kost gesetzt. Manchmal, wenn die Nacht sehr still ist, tönt aus der Ferne ihr Kreischen zu uns in die Slums herüber. Lisa meint, es sei weniger schlimm, als es sich anhörte. Sie nähmen ja nichts mehr wahr. Ich bin da nicht so sicher.

Etwas geht vor im Lager. Eine zunehmende Spannung liegt in der Luft, teilt sich uns allen mit, macht erregt und gereizt. Am 20. Juli sammeln sich sämtliche Arbeitskolonnen auf Befehl der Lagerleitung zum Sonderappell auf dem Platz vor dem Kremo. Aufseherinnen schwirren umher wie aufgescheuchte Hornissen. Ein scharfes: *Ach-tung!* Fritz Suhren, der Lagerkommandant, erscheint persönlich. In seinem Gefolge der Arbeitsführer und ein Unbekannter. Seine Kleidung verrät ihn als einen Beamten der Gestapo. Wir wagen uns nicht zu rühren. Es wird so still, daß das Summen des elektrischen Stroms im Stacheldraht durch die Stille vibriert. Wo der Schutzhaftlagerkommandant erscheint, verbreitet er Angst und Schrecken. Was seinen Anblick diesmal noch gespenstischer macht, ist die Lautlosigkeit, mit der er und sein Begleiter unsere unübersehbar lange Front abschreiten. Tagelange Regenschauer haben den schwarzen Sand in zähen Morast verwandelt; die Stiefel knallen nicht mehr auf festgetrampelten Boden, die Sohlen versinken im Schlamm. Einen Augenblick lang sehe ich sein Gesicht aus der Nähe. Es ist vollkommen ausdruckslos. Keine

abgegrenzten Konturen. Stirn- und Wangenpartie münden geradlinig in den breiten Hals. Die leicht vorquellenden Augen sind ohne Blick, der Mund, schmal, unbedeutend, scheint nicht in die derbe Fülle des ihn umgebenden Fleischs zu passen.
Bei der Mauer unter den Luftschachtfensterchen des Krematoriums bleibt er schließlich breitbeinig stehen, läßt sich das Megaphon reichen. Auf den Führer des Deutschen Reichs, verkündet er mit überraschend dünner Stimme, sei von unverantwortlichen Elementen, die bereits in Sicherheitsgewahrsam genommen seien, ein Anschlag verübt worden. Alles Weitere würden wir in der nun folgenden Radioübertragung hören. – Einschalten! schreit er.
Aus den Trichterlautsprechern am Mast bricht kräckelndes Rauschen. Sechzigtausend Frauen, und mit ihnen weitere vierzigtausend aus dem Nebenlager am Fabrikgelände, halten den Atem an. Zwischen denen, die wie angewurzelt stehen, sinken ein paar ohnmächtig zu Boden. Nichts geschieht mit ihnen; Lagerleitung und Wachpersonal sehen über sie hinweg.
Das Rauschen aus den Lautsprechern steigert sich zu etwas, das wegen Übersteuerung des Radiogeräts nur mit Phantasie als *Heil*-Gebrüll zu erkennen ist.
Meine Nachbarin zur Rechten hat die Augen geschlossen. O Gott, betet sie, Gott im Himmel, laß das Wunder geschehen, rette uns!
Die Stimme des Reichspropagandaministers näselt durch das Getöse. Noch einmal wird uns mitgeteilt, was uns die Lagerführung schon unterbreitet hat, allerdings mit dem entscheidenden Zusatz, zwar habe es einige Personen aus Hitlers nächster Umgebung das Leben gekostet, der Führer jedoch sei *dank der Vorsehung* einmal mehr einem Attentat entgangen und unverletzt. Zum Zeichen dafür würde er nunmehr zu seinem Volke sprechen.
In strammer Haltung müssen wir Hitlers heiseres Wutgebell über die Volksverräter aus den eigenen Reihen über uns er-

gehen lassen. Wir erfahren, daß der mißglückte Anschlag von Angehörigen aus der Spitze der deutschen Wehrmacht verübt wurde. Allerdings, soll man den Nachrichten glauben, mit einem unverantwortlichen Maß an Naivität, wie es uns scheint. Die Übertragung endet vor dem obligaten *Heil*-Gebrüll mit dem knappen Hinweis, alle mittlerweile inhaftierten Offiziere würden nunmehr unverzüglich dem Kriegsgericht überstellt und hätten für ihren feigen Verrat die Todesstrafe zu erwarten. *Heiil!* Marschmusik. Ende der Übertragung. Interessant doch zu beobachten, welche Betretenheit sich auf den Gesichtern unseres SS-Personals abzeichnet, obwohl die strapazierte *Vorsehung* ihren Führer wieder einmal beschützt hat. Daß die Attentäter keine Juden und Marxisten, keine Untermenschen, sondern reinrassige Deutsche, dazu noch Angehörige der Elite der deutschen Wehrmacht sind, paßt so gar nicht in ihr eingleisiges Weltbild.

Am Abend in der Baracke gibt es eine hitzige Debatte unter denjenigen Politischen, die dem Widerstand angehören. Die Deutschen unter uns freuen sich. Dank des Terrorsystems, Volksaufrufen zur Denunziation als Pflicht und einer perfekten Spitzelorganisation bot sich den deutschen Antifaschisten wenig Chance. So wie die Dinge liegen, hatten wir schon nicht mehr geglaubt, daß angesichts der allgemeinen, fanatischen Hitlerbegeisterung überhaupt noch etwas geschehen könnte. Wir hier drin, und draußen *ein einig Volk von braunen Brüdern*.

Ein Lichtblick. Endlich ein Lichtblick! weint eine rotwinkelige Kameradin Glückstränen. Zum Gerippe abgemagert, hat sie keine Zeit mehr zu verlieren. Spätestens in vierzehn Tagen wird sie als Rauch durch den Kamin gehen, nachdem ihre Goldzähne herausgebrochen und ordnungsgemäß in der Schreibstube verbucht worden sind.

Zornige Gegenreaktion bei ausländischen Widerständlern, insbesondere bei den renitenten Französinnen und Holländerinnen: Lichtblick? Was ist denn geschehen, he? Der

Krieg ist längst entschieden, das wißt ihr so gut wie wir. Und das wissen natürlich auch eure Offiziere. Wenn der Tag der Abrechnung kommt – und der ist nicht mehr fern –, wollen sie auf der richtigen Seite stehen, eure Helden, sie haben es nötig. Genug Soldaten haben sie auf Befehl ihres Führers in den Tod gejagt.
Immerhin, sagen wir, haben sie etwas riskiert. Besser spät als gar nicht.
Spät allerdings. Da wird das Risiko geringer, und der Gewinn aus der Situation wächst. Widerstandskämpfer in letzter Minute, bravo!
Seid leiser, ruft eine warnend, wenn die Stubenälteste kommt, gibt es 'ne Meldung.
So schnell aber lassen sich die Wogen nicht glätten.
Bravo, jawohl! beteiligt sich Emma, unsere Schwarzschlachterin, an der Kontroverse. Bis in den Bunker vorzudringen, wo die ihre Lagebesprechung abhalten, und dem Hitler die Bombe vor die Füße zu legen, dazu gehört Mut!
Hohnlachen.
Mut? Nennt ihr das Mut, wenn einer, der die großartige Aufgabe übernimmt, die Welt von einem Tyrannen zu befreien, den Sprengkörper unter den Tisch schiebt und dann schleunigst das Weite sucht, um das eigene, kostbare Leben zu retten? – Jacqueline ist aufgebracht.
Um dann, assistiert ihr Mieke, die holländische Fälscherin von Lebensmittelkarten, durchzugeben, Hitler sei tot und man könnte mit der Umbildung der Regierung beginnen – das ist doch blöder, als die Polizei erlaubt.
Ein paar Partisaninnen lachen.
Die Gemüter derer, die am Streitgespräch teilhaben, sind erregt. Alle übrigen zeigen sich uninteressiert. Zu schwach, zu krank oder der deutschen Sprache nicht mächtig, dösen sie bereits dem Nachtschlaf entgegen. Für sie ist nichts geschehen; Attentat oder nicht, morgen früh um vier haben sie weiterhin mit schlafschweren Augen, hungrig und ungewaschen, vor der Baracke anzutreten. Daß dies sich überhaupt

noch einmal ändern könnte, geht über ihre Vorstellungskraft.
Wir verstummen, als uns die Argumente ausgehen.
Bevor ich, Arm ums Nachbarbein geschlungen, auf meiner Kante einschlafe, denke ich noch, wie unsinnig es doch ist, über die Motivation des Anschlags auf Hitler zu diskutieren. Wäre er gelungen, hätte er über hunderttausend Frauen die Freiheit wiedergegeben, zusammen mit allen anderen Kriegsgefangenen. Daran sollte man denken.

Gerüchte schwirren durch das Lager, tauchen irgendwo auf, werden eifrig weitergereicht, kostbare Nahrung für die unter uns, die sich noch nicht der Hoffnungslosigkeit ergeben haben. Es heißt, daß die sowjetische Armee das Konzentrationslager Majdanek bei Lublin genommen und alle Häftlinge befreit habe.
Sie kommen, sie kommen! schreien einige Russinnen, gebärden sich wild, fallen einander in die Arme, schluchzen, lachen. Ein paar Ukrainerinnen sehen ihnen mit verschlossenen Mienen zu. Sie haben Stalins Anordnung nicht vergessen: Genossen oder Genossinnen, die in deutsche Gefangenschaft geraten, sind als Kollaborateure anzusehen und zu erschießen.
Lisa hat die Novacek von der Schreibstube gefragt, ob etwas dran sei an dem Gerücht. Die Novacek weiß es nicht. Im *Völkischen Beobachter* habe nichts davon gestanden.
Über so was berichten die doch nicht, sagt Stéphane.
Aber woher stammt es dann? Klingt nicht, als sei es nur so aus der Luft gegriffen, meint Suzi.
Wir stehen eng aneinandergedrängt im Waschraum, unsere Lagerkleider linksum gewendet in den Händen, und knakken Läuse zwischen den Daumennägeln, blitzschnell, eine nach der anderen. Schwarze Läuse sind ungefährlich, eine rote dagegen bedeutet Typhus und muß gemeldet werden. Die Angst vor Quarantäne mit Selektionen ist stärker als die vor der Krankheit selbst.

Was meinst du? sagt Schiefmütterchen zu mir und preßt ein Stück Stoffnaht gegen das andere, womit sie mit etwas Glück gleich eine ganze Läusekolonne eliminiert. Manche aber bleiben, nur scheintot, im Gewebe hängen und erholen sich wieder. Einzeln knacken ist besser.
Im Grunde, sage ich mit braunblutigen Nägeln, hat es wenig Bedeutung, selbst wenn es stimmen sollte. Lublin, das ist noch sternenweit von uns entfernt. Bis die Russen über die deutsche Grenze sind, können wir alle verreckt sein.
Wir werden's erleben. Die anderen lachen über Schiefmütterchens widersprüchliche Bemerkung. Sie selbst lacht nicht mit. Sie ist Mitte Fünfzig, Altkommunistin aus Österreich. Ihren Spitznamen verdankt sie einer seltsam verformten Wirbelsäule, die ihr den Kopf zwischen schiefen Schultern zur Seite zwingt. In fast pausenlosen Verhören während ihrer langen Haftzeit in Gefängnissen ist sie brutal zusammengeschlagen worden.
Ein zweites Gerücht ist weniger hoffnungsträchtig. Unsere SS-Mannschaft soll Zuwachs kriegen. Die aus den Lagern im Osten ziehen sich, so heißt es, *ins Reich* zurück. Auch ein Team von Ärzten soll dabeisein, spezialisiert auf Experimente, deren Auswertungen der kämpfenden Truppe zugute kommen sollen. Es muß etwas dran sein an dem Gerücht; in der SS-Siedlung, draußen vor dem Lagertor, wird angebaut. Kommandant und Oberaufseherin drängen zur Eile.

Meine Kolonne steht, nicht weit vom Lager entfernt, auf welligem Gelände. Wir haben Schubkarren, alte Blechdinger mit quietschenden, verklemmten Vorderrädern. Mit ihnen müssen wir zu einer mit Ziegelsteinen hochbeladenen Feldlore. Knapp vor dieser versandet eine Eisenbahnschiene zwischen Disteln und trockenem Gestrüpp. Ursprünglich hatte es hier wohl einmal eine direkte Zufahrt zum Lager gegeben. Jetzt ist Fürstenberg Endstation für alle Bahntransporte. Unsere Aufgabe ist es, im Eiltempo die

Steine aus dem Wagen zu heben und sie durch ein Spalier von Aufseherinnen und Wachtposten zur Baustelle in der Siedlung zu fahren, wo wir sie, Ziegel um Ziegel, ordentlich geschichtet abladen müssen. Handschuhe oder Lappen um die Hände sind verboten. Die schweren Steinquader sind nicht griffig; unsere Finger schneiden sich im Bemühen, sie von den übrigen zu lösen, an ihren scharfen Kanten. Die Haut der Hände reißt auf, die Fingerkuppen scheuern sich blutig. Der Schmerz ist kaum mehr erträglich. Doch der Arbeitsführer brüllt: Beeilung, Beeilung, ihr faulen Weiber. Und die Lore scheint nicht leerer zu werden. Brennesseln stechen unsere Beine; sie wachsen zwischen dem Schotter hervor. Das Schlimmste aber sind die Hunde. Die Volkhardt, als ‹die Teufelin› verschrien, hält sie am Ende des Spaliers an kurzer Leine. Es sind Schäferhunde, sie haben die Ohren aufgestellt und verfolgen unser Tun mit feindlich schillernden Augen. Der Himmel hat sich bezogen, drückt die Schwüle in den Boden. Obwohl kein Lüftchen sich regt, wechselt ständig das Licht; in einem Augenblick verfinstert sich die Landschaft; die Baumreihe, hinter der sich die Häuser der SS-Lagerleitung vor den Blicken Unbefugter verbergen, wird grauschwarz, der Boden um uns verliert seine Farbe. Im nächsten Moment bricht unvermittelt das Licht wieder hervor, und die Sonne brennt auf unsere wunden Knochen.

Aus meiner Clique sind diesmal nur die Unzertrennlichen dabei, Claire und Cilly. Die Ältere versucht immer wieder, der schwächlichen Cilly die Arbeit des Herauspulens der Bausteine aus dem Wagen abzunehmen. Sie schuftet für zwei, und ich staune, wie sie das durchhalten kann. Als ich zum fünftenmal mit meiner Schubkarre an Cilly vorbeikomme, sage ich leise: Ist schon fast Abend. Wir haben's bald geschafft.

Ich mach nicht mehr mit, sagt sie mit einem flackernden Blick aus tief in die Höhlen gesunkenen Augen. Es klingt monoton wie ein gemurmeltes Gebet. Ich mach nicht mehr mit...

Mit meinen Handgelenken stoße ich den Karren vor mir her,

stemme meinen Körper gegen den Griff. Meine Finger sind eine blutige Masse. Der irrsinnige Schmerz läßt Tränen über mein Gesicht rinnen. Auch mein Bauch tut weh, wo mir vorgestern das gelbe Pulver gegen Krätze napfförmige Löcher in die Haut eingebrannt hat. Sie sieht aus wie ein Sieb. Doch das ist nichts gegen die verstümmelten Hände. Rings um mich machen sie es ebenso, schieben mit Hüftknochen und Ellbogen, weil ihre Finger dazu nicht mehr imstande sind. Die ersten verzweifelten Rufe klingen auf: Wir können nicht mehr!

Und schon ist der Arbeitsführer mit seiner Peitsche zur Stelle: Das wollen wir doch mal sehen! Ein dünnes Pfeifen, Klatschen, ein Schrei. Angewidert starrt Pflaum in die Runde: Weitermachen! Aber dalli. Wird's bald?

Und da geschieht es. Es passiert so schnell, wir können kaum mit den Augen folgen. Cilly ist mit ihre Fuhre ungefähr in der Mitte des weitgezogenen Spaliers, als sie plötzlich die Karre stehenläßt und zwischen den Wachtposten ausschert. Sie hastet, rennt um ihr Leben, stolpert, fällt. Ein kurzes Kommando, und zwei wild bellende Hunde stürzen sich auf die Liegende. Ein Pfiff aus der Trillerpfeife der Aufseherin befiehlt sie zurück. Dort drüben, wo der Staub die Sträucher grau färbt, liegt reglos ein Bündel Mensch.

Weitermachen! Los, vorwärts!

Der eine der Hunde hat Blut am Maul. Ich wage keinen Blick mehr in die Richtung des Gesträuchs. Ich bin feige. Ich will leben. Die Kameradinnen von Block dreiundzwanzig, die auf der Baustelle das, was wir abladen, aufnehmen und mit Mörtel zu einer Grundmauer zusammensetzen müssen, haben ähnlich zerschundene Hände wie wir.

Was soll das werden, was ihr da macht? Ein neuer Palazzo für die Bonzen?

Eine Griechin, das knochige Gesicht staubig und verschmiert, blickt hoch. Nix Haus, sagt sie.

Was sonst?

Labor. Kommen Rohre hinein. Für Kühlung.
Ich frage nicht weiter. Da ist sie wieder, die Angst, dieses unbestimmte Gefühl, in einen schwarzen Schacht zu stürzen, ohne jemals anzukommen. Bodenlose Tiefe. Atemnot. Wie gut wäre es, auf der Stelle sterben zu können, hier, jetzt gleich. Wenigstens über das Letzte, den eigenen Tod, selbst verfügen zu dürfen.
Ich stolpere zur Lore zurück. Aus der Ferne kommt das Gebimmel des Fürstenberger Kirchleins am Marktplatz. Ich bilde mir ein, Chorgesang zu hören, ganz zarte, liebliche Kinderstimmen, sehe, wie das Firmament über mir sich zu gotischen Bögen zusammenschließt, hohe, kühlende Wände schirmen mich ab von Hitze und Fron, wie gut das tut – sich gehenlassen dürfen – entspannen ...
Auf, Mensch, auf! Ist ja gleich Feierabend! Die Polin Stanislawa, Zwangsarbeiterin in einer Munitionsfabrik, die eines Nachts in die Luft flog, rüttelt mich mit wunder Hand an der Schulter. Die da drüben schauen schon.
Ich rapple mich hoch, nehme die jetzt leere Karre wieder auf. Kleiner Schwächeanfall, sage ich, ohne sie anzusehen. Ich schäme mich. Das war mir bisher noch nie passiert.
Es wird zum Aufbruch gepfiffen. Ich wage einen kurzen Blick auf das nun in der durchbrechenden Abendsonne liegende Gelände. Nicht nur Cilly ist auf der Strecke geblieben. Ich zähle sieben weitere reglose Bündel. Wie klein sie aussehen, geschrumpfte Häuflein Mensch. Abfall, für den Kamin bestimmt. Ich hätte unter ihnen sein können. Der Gedanke schreckt mich nicht mehr. Die da haben es überstanden.
Im Lager werden wir geschlossen zur Krankenbaracke ins Revier gebracht. Jeder von uns gibt Erika Jantzen, die Lagerärztin, einen Pinselstrich Jod auf die Fingerkuppen. Das reicht, sagt sie, die nächste. Nun macht schon.
Später, in der Baracke, zerreißen wir unsere schmutzstarrenden Unterhemden und machen uns daraus Verbände, die wie graue Fausthandschuhe die wunden Finger schützen sollen. Zumindest während der Nacht.

Nach dem Abendappell bringen die Leichenträger Cilly zu uns in die Baracke, hieven sie auf ihren Schlafplatz. Stéphane hat mit ihnen gesprochen und sie gegen ihren Zwanzig-Gramm-Margarinewürfel um diesen Sonderdienst gebeten. Zum Glück ist Cilly tot. Solchen, die noch leben, doch zu keiner Arbeit mehr taugen, geben sie im Revier auf sehr unschöne Weise den Rest. Ihr Körper ist zerfetzt, die Arme aus den Gelenken gerissen, die Füße eine blutige Masse. Aber ihren Kopf haben die Bestien verschont. Ich suche den Schrecken, das Entsetzen in ihren Zügen. Doch ihr Gesicht, nachdem Claire ihr behutsam die Augen geschlossen hat, ist lächelnder Friede. Etwas Strahlendes geht von ihm aus; so schön, flüstert mir Lisa zu, ist sie im Leben nie gewesen.
Claire hockt mit steinernem Gesicht neben ihr. Auch sie, wie die meisten von uns, hat das Weinen verlernt, Suzi, Emma, Stéphane, Lisa und ich stehen zu beiden Seiten der Mittelkoje und starren auf Cillys Gesicht, können uns nicht satt sehen. So also sieht sie aus, die Erlösung, wenn der Tod der Zerstörung Einhalt gebietet. Alles scheint wieder dazusein, aber auf einer anderen Ebene, unerreichbar, unempfindlich für weitere Quälereien. Um uns herum schnarchen und röcheln Tausende von Frauen im Erschöpfungsschlaf.
Das ist, flüstert Suzi schließlich fast unhörbar, das ist, als wäre sie gar nicht tot, ich meine –
Als ginge es weiter, nachher? Auch Lisa ist beeindruckt.
Sie lächelt, sagt Stéphane. Seht nur, wie sie lächelt.
Emma bringt uns auf die Erde zurück. Das sind Muskelreflexe, erklärt sie, die Metzgersfrau. Wenn ich zu Hause ein Huhn schlachte, rollt der Kopf noch minutenlang mit den Augen, und der Rumpf fliegt ohne ihn durch die Küche.
Einen unpassenderen Vergleich kannst du wohl nicht finden? sagt Stéphane zornig.
Emma bleibt bei ihrer Behauptung. Im übrigen, ergänzt sie, sollten wir wissen, sei ein Körper erst einmal tot, verlören die Muskeln ihre Spannung. Das erwecke dann den Eindruck, als lächelten die Toten. Illusion.

In dem Fall müßten die Mundwinkel doch wohl absinken. Das Gegenteil ist der Fall, überzeug dich selbst.
Wir reden schon wie Anatomiestudenten im ersten Semester, sagt Lisa. Gehen wir schlafen.
Die feierliche Stimmung, die uns vier einen Augenblick lang erfaßt hatte, ist verflogen; dies ist nicht der Ort für Besinnung, alles ist immerzu gegenwärtig. Wir ziehen uns, eine nach der anderen, auf unsere Pritschen zurück, die naß sind vom Nieselregen, der durch das Dach sprüht. Die alten Decken stinken erbärmlich.
Einzig Claire hockt reglos neben dem Körper ihrer Lebensgefährtin. Seit dieser Nacht spricht sie nicht mehr. Eine Woche später finden die Aufsammler, als der Tag sich neigt, Claires Leiche im Stacheldraht. Dort, wo die mit Starkstrom geladene Umzäunung die Mauer ergänzt. Sie ist bis zur Unkenntlichkeit verbrannt und landet vermutlich in der Seifensiederei neben den Strafblöcken, wo aus noch verwertbaren Knochen Kernseife hergestellt wird. Unsere Clique ist nun keine Clique mehr, nachdem die Unzertrennlichen fort sind. Ich denke nicht weiter darüber nach. Aber tief innerlich spüre ich so etwas wie einen schmerzlichen Verlust.

Überall um uns herum wird es spürbar: Es liegen Veränderungen in der Luft. Ob zum Guten oder zum Schlechten – niemand weiß es. Die bislang rigoros eingehaltene Lagerroutine kommt ins Wanken. Diejenigen der Aufseherinnen, die bei uns als besonders unnachgiebig gelten, verwandeln sich in Furien, schreien uns zusammen und greifen beim geringsten Anlaß zur Ledergerte. Willkürakte sind an der Tagesordnung.
Und ständig treffen neue Transporte ein, sich müde dahinschleppende Frauen, grau, verstaubt, mit Gesichtern, die von Angst gezeichnet sind. Viele von ihnen führen Kinder an der Hand, andere halten Säuglinge im Arm. Die Kinder blicken mit übergroßen, fragenden Augen um sich. Gemeinsam werden sie vom Lagerkommandanten in Empfang

genommen und von zwei Aufseherinnen zur Entlausung gebracht. Zurück kommen sie einzeln, kahlgeschoren und verweint. Die Kinder sind verschwunden. Niemand, bis auf die vom speziellen Außenkommando für Ausschachtungsarbeiten, sieht sie je wieder.
Sie verlieren die Nerven, sagt eine aus unserer Baracke. Ein gutes Zeichen.
Was nützen mir Zeichen? So eine andere. Die Schreiter hat mir beide Arme ausgekugelt.
Ich sag euch: die aus den östlichen KZs gehen brutaler zu Werke als unsere Stammbelegschaft. Für jeden Furz gibt's 'ne Meldung.
Dann friß dein Brot weniger hastig, sonst haben sie dich gleich beim Wickel.
Und es heißt, das sei erst der Anfang. Möchte wissen, was die noch mit uns vorhaben.
Darauf weiß niemand eine Antwort. Manchmal, an Tagen, wenn die Luft flirrt und der Boden vor Hitze dampft, glauben wir das ferne Echo von Kanonen zu hören. Doch dem täglichen Wehrmachtsbericht zufolge, der von der Schreibstube her in Windeseile im ganzen Lager die Runde macht, tritt der Krieg auf der Stelle. Da fällt irgendwo, gar nicht mehr weit von der Grenze des Großdeutschen Reichs entfernt, eine Bahnlinie, ein Ort, ein Flußübergang in die Hände der anrückenden Alliierten. Und am Tag darauf heißt es dann, die Stellungen seien von den deutschen Truppen während ihrer planmäßigen Absetzung aus den Kampfgebieten zurückerobert worden. Längst ist aus dem Endsieg ein Endkrieg geworden, der sich, wenn es so weitergeht, noch über Jahre hinziehen kann. Die Deutschen kämpfen verbissen, auf verlorenem Posten, um jeden Grashalm.
Habt ihr es schon gehört? Wir sollen verlegt werden! flüstert Ilona, eine *Verfügbare* wie wir. Sie macht einen hysterischen Eindruck. Ein dünner Faden Speichel rinnt ihr über das Kinn, die Augen, farblos vor Entsetzen, sind aufgerissen.

Wer: wir? Drück dich gefälligst klarer aus, herrscht Schiefmütterchen sie an.
Wir stehen auf dem Bahnhof Fürstenberg und laden aus einem Gütertransport pralle Säcke mit Kartoffeln für die SS-Küche und Kohlen für das Kremo ab. Die Kohle, in letzter Zeit knapp geworden, kommt ins Lager, die Kartoffeln in den Großraumkeller vor dem Tor.
Alle von uns, die zum Außenkommando eingeteilt waren, quetscht Ilona unter der Last des Proviantsacks hervor.
Waren? Schiefmütterchen lädt sich die zweite Hälfte der Kartoffeln auf die höhere ihrer beiden ungleichen Schultern. Was heißt: waren? Keuchend schleppen sie ihre Last zum Karren, den sie unter ein immenses Plakat von *Achtung – Feind hört mit!* gestellt haben.
Sie ersetzen uns. Wir taugen nicht mehr zur Schwerarbeit, werden abgelöst von Neuen aus dem Transportnachschub.
Latrinengerücht, sagt Schiefmütterchen mit nicht mehr fester Stimme. Meine Mitträgerin Zdenka aus Böhmen und ich scheppern mit unserer Fuhre an den beiden vorbei. Bekommen die letzten Sätze mit. Machen sie immer so, sagt Zdenka gleichmütig. Wollen das Äußerste an Schufterei herausholen, no? Haben genügend *Menschenmaterial* zu ihrer Verfügung. So heißt das doch. Wir sind abgewirtschaftet, fertig, am Ende unserer Kräfte.
Warum sagst du nicht gleich: reif fürs Kremo? regt Schiefmütterchen sich auf. Ilona steht daneben und lacht irre.
No, wirst du krank dazu, bist du für die zu nichts mehr nütze und gehst durch den Kamin. Was erwartest du? Daß sie dich zur Kur in Sanatorium schicken? Die Zdenka ist ein Gemütsmensch.
Von wem stammt denn das Gerücht? sage ich. Im Augenblick könnten sie mich ruhig in den Ofen schieben, von mir aus lebend. Ich bin zu Tode erschöpft, mir ist alles gleich. Es ist ein Trost zu denken, daß wohl die meisten unserer Kameradinnen, die uns im Tod vorangegangen sind, ähnlich

empfunden haben könnten. Auf ihrer Liste, sagte uns die Novacek, die alles verbuchen muß, sind offiziell bislang einundsiebzigtausenddreihundertvierundfünfzig *Abgänge* registriert. Es könnten aber durchaus ein paar tausend mehr sein. Ihre Vorgängerin in der Schreibstube, eine gewisse Hauschild Hermine, sei mit dem Eintragen ziemlich nachlässig verfahren. Die SS ihrerseits habe kein sonderliches Interesse an der Vollständigkeit des *Abgangsregisters*. Dafür um so mehr an der äußerst genauen Verbuchung aller Wertsachen wie Pelze, Kleidung, Schmuck und Goldzähne. Da gebe es ständige Kontrollen.

Kein Gerücht, sagt Ilona leise. Hat Aufseherin gesagt. Die Schreiter. Danach preßt sie die Lippen zusammen, als habe sie uns ein tödliches Geheimnis verraten.

Aus dem Gedränge der Frauen um den geöffneten Waggon, von dessen Plattform Kameradinnen die schweren Säcke herabhieven, löst sich die Aufseherin Bösel, kommt mit ausholenden Stiefelschritten auf uns zu. Wir stieben auseinander, nehmen unsere Karren auf, machen, daß wir weiterkommen. Hätte die Bösel ihren Namen nicht bereits von ihren Eltern übernommen, wir hätten sie so getauft. Einzeln holpern wir mit unseren schweren Schubkarren die breite Chaussee nach Neustrelitz hinunter bis zur Abzweigung querfeldein. Das Lager liegt zur Rechten. Ein Ausbrechen nach links wäre sinnlos. Selbst wenn wir unseren Häschern entkämen, wer würde uns schon aufnehmen? Schiefmütterchen holt mich schwer atmend ein:

Hältst du das für möglich oder spinnt sie, die Ungarin?

Sieh mal, sage ich, der Kohlweißling. Er begleitet mich schon eine ganze Zeit.

Klar, daß man abgekämpft ist. Aber schrottreif sind wir deshalb noch lange nicht.

So mag ich den Himmel am liebsten. Wenn das Blau ins Violette übergeht, sage ich. Siehst du, wie er sich am Horizont rundet? Schiefmütterchen starrt von ihrer Kohlenladung auf meinen Sack Kartoffeln: Alles für die Bonzen. Mensch, wäre

das nicht ein Fest, einmal eine ganze Kartoffel verdrücken zu können, kannst du dir so was vorstellen?
Sie rückt ganz nah an mich heran. Das Blech unserer Karren schrammt mißtönend gegeneinander. Ich beuge mich vor, fange die schwielige Hand ab, die nach dem Verschluß des Sacks greift. Laß, sage ich, das bringt nichts.
Nur eine. Eine einzige. Eine kleine. Das merken die doch nicht, quengelt Schiefmütterchen. Der Hunger macht sie zum Kind.
Du weißt doch, wir werden am Tor gefilzt. Damit kommst du nie durch.
Ich esse sie gleich hier, und wenn noch so viel Erde dranklebt. Für Augenblicke rüttelt sie mich aus meiner Lethargie auf. Verdammt noch mal, nimm die Pfoten weg, Blödhammel. Oder willst du an zerfetztem Gedärm krepieren?
Ich versetze meinem Karren einen Stoß. Schiefmütterchen, noch über ihn gebeugt, taumelt zurück. Mein Kohlweißling verschwindet in erratischem Zickzackflug im Weggesträuch. Von fern ruft die Lagersirene zum Sammeln. Am Tor angekommen, lehne ich meinen Kartoffelsack gegen die Tür zum Keller und reihe mich ein, zu erschöpft, um noch einen klaren Gedanken zu fassen, zu hungergeschwächt, um mich zur Suppenausteilung zu drängen. Jemand nimmt mir den leeren Blechnapf aus der Hand, reicht ihn nach vorn weiter. Gefüllt mit Rübenwasser kommt er zu mir zurück. Ich spüle den Sud herunter, werfe mich auf mein Lager. Mag jetzt kommen, was will. Nur nicht weiter Außenkommando – letzter Gedanke vor dem Dunkel des totenähnlichen Schlafs.

Ilona hat recht behalten, es gehen Dinge vor im Lager. Die geheiligte Ordnung gerät durcheinander. Es wird gebrüllt, befohlen, geprügelt. Während des Morgenappells erscheint die Binz selbst mit einer Liste in der Hand. Fast dreihundert Nummern werden aufgerufen. Die Aufgerufenen werden zur Seite gestellt. Es sind alte und schwache Häftlinge, manche von ihnen heimlich schwer krank. Doch aus Angst vor dem Revier spielen sie den braven, einsatzfähigen Arbeitssklaven. Unter der Leitung der Oberaufseherin werden sie abmarschiert. Sie kommen *auf Transport*, heißt es. Wohin, wissen wir nicht, doch wir ahnen, daß es keine weite Reise werden wird. Der Vorgang wiederholt sich nun fast jeden Morgen. Wir nennen ihn *russisches Roulett*. Wird meine Nummer darunter sein?

Als nächste sind die Zigeunerinnen mit ihren Kindern dran. Lagerarzt Dr. Treite holt sie persönlich ab und geleitet sie zum Revier. Na also, es geht los, sagt die Bienhold, die mit der Lagererfahrung von Dachau und Auschwitz, während der Läuseknackmittagspause.

Was geht los? fragen ein paar.

Der Schuhmann muß eingetroffen sein, sagt sie. Gibt es auch grüne Läuse? Ich hab grad 'ne grüne erwischt. Grün für den Grünspan, den meine Haut ansetzt.

Meinst du den Arzt, von dem du mir erzählt hast? sage ich.

Genau den. Schuhmann Horst. Zweimal H. Euthanasiespezialist. Bei dem sind immer zuerst Juden und Zigeuner dran. Unwertes Leben und so.

Jetzt werden alle Umstehenden aufmerksam. Sie heben die Köpfe: Was tut der? Erzähl.

Die Bienhold, alte Sozi und eingeschworene Feindin der Nazis, genießt es, Mittelpunkt des allgemeinen Interesses zu sein. Es macht sie, die sonst eher Schweigsame, gesprächig. Dieser Schuhmann, brummt sie, sei ein perverses Schwein mit einer Sammelleidenschaft für Geschlechtsteile. Noch in Auschwitz habe er eine Abhandlung über die Einwirkung von Röntgenstrahlen auf menschliche Keimdrüsen verfaßt.

So lange er solches Zeug nur schreibt – sagt eine im Hintergrund.

Die Bienhold lacht ein zorniges Lachen. Glaubst du, der weiß nicht, worüber er schreibt? Bei uns in Auschwitz, ich meine, während der Zeit, in der ich dort war, holte er sich die hübschesten Juden- und Zigeunerbengel, alle so zwi-

schen zwanzig und fünfundzwanzig. Frag nicht, was er mit denen machte!
Aber wir fragen natürlich, gespannt, ängstlich.
Er hat ihre Pimmel einer Röntgenbestrahlung ausgesetzt. Fünfzehn Minuten lang. Und sie danach wieder zur Arbeit geschickt.
Hör auf, sagt Franca, zartbesaitete Katholikin, das glaube ich nicht, kann ich einfach nicht glauben.
Ich glaube ihr, sagt Hede Fischer aus dem Studentenkreis um die Geschwister Scholl, ich habe auch schon davon gehört.
Ihr Wort hat Gewicht bei den Frauen. Sie nicken mit zusammengepreßten Lippen. Und dann? will die Postbeamtin Breuer wissen. Geheime Weiterbeförderung von der Beschlagnahme unterworfenen Briefen hat sie zu uns gebracht. Was weiter? Was geschah mit den Männern? Sind sie daran gestorben?
Ein paar schon, sagt die Bienhold. Wenn es geeitert hat.
Und die übrigen?
Ganz plötzlich wird es still im Raum, so still, daß eine Laus, die verspätet zwischen zwei Fingernägel gerät, mit lautem Knall wie ein Ballon zerplatzt. Wir halten den Atem an. Dann kommt die tiefe Stimme der Bienhold, bebend vor Zorn: Die übrigen wurden nach einigen Wochen kastriert und anschließend vergast, damit Schuhmann ihre Hoden sezieren und sie mikroskopisch untersuchen konnte. Wegen der Strahlendosis. Ihre Geschlechtsteile schwimmen jetzt, säuberlich präpariert, in Spiritus.
Und woher weißt du das?
Er pflegte sich damit vor uns zu brüsten, sagt sie, und zu witzeln, ob wir uns nicht ein besonders stattliches Exemplar aussuchen wollten und so weiter – ihr wißt schon.
Wir schweigen, bis eine Polin sagt: Die Zigeunerinnen heute morgen – was wird er mit ihnen machen? Und mit den Kindern?
Das gleiche. Er wird die Frauen und Kinder ohne Narkose

sterilisieren, sie vermutlich im Revier von der Oberheuser abspritzen lassen und ihre Leichen nach bewährter Methode zerschnibbeln. Alles natürlich im Geist medizinischer Forschung, versteht sich...
Eine Trillerpfeife ertönt auf dem Vorplatz: Los, los, antreten, ihr faulen Weiber. Mittagspause beendet!
Schweigend reihen wir uns zum Abmarsch ein.
Trotz mancher Veränderungen hat sich meine Hoffnung, vom Außenkommando zur Arbeit innerhalb des Lagers versetzt zu werden, noch nicht erfüllt. Sie haben uns als Zusatzkommando einer Kolonne von Bauarbeiterinnen angeschlossen, die den zertretenen Weg, der zum Lager führt, einebnet und bepflastert. Die Gruppe aus unserer Baracke hat Sand und Steine abzuschippen, im Eiltempo. Wieder ist Pflaum selbst mit den Hundeführerinnen zur Stelle, überwacht jede unserer Bewegungen. Zur Hitze der Vortage hat sich eine fast unerträgliche Schwüle gesellt. Der Himmel scheint uns hier unten nachzuäffen; er zieht die regenschweren Wolken, die Erlösung bringen könnten, zu einer dünnen, gleichmäßigen Decke zusammen. Langsam, viel zu langsam für uns, die wir unter dem stickig heißen Atem des Teerkessels schwitzen, sammeln sich Gewitter unter ihr, verteilen sich, von unsichtbaren Winden geschoben, verblassen unter leichtem Grollen zu fadem Graugelb. Zum erstenmal verlassen mich die Kräfte. Ich schaue zu, wie ich, während sich die Erde dreht, zu schwanken beginne. Wie der Spaten meiner Hand entgleitet. Wie ich fast bedächtig, gleichgültig gegen alles Weitere, zu Boden gleite. Welche Erlösung, den zerschundenen Körper der Erde anzuvertrauen. Die eine der Aufseherinnen beugt sich herab, nestelt die Leine vom Halsband der Hunde los. All das sehe ich und stehe doch mit gebeugtem Rücken, während meine gehorsamen Arme Sand und Geröll zur Seite schippen. Das Blatt der Schaufel greift und wirft: Herab, hinauf. Herab, hinauf. Wo ist die Grenze zwischen Wahn und Wirklichkeit?
Der Abendappell zieht sich dieses Mal um eine ganze

Stunde in die Länge. Bei den Stuben- und Blockältesten der Slumbaracken herrscht Verwirrung: zu viele Abgänge, zu viele Neuzuteilungen. Die Listen, in Eile geändert, stimmen nicht mehr. Einige aus unserer Gruppe kippen bewußtlos um. Sie sind nicht in Gefahr. Wir werden uns nach dem Appell um sie kümmern. Seitdem ich heute nachmittag entdeckte, daß ich mich, unangreifbar für unsere Bewacher, aus meinem Körper zurückziehen kann, halten meine Beine durch. Ihr Zustand erreicht mein Bewußtsein nicht mehr, wenn ich es nicht will. Für einen kurzen Augenblick frage ich mich, ob dies vielleicht der Beginn einer Geistesstörung sei, eine Sache, über die ich schließlich die Kontrolle verlieren könnte. Schizophrene landen im Idiotenstübchen, bevor man sie verbrennt. Viel zu erschöpft, dem Gedanken nachzugehen, taumle ich nach endlicher Entwarnung durch die Sirene mit den übrigen zurück in die Baracke und auf mein Lager.

Zweitausend Frauen strecken aufatmend, eng aneinandergepreßt, Rücken und Beine. Von irgendwo sagt die Stimme einer neu Hinzugekommenen: Rück mal ein bißchen!

Die, der die Aufforderung gilt, beginnt zu lachen. Das Lachen ergreift die Nachbarkojen, setzt sich fort, bis es auch die letzte Pritsche erreicht hat. So komisch, so urkomisch, der Witz. Was zunächst heiter klingt, bekommt schnell etwas Hysterisches. Rück mal! kreischen ein paar aus der alten Garde wiederholend, rück mal! Gekicher der Alten. Gemecker, Gejaule steigert sich zu Geschrei, bevor es in Schluchzen umkippt. Unsere gesamte Baracke heult.

Aufhören! Sofort! Ihr bringt euch um! rufen einige Vernünftige dazwischen. Vermutlich unsere elsässische Gräfin und die Swoboda. Sie wissen um die Gefahren einer Massenhysterie. Es ist sinnlos. Inmitten des tausendfachen Geplärrs steht unsere Stubenälteste hilflos, weil ihre Stimme nicht durchdringt.

Nicht allen wird es schaden. Manch einer wird das endliche Weinen Erlösung bringen von dem ungeheuren inneren

Druck, unter dem wir alle stehen. Es wird aber auch wieder eine Reihe Abgänge geben. Morgen früh beim Appell wird es sich zeigen.
Ich nehme das Gelächter mit hinein in einen Traum. Den Arm um ein aussätziges Schienbein verankert, träume ich, ich säße an einer langen Kaffeetafel im Freien unter schattigen Kastanien. Ich bin acht Jahre alt und trage ein weißes Kleid, das sich um die Hüften bauscht und im Rücken mit einer doppelrandigen Schleife zusammengehalten ist. Die Erwachsenen um mich sind vergnügt und lachen ausgelassen. Ich mag ihr Lachen nicht. Erwachsene sehen töricht aus, wenn ihr Gelächter kein Ende findet, bis die Vögel von den Bäumen aufflattern und sich einen ruhigeren Platz suchen. Ich sehe, wie die fünffingrigen Blätterschatten der mächtigen Kastanie sanft über das Tischtuch pendeln. Der Baum ist mein Freund. Ich will fort von diesen Leuten hier, die mein Vater eingeladen hat, beginne zu weinen. Über den Tisch beugen sie sich zu mir herüber: riesige, süßlich lächelnde Köpfe ohne Leib: Komm, nimm noch etwas Kuchen. Willst du noch ein Täßchen Kakao? Sei ein gutes Kind!
Du ißt, was dir vorgesetzt wird! brüllt Vater.
Ich stoße meinen Stuhl um, renne in die Wiese hinein, der Tisch mitsamt den Gästen auf Stühlen hinter mir her. Er gleitet wie auf Schlittenkufen, wird schneller und immer schneller. An seiner vorderen Schmalseite, auf gewendetem Stuhl sitzt die bullige Gestalt meines Vaters, lenkt mit der Sitzlehne die zum Gefährt gewordene Kaffeetafel. Auf meinen kurzen Beinen laufe ich, so schnell ich kann, auf den Teich zu, zu dem die Wiese hinabführt. Ich kann nicht schwimmen, ich werde ertrinken. Schon spüre ich, wie das Gras unter meinen Füßen sumpfig wird, da sind plötzlich Arme, die mich umfangen, Hände, die mir das Haar aus dem erhitzten Gesicht streichen, zärtliche sanftbraune Augen. Mami, sage ich selig. Ich bin geborgen. Jetzt kann mir niemand mehr etwas tun.

Im Lager geht es zu wie auf einem Rangierbahnhof. Karawanen von kranken und alten Häftlingen, von der Lagerleitung als nicht mehr einsatzfähig und damit unbrauchbar abgeschrieben, kreuzen am Lagertor den Weg der ankommenden Transporte. Viele dieser Neuen sind im besten Alter und noch gut bei Kräften. Eine Menge Kinder führen sie mit sich, ihre eigenen und solche, deren Eltern ihnen in den Himmel vorausgegangen sind. Diese kleinen Waisen blicken aus anklagenden Augen. Sie werden mit ihren erwachsenen Begleiterinnen auf die verschiedenen Blocks verteilt. Im Unterschied zu uns dürfen sie anbehalten, was sie auf dem Leib tragen. Nur Mäntel und Wertsachen wandern in die Effektenkammer.
Der Moment ist da: Die Baracke siebzehn bekommt ein neues Außenkommando. Wir werden verlegt. Nach dem Morgenappell stehen wir, unsere Kleider über dem Arm, nackt vor dem Revier Schlange. Regen, der endlich seinen Weg durch die träge Wolkendecke gefunden hat, prasselt auf uns nieder. Wir frösteln. Angst macht uns zittern. Nach langer Wartezeit eingelassen, müssen wir an einer Gruppe von SS-Ärzten vorbei. Sie debattieren, scheinen uneinig über etwas, das vor ihnen auf dem Tisch liegt, beugen sich abwechselnd über ein Mikroskop, um es näher in Augenschein zu nehmen. – Der schlauchenge Gang ist voll häßlicher Leiber, gequollen von Hungerödemen, streifig geplatzter Haut, Wunden, eitrigen Geschwüren, bloßgelegten Knochen. Es stinkt mörderisch nach Tod und Verwesung. Der Gang hat keine Fenster.
Hinter mir steht die Bienhold. Ich wende den Kopf zu ihr um: War das der Schuhmann, der mit dem Aktenhefter unterm Arm?
Gott helfe uns, flüstert sie unter dem Atem. Die gesamte Elite ist da, Schuhmann, Schiedlausky, Fischer, der Rosenthal. Wenn das kein böses Omen ist!
Auch sie, die bisher Gefaßteste von uns allen, hat Angst. Todesangst.

Nummern werden aufgerufen. Die Aufgerufenen, jeweils zehn, treten durch die Tür in den Krankensaal. Daß sie nicht mehr zurückkommen, verstärkt die Unruhe unter den draußen Wartenden. Für kurze Augenblicke verläßt eine junge Ärztin den Raum. Wir suchen in ihrem Gesicht zu lesen, was da drinnen vor sich geht. Sie versteht, lächelt müde: Mes pauvres amies, keine Angst. Ihr bekommt nur eine Spritze. Gegen Typhus, ergänzt sie, als sie sieht, daß diese Ankündigung unsere Angst eher verstärkt als abschwächt. Sie trägt den politischen Winkel auf dem Ärmel ihres Kittels, spricht mit französischem Akzent.

Danach geht alles zügig voran. Doktor Treite, der spindeldürre Lagerarzt, hockt auf der Kante eines Tisches und schießt jeder von uns eine Injektion in den linken Oberarm, nachdem die hinter ihm stehende Oberärztin die jeweilige Lagernummer verlesen hat. Dreiundzwanzig, sagt er dazu, ohne uns ins Gesicht zu schauen, siebenundzwanzig. Einunddreißig. Es sind die Baracken, in die wir verlegt werden. Mir gibt er achtundzwanzig. Ich beobachte, wie er die immer gleiche Nadel kurz mit demselben Wattebausch abwischt, bevor er die Spritze neu auffüllt. Zum Umschauen im Saal mit den Krankenbetten bleibt keine Zeit. Vorwärts. Nächste! Eine Aufseherin schiebt uns zur Hintertür hinaus. Wer es nicht stehend schafft, muß sich zum Anziehen im Regen auf den schlammigen Boden setzen. Und doch sind wir so erleichtert, noch einmal davongekommen zu sein, daß wir herumalbern wie Kinder.

Später, auf dem Block: Welche Nummer hast du?

Die letzte, die einunddreißiger. Gar nicht so übel, das Dach ist noch ganz. Und du?

Achtundzwanzig.

Achtundzwanzig? Mensch, das ist doch *Wandas Villa*. So ein Pech. Das sagt die Kotthoff, eine Grünwinklige. Sie hat mit besagter Wanda wegen Plünderung eines Lebensmittelladens nach der Bombardierung im Königsberger Zuchthaus gesessen.

Wir sind den Außendienst los, sage ich. Und du sprichst von Pech!
Wart's ab, sagt die Kotthoff. Wandas Villa ist kein Vergnügungspalast. Denk an meine Worte. Ich wünsche dir Glück. Halt die Ohren steif. Vor der kuschen selbst die Aufseherinnen, vor der Wanda.
Ich mag die Kotthoff. Aber jetzt, finde ich, übertreibt sie doch stark.
Ich lasse mich überraschen, sage ich und verschwende keinen weiteren Gedanken mehr an Kotthoffs Zellengenossin. Es ist ein herrliches Gefühl zu wissen, daß es von nun an nur noch Dienst innerhalb des Lagers geben wird.

Wandas Villa

September / Oktober 1944

Eine unsichtbare Bedrohung rückt auf uns zu. Wir alle mit unseren lädierten Nerven geraten unter ihren Einfluß. Sie zeigt sich nicht nur in den verschärften Maßnahmen der Lagerleitung, sogar die Luft scheint von ihr erfüllt. Unruhe ergreift selbst die Apathischsten unter uns. Etwas geschieht oder wird geschehen. Aber was? Diejenigen unter uns, die bislang unerschütterlich an eine baldige Befreiung des Lagers und an unser Überleben glaubten, heben jetzt nur ratlos die Schultern, wenn wir bei ihnen neuen Mut schöpfen wollen.

Ich teile meine Überstellung nach Baracke achtundzwanzig mit Mela Wolters aus Linz und der Polin Lydia Jercek. Ver-

blüffend, wie wenig man der zerbrechlichen Mela, sanftes Kindergesicht unter weißblonden Haarstoppeln, den Fanatismus ansieht, mit dem sie, die österreichische Nationalistin, für ihre Überzeugung einsteht. Die Schwerarbeit im Außendienst hat ihr das linke Handgelenk zerbrochen. Es hätte geschient werden müssen, als es geschah. Sie wollte nicht, daß wir sie bei der Stubenältesten meldeten; eine Meldung hätte die Überführung ins Revier bedeutet. Lydia dagegen ist gerade von dort zurück. Meniskus. Eine lange, krumme Narbe zieht sich vom Knie bis zum Knöchel. Es sieht aus, als habe eine Näherin aus der Schneiderei das gesamte Bein aufgeschnitten und danach mit primitiven Reihstichen wieder zusammengenäht. Das Bein ist steif geblieben, beim Gehen schwingt sie die bewegliche Seite aus dem Hüftgelenk vorwärts, zieht das operierte Bein nach, strafft dabei den Oberkörper und reißt das Kinn hoch im rührenden Versuch, die Behinderung nicht zu stark auffallen zu lassen. Ihre riesigen, schwarzen Augen erbetteln bei jedem Blick die Bestätigung, daß man kaum merkt, auf welche Weise sie sich bewegt. Daß sie keine Angst zu haben braucht, bei der nächsten Inspektion durch den Kamin zu wandern. Wir versichern es ihr wieder und wieder; niemand von uns bringt es fertig, ihr die Wahrheit zu sagen. So, wie die Dinge jetzt stehen, hat sie kaum eine Chance, lebend durchzukommen.
Baracke achtundzwanzig oder, wie Kotthoff sie nennt, Wandas Villa, liegt ganz hinten, am Ende der letzten Reihe nahe dem Männerlager, von dem wir durch verstromten Draht getrennt sind. Das Dach sieht aus, als habe ein Meteorit es durchschlagen; ein paar gesplitterte Holzsparren ragen aus der zerfetzten Pappe. Die Bretter der Außenwand sind von Fäulnis überzogen.
Na Servus, sagt Mela bei diesem wenig erfreulichen Anblick. Abgewirtschaftete Außenarbeiterinnen wie wir haben kein Recht auf menschenwürdige Unterkunft, sage ich. Ist aber immer noch besser als Strafblock oder Revier. Der Siebzehner war schließlich auch nicht gerade ein Palast.

Lydia schweigt, sie ist sich ebenso wie wir darüber im klaren, daß wir von nun an der Masse der *Innendienst-Verfügbaren* zugehören und jederzeit ersetzbar sind.
Wenn wir im Winter noch hier sein sollten, werden wir erfrieren, sagt Mela und deutet mit dem Kinn gegen die Fenster. Sie haben keine Scheiben. Aus den schwarzen Holzrahmen ragen ein paar Glassplitter, die das abendliche Dämmerlicht spiegeln. Auch die Fenster der Baracke siebzehn waren nicht intakt gewesen, sie ließen sich nicht öffnen, hatten auf diese Weise jedoch den Hauptanteil des warmen Miefs zurückgehalten.
Mit unseren Überstellungsscheinen, die wir der Stubenältesten abzugeben haben, treten wir ein und bleiben wie angewurzelt stehen. Na Servus! sagt Mela zum zweitenmal. Wenn wir bisher geglaubt hatten, unsere Wohnbaracke sei bereits ein Musterbeispiel an Verwahrlosung gewesen, werden wir jetzt eines Besseren belehrt. Achtundzwanzig ist hoffnungslos überfüllt und verdreckt. Hier, sagt uns eine Alte mit von Blut und Kot verschmutztem Streifenkittel, gebe es überhaupt keinen Waschraum. Die Aborte seien geschlossen worden wegen Seuchengefahr. Die Kanalisation funktioniere schon lange nicht mehr. Zur Verrichtung der Notdurft stünden drei Kübel an der Hinterwand zur Verfügung. Kranke vom Innendienst hätten die allmorgendlich zu leeren. Das ist schlimmer als Prügelstrafe, sagt die alte Polin.
An Scheiße gewöhnt man sich, meint Lydia, die schon öfter zum Innendienst herangezogen worden war. Ist doch bloß verdautes Brot aus Kastanienmehl.
Und Eiter und Blut. Manchmal auch ganze Stücke Gedärm.
Willst du sagen, ihr habt hier die Ruhr?
Die Polin nickt. Auch ein paar Typhusfälle. Aber die sind schon alle tot.
Die Stubenälteste, eine Deutsche mit verhärmtem Gesicht, tritt auf uns zu: Von siebzehn?
Auf unser Nicken hin bringt sie uns zu der für uns vorgesehe-

nen Lagerstatt, eine der unteren Pritschen, auf der zwei ältere Frauen liegen, eine Tschechin und eine völlig apathische Russin. Wir rollen uns in gewohnter Art aneinander.
Die Kinder, sagt Mela. Habt ihr gesehen, wie viele Kinder es hier gibt? Sie müssen alle mit den letzten Transporten gekommen sein...
Die Tür wird aufgerissen. Ein scharfes Kommando:
Achtung!
Abendkontrolle, bevor das Licht gelöscht wird. Wir springen aus unseren Verschlägen, stehen stramm. Es ist die Printzen, eine der jüngsten Aufseherinnen in Ravensbrück. Der Ausdruck ihres Gesichts verrät den Eifer, es den Dienstälteren gleichzutun. Hände in die Hüften gestemmt, läßt sie ihre Augen prüfend über Bettstellen und Gänge schweifen.
Vor uns stehen ein paar Häftlinge dicht gedrängt beieinander, als wollten sie mit ihren mageren Körpern etwas verdecken.
Es fällt der Printzen auf: Was ist denn hier los? Macht Platz!
Mit wenigen Schritten ist sie bei den Frauen, die zögernd zur Seite weichen. Vor der Aufseherin liegt ein kleines Mädchen unter einem der Deckenlumpen. Sein Gesicht ist grau, die Lippen schmerzverzogen. Die Printzen starrt einen Augenblick ratlos das Kind an. Da ist plötzlich eine Rotwinkelige zur Stelle, tritt vor. Mit einem Ruck reißt sie die Decke von der kleinen Gestalt. Das rechte Bein, unförmig angeschwollen, ist schwarz verfärbt.
Judenkind, Frau Aufseherin, macht die Frau Meldung, Hohn in der Stimme. Hat Fußmarsch von Auschwitz hierher nicht vertragen.
Die Printzen verfügt noch nicht über die in ihrem Berufsstand erforderliche Härte. Und was wird mit ihm? Es klingt zaghaft.
Die anderen spüren ihre Unsicherheit, nützen sie augenblicklich aus. Eine junge mit grünem Winkel am Arm spot-

tet im Ton der Märchenerzählerin: Morgen fliegt sie durch den Schornstein der Mutti nach, die wartet schon als Engel im Himmel auf sie. Über das Revier, sagt eine andere. Muß zuerst das Bein ab für den Doktor Schiedlausky. Der sammelt so was, Frau Aufseherin.
Rohes Lachen, geboren aus Haß und Verzweiflung.
Die Printzen versucht, den Blicken des kleinen Mädchens auszuweichen, den übergroßen, angstvoll aufgerissenen Augen, die wissen wollen, ob die Frau in der grauen Uniform ihm die Schmerzen wegnehmen kann, die seinen kleinen Körper verzehren. In diesem Augenblick kommt von irgendwo in unserem Rücken eine Stimme, kräftiger als die der anderen, lässig im Tonfall: Kein hübscher Anblick, was, Gerda? Könnte dein Kind sein. Denk dran, wenn du dein erstes kriegst! Das Lachen, das den Sätzen folgt, ist laut, grob.
Im Hinauseilen bringt die Aufseherin noch ein knappes *Rührt euch* heraus. Die Tür der Baracke schlägt zu.
Bevor ich auf die Pritsche zurückkrieche, drehe ich mich nach der Stimme um, kann in dem Gedränge aber nichts ausmachen. Die Tschechin, meine Bettnachbarin, versteht. Das war Wanda, sagt sie. Die darf die Aufseherinnen duzen.
Ich würde sie gern fragen, wer diese Wanda ist und weshalb die Lagerleitung ihr solch offensichtliche Privilegien einräumt. Doch ich bin zu müde. Werd's noch bald genug erfahren.

Unsere Hoffnung, den Status der Verfügbarkeit mit einem festen Arbeitsplatz zu vertauschen, hat sich nicht erfüllt. Der Lagerdienst erfordert weniger Kräfteeinsatz. Dafür ist er in Teilen weitaus widerlicher: Abort reinigen, Revier putzen, Kohle schippen, Leichen schleppen oder auch mal Krematoriumsinnendienst machen, alles Dinge, von denen wir bisher kaum etwas gewußt haben. Hier gibt es auch keinen Arbeitsführer mehr, der nach dem Appell Einsatznummern

verteilt, hier schreitet im stolzen Bewußtsein ihrer Macht Aufseherin Mehnert betont langsam die Reihen ab und starrt einer jeden von uns prüfend ins Gesicht. Solche, die sie nicht leiden kann, und sie kann viele nicht leiden, sondert sie für die schmutzigsten Tätigkeiten aus.
Die hat einen Sozialkomplex, sagt Mela. Habt ihr's gemerkt? Sie pickt all die heraus, denen ein bisserl Bildung im Gesicht geschrieben steht.
Es ist Abend. Wir sitzen auf der Pritschenkante, lassen die Beine über den Rand baumeln. Gleich werden sie das Licht löschen.
Ich wär so gern in die Nähstube gekommen. Wo ich doch Schneiderin war. Ich meine, wegen meines Beins. Da könnte ich wenigstens sitzen.
Kannste vergessen, sagt Aldra Mazzini, Partisanin aus Lucca. Alle guten Plätze, Kleiderkammer, Schreibstube, Schneiderei oder Küche, sind in festen Händen. Wer zuerst kommt, frißt zuerst.
Höchstens die in der Küche, sage ich.
Die um mich herum lachen. Es geht wieder los: Das Lachen rippelt durch die verbrauchte Luft, wirkt ansteckend, pflanzt sich fort von Pritsche zu Pritsche. Doch zur Hysterie kommt es diesmal nicht.
Was ist los? Was kichert ihr Schmuckstücke?
Das ist unverkennbar Wandas Stimme. Ich habe sie bisher noch nicht zu Gesicht bekommen, die Kindsmörderin. Man sagt von ihr, sie habe mit dem Ausruf: ‹Da haste dein Geschenk, mein Führer›, ihren neugeborenen Sohn erwürgt und den toten Säugling in die Mülltonne geworfen. Eine Grünwinklige.
Irgend jemand in meiner Nähe ruft: Krullkopf hat'n Witz gemacht. Der Spitzname ist eine Anspielung auf mein nachwachsendes Haar, das sich, anstatt nach unten zu wachsen, in dichten Locken um meine Kopfhaut kringelt. Es wird still in der Baracke.
Und wieder Wandas Stimme. Befehlston:

Krullkopf, komm her!
Viele Köpfe weisen mir den Weg zum Mittelgang. Ich spüre die Neugier in meinem Rücken.
Tripper-Wanda – ihr Beitrag zum Widerstand lag darin, als Prostituierte in einem Militärpuff innerhalb weniger Tage, so will es das Gerücht, eine ganze Kompanie von Frontsoldaten mit Gonorrhöe kampfunfähig gemacht zu haben – bewohnt eine Pritsche für sich allein und hat sogar eine feste, wärmende Wolldecke. Im krassen Gegensatz zu den Elendsgestalten ringsum ist sie wohlgenährt. Das Fleisch um Arme und Beine ist flabbrig, quillt beim Aufliegen in die Breite. Aus verquollenem Gesicht mustern mich Augen, winzig zwischen massigen Wangen, voller Mißtrauen. So was soll Witze machen können? Die is ja selbst 'n Witz.
Sie war's, sie war's, versichert ihr Anhang, der sich neugierig um uns herum schart.
Also los, Krullkopf. Mir auch einen. Aber 'nen saftigen, kapiert? Sonst wirste erfahren, wie witzig *wir* sein können!
Spottgelächter. Erwartungsvolles Schweigen. Meine Gedanken jagen. Ich habe eine Bande vor mir, eine verschworene Gemeinschaft. Und Wanda ist ihr Oberhaupt. Ein Witz. Ich kenne keinen Witz. Und wenn, fällt mir jetzt, gerade jetzt, keiner ein. Angst blockiert meine Gehirnzellen.
In diesem Augenblick unmittelbarer Gefahr, in dem ich aufgefordert bin, mich vor der herrschenden Clique in dieser Baracke zu behaupten, erinnere ich mich an Onkel Achim, an seine dröhnende Stimme, mit der er, gut zehn Jahre ist es her, meinen Eltern in meinem Beisein Schmuddelwitze erzählte, was meiner Mutter so zuwider war, daß Vaters Bruder auf ihren ausdrücklichen Wunsch hin unser Haus nicht mehr betreten durfte. Das meiste hatte ich sowieso nicht verstanden. Einer der Witze aber war mir so rätselhaft erschienen, daß ich unser Hausmädchen um eine Erklärung anging. Loskreischen, ‹Aber Kind!› schreien und aus dem Zimmer rennen war ihre spontane Reaktion gewesen. Es mußte wohl

etwas sehr Unanständiges sein. Natürlich hatte ich ihn zwischenzeitlich längst vergessen, doch nun, wie vom Himmel gefallen, ist er plötzlich da.
Also, da hat ein Arzt seine Praxis –
Wo? Wanda will es genau wissen.
Irgendwo am Hafen.
Kiel?
Ja, Kiel, sage ich, glücklich, daß in diesem Augenblick das Licht verlöscht. Wenn ich jetzt fortliefe? Mich versteckte? Zwecklos. Durch die Fensterlöcher dringt der fade Schein der Bogenlampen. Und in gleichmäßigen Abständen greift der Lichtstrahl vom Wachtturm nach uns.
Kenn ich, Kiel, sagt Wandas Baßstimme aus dem tiefen Dämmer. Weiter!
Also zu ihm kommen die Matrosen, wenn ihre Schiffe dort anlegen, um sich schnell mal untersuchen zu lassen. – Müde bin ich, so müde. Warum lassen sie mich nicht in Ruhe?
Ach, so'n Arzt is das, warum sagstes nicht gleich? Ein Pimmelschnupfenheiler.
Beflissenes Gelächter: Haben dir einiges zu verdanken, die Typen, was, Wanda?
Die Angesprochene scheint sich geschmeichelt zu fühlen. Du mußt nämlich wissen, sagt sie in meine Richtung, eigentlich müßte ich auch den roten Winkel haben, hab auf meine Weise meinen Beitrag zum Widerstand geleistet. Erzähl weiter. Ein Befehl.
Der Arzt hat eine neue Sprechstundenhilfe bekommen. Und weil der Arzt sehr beschäftigt ist –
Kann ich mir denken, sagt Wanda laut. Wird sie denn nicht müde? Rundherum liegt alles im Erschöpfungsschlaf. Doch mit Wanda halten auch ihre Höflinge durch. Beifallgekrächz. Sie scheinen sich vom gleichen Zuchthaus her zu kennen, ihre Vertrautheit untereinander deutet es an.
Müde bis zum Umfallen arbeite ich mich durch die Anekdote, soweit sie mir noch erinnerlich ist. Der Arzt, noch mit einem Patienten beschäftigt, hat seine neue Sprechstun-

denhilfe – sagte ich schon, daß sie erst sechzehn und sehr naiv war? –, also er bittet das Mädchen, den nächsten Patienten, einen alten Seemann, schon mal für die Untersuchung bereit zu machen. Auszuziehen, assistiert Wanda.
In meiner früheren Baracke hätten sich Umliegende längst empört über die Störung ihrer hart verdienten Nachtruhe. Hier bleibt alles still, obwohl Wandas dröhnendes Organ bestimmt einige aus dem Schlaf gerissen hat. Warum nur haben alle einen derartigen Respekt vor dieser Frau?
Worauf die Neue, fahre ich fort, mit der Botschaft, der Mann sei über und über tätowiert, ins Ordinationszimmer geplatzt kommt. Darauf der Doktor: In der Mitte wird schon was frei geblieben sein. Nein, da stünde «Opel P4». Das haben Sie sich eingebildet, sagt der Arzt über seinem Rezeptblock, noch mit Ausfüllen beschäftigt. Alte Seebären lassen sich in der Jugend tätowieren. Der Opel P4 ist aber gerade erst auf den Markt gekommen.
Pause.
Das soll 'n Witz sein? Wandas Stimme klingt drohend.
Irgendwo in diesem Menschenpferch beginnt ein Kind laut zu jammern: Mama! Mamitschka! Eine Frau tröstet flüsternd.
Ich beeile mich zu versichern, die Geschichte sei noch nicht zu Ende. Die Arzthelferin sei zurück zu dem Patienten ins Vorzimmer, um, als zehn Minuten später das Klingelzeichen zur nächsten Untersuchung ertönt, mit rotem Gesicht ihrem Chef zuzugestehen, er habe recht gehabt. Nicht «Opel P4» hieße es an jener Stelle, sondern «Konstantinopel Neunzehnhundertundvier».
Stille, nachdem ich geendet habe. Entweder hat ihr die Geschichte nicht gefallen, was bedeutet, sie von nun an zur Feindin zu haben, oder sie ist darüber eingeschlafen mitsamt ihrem Hofstaat.
So unauffällig wie möglich will ich mich davonmachen, da bricht es plötzlich los. Ho ho ha, schreit Wanda und Ha ha ha, begleitet von einem Geräusch, als klatsche ein nasser

Lappen gegen eine Holzverschalung: Wanda schlägt sich vor Vergnügen auf die flappigen Schenkel. Konstantinopel, ho ho ho, Kon-stan-ti-no-pel! Wie ein Kind deklamiert sie die einzelnen Silben.
In gleicher Weise echoen ihre Getreuen: Neun-zehn-hundert-vier! Und, schreit eine dazwischen, Neunzehnhundert-*und*-vier!
Nun kommt doch Unruhe in die Baracke. Gemurmel, Unwille, ein paar Ausrufe in fremder Sprache, die wie Flüche klingen. Ich mache mich so eilig wie möglich auf den Weg zurück zu meiner Pritsche.
Krullkopf, schreit Wanda hinter mir her, morgen erzählst du mir wieder einen. Nach der Abendkontrolle, verstanden?
Ich lasse mich neben Lydia auf das stinkende Stroh fallen, erschöpft und benommen von der eben ausgestandenen Angst. Ekel auch vor mir selbst, daß ich mich derart erniedrigen ließ. Noch ahne ich nicht, daß mir der Schmuddelwitz von Onkel Achim Monate später das Leben retten wird.
Im Eindämmern fliehe ich vor all dem Häßlichen um mich herum in die Welt meiner Vorstellungen, die im Gegensatz zum Tagesgeschehen mehr und mehr an Realität gewinnt. Während der Lichtstrahl vom nahen Wachtturm in gleichmäßigen Abständen über die aneinandergedrängten Gestalten auf den Brettern gleitet, über Gesichter, deren Leid nicht einmal der Schlaf aus den Zügen zu wischen vermag, lausche ich auf die Rufe des fernen Seeadlers. Irgendwo da draußen am See hockt er im Geäst; ich höre ihn jede Nacht, bevor ich einschlafe. Weiß er von seinem Glück, frei zu sein? Ich versuche, mir den Schwedtsee vorzustellen. Oft schon waren wir ihm so nah, daß der Duft nach Schilf und Wasserdichte, den uns der Wind zutrug, in unsere Nasen drang. Und doch haben wir ihn bis heute nicht zu sehen bekommen. Meine sehnsüchtige Phantasie wünscht ihn sich ganz versteckt zwischen dichtem Nadelgehölz, ein tiefes Wasser, in sich ruhend, zugänglich nur für den, der seine Stille nicht verletzt. Aus ihm machen meine Gedanken einen Hort der

Geborgenheit. Früh am Morgen, wenn die aufgehende Sonne die Tannenwipfel rot färbt, sitze ich am Uferrand, ziehe mit der Frische des Wassers den Duft der Schilfgräser und Baumharze tief in meine Lungen ein, höre zu, wie die Natur ringsum mit einer ganzen Symphonie von Lauten erwacht. Und da ist auch mein Seeadler. Lautlos, mit weit gebreiteten Schwingen, gleitet er über das Wasser. Ich rufe ihn. Er soll mich von hier forttragen, ich bin auf der Flucht vor etwas, das ich nicht benennen kann, weil es zu entsetzlich ist. Er stößt auf mich herab; seine Fänge, die er um mich schlägt, sind riesig und tun mir weh. Deine Schuld, krächzt er, mich vom Boden hochreißend. Alles deine Schuld. Mit mir in seinen Krallen umfliegt er ein paarmal den See, der auf einmal sein Licht verloren hat. Winzig, ein schwarzer Klecks zwischen näher gerückten Baracken, liegt er tief unter uns. Im gleichen Augenblick erkenne ich: Der Seeadler ist gar kein Seeadler, er ist der deutsche Reichsadler mit einer deutlichen Hakenkreuzmarkierung. Du bist gar nicht frei. Du gehörst zu ihnen, sage ich in Panik. Ich arbeite im Außendienst, sagt er, um die abzufangen, die sich wie du am See verkriechen.

Kommen viele her?

Eine ganze Menge. Weil der Stacheldraht nicht bis hierher reicht.

Immer noch kreist er mit mir um den dunklen See.

Und was machst du mit denen, die du abfängst?

Dasselbe wie gleich mit dir: Ich lasse sie ins Wasser fallen. Aus der Höhe.

Das beruhigt mich etwas. Ich kann schwimmen.

Wird dir nichts nützen, sagt er hämisch. Wir haben im Wasser Piranhas ausgesetzt. Hast du mal ihre Zähne gesehen? Verdammt hungrige kleine Biester. Da unten wimmelt's nur so von ihnen.

Bevor er mit mir zum Sturzflug ansetzen kann, lasse ich mich über dem dunklen Strich, der Wald sein muß, fallen, rutsche zwischen seinen Klauen, diesen rissigen, kalten Klammern

hindurch. Lieber von Ästen aufgespießt als von Raubfischen zerrissen. Im freien Fall – die einzige Freiheit, die erreichbar scheint – stürze ich der Erde entgegen. Ich falle, falle und komme ihr doch nicht näher. Analog zu meiner Fallgeschwindigkeit zieht sich der Boden unter mir zurück. Alles dreht sich. Dann weiß ich nichts mehr.
Was hast du nur geträumt? sagt Lydia beim Weckschrei: *Kawe!* um fünf. Wie irre gerufen: Es gibt keinen Ausweg. Mir fast das Bein ausgerissen.
Hab's vergessen, sage ich, während wir in die Gänge springen. Aber was Gutes war's nicht.

Durch unsere Kameradinnen aus der Schreibstube erreichen uns neue Meldungen von der Front: Britische Truppen sind in Holland einmarschiert. Nun wird uns verständlich, woher die Masseneinlieferungen zivil gekleideter Frauen mit Kindern und Koffern kommen: Auf der Flucht vor den Alliierten, heim ins Reich, haben die Deutschen alle des Widerstands Verdächtigen offenbar in einer konzentrierten Blitzaktion verhaftet und auf dem Rückzug mit sich geschleppt. Es sind auch mehrere Jüdinnen unter ihnen. Sie werden besonders gekennzeichnet mit einem Stern, der sich aus einem roten und einem gelben Winkel zusammensetzt. Vom ersten Schritt an sind sie Todeskandidaten: politisch *und* jüdisch, das garantiert schnelle Himmelfahrt. Wenige Tage nach ihrer Ankunft verschwinden sie mitsamt ihren Kindern auf Nimmerwiedersehen. Uns wundert: Was veranlaßt die SS-Truppen, bei ihrem Rückzug aus den einst von ihnen besetzten Gebieten ihre Gefangenen mitzuschleppen, *heim ins Reich*? Sie hätten sie doch nach gewohnter Manier gleich an Ort und Stelle liquidieren können?
Der Herbst, sagt Erika vom Gewerkschaftsverband der Textilarbeiterinnen. Wenn's kalt wird, heizen sie die Öfen von früh bis in die Nacht. Kohle ist knapp geworden. Darauf wissen wir nichts zu erwidern.

Unsere Schreibstubenfreundinnen berichten, daß nun auch US-Einheiten vor innerdeutschen Grenzen stehen. Suhren, der Lagerkommandant, hat seinem Schreibtisch gegenüber eine überdimensionale Landkarte des geschrumpften Reichs an die Wand pinnen lassen. Mit rotköpfigen Stecknadeln kennzeichnet er die jeweiligen Truppenverschiebungen der deutschen Verbände. Die alliierten Stecker sind schwarz.
Vielleicht beruhigt es ihn. Der Wehrmachtsbericht lügt ihm doch die Hucke voll.
Käthe Wildenroth aus Herne schüttelt den Kopf. Sie, die gelernte Buchhändlerin, ist die Älteste in der Schreibstube. Wie ihre Kolleginnen ist sie Geheimnisträgerin, man wird sie nicht überleben lassen. Die Markierungen auf der Karte, sagt sie, folgen nicht den Verlautbarungen des offiziellen Wehrmachtsberichts. Mit an Sicherheit grenzender Wahrscheinlichkeit stammten die Nachrichten von Feindsendern. Vermutlich Radio London. Die Durchsagen scheinen glaubwürdig und zuverlässig.
Sie haben Buchenwald geräumt. SS-Schergen schleppen zwanzigtausend Jüdinnen an, armselige, geschundene Frauen. Als wäre das Lager nicht schon überbelegt, werden in Eile noch zwei Notbaracken gezimmert. Bis sie bewohnbar sind, müssen die Frauen auf dem Boden des Appellplatzes im Freien schlafen. Sie weinen. Ihr Flehen um Decken dringt wie fernes Wolfsgeheul zu uns in die nächtlichen Baracken, was die brutaleren unter den Grünwinkligen gegen sie aufbringt. Es fallen Sätze, die denen der SS-Wärterinnen an Bestialität nicht nachstehen. Zunehmende Raumknappheit vergiftet die gesamte Atmosphäre. Haß und Auflehnung gegen unsere Peiniger entlädt sich in oftmals heftigen Aggressionen unter bis dahin friedfertigen Häftlingen: Die mit ihrem Breitarsch ist schuld, daß sich hier niemand bewegen kann. – Erzähl uns nichts, du hast der Olga das Brot weggefressen, als sie rausgerufen wurde. – Die Drecksau da drüben ist es, die uns hier die Läuse eingeschleppt hat.

Als mein Kommando zum Mittag aus der Wäschekammer zurückkehrt, sehen wir Gedränge am Eingang zu unserer Baracke. Vier kahlgeschorene Häftlinge schleppen eine fünfte, Füße voraus, ins Freie. Der zwischen ihnen baumelnde Kopf ist eine blutige Masse. Was ist los?
Hat's nicht anders verdient, die Wittner, sagt eine neben mir. Als Suppenausteilerin kann man sich so was nicht leisten. Mußte ja zum Schlagabtausch kommen: Gibste einer 'nen halben Schlag mehr, kriegste 'nen ganzen zurück, übern Schädel.
Die Leiche wird achtlos auf den schwarzen Sand zwischen den Baracken geworfen. Viele Fäuste haben ihr Gesicht unkenntlich gemacht. Später wird das Räumkommando sie auf den Karren zu den übrigen Toten des Tages werfen und sie in einen der ausgehobenen Gräben vor dem Tor kippen. Der SS ist das recht, sie begrüßt jede freiwillige Dezimierung unter den Gefangenen, es erspart ihr Arbeit.
In unserer Baracke, in der die Frauen gierig über den für einen Augenblick verwaisten Suppenkessel hergefallen sind, hat unterdessen die Stubenälteste wieder für Ordnung gesorgt. Die Gemüter haben sich beruhigt.
Das ist wie Tier in Käfig, sagt die Ukrainerin Natalja. Braucht jedes Platz um sich, unsichtbare Zone darf nicht verletzt werden. Ich habe gesehen großen Affenkäfig in zoologische Garten. Acht Affen, gut miteinander. Eines Tages haben noch einen dazugetan. Hat alle anderen angegriffen, haben sich gegenseitig totgebissen. Notwehr, verstehst?
Natürlich verfallen nicht alle der Lagerpsychose. Auch geht es in anderen Baracken vermutlich etwas friedlicher zu als in Wandas Villa, die eine Menge sehr unterschiedlicher Temperamente beherbergt. Die Buchenwälderinnen sind mittlerweile in die neue Behausung übersiedelt, müssen nun ihrerseits anstehen als *Verfügbare*.

Wanda hat mich zu ihrem Hofnarren ernannt. Wenn wir vom schikanösen Innendienst erschöpft zu kurzem Schlaf in unseren Block zurückkehren, befiehlt sie mich an ihr Lager, das sie, so scheint es mir, den ganzen Tag über nicht verlassen hat. Eine derartige Vorzugsstellung in Ravensbrück kann nur eines bedeuten: Wanda steht im Sold der SS und ist möglicherweise speziell für Spionagedienste zu uns versetzt. Das würde, folgere ich, auch die Unterwürfigkeit der sie umgebenden Frauen erklären, der Grün- und Schwarzwinkligen, ausnahmslos Deutsche.
Paß auf, warnen mich einige Wohlmeinende, das Biest ist gefährlich. Fast jede Nacht holt sie dich. Das heißt doch: Sie will was von dir.
Damit haben sie recht: Wanda will unterhalten werden. Ausgerechnet von mir, der Himmel mag wissen, warum. Ich habe das Gefühl, daß sie mein Unbehagen spürt und sich an ihm freut. Krullkopf, verkündet sie ihrem müde, doch hörig Zustimmung nickenden Gefolge, ist unbezahlbar. Na los, Krullkopp, was haste denn heute auf Lager?
Zum Glück sind ihre Ansprüche, was Geschichten anbelangt, bescheiden. Nach dem Thema Sexualität, das ihr aus der Praxis wohl schon allzu vertraut ist, verlangt es sie nun nach rührseliger Romantik. Meine Phantasie über der roten Warnlampe in meinem Hirn erfindet Herzbewegendes. Als ich Wanda zum erstenmal weinen sehe, erschrecke ich. Echte Tränen kugeln ihr quer durchs Gesicht. Dazu stößt sie Töne aus, die an das Heulen eines eingesperrten Welpen erinnern. Nachher ist sie stolz darauf: Ich habe geweint, richtig geweint hab ich, teilt sie den anderen mit. Krullkopf hat mich zum Weinen gebracht, was sagt man dazu?
Das klingt bedrohlich, ist jedoch als Lob gemeint, wie ich erst allmählich begreife. Nun reite ich Abend für Abend auf dem gleichen Pferd: Liebesfreud und Liebesleid. Je kitschiger, desto besser. Mein Gehirn, längst ausgelaugt und in höchstem Maß ruhebedürftig, greift zu Wiederholungen, wartet auf Protest: Das kenn ich doch schon! Er bleibt aus.

Die Wiederholungen stören sie nicht, im Gegenteil: Stellen, die sie besonders mag, kann sie wieder und wieder hören. Entlohnt werde ich abwechselnd mit einem nur leicht an der Außenseite angefaulten Apfel, einer ganzen Kartoffel oder, nach einer von Wandas Schluchzorgien, auch schon mal mit der Köstlichkeit eines Brotkantens, den ich schleunigst in meiner Kitteltasche verschwinden lassen muß, will ich heil zu meiner Pritsche zurückgelangen. Woher hat Wanda all das? Sinnlos, darüber nachzudenken. Überhaupt sollte man sich das Denken hier ein für allemal abgewöhnen, will man überleben.

Gut, daß meine Brettnachbarinnen schlafen, wenn ich mich eine halbe Stunde später zwischen sie zwänge und mein Narrenhonorar so geräuschlos wie möglich verzehre, dazu mit dem schlechten Gewissen, ungerecht bevorzugt zu sein. Inmitten des hautnahen Gewimmels fühle ich mich auf eine besondere Weise verloren. Und abends dann, in dieser verwahrlosesten aller Baracken, die Spottrufe in meinem Rükken, wenn mich die Stimme der ‹Villenbesitzerin› zum Mittelgang beordert: He, Krullkopf, welchen Platz auf der Liste haste denn? Biste bald dran? – Hat dir Wanda schon ein Angebot gemacht, ja? Hat sie? – Kriech ihr nur immer brav in'n Arsch, Krullkopp, ist 'ne sichere Bleibe! Gelächter aus verdorrten Kehlen, dem der Resonanzboden fehlt. Es klingt wie Ziegengemecker. Ich beneide Wanda um ihre Tränen billiger Rührung. Zum Weinen sind wir anderen wohl schon zu schwach.

Bis sich eines Abends aus dem Gedränge in den Gängen eine Frau löst, sich zu mir durchkämpft und mich bei der Hand nimmt: Laßt sie in Ruhe. Sie ist noch neu hier. Ihr seht doch, sie weiß nichts. Irgend jemand ruft: Wer will sich da wichtig machen?

Die Heli war das, gebt jetzt Ruh! kommt es von links über mir. Die Spötter nehmen ihr Grinsen zurück, wenden sich achselzuckend ab. Ich lasse mich von der Frau namens Heli zurück zu meiner Pritsche führen, sehe nur ihren schmalen

Rücken, sie ist mir immer um einen halben Schritt voraus. Bei meiner Koje angelangt, lehne ich mich an den Pfosten, wende mich zu ihr um und blicke ihr ins Gesicht. Es ist ein Gesicht, das ich gut, sehr gut kenne: All jene, die mir in meinem bisherigen Leben besonders lieb gewesen waren, hatten es: meine Kinderfrau, eine zu früh gestorbene Schulkameradin, meine letzte Freundin in Rom vor der Verhaftung. Augen, die, gelöst vom ständigen Blick starrer Selbstbespiegelung, auf den anderen zugehen, ihn mit einbeziehen ins eigene Erleben. Ein sanfter, durch die Entbehrungen schmal gewordener Mund, dem die eingefallenen Wangen Kontur verleihen. Ihr Alter vermag ich nicht zu schätzen, vermute sie um ein paar Jahre älter als ich. Ich mag sie sofort.
Heli heißt du, sage ich. Sie nickt: Und du?
Anja. Was hast du damit gemeint, als du sagtest, ich wüßte nichts?
Laß, Anja. Besser, du weißt nicht alles.
Warum hast du mich eben herausgehauen? will ich noch wissen, obwohl ich die Augen kaum mehr aufhalten kann.
Geh schlafen. Wir haben nur noch wenige Stunden bis zum Wecken.
Sagst du's mir morgen?
Ja, ich sag's dir morgen.
Zum Mittag draußen vor dem Eingang?
In Ordnung, nun schlaf gut, sagt Heli mit den Augen meiner Kinderfrau, meiner Schulkameradin, meiner letzten Freundin. Und auch ein wenig mit den Augen meiner Mutter.
Ich bette meinen Kopf zwischen die Waden der robusten Frau aus dem Böhmischen und die der alten Russin. Ihre Beine sind kalt und starr. Sie ist tot. Ich schlafe, das Gesicht gegen die Unterschenkel meiner tschechischen Nachbarin gepreßt; ich will den Tod nicht einatmen müssen, er stinkt nach Blut und faulendem Gedärm.

Am Tag darauf regnet es dünn und gleichmäßig aus dicht verhangenem Himmel. Wir frösteln, der Wind ist kalt, der nahende Oktober wird spürbar. Stunde um Stunde, bis auf die Haut durchnäßt, stehen wir in unseren verlausten Streifenkitteln Appell. Keine Strümpfe. Und das Schuhwerk ist zerlöchert. Wasser trieft über unsere Gesichter, tropft von Nase und Ohren unter den losen Kragen. Bei solchem Wetter, das hat uns die Erfahrung gelehrt, lassen sich die Aufseherinnen besonders viel Zeit beim Morgenkaffee. Sie tanken Wärme, soviel das Kriegsgebräu hergibt, zur gleichen Zeit darauf spekulierend, daß sich mehrere von uns, die schwächeren vor allem, bei diesem Wetter den Tod holen. Was das anbelangt, ist ihre Rechnung noch stets aufgegangen. Und die mit den Listen in der Schreibstube setzen einmal mehr als Todesursache ein: Verstorben durch Lungenentzündung. Ein ganz natürlicher Tod.
Das Arbeitskommando, dem ich heute zugeteilt bin, ist zu Packerdiensten bestimmt. Wir werden zum großen Platz abmarschiert. Vor die Tür zur Entlausung, hinter der alteingesessene Grün- und Schwarzwinklige Neuankömmlingen die Köpfe rasieren. Hier parken zwei schwere Lkws mit heruntergelassener Ladeklappe. Im Regen, der unsere Gesichter peitscht, haben wir uns wieder einmal zum Halbrund zu formieren. Im Abstand von zehn Minuten werden Säcke herausgereicht, die wir entgegenzunehmen und auf die Wagen zu hieven haben. Die Säcke brechen uns mit ihrem Gewicht fast das Rückgrat.
Verdammt, stöhnt eine ältere, ausgemergelte Frau im Fallen, was habt ihr da drin? Backsteine?
Wir helfen ihr auf. In ihren Augenhöhlen glüht Haß.
Nur Haar, sagt die, welche uns die Säcke zureicht, alles Haare. Jede Menge. Blonde, schwarze, braune. Ganz frische Ernte. Dazu lacht sie, ist sich der Scheußlichkeit ihrer Aussage gar nicht bewußt. Ich wundere mich, daß Menschenhaar so schwer sein kann. Was machen sie damit? Verbrennen? frage ich die neben mir. Sie war schon öfter hier

dabei. Naß und rot sind ihre Hände, bitter der Blick, den sie mir gibt.
Alles für den Endsieg, sagt sie. Mit Frauenhaar dichten sie U-Boote ab. Dafür eignet es sich angeblich besonders gut.
Glaubst du, die auf den Booten wissen, was das ist, womit sie ihre Luken wasserfest machen?
Denen wird's egal sein. Hauptsache, sie ersaufen nicht.
Ich wälze ihr den nächsten Sack zu. Könnte aber doch sein, die Frau von einem der Bootsbesatzung wär hier bei uns. Und er verdankte, ohne es zu ahnen, sein Leben dem Haar seiner Frau...
Hör auf zu spinnen. Pack lieber ordentlich zu. Bis zum Mittag müssen wir fünfundzwanzig Säcke verstaut haben! Sie atmet schwer. Ihr ist die besonders unangenehme Aufgabe zugefallen, die Packen die Rampe hoch ins Wageninnere zu schieben. Es geht mir durch den Kopf, wie lächerlich doch meine Hoffnung gewesen war, mit der Abstellung zum Innendienst die schlimmste Schinderei hinter mir zu haben.
Voran, ihr Weiber, hier wird nicht getratscht! treibt uns die unter ihrem Regencape warm verpackte Aufseherin an.
Frau Aufseherin, ich hab mir den Finger gebrochen! Ein zitterndes Wesen, fast noch ein Kind, kläglich die Stimme, hält der Uniformierten ihre Hand entgegen.
Na und? Hast ja noch neun. Zurück in die Reihe. Sich vor der Arbeit drücken gibt's hier nicht!
Gerade als der letzte Ballen Menschenhaar im Innern des Wagens verschwindet, heult die Uhle. Mittag! Ich freue mich auf Heli, hoffe, sie trotz des Wetters am verabredeten Platz zu finden. An Regen hatten wir nicht gedacht, als wir ihn gestern nacht ausmachten.
In Kolonne antreten uuund rechts ab, marsch, marsch!
Arsch, arsch, äfft eine Hagere ohne Vorderzähne, um eine Spur zu laut, die Aufseherin nach. Das hätte sie bleiben lassen sollen. Die Wärterin zieht aus dem Umhang ihren Block hervor, notiert die Nummer auf dem Ärmel. Meldung. Meldungen sind gefürchtet. Sie werden gesammelt weiterge-

reicht an die Oberaufseherin, die sich dann die Strafen ausdenkt. Sie verfügt über viel Phantasie; was sie ausheckt, kann tödlich ausgehen. Die Hagere versucht sich zu verteidigen. Sie habe uns doch nur zusätzlich anfeuern wollen. Daran, daß sie kein M sprechen könne, sei das Fehlen ihrer Vorderzähne schuld, die ihr – bevor sie den Namen der Aufseherin nennt, die sie ihr ausgeschlagen hat, fallen wir ihr ins Wort, um zu verhindern, daß sie ihrer Meldung eine zweite hinzufügt, mit der sie alles nur noch schlimmer machen würde.
Es stimmt, Frau Aufseherin, wirklich, glauben Sie ihr, man kann sie kaum verstehen!
Augenblicklich bitte ich mir Ruhe aus, oder ihr steht heute abend Strafappell!
Das wirkt. Wir schweigen. Gern hätten wir unserer Kameradin die drohende Prügelstrafe oder Schlimmeres erspart. Aber Strafappell am Abend, stundenlang, vielleicht die ganze Nacht hindurch in Regen und Kälte, erschöpft und müde bis zum Umfallen – das ist eine schlimme Drohung und kann die mit den eingeschlagenen Zähnen das Leben kosten, wenn sie erst wieder aus dem Strafblock heraus ist. Denn da gibt es so manche unter den Zuchthäuslerinnen, die nicht vergessen, wem sie die Abendparade zu verdanken haben.
Wir sind das letzte einmarschierende Kommando unseres Blocks. Uns auf dem Fuß folgen schon die Essensträgerinnen. Zu Paaren schleppen sie die dampfenden Kessel mit dem Rübenkochsud, Suppe genannt, zwischen sich. Stolpert eine oder paßt nicht genau auf – Laufschritt ist vorgeschrieben –, schwappt die Flüssigkeit über den Kesselrand und verbrüht ihr die Hand. Ein Viertelliter Steckrübensud, die Scheibe Brot aus Kastanienmehl, gelb wie Pferdedung und aufs Gramm genau abgewogen – unser Mittagessen, gerade ausreichend, uns am Leben zu erhalten.
Heli erwartet mich am Inneneingang der Baracke, auch sie tropfnaß. Wir tauschen ein Erkennungslächeln. Ich hole mir meinen Schlag Suppe. Dann suchen wir uns einen Sitzplatz

im Innern der Baracke, entdecken nach einigem Umherschauen eine freie Pritsche. Gegenseitig reiben wir uns mit den Lappen, die uns als Handtuch dienen sollen, Arme und Beine trocken.
Das mit gestern, sagt Heli. Nimm's den Frauen nicht übel. Sie denken, Wanda favorisiert dich.
Du meinst, Neid?
Unter dem Tuch, mit dem Heli ihr Gesicht trockenrubbelt, schüttelt sie den Kopf. Nein, sagt sie und läßt das Waschtuch sinken, nicht das. Sie hassen Wanda. Alle hassen sie. In dir sehen sie ihre Komplizin, da trifft ihre Wut auch dich.
Ist dir auch schon aufgefallen, daß sie nie beim Morgenappell dabei ist? sage ich und wringe mit klammen Fingern den Saum meines Kittels aus, der schwer ist von Nässe. Wasser platscht auf den Boden, den der Stubendienst, Kranke und Alte, während des Vormittags blank gescheuert hat.
Anja, du Schaf mit deinem Krullkopf – liebevoll legt Heli mir den Arm um die Schultern –, Wanda braucht nicht zum Appell. Im Spind, drüben bei der Stubenältesten, steht ihr Koffer voll mit Seidenwäsche, guten Kleidern, Seifen, Parfums. Und was glaubst du wohl, warum sie so wohlgenährt ist? Sie ist die Geliebte von Rhode. –
Dem SS-Oberbonzen, der mit Himmler –?
Eben dem. Dem unterstehen die Bordelle der Waffen-SS. Rhode ist der Zuhälter und Wanda die Puffmutter, die ihm unter den Grünwinkligen die bestaussehenden Kolleginnen zuschiebt. Stecken sie sich an, kommen sie zurück ins Lager. Meist in den Strafblock. Wanda sorgt für Nachschub.
Aber, ich stottere vor Schreck, ich bin doch eine Politische. Was will sie von mir?
Beruhige dich, Kleine. Dafür kommst du nicht in Frage. Dich will sie nur zur Unterhaltung vor ihrem Ausgang um Mitternacht.
Diese Sau. Diese elende Sau! Nie mehr gehe ich abends zu ihr. Und wenn sie noch so brüllt.
Das wirst du doch tun. Du mußt, sagt Heli, die Kindergärt-

nerin aus Kassel bis zu dem Tag im Jahr '42, als man entdeckte, daß sie im Keller vier jüdische Kinder versteckt hielt. Das erfahre ich so nebenbei.
Hör mir jetzt mal gut zu, Anja, in zehn Minuten ist die Mittagspause zu Ende. Über etwas mußt du dir hier klar sein. Heli spricht mit großer Ernsthaftigkeit auf mich ein. Wir alle haben nur ein Ziel: Wir wollen überleben. Das heißt, du mußt deiner Seele so schnell wie möglich Schwielen wachsen lassen. Hier herrscht das Gesetz des Dschungels. Täglich, stündlich müssen wir gegen die SS ankämpfen. Schwache und Eigenbrötler kann die Gemeinschaft dabei nicht brauchen. Du mußt lernen, dich einzufügen. Es gibt ihn, den Zusammenhalt, vor allem unter den Politischen. Du hast ihn nur noch nicht bemerkt.
Aber dieses gräßliche Gelächter abends, wenn sie aus ihren Kojen hinter mir her höhnen –
Es ist oft nichts anderes als eine Art Blitzableiter für aufgestaute Aggressionen, glaub mir. Manche lachen über die grausamsten Witze, um nicht sterben zu müssen. Dann der Sexualstau. Lach mit, und sie werden dich nicht mehr als Neuling verhöhnen. Wenn du erst einmal von den ‹Alten› akzeptiert bist, hast du's geschafft.
Ich will fragen, ob es in diesem sogenannten ‹natürlichen› Ausleseprozeß denn wirklich keine andere Wahl gebe, da ertönt die Trillerpfeife: *Aaan-treten! Vorwärts. Aufstellen zum Abzählen!*
Morgen um die gleiche Zeit?
Um die gleiche Zeit. Und – Kopf hoch, Mädchen! Wir lächeln uns zu, bevor wir aufs neue in den Regen stolpern. Der Platz vor den Baracken ist aufgeweicht, wir stehen mit Schuhen, löchrig wie Sommersandalen, bis zu den Knöcheln in Pfützen. Wieder lassen sich die Aufseherinnen mit ihrem Erscheinen Zeit.
Guck, die hat noch Grießbrei ums Maul! sagt meine Nachbarin haßerfüllt, als unsere beiden Wärterinnen, die Capekapuzen über den Kopf bis tief in die Stirn gezogen, endlich

erscheinen. Es wird gezählt, notiert, wieder gezählt, verglichen. Zwei fehlen. Nun muß erst noch im Revier nachgefragt werden, ob vom achtundzwanziger Block heute vormittag welche eingeliefert worden seien. Ja, eine. Wo ist die andere? Bei Fluchtversuch eines Häftlings drohen uns allen Strafestehen und öffentliche Prügelstrafen. Jeden Dienstag und Freitag ist Prügeltag. Sie erzählen im Block, daß noch bis zum Vorjahr zwei SS-Weiber die Auspeitschungen vorgenommen hätten, wobei sich auch Suhren, der Lagerkommandant, nicht zu schade gewesen sei mitzumachen. Heute werden für diese Dinge jeweils zwei der sadistischsten Zuchthäuslerinnen eingestellt, die mit der Ausrede, der Delinquent habe nicht laut genug mitgezählt, gern die vorgeschriebene Anzahl der Hiebe erhöhen. – Mein Kommando, wieder zum Haaraufladen bestimmt – der gestern eingetroffene Transport der ungarischen Frauen scheint eine besonders ergiebige Beute eingebracht zu haben –, marschiert in weitem Bogen um das ganze Innenlager. Damit ihr euch ordentlich die Füße vertretet, kommt die Erklärung zu diesem unerwarteten Wassertreten von unter einer der beiden schwarzen Kapuzen hervor. Nahe dem Stacheldraht, da, wo der Waldstreifen dem Lager am nächsten ist, liegt die zweite Vermißte. Ihr Fuß hängt im Draht. Der Strom hat ihren Unterkörper und die linke Brust bis zur Höhe der Schulter verbrannt. Sie liegt auf dem Rükken. Ein junges Gesicht. Ein wundervoll friedliches Antlitz, entspannt, den Mördern entwischt, frei. Und nun endlich, nach langem Rätseln, was der Spruch über dem Eingangstor bedeuten möge, begreife ich: *Arbeit macht frei* ist ein Grabspruch. Zyniker haben ihn erfunden. Doch der Tod hat ihn zu einem Versprechen verwandelt, zu einem Versprechen auf Erlösung von eben jenen, die ihn als äußerste Erniedrigung verstanden wissen wollen.

Angekommen bei unseren Transportern mit ihren vollgesogenen Planen, wird eine von uns zur Schreibstube zurückgeschickt: Die fehlende zweite ist gefunden. Für diesmal fällt die Strafe aus.

Noch einmal fünfundzwanzig Ballen sind zu verstauen. Unsere Aufseherin steht trockenen Fußes im Eingang zum Bad und feuert uns von dort aus an. Wehe derjenigen, die mit einer Unterbrechung neue Kraft sammeln will, und sei es nur für Sekunden. Ihre Nummer, die sie durch das Regengepladder der Aufsicht zuzubrüllen hat, wird von dieser auf den gefürchteten Meldeblock notiert. Dann ist sie dran, wie es in der Lagersprache heißt, und das Restchen Leben, das sie sich unter Aufbietung all ihres Durchhaltewillens bis jetzt erhalten hat, ist keinen Pfifferling mehr wert. Kalter Dauerregen verbindet sich mit Angstschweiß auf Gesichtern und Nacken; wir dampfen vor Nässe. Diesmal sind es vier von unserem Kommando, die als *ausgefallen* verbucht werden, sie stolpern, stürzen, bleiben liegen, reagieren nicht auf unsere Versuche, sie wieder auf die Beine zu stellen.
Da ist auch schon die Aufseherin bei ihnen. Stiefeltritte, Flüche, ein paar gezielte Stockhiebe. Nur eine, ein zum Skelett abgemagertes Menschenwesen, das sie Ilonka rufen, gibt noch schwache Lebenszeichen von sich. Augenblicklich verstärkt die SS-Frau ihre Schläge gegen Kopf und Beine der Liegenden:
Willst du wohl aufstehen, du verdammte Mistbiene! Los, hoch mit dir, oder muß ich dir erst zeigen, wie man Schmuckstücken wie dir Gehorsam beibringt? Ich zähl bis drei: Eins – zwei rhythmische Klopfer mit dem Schlagstock gegen ihre Stiefelschäfte – zweiii... Das Wunder geschieht. Vor uns, die wir kaum hinzusehen wagen, rappelt sich das armselige Gerippe aus dem Morast auf, taumelt zurück an seinen Platz in der Reihe.
Mit Tritten, eines Fußballers würdig, stößt die Aufseherin die drei anderen beiseite. Sie sind tot. Der Regen hat ihre Streifenkleider einheitlich dunkel gefärbt, sammelt sich in ihren offenen Mündern, wie sie nun daliegen, auf den Rükken gedreht, nasse Klumpen dessen, was eben noch ein Mensch gewesen war.

Schafft das da weg, sagt die SS mit einer Kinnbewegung zu den Toten hin, die Fahrbahn muß frei bleiben für die Abfahrt der Wagen. Mit schnellen Schritten begibt sie sich wieder ins Trockene.

Als die Sirene zum Abendsammeln heult, sind wir mit unserer Verladerei fertig, und auch die drei Toten sind weggeräumt. Wenn alles gutgeht, werden sie nun eine schöne, trockene Fahrt antreten, weich ruhend zwischen ihrem verpackten Haar und erst beim Marinedepot zum Vorschein kommen. Möglich auch, bei irgendeiner Umladestelle. Auf jeden Fall *draußen*, bei Menschen, die so etwas wie sie gewiß noch nie zu Gesicht bekommen haben und unseren kleinen Gruß nachdenklich betrachten werden.

Es war Eskamps Spontanidee gewesen, die Toten mitzuverladen. Eskamp, die mutige Altkommunistin, hatte sich eine der Toten geholt und sie ins Innere des Wagens gehievt. In einem unbewachten Augenblick ließen wir die beiden anderen folgen. Wir freuten uns. Es war eine Prachtidee, die Außenwelt auf diese Art von unserer Existenz in Kenntnis zu setzen.

Als wenn die draußen nicht genau wüßten, was hier vorgeht, wendet eine frisch Geschorene ein, als wir uns an diesem Abend schlafen legen. Wanda scheint meiner heute nicht zu bedürfen.

Ist eben ein Versuch. Das ist Margot, die mit den gefälschten Lebensmitteln. Mit etwas Glück – wenn die direkt bei der Marine ankommen …

… sind sie so verfault, daß die das Gelump gleich ins Meer werfen, sagt Minni, Hochstaplerin von Beruf, die Grünwinklige mit den vielen verschiedenen Namen und den dazu passenden Ausweisen.

Dann ist Ruhe. Für die meisten von uns war es durch die ungünstigen Wetterverhältnisse ein besonders anstrengender Tag gewesen; viele schlafen bereits, als das Licht gelöscht wird.

Wenn ich es doch nur auch könnte. Aber ich fröstele, und

gleichzeitig ist mir heiß. Ich sehe Heli, wie sie mir zuruft, ich solle endlich aus dem Wasser steigen, ob ich denn nicht wahrnähme, wie der Wasserspiegel sich ständig hebe. Er hebt mich mit sich, will ich sagen, aber da ist plötzlich Wanda in der mausfarbenen Kluft einer Aufseherin, die Hände in die Hüften gestemmt: Mach dir nichts vor, Krullkopf, du ersäufst. – Ich kann schwimmen. – Nur Tote können schwimmen. Und sie will sich ausschütten vor Lachen über das, was sie für einen Witz hält. Ich paddle in der gewaltigen Pfütze umher, ein Insekt, das in einen Eimer mit Abwaschwasser gefallen ist. Wo bin ich, und wie kommen meine Eltern plötzlich hierher? Meine Mutter – oder ist es Heli? – hält mir den ausgestreckten Arm entgegen, es gelingt mir jedoch nicht, ihre Hand zu ergreifen. Da siehst du's, sagt mein Vater, sie schafft's nicht, sie wird's nie zu etwas bringen, das törichte Frauenzimmer. Ja, das muß mein Vater sein, an der hohen Stimmlage erkenne ich ihn sofort, obwohl er auf dem langgestreckten Rumpf einen Hornissenkopf mit seitlichen Glotzaugen trägt. Nun ist auf einmal das Wasser Sand, heißer, trockener Wüstensand, ich liege unter den Strahlen einer viel zu nahen, sengenden Sonne, umgeben von angeschmorten Gerippen. Flammen, Flammen, sagt das Skelett neben mir mit bröckelndem Unterkiefer, herrliches Farbspiel. Glut schmerzt mehr als Flammen. – Und gerade ein paar Sekunden, sagt ein anderer Knochenhaufen, falls du nur angeschossen oder noch nicht ganz erstickt bist, wenn sie dich in die Öfen schieben, mach dir nichts draus. Feuer macht frei – *«Feuer macht frei!»* singt es um mich im Chor...

Es ist die Hand meiner Pritschennachbarin, die mich in die Wirklichkeit zurückbringt. Sie rüttelt mich an der Schulter: Was ist mit dir? Du phantasierst. Mach schnell, sie sammeln sich schon zum Appell draußen!

Seltsam, die meisten Frauen scheinen zu frieren. Etwas verschwommen erkenne ich, wie sie die Schultern hochziehen, die Kleider vor der Brust zusammenraffen, um den Stoff dichter am Körper zu spüren. Ich will mir meinen Becher Kaffeegebräu holen. Da erspäht mich Heli, drängt sich zu mir durch:

Wie siehst du aus, Anja? Du hast Fieber. Zitterst ja!

Mir ist aber gar nicht kalt. Im Gegenteil.

Eben. So kannst du nicht zur Arbeit.

Ich muß, sage ich. Sonst komm ich ins Revier, du weißt, was das heißt.

Sie geht nicht darauf ein. Bleib im Block, ich geh dich krank melden. Sei vernünftig. Wenn du mit hinausgehst, bist du geliefert. Revier ist von zwei Übeln das kleinere. Ich kümmere mich schon um dich, hab keine Angst.

Ihre Stimme klingt wattig in meinen Ohren. Alles beginnt zu kreisen. Bevor ich umkippe, taumle ich zurück in den Schlafraum, werfe mich auf die nun leere Pritsche.

Später finde ich mich wieder auf dem langen Gang im Revier, den ich von der Impfung her kenne. Oder ist es ein anderer? Hier sieht einer aus wie der andere, verdreckt, vollgepfropft mit Kranken und Elenden, die Hilfe suchen und doch schon wissen, daß ihnen in diesem Selektionsblock keine zuteil werden wird. Günstigenfalls erhalten sie eine Kopfschmerztablette oder ein Aspirin und werden zur Arbeit zurückgeschickt. Ergibt die Untersuchung – meist genügt schon der Verdacht – jedoch, daß Ernsteres vorliegt, verlassen sie das Revier nicht mehr. Auf ihre weiße Karte, die jede von uns zum Aufsuchen dieses Krankenbaus ausgehändigt bekommt, vermerkt der diensttuende SS-Arzt: *Ist abzuschreiben.* Ausnahme bilden nur die zur Arbeit noch Verwendbaren mit vorübergehenden Fieberattacken ab neununddreißig Grad. Sie als einzige erhalten drei Tage *Betterlaubnis* in einer der Krankenbaracken. Ich spüre meine Angst durch das heiße Geflatter der verwirrten Sinne hindurch. Sie werden etwas bei mir finden, sicher bin ich angesteckt mit irgendeiner der Seuchen, die im Lager grassieren. Dann behalten sie mich gleich hier. *Abzuschreiben.* Bis zum Exitus noch Versuchskarnickel für ihre Experi-

mente im Dienst einer obskuren Wissenschaft. Nein, nur das nicht. Ich bin schon tot, seht ihr nicht, ich atme nicht mehr, mich könnt ihr nur noch sezieren.
Vom Dunklen ins Helle. Da stehen sie, zwei SS-Ärzte und die berüchtigte Marschall, die Oberschwester. Ich sehe alles rot, obwohl ich doch gar nicht wütend bin. Und weil mir dieser Gedanke witzig erscheint, muß ich auch noch lachen. Ausgerechnet jetzt. Wo bin ich? Richtig, in einem Theater, alles wabert ein bißchen vor meinen Augen. «Das Höllentor» heißt das Stück, nein, *Sonntag in der Hölle*. Wieso Sonntag? Ach so, eben sagt die Marschall – was macht denn die hier? – zu dem, der meine Eintrittskarte sehen will: Es ist gleich elf, Doktor Sonntag! Die Karte. Natürlich hab ich eine Karte, sonst wäre ich doch nicht hier. Treten Sie ein, meine Herrschaften, und keine Angst, es ist ja alles nur Spiel.
Es geht ganz schnell. Ich erhalte meine Karte zurück, und dann stehe ich draußen im Freien mit ein paar rotköpfigen Mithäftlingen, nicht minder verwirrt als ich. Wir sieben haben Bettkarten erhalten. Das bedeutet vier Tage Liegeerlaubnis in einer der Krankenbaracken. Die Hölle hat uns wieder ausgespuckt, wir werden noch anderweitig gebraucht. Mehr noch: Vier Tage lang freier Aufenthalt im Himmel. Betten. Keine Arbeit. Liegenbleiben dürfen. Gepflegt, gefüttert werden. Wir lachen, packen uns bei den Händen, führen einen taumeligen Freudentanz auf.
Was ist denn hier los? Ein SS-Mann, ein Bulle von Kerl, Ärztekittel wie eine nicht ausreichende Zivilmaskerade über der überall hervorquellenden Uniform, zieht jeder von uns eins mit dem Ochsenziemer über. Eine schreit auf. Ich bin weiterhin geistig weggetreten, immun gegen Schmerzen.
– Abführen!
Und schon ist die Bräuning zur Stelle, die Dicke, über deren enormem Busen die Uniformjacke bis zum Platzen spannt.
Unter ihrem Kommando werden wir zu einer der Kranken-

unterkünfte marschiert. Enttäuschung, die uns schlagartig alle Illusionen nimmt. Auch hier, wie überall, die gleiche Enge, derselbe Schmutz und Gestank, die Papierstrohunterlagen, die lappige Zudecke. Einziger Unterschied: Anstatt zu fünft teilen sich hier jeweils drei Kranke eine Pritsche, liegen – kein Sardinenbüchsensystem – eng aneinandergepreßt Kopf oben, Füße unten.

Mir wird mein Platz in einer der unteren Kojen neben einer jugoslawischen Partisanin zugewiesen. Marja, knochendürr, aber entschlossenes Gesicht, das Überlebenswillen um jeden Preis suggeriert, klärt mich auf:

Bettkarten nur für Fieberkranke. Steht drauf: vier Tage. Du weißt, was das heißt?

Ich verneine.

Marja kennt sich aus, sie hat schon zwei andere Lager hinter sich: Nach vier Tagen mußt du gesund sein. Du mußt. Ärztekontrolle.

Ich bin dösig, möchte schlafen. Und wenn man es noch nicht ist, gesund, meine ich?

Dann erledigen sie dich. Dann bist du als Arbeitskraft nix mehr wert. Jetzt red nicht, schlaf. Du schaffst es nur mit soviel Schlaf wie möglich.

Tatsächlich liegen hier alle wie tot. Schlafen, schlafen. Das Fieber lähmt selbst die Blase, der Darm hat nichts zu verdauen, denn unsere Verköstigung ist die gleiche wie in allen Blocks: Zum Frühstück um fünf Uhr morgens ein Becher heißes Spülwasser mit dem Hohntitel Kaffee, mittags die Scheibe Brot mit einem Viertelliter Steckrübensuppe ohne eine Spur Fett, und abends noch einmal ein Viertelliter Suppe, dies zum Unterschied zu den Arbeitenden, denen an jeweils zwei Wochenenden ein Klecks verdünnter Kriegsmarmelade und zwanzig Gramm billigster Margarine zugestanden wird. Uns Fieberkranken ist es gleichgültig. Solange unsere Därme uns in Ruhe lassen, stört selten etwas unseren Gesundheitsschlaf.

Nur diejenigen, deren vier Tage um sind, bereiten sich auf

die ärztliche Kontrolle vor. Gleichgültig, was das Fieber hervorgerufen haben mag, Hauptsache, es ist inzwischen so weit abgeklungen, daß man sich gesund melden kann. Wangen reiben, um die Blutzirkulation anzuregen, Schulternheben üben – Hängeschultern, zeigt die Praxis, wecken Raubtierinstinkte in den SS-Prüfern. Waden massieren, damit beim Strammstehen die Beine nicht zittern.
Heute bin ich dran. Ich gehe ein paarmal das empfohlene Gesundheitsillusionsprogramm durch. Klar, ich bin wieder gesund. Mag sein, daß ich die Ursache des Fiebers noch keineswegs los bin, daß mir kotzübel ist vor Schwäche. So etwas aber nimmt kein Häftling bewußt zur Kenntnis. Entweder man lebt oder man ist tot.
Die sieht ja wieder ganz stabil aus, sagt Lagerarzt Treite zur Oberschwester und hebt mein Gesicht mit seinem Stöckchen an. Wie gut sind deine Augen?
Auf diese Frage bin ich nicht vorbereitet. Ich starre ratlos. Treite läßt sich ein in schwarzes Leder gebundenes Taschenbuch reichen, schlägt es auf, hält es mir hin: Lies das!
Ich tue wie befohlen. Er blättert: Jetzt das.
Die Schrift ist kleiner, macht meinen Augen jedoch keine Mühe. Und so setzt sich das Spiel fort. Ich muß einen Text nach dem anderen laut vorlesen, unverständliches Zeug, während die Kameradinnen um mich herum friedlich pennen. Und die Schrift wird immer kleiner, bis ich endlich an Unlesbares gerate. Da sind es fast nur noch Pünktchen.
Ausgezeichnet, sagt Treite zum hinzugetretenen Arbeitsführer. Notieren Sie ihre Nummer. –
Beim Verlassen des Krankenblocks, um in meine Baracke zurückzukehren, komme ich am Waschraum vorbei. Die Tür steht weit offen. Er ist angefüllt mit Toten, nackten Toten. Kreuz und quer übereinander liegen sie, mit faulender Haut überzogene Skelette. Ratten haben ihnen die Augen ausgefressen, Hände und Füße angenagt. Das Schlimme: Ich erschrecke nicht mehr. Habe ich bisher noch den leisesten Zweifel gehegt, wird er bei diesem Anblick zur töd-

lichen Gewißheit: Wir sind unter Massenmördern. Sie üben ihre bis ins kleinste organisierte Tötung mit entsetzlicher Planmäßigkeit aus. Es sind keine Menschen.
Aber die hier, besser, das hier, der Knochenhaufen, sind das wirklich Menschen gewesen? Diese gelben Hüllen, haben sie geatmet, gelacht, geweint, Freude oder Angst empfunden? In der Zwischenzeit habe ich doch schon mehr Tote gesehen und mir kaum mehr Gedanken über sie gemacht. Ohne daß man es merkt, stumpfen die Sinne ab, nehmen nur noch auf, was zum Überleben notwendig ist. Das hier vor mir bringt mir zum Bewußtsein, daß es einen Unterschied gibt. Die Toten, die ich bisher sah, waren einzelne gewesen, vor unseren Augen gestorben an Arbeitsüberforderung, an einer Krankheit, von deren Vorhandensein wir wußten, oder am Hunger. Tages-, seltener Nachttote. Zur Ruhe gekommene Kameradinnen. Dies hier aber sind keine Toten, es sind Leichen. Etwas Furchtbares geht von ihnen aus: So werdet ihr alle enden! Mein Hals zieht sich zusammen, es würgt mich. Lange stehe ich bewegungslos in der Tür.
Kein schöner Anblick das, sagt eine vorbeikommende Französin, die als Pflegerin im Revier arbeitet. Übermorgen gehen sie durch den Kamin, damit Platz für die nächsten wird. Das sagt sie in meinem Rücken. Ganz gelassen. Mühsam wende ich mich von dem Bild vor mir ab, drehe mich zu ihr um. Ein junges, ein zartes Gesicht. Aber in den Augen lodert der Haß. Ich mache, daß ich in meine Baracke zurückkomme.
Gerade wird die Mittagssuppe ausgeteilt. Meine haben sie mir noch im Krankenblock verpaßt. Dicht gedrängt umstehen die ‹Villenbewohner› die Stubenälteste. Nachdem die schwarzwinklige Wittner erschlagen wurde, hat sie nun selbst dieses Amt übernommen. Mutig finde ich das von ihr, wo sie doch nicht gerade zu denen gehört, die sich kraft ihrer Autorität durchzusetzen wissen.
Heli will gerade ihren Becher ausspülen gehen, als sie mich entdeckt. Anja! ruft sie, läuft auf mich zu, so voller Freude,

mich wiederzusehen. Wie unendlich gut mir ihre Umarmung tut! Ich könnte heulen, wenn ich noch Tränen hätte, ich sehne mich so nach menschlicher Nähe. Nicht der körperlichen, davon gibt's hier zuviel. Nach der anderen Nähe, der, die von innen kommt.
Nebeneinanderher bummeln wir über die zur Mittagspause leere Lagerstraße, abgehärtet, wie wir bereits sind, gegen Kälte und aufkommenden Wind.
Stell dir vor, sie haben mir eine Bettkarte gegeben. Ganze vier Tage schlafen, immer nur schlafen!
Ich weiß, sagt Heli mit dem Arm um meine Schulter.
Du weißt? Woher?
Aber Kleines – so nennt sie mich in Fällen, in denen ihr meine Fragen kindlich erscheinen –, glaubst du, ich hätte mich nicht gleich nach deiner Einlieferung ins Revier erkundigt, was sie mit dir vorhaben?
Ah ja, du bist zum Treite gegangen und hast gesagt: Was haben Sie mit meiner Freundin vor? Da hat er dich gebeten, doch Platz zu nehmen, und dir erklärt –
Sie fährt mir zärtlich mit der Hand durch das dichter werdende Gelock, so wie meine Mutter es manchmal tat. Da war ich vier. Die Salinger, sagt sie, die von der Sanitätsstube, berichtete mir, du seiest im Fieberblock. Besuche streng verboten, wie du weißt. Sonst wäre ich natürlich gekommen.
Sie verhält den Schritt, schaut mir prüfend ins Gesicht: So richtig gesund siehst du mir noch nicht aus, Anja. Irgendwelche Schmerzen? Du bist ganz schön heiser.
Aber das Fieber ist weg, sage ich. Heute darf ich noch im Block bleiben, morgen geht's wieder ran an die Arbeit.
Und dann bricht die Empörung in mir durch, die ganze Fassungslosigkeit über das, was ich beim Verlassen der Krankenbaracke im Waschraum sah. Ich gebe mir Mühe zu beschreiben, was sich jeder Beschreibung entzieht. Es wird die Schilderung der Leichenkammer eines Krankenhauses, nichts Außergewöhnliches, hier schon gar nicht. So jeden-

falls scheint es. Für das schleichend in mir hochkriechende Entsetzen gibt es keine Worte.
Heli schweigt.
Ich glaube, sage ich, hier kommt keine einzige von uns mehr lebend heraus.
So darfst du nicht reden. Man muß hoffen.
Hoffen auf was? Oder glaubst du an Wunder?
Sie hebt den Kopf, schaut zu den schnell ziehenden Wolken auf: Wenn sie doch nur schon kämen, die Alliierten. Weit können sie nicht mehr sein.
Was sagt denn die Kovalski?
Ach richtig, das weißt du ja noch nicht. Sie ist hingerichtet worden. Als *undichte Stelle* im Betrieb der Schreibstube. Jetzt erfahren wir nur noch den offiziellen Wehrmachtsbericht. Die Zurückeroberung einzelner Ortschaften. Heldentum. Hitlers neue Wunderwaffe. Man muß versuchen, nicht hinzuhören.
Aber die Brieß, was ist denn mit der? Wenn Kovalski uns aus irgendeinem Grund nicht mit Nachrichten versorgen konnte, war sie unsere Informantin. Hat man sie auch . . .
Ein paar Augenblicke lang schweigen wir, horchen auf die Mittagsgeräusche, das näherkommende Stottern eines Zugs zur Endstation Fürstenberg, das ferne Kreischen der Raubvögel über dem See. Da kommt sicher ein neuer Häftlingstransport, hörst du den Zug? Weiteres Menschenmaterial für Ravensbrück. Und während ich es sage, begreife ich zum erstenmal, daß das, was von Suhren, dem Kommandanten, im Lager erzählt wird, keine Übertreibung, sondern zynische Wahrheit ist: Beim Eintreffen eines Transportes von stark geschwächten älteren Häftlingen aus einem geräumten Lager in Holland soll er händereibend geäußert haben: Das gibt gutes Brennholz fürs Krematorium. Warum nur fällt es uns deutsch Geborenen so schwer zu glauben, was wir sehen? Die Ausländer, sie stammen aus dreiundzwanzig Ländern, sind da viel nüchterner. Die Brieß, sagt Heli, wird auch nicht durchkommen. Sie sitzt noch im Zellenbau, drü-

ben, im ehemaligen Gefängnis von Ravensbrück. Rhode verhört sie.
Der Gestapo-Folterer? Der wird sie vermutlich totprügeln, so wie die Kovalski. Und wo kriegen wir dann Lageberichte her?
Zur Zeit von nirgendwo. Nach dem Zellenbau kommt man in den Mauergang und wird erschossen. Genickschuß. Daß du das alles nicht weißt, Anja. Bist doch jetzt schon lang genug hier.
Sie hat ja recht. Natürlich hatten wir schon in Rom während unserer Tätigkeit im Untergrund von deutschen Vernichtungslagern und den dort betriebenen Praktiken gehört. Da war es noch einfach gewesen, den Berichten zu glauben, sie hatten, besonders als die Zahl der Opfer in die Millionen ging, etwas Abstraktes, Fakten, um deren Anerkennung im Ausland wir kämpften. Es *mußte* wahr sein, was im Reich geschah. Aber so richtig vorstellbar war es nicht. Weißt du, sage ich mit dem Blick zur Erde, es hat etwas mit dem Den-Augen-nicht-trauen-Wollen zu tun. Oder besser: nicht *können*. Du und ich, wir sind hier geboren. Unter diesen Menschen. Hast du geahnt, daß wir unsere Kindheit in einem Volk von Massenmördern verlebt haben?
Mir geht's wie dir, sagt Heli. Liegt vermutlich daran, daß wir so unpolitisch erzogen wurden, da haben wir wohl die ersten Anzeichen des Kommenden übersehen.
Und da liegen sie. Im Waschraum. Und vielleicht noch in vielen anderen. Berge von Leichen, scheußlich zugerichtet.
Die Mittagspause ist fast um. Ruckartig bleibt Heli stehen, packt mich bei den Schultern, rüttelt sie leicht: Hör zu, Anja. Kein Wort davon zu den anderen! Wenn Wanda es erfährt, holen sie dich gleich zurück ins Revier. Bei Fragen immer nur: Ja, es ging mir gut, freundliche Behandlung und ungestörter Schlaf. Sonst nichts. Hast du verstanden?
Ich bin allergisch gegen jede Art von Kommandoton. Betreuung: gern. Bevormundung weniger. Hältst du mich für lebensüberdrüssig? Heli spürt meine Verstimmung, lächelt

begütigend, wuschelt mein Haar durcheinander: Zu impulsiv, sagt sie. Du läßt dich leicht hinreißen. Man muß auf dich aufpassen.
Also, wenn du die Kindergärtnerin herauskehrst, dann –
In meine Worte hinein jault mißtönig die handgekurbelte Uhle.
Schlaf dich noch ein bißchen aus, rät Heli. Hast's nötig. Morgen gleiche Zeit, gleicher Treffpunkt.
Überall kommen sie aus den Baracken, stellen sich auf zum Abzählappell. Ich habe einen Zettel, darf zurück in den Schlafraum, wo ich nun – ungewohnter Luxus – eine ganze Pritsche für mich allein habe, bis die anderen von der Arbeit zurückkehren. Es ist weniger Müdigkeit als Schwäche, die mich fast augenblicklich einschlafen läßt.
Krullkopf ist wieder da! melden einige von Wandas Gefolgschaft ihrer Chefin. Da kommt auch schon der übliche Befehl: Krullkopp, komm her!
Wenigstens folgen mir nun keine obszönen Bemerkungen mehr. Die Spötter haben sich inzwischen an mich gewöhnt, akzeptieren mich als zugehörig, wie Heli es mir prophezeite.
Da liegt sie ausgebreitet auf dem dunkelfeuchten Stroh, die fette Wanda, stellt ihr weiches Fleisch zur Schau, als wollte sie damit werben: Laßt euch für die Puffs der SS anheuern, und ihr könnt euch satt fressen, bis ihr platzt. Zum erstenmal fällt mir auf, daß ihr Lagerkleid, anders als die unförmigen Säcke, die uns um den Leib hängen, so etwas wie einen Schnitt hat. Jedenfalls sitzt es stramm um ihre Formen und ist bedeutend kürzer als die unsrigen. Als sie mich erblickt, glitzern ihre kleinen Augen. Sie grinst, daß sich die Backen aufwärts wölben: Schaut mal, da kommt ja unser Krullkopf wieder.
Unser Witzbold vom Dienst, sagt eine von der Nebenkoje. Es klingt ganz freundlich. Keine Provokation im Tonfall.
Hallo, sage ich heiser, wie geht's euch denn so? Dabei stelle ich fest, daß meine Angst vor Wanda geschwunden ist, was ich wohl Heli zu verdanken habe, nicht aber mein Ekel.

Und stellt euch vor, erzählt Wanda den sie Umgebenden, vier Tage lang hat unser Lockenpösel gepennt, nichts als gepennt. Ganz keusch allein, so war's doch, nicht wahr, Krullkopf?
Woher weißt du, wo ich war?
Aber Herzchen, Wanda weiß alles. Hast du ein paar gute neue Witze mitgebracht? Wie ich die Ärzte kenne –
Quatsch, sage ich aggressiv, von wo ich gerade herkomme, war keinem zum Lachen zumute.
Wanda nimmt augenblicklich ihr Grinsen zurück. Ihr Blick bekommt etwas Lauerndes: Dann erzähl uns doch mal, wie's dort so war.
Gerade noch zur rechten Zeit erinnere ich mich an Helis Warnung, Wanda sei eine Spionin, Zuträgerin über die ihr zur Verfügung stehenden Privatkanäle. Bei Fragen immer nur: Ja, es ging mir gut dort. Freundliche Behandlung. Ungestörter Schlaf. Ich sage mein Verschen auf.
Wie langweilig. Wanda dreht sich auf den Rücken, räkelt sich gähnend, die nackten Knie angezogen, Busen und Bauch nach oben gewölbt, bis sie sich ausatmend wieder zusammenfallen läßt. Krullkopf, du hast dich offenbar dußlig gepennt, obwohl – nun habe ich ihren mißtrauischen Blick wieder voll auf meinem Gesicht – du ziemlich mitgenommen aussiehst. War da wirklich nichts?
Was soll gewesen sein? Ich hatte Fieber, und sie haben es geheilt.
Schon wieder die aus der Nebenkoje: Möchte nur wissen, mit was, ruft sie herüber. Wo es doch so gut wie keine Medikamente mehr gibt.
Mit Aspirin. Das schlägt das Fieber runter.
Aber deine Stimme. Das ist wieder Wanda. Was ist mir ihr? Du krächzt wie ein Kolkrabe.
Nichts Besonderes. Etwas heiser. In ein paar Tagen ist sie wieder klar. Tut mir leid, aber mit Erzählen ist heut Essig.
Das sieht sie zwangsläufig ein. Laß man, Herzchen, wir holen's nach, wenn du wieder reden kannst. Geh jetzt schla-

fen. Nur eines sag mir noch: Hast du dort erfahren können, ob die Kerle vom Sachsenhausener Lager schon angekommen sind?
Ich verstehe nicht: Wen meinst du?
Das Baukommando. Das neben dem Zellenbau das Krematorium erweitern und aus der geräumten Baracke dort eine Gaskammer machen soll. Modell Auschwitz/Treblinka. Hast du von Suhrens Anordnung nichts gehört? Der legt sich jetzt mächtig ins Zeug, wo die Russen und die Amis angerückt kommen.
Das sind doch nichts als Gerüchte, sage ich so ruhig wie möglich, während ich mich daran erinnere, wie wir, noch im Außendienst, mit dem Legen der Grundsteine für einen Bau begonnen hatten, an dessen seltsamer Form wir herumrätselten. Zieht man in Gedanken eine Verlängerungslinie zur Außenfront des Lagers, stößt man genau auf die geräumte Baracke neben dem Krematorium. Es muß etwas Wahres daran sein, mein Instinkt sagt mir, daß Wandas Vermutungen nicht aus der Luft gegriffen sind. Ravensbrück, die größte Enklave für weibliche Häftlinge, wird zum offiziellen Vernichtungslager umfunktioniert.
Wozu noch die Mühe? sage ich. Wir krepieren hier doch sowieso.
Zu langsam, Herzchen, zu langsam. Bis ein Mensch an Hunger und Schwäche stirbt, läuft noch 'ne ganze Menge Wasser den Berg runter, sagt Wanda ungerührt.
Krullkopf hat recht, sagt die von nebenan, die interessiert zuhört. Warum haben sie Ravensbrück nicht gleich wie die übrigen Gasanstalten gebaut.
Und lassen statt dessen immer neue Transporte rein, sagt eine andere.
Wegen der Politischen, verstehste? sagt Wanda belehrend.
Was haben die Rotwinkligen damit zu tun?
Alles. Wanda richtet sich halb auf, blickt in die Runde, die sich mittlerweile um sie gesammelt hat. Sie wollen Märtyrer vermeiden. Juden und Zigeuner, die kannste wegputzen wie

Ungeziefer. Kräht kein Hahn danach. Bei uns nicht und im Ausland auch nicht. Aber Frauen vom Widerstand, in ihren Ländern als Heldinnen angesehen – die kannste nicht geschlossen durch den Kamin jagen. Das würde rauskommen und verdammt viel unliebsames Aufsehen erregen. Also haben sie's erst mal mit der langsamen Methode versucht: kaputtschuften, aushungern, medizinische Sonderbetreuung.
Die Umstehenden nicken mit leeren Gesichtern. Sosehr ich Heli als die Erfahrenere von uns beiden respektiere – Wanda eine Spionin? Da muß sie sich irren. Die Sache mit dem Puff dagegen glaube ich ihr aufs Wort. Vor meinen Augen beginnen die Schlafstätten zu schwanken, ihre Konturen verwischen sich. Ich fürchte, das Fieber kommt zurück. Bloß nicht wieder ins Revier. Ich bin fest entschlossen, mir nichts anmerken zu lassen, und wenn's mich noch so schüttelt. Aber vielleicht ist es gar kein Fieber, sondern das Entsetzen, das bodenlose Entsetzen, möglicherweise am Bau einer Gaskammer mitbeteiligt zu sein. Einer Einrichtung, die uns allen qualvoll den Atem abwürgen wird, wenn die Zeit gekommen ist. Wir wissen es alle: Sie ist nicht mehr fern.
Ich berichte Heli von dem, was ich erfahren habe. Das hätte ich nicht tun dürfen, schilt sie mich, es sei höchst unvorsichtig von mir gewesen, mich an dem Gespräch zu beteiligen, wo sie mich doch ausdrücklich vor Wanda gewarnt habe. Sie spricht von ‹unverantwortlichem Leichtsinn› und meiner ‹Triebnatur›, die erst Überlegung zuließe, wenn es bereits zu spät sei. Ich weiß, ihre Vorwürfe entspringen ihrer Sorge um mich, aber spürt sie denn nicht, was sich da um uns alle herum zusammenbraut? Das liegt in ihrer bemutternden Natur: Sie sieht immer erst mal das Nächstliegende, setzt sich damit auseinander, während ich mich mehr dem Ganzen verpflichtet fühle. Ich schweige zu ihren mahnenden Worten. Wir würden nur aneinander vorbeireden. Der Gedanke, daß Menschen, die sich lieben, in entscheidenden

Punkten so grundsätzlich verschieden empfinden, macht mich noch einsamer als zuvor.

Frühappell. Wir stehen, zitternd vor Kälte, im feuchten Nebel, den die Nacht zurückließ. Wir haben Unterhemden erhalten. Sie stammen von den Toten, die man während des Transportes hierher niedergetrampelt oder erschlagen hat: verdreckte Lumpen, blutig oder zerlöchert. Aber wenigstens peitscht der Wind nun nicht mehr ganz so ungehindert durch die fadenscheinigen Kittel hindurch unsere nackte Haut. Die Beine dagegen bleiben dort, wo das Kleid nicht hinreicht, allen Wettern ausgesetzt. Strümpfe gibt es höchstens über gute Beziehungen zur Kleiderkammer. Das aber kommt nur in seltenen Fällen vor.
Fast zwei Stunden lassen sich die Damen aus Hitlers Elitetruppen Zeit, bevor sie, bereits in Winteruniform verpackt, vor uns erscheinen. Im Dämmer des anbrechenden Tages erkenne ich das Gesicht der Mehnert, der tückischen Aufseherin mit dem Sozialkomplex. Sie nimmt die Parade ab, Revolvertasche und Schlagstöckchen am Gurt. Doppeltes Pech: Ausgerechnet heute stehe ich in der ersten Reihe. In die beinahe vollkommene Stille hinein – nur das Knarren des Stiefelleders ist zu hören – beginnt eine aus den mittleren Reihen zu husten. Es klingt trocken, der Atem pfeift beim Versuch, ihn zurückzugewinnen. Schon ist die Mehnert bei ihr, schlägt mit dem Stock zu, einmal, zweimal. Beim drittenmal sinkt die Kranke mit leisem Wehschrei zu Boden. Ein paar kräftige Stiefeltritte ins Gesicht, und die Mehnert setzt ihren Gang unsere Reihen entlang fort, starrt, wie es ihre Art ist, jeder von uns prüfend in die Augen, immer auf der Suche nach einem Anzeichen, das ihr den Klassenfeind signalisiert. Größere Sensibilität eines Häftlings lockt sie an wie Honig den Bären. Irgend jemand sagte mir einst, meinem Gesicht könne man ein ausgeprägtes Gefühl für Ästhetik ablesen. Das scheint die Mehnert auch entdeckt zu haben. Sie bleibt nah, abscheulich nah vor mir ste-

hen, schielt, fast einen Kopf kleiner als ich, von unten her zu mir herauf.
Was haben wir denn hier für ein Schmuckstück? Wohl was Beßres, wie? Hände vorzeigen!
Ich strecke meine Hände mit angelegten Oberarmen aus. Sie sind blauweiß, schlecht durchblutet, rissig. Die Fingernägel sind abgebrochen. Mehnert triumphiert: Hab ich's nicht gesagt? Was für zarte, kleine Händchen. Unser Schmuckstück dünkt sich wohl zu fein zum Zupacken. Und dann bekommt ihr schmallippiger Mund den Ausdruck, den wir alle fürchten. Ihre Stimme trieft vor Hohn, als sie sagt: Da hab ich was besonders Schönes für dich. Du kommst nach dem Appell mit mir. Und sie setzt ihre Inspektion fort.
Ich versuche zu denken, doch mein Hirn ist blockiert, der Kopf seltsam leicht und leer. Jetzt hat's mich erwischt, fühle ich ohne jede Reaktion. Kaninchenstarre vor der übermächtigen Gefahr.
Die Sirene heult durch den Nebel, diesen weißlich-nassen Dunst mit den blaßgelben Klecksen. Noch brennen die Bogenlampen.
Komm mit! befiehlt die Mehnert, plötzlich aus dem Nichts neben mir stehend. Hinter ihr her marschiere ich, mich ihrem energischen Gang anpassend, direkt auf das Revier zu. Nun wenigstens müßte mich Panik befallen, doch immer noch fühle ich gar nichts, jetzt nicht einmal mehr die Kälte oder den sonst ewig den Magen zusammenziehenden Hunger. Es ist ein ziemlich langer Marsch von der Rückseite des riesigen Lagers bis hin zum Krankenblock. Ich verliere einen der Schlappen, wage nicht umzukehren, mache ein paar holprige Schritte rückwärts, schlüpfe mit eisigen Zehen in den kostbaren Latschen, hole, mich beeilend, den verlorenen Abstand wieder auf. Die Mehnert hat nichts gemerkt.
Vor mir betritt sie den mir schon bekannten Gang, vorbei an Schuhmanns Versuchsräumen, bis wir zu einer Art Abstellkammer gelangen. Mehnert stößt die Tür auf. Längst ist meine Nase gegen den Lagergestank abgestumpft. Glaubte

ich jedenfalls bis jetzt. Was mir nun da aus einer Ecke entgegenschlägt, ist eine solche Konzentration von allem, was nur stinken kann, daß ich unwillkürlich den Kopf abwende. Es kommt aus einem offenen Blechkanister. Die Mehnert packt mich beim Arm: Komm, Liebchen, schau mal rein. Das trägst du jetzt rüber ins Scheißhaus der Juden in der Zugangsbaracke und leerst es aus. Ich bleib dabei, bis der Kübel blitzblank ist, verstanden? – Der Kübel ist, ganz langsam schleicht das Entsetzen in meine Glieder, bis zum Rand gefüllt mit ekelerregenden Exkrementen: Urin, Kot, Eiter, Gedärm, schleimigem Auswurf und Leichenteilen, Restbestände der Sezierkunst der Lagerärzte.
Los, anheben. Bewegung!
Leichter gesagt als getan. Der schätzungsweise ein Meter hohe Kanister ist schwergewichtig wie eine kleine Bombe. Beim Anheben schwappt etwas von der widerwärtigen Brühe über meine Hände, macht sie glitschig.
Vorwärts!
Wir gelangen ins Freie. Ich versuche durch den Mund zu atmen, um am Gestank nicht zu ersticken. Der Behälter – es schwappt bei jedem meiner mühsamen Schritte die Leichenscheiße rechts und links auf den schwarzen Sand – ist zu schwer für mich. Als die Mehnert erkennt, daß ich mit dieser Last restlos überfordert bin, bekomme ich die Erlaubnis, achtmal zwischendurch abzusetzen. Kein einziges Mal mehr. Vermutlich ist ihr inzwischen klargeworden, daß mein Auf-der-Strecke-Bleiben zur Folge hätte, sie mitten auf dem Weg zur Latrine mit der stinkenden Jauche allein zu lassen.
Das, was die sadistische Aufseherin *«das Scheißhaus»* nennt, liegt am Westrand des Lagers, ein primitives Plumpsklo mit sechs Sitzlöchern über einem ausgehobenen Graben.
Auskippen! Sie steht, Hände in die Hüften gestemmt, Beine leicht gespreizt, in sicherem Abstand an der Seitenwand, verfolgt jede meiner Bewegungen. Das Schlimmste sind

ihre Augen, die jetzt vor Erregung glänzen, ein Weib, das seinen Lustgewinn aus der Erniedrigung ihrer Geschlechtsgenossinnen zieht. Der Ekel schüttelt mich wie ein plötzlicher Fieberanfall. Gleichzeitig verleiht er mir ungeahnte Kräfte. Ich hebe den Blechkübel an eines der Löcher, schütte seinen Inhalt in die Tiefe, sehe eine Hand ohne Finger, ein Stück Schienbein, blutiges Gedärm mit hinunterflutschen. An den Innenwänden des nun leeren Blechbehälters klebt angetrockneter Eiter und Kot.
Weitermachen! Los, Mistbiene, wischen, bis es spiegelt. Daß mir kein Fleckchen dranbleibt. Verstanden?
Kann ich ein Tuch haben, Frau Aufseherin?
Was in mir nun heiß lodert, ist kein Fieber. Auch nicht der Ekel. Es ist Haß, unbändiger Haß. Nie zuvor habe ich solche Wut in mir gespürt.
Hohnlachen. Ein Tuch willste haben? Vielleicht noch Eimer und Scheuerlappen? Nimm gefälligst deine Pfoten zum Abkratzen, sonst mach ich, daß du abkratzt. An die Arbeit!
Ich starre sie an, starre in ihr lüsternes Gesicht, rühre mich nicht. Mit einem Satz ist sie neben mir, packt brutal meine Hände, reibt sie die Flächen entlang über den schmierigen Dreck: So macht man das!
Später weiß ich nicht mehr zu sagen, wie es gekommen ist: Ob ich sie angreifen oder mich nur zur Wehr setzen wollte – ich kann mich nicht erinnern. Es ging alles sehr schnell. In einer Geste der Verzweiflung schleudere ich ihre Arme hoch, fahre ihr mit der Schmier durchs Gesicht, greife ihr ins Haar, besudle ihre Jacke, indem ich meine Hände an ihr trockenreibe. Die Mehnert – ich erinnere mich noch, wie mich das wunderte – wehrt sich nicht, glotzt nur dumm aus der Scheiße, die ihr um die Augen hängt. Dann stehen wir uns gegenüber, atemlos. Jetzt muß etwas geschehen, irgend etwas, damit es zum endgültigen Eklat kommt.
Ich sehe zu, wie sie sich langsam aus der Starre löst, wie ihre rechte Hand suchend, benommen noch von der Ungeheuerlichkeit des Geschehens, die Uniformjacke aufknöpft. Ent-

weder erschießt sie mich nun, oder sie schlägt mich mit ihrem Stock zum Krüppel. Es ist mir einerlei, ich weiß nur, ich habe mich gewehrt. Wie tief läßt sich ein Mensch erniedrigen, bevor er zurückschlägt?
Weder Knüppel noch Pistole. Es ist der Meldeblock, den sie aus der Brusttasche zieht. Stumm notiert sie meine Nummer. Mein Hirn, das ich schon tot glaubte, beginnt wieder zu arbeiten. Sie hat mich nicht erschossen, nicht erschlagen. Wieso nicht? Weil sie eine Aufseherin ist. Aufseherinnen handeln nicht willkürlich in Wut und Haß, und wenn doch schon einmal, sind es Ausnahmen. Solche wie diese hier, zuverlässige Dienerinnen ihres Führers, haben längst jede menschliche Regung in sich abgetötet. Sie ziehen ihren Block aus der Brusttasche und machen Meldung. Alles muß seine Ordnung haben, wir sind schließlich Deutsche, keine mischrassigen Chaoten. Jetzt sammeln sich meine Gedanken, schießen immer hektischer durch mein Hirn, während die Mehnert weiter auf ihrem Block herumkritzelt, vermutlich, um mein Verbrechen so ausführlich wie möglich der Oberaufseherin Binz, die die Urteile fällt, zu unterbreiten.
Was weiß ich über Meldungen und ihre Folgen? Eigentlich nur, daß nichts im Lager mehr gefürchtet ist als das Notieren einer Häftlingsnummer durch eine der Wärterinnen. Und das will etwas heißen in dieser Hölle. Was geschieht nun mit mir? In zirka einer Woche werde ich es erfahren, im schlimmsten Fall in zwei. Die Lagerleitung läßt sich Zeit mit der Ausführung ihrer gefaßten Beschlüsse. Es liegen ihr stapelweise Meldungen vor, Zettel, auf denen die Wachthabenden ihre persönlichen Vernichtungswünsche beantragen dürfen. Wie immer auch das Resultat ausfallen mag, daß ihnen stattgegeben wird, steht außer Zweifel. Ich möchte jetzt, hier auf der Stelle, tot umfallen. Dann hätte ich alles hinter mir und die Mehnert, dieses perverse Aas, das Nachsehen.
Als spüre sie meine Gedanken, hebt sie den Kopf. Ich denke

noch verblüfft: Nicht zu fassen. Da ist nicht die kleinste Regung in ihrem Gesicht, es gleicht einer starren Maske. Leer. Gleichgültig. Mit dem Aufschreiben meiner Nummer hat sie mich ordnungsgemäß bürokratisch ermordet. Das genügt ihr. Eine knappe Kopfbewegung zum Ausgang hin: Hau ab. Zurück zu deinem Kommando, aber dalli!

Ich taumle ins Freie in Richtung des Zelts, der im August eilig errichteten Notunterkunft für einen großen Transport von Polinnen. Mit rund vierzig Frauen aus meiner Baracke hatte mich Arbeitsführer Pflaum zur Arbeit an einem geborstenen Wasserrohr bestimmt. Das schätzungsweise fünfzig Meter lange Wehrmachtszelt steht seit Tagen unter Wasser. Nun erst, auf dem Weg zur dritten Barackenreihe, kommt die Reaktion. Die Beine, zittrig von der Kübelschlepperei, knicken mir unter dem Leib weg. Ich schlage lang hin und würde gern liegenbleiben, triebe mich nicht die Angst wieder auf die Füße, die Mehnert käme mir nach und prügelte mich zu Tode.

Jetzt, um diese Tageszeit, liegt die Lagerstraße verlassen da, eine grauschwarze Öde. Nur ein paar Kinder sehe ich, unsere Zigeunerkinder, die man bisher verschont hat, und die der ungarischen Jüdinnen vom letzten Transport. Sie irren ziellos umher oder stehen, ohne sich zu rühren, irgendwo herum, starren dumpf vor sich hin. Ihre Wangen sind hohl, die Lippen gesprungen von Mangel an Fett in der Lagerkost. Ein lieber, zerzauster kleiner Bursche bummelt die Reihe der Baracken entlang mit ausgestrecktem Arm, die kleinen Finger streifen das Holz, greifen zwischendurch in die Luft. Er merkt es gar nicht, so tief ist er in Gedanken versunken. Was, wenn er an den elektrischen Zaun gerät? Die SS sähe darin nur einen begrüßenswerten Vorfall, *abzubuchen unter Tbc mit Todesfolge* im Register der Toten. Die übliche Formel. Ich versuche, ihn anzusprechen, um ihn zu warnen. Der Kleine mit seinem Wuschelhaar lächelt weiter friedlich vor sich hin, hört und sieht mich nicht. Er ist in seiner eigenen Welt, wo niemand ihn erreichen kann.

In einer der leeren Baracken gehe ich zum Waschraum – ich trage mein Stück lagerfabrizierte Kernseife immer mit mir in der Kitteltasche –, wasche Hände und Arme so gründlich, daß das Blut fast durch die Poren der trockenen Haut nach außen dringt. Wieder und wieder, bis das Kernseifenstückchen, von dem es heißt, es würde aus Knochen gewonnen, aufgebraucht ist. Der Ekel aber und die Angst sind nicht abwaschbar.
Beim Zelt sind meine Kameradinnen am Werk. Sie pumpen das Wasser aus, graben, schleppen Rohrstücke herbei, zerren die geborstenen aus dem gehärteten Erdreich, klopfen, hämmern, verlöten unter der Anleitung zweier Zivil-Installateure, scharf bewacht von einer SS-Frau mit Schäferhund. Mir als spät Hinzugekommener wird das Zuschütten des Wasserrohrs, soweit bereits repariert, aufgetragen. Was bedeutet, eimerweise Erde herbeizutragen, schweren, von feuchter Kälte zusammengebackten Sand, ihn mit einer Kinderschaufel hinabrieseln zu lassen in die metertiefe, sich nicht füllen wollende Dunkelheit. Jeder Eimer muß vom Ende der Barackenreihe herbeigeholt werden; Hund und Herrin achten auf Tempo. Die Zivilarbeiter behandeln uns wie geistig Beschränkte. Vermutlich stellen sie sich in ihren propagandistisch genährten Köpfen vor, Untermenschen seien Wesen, die die Stufe der Menschwerdung noch nicht ganz erreicht, daher noch kein eigenes Denkvermögen besäßen. Untermenschen rangieren nach den Tieren; ein echter Deutscher ist tierlieb.
Bis auf den Tod erschöpft komme ich zur Mittagspause in Wandas Villa an. Heli erwartet mich schon, hat Brot und Suppe für mich entgegengenommen.
Mein Gott, Anja, wie siehst du aus? Was ist geschehen?
Nichts, sage ich und beschließe in diesem Augenblick, ihr das mit der Meldung zu verschweigen. Ihr Entsetzen darüber würde meinen inneren Zustand nur noch verschlimmern: Bin einfach müde.
Sie beobachtet, wie meine Hände zittern. Der Steckrü-

bensud versickert zu meinen Füßen. Sie umschlingt mich, drückt mich an sich, die Augen überziehen sich mit spiegelndem Glanz: Kleines, sagt sie, du Arme, was haben sie mit dir gemacht? Sag die Wahrheit.
Ihre Fragen sind zusätzliche Qual. Laß mich. Ich bin erschöpft.
Was haben sie dich tun lassen? Sieh nur, wie du zitterst.
Sand schleppen, sage ich und schaue an ihr vorbei. Ist elend schwer, so ein Eimer. Das geplatzte Wasserrohr, weißt du.
Im Zelt? Ich mag es nicht, wenn sie mich so prüfend ansieht. Aber Heli hat ein feines Gespür; sie fühlt, daß ich ihr etwas verberge, versucht mich zu bewegen, mich ihr anzuvertrauen: Sind wir nicht Freunde?
Da, nimm mein Brot, sage ich und halte es ihr entgegen, weil ich entdecke, daß ich keinen Bissen herunterkriegen würde. Es ist wie verhext: So gründlich habe ich mich gewaschen, doch der grauenhafte Gestank des Kübels hat sich an meinen Nasenwänden festgesetzt. Mit jedem Einatmen dringt er mir ins Hirn.
Entschuldige, bringe ich mit Mühe hervor. Muß in den Waschraum.
Dort, über der Kloschüssel, erbreche ich, wieder und wieder. Längst hat der geschrumpfte Magen sein bißchen Inhalt hergegeben. Mein ganzes Innensystem scheint sich nach außen zu stülpen. Als ich endlich imstande bin, den Kopf zu heben, tönt die Sirene. Mittagspause beendet. Ich kann Heli gerade noch zurufen: Bis morgen. Dann werden wir zur Weiterarbeit am Wasserrohr abmarschiert. Bei derart primitiven Werkzeugen, die sie uns dazu zur Verfügung stellen, werden wir noch tagelang dort zu tun haben, und die Zeltbewohnerinnen, allesamt beteiligt gewesen am Warschauer Aufstand, werden auf mit Dreckwasser vollgesogenen Strohsäcken am Boden schlafen. Absicht der Lagerleitung?
Wenn die beiden Zivilarbeiter uns nicht anweisen, was wir zu tun haben, wobei sie im Kleinkinderton und deutschem Kauderwelsch zu uns sprechen, unterhalten sie sich unge-

niert darüber, was für ein Pack wir doch seien. Volksverräter, Verbrecher, die hier nun endlich mal erführen, was es heißt zu arbeiten, während der deutsche Soldat an der Front für die Heimat sein Leben opfere. Sie spielen sich auch als Physiognomiker auf. Man sehe sich doch nur einmal unsere Gesichter an, diese finsteren Mienen, da erkenne doch jeder aufrechte Deutsche auf Anhieb den Volksfeind.

Gesindel, sagt der eine.

Untermenschen, der andere.

Aber die, die da in der grauen Wolluniform neben ihnen steht, den fletschenden Hund mit den ewig hochgestellten Ohren an kurzer Leine, die ist für sie vermutlich das Symbol für Anstand und Menschenwürde, denke ich resigniert. Es hat ja keinen Sinn mehr, Dinge begreifen zu wollen, die Welt steht kopf, und wir werden mit ihr untergehen. He du, flüstert mir Berta Kleinschmidt, eine Grünwinklige, zu, wo warste so lange? Was hat die Angeberin Mehnert von dir gewollt? Wir beugen uns über die Eimer, um sie anzuheben. Die Aufpasserin sieht nur unsere gekrümmten Rükken.

Keine Zeit zu langen Erklärungen. Hat mir 'ne Meldung verpaßt, sage ich. Au weia, sagt Kleinschmidt, die vor vier Jahren auf einem Waldweg dem Typ, der sie überfiel, um sie zu vergewaltigen, eine Schere in die Brust stieß, die ihn ins Jenseits beförderte (wär's ein Jude gewesen, hätten sie mich als deutsche Heldenfrau gefeiert, pflegte sie zu sagen, unglücklicherweise hätte sie einen Soldaten auf Heimaturlaub erwischt), dann biste dran. Zu weiterem Wortaustausch ist keine Gelegenheit mehr. Schweigend kippen wir unsere Eimer in den Abwässerschacht. Das ist nun erlaubt, seitdem das Rohr gleichmäßig abgedeckt wurde. Jetzt geht es nur noch um das Auffüllen. Die beiden Installateure packen ihre Instrumente zusammen und ziehen ab. Eine knappe Stunde später erlöst uns die Sirene.

Am Abend, nach der Kontrollvisite der wachhabenden

Aufseherin in der Baracke. Vor mir steht Heli mit verstörtem Gesicht. Es hat sich also bereits herumgesprochen, das mit der Meldung.
Ist es wirklich wahr? Warum hast du mir das nicht schon heute mittag gesagt?
Hättest du es ändern können? Wozu also?
Die Wanda ruft dich, sagt eine von den oberen Pritschen.
An Wandas Lager haben sich bereits ihre sieben Hofdamen versammelt, starren mir neugierig entgegen. Wanda selbst in ihrer Fülle ruht ausgestreckt in Höhe unserer Köpfe, das Haupt auf eine Hand gestützt. Eine aus dem Norden importierte Odaliske in einer Sänfte. Kein: Na, Krullkopp. Überhaupt keine Begrüßung. Ihr Blick ist kalt, distanziert.
Also, 'ne Meldung haste dir verpassen lassen, stellt sie fest. Wie kann man nur so dämlich sein. Hätte dich für etwas schlauer gehalten. Weißt du, was du für mich bist? Erledigt bist du für mich, Idiotin.
Erledigt ist sie so und so, stellt eine ihrer Getreuen sachlich fest. Mußt dir 'nen anderen Clown suchen, Wanda.
Was passiert eigentlich, wenn man eine Meldung bekommt? frage ich die Nächststehende.
Kommt darauf an, für wie schwer die deinen Verstoß gegen die Lagerordnung bewerten, sagt sie. Die leichteste Strafe ist frische Kopfrasur und zwei Tage Essensentzug im Strafblock.
Glaub aber ja nicht, sagt eine andere, die zwölf Jahre Knast wegen Kindesentführung mit Erpressung gekriegt hat, der Strafblock wär so was wie'n Hotel mit Einzelzimmer. Der ist das Zentrum dieser Hölle. Verlängerte Arbeitszeiten, jeden Tag Prügel von den rachsüchtigsten der SS-Weiber. Danach biste so fertig, daß du wünschst, du wärst nie geboren.
Eine Kleine, von den anderen *Kartoffelnase* genannt, weil die kugelige Form ihrer Nase im eingefallenen Gesicht fast die gesamte Fläche einnimmt, beeilt sich zu versichern, es

gebe, noch Schlimmeres als den Strafblock. Du hast den Bunker vergessen, sagt sie zur anderen, den Zellenbau.
Sie wendet sich mir zu. Eigentlich fand ich sie immer recht sympathisch, nicht so ordinär wie Wandas übrige Höflinge. Freundlicher, aufgeschlossener.
Und was geht da vor im Zellenbau? will ich wissen.
Bereitwillig gibt sie Auskunft. Sicher hätte ich den Bau doch gesehen, den zweistöckigen neben dem Kremo. Er enthalte achtzig Zellen, jede von ihnen drei Schritte breit, sechs lang. Im vorigen Winter habe sie dort Dienst tun müssen: Dahinein sperren sie dich.
Ich stelle mir die Maße der Zelle vor. Auf jeden Fall hat man auf den achtzehn Quadratmetern Bewegungsfreiheit, meine ich hoffnungsvoll.
Da schreit Wanda von oben herab: Wie kann man nur so verdammt begriffsstutzig sein wie du! Wenn auch nur noch ein Fünkchen Phantasie in deinem Döskopp ist, dann versuch dir jetzt mal vorzustellen: In jeder dieser Zellen stehen bis zu zwanzig Häftlinge aneinandergepreßt. Kein Hinsetzen möglich, kein Gehen, kein Liegen – und das halt mal ein bis zwei Wochen hintereinander aus. Die Zellen, Schätzchen, unterstehen der Binz, der Oberaufseherin. Deren Phantasie, das kann ich dir flüstern, ist im Gegensatz zu der deinen höchst produktiv!
Gelächter rundum. Das Lachen der Hoffnungslosigkeit.
Noch einmal Kartoffelnase: Im Winter bleibt die Heizung aus. Es gibt auch noch eine beliebte Strafverschärfung –
Ja, brüllt die lange Mischa, ich hab davon gehört: Stehen in Behältern mit eiskaltem Wasser. Im Sommer bleiben dafür die Fenster geschlossen. Da läßt die Binz Dampf in die Zellen blasen.
Kartoffelnase nickt heftig. Stimmt alles, Krullkopf, sagt sie. Ich hab dort im vorigen Winter gearbeitet. Im Leichenkommando. Da haben wir die aus den Zellen buchstäblich loseisen müssen. Sie waren auf dem Boden festgefroren.
Alle tot? Die Stimme versagt mir.

Was denkst du? Sind doch keine Schneemänner.
Schneefrauen, sagt eine und freut sich, daß sie gebührend belacht wird.
Weißt du nun Bescheid, Krullkopf? sagt Wanda kühl. Es gibt die verschiedensten Methoden. Aber lebend kommst du da in keinem Fall mehr heraus.
Ich denke, wie grausam doch die Lagerpraxis ist, eine gefährdete oder schwerkranke Kameradin fallenzulassen wie eine heiße Kartoffel (wären wir das, hätten sie uns längst samt Pelle gefressen). Es ist, als wollten sich die anderen mit dieser plötzlichen Distanz den Tod vom Leib halten.
Ihr hier kommt auch nicht davon, sage ich wütend in ihr fettes Gesicht hinein. Ihr kommt alle dran, alle, wie ihr hier seid. Die eine etwas früher, die andere später. Dann hab ich es eben etwas schneller hinter mir als ihr. Na und?
Wer, sagt Wanda ungerührt, hat dir die Meldung ausgeschrieben?
Die Mehnert, sage ich.
Aus dem uns umgebenden Kreis lacht eine ältliche Frau mit narbiger Haut laut auf. Die Mehnert, Wanda, die Mehnert. Deine einstige Rivalin beim Holler, eurem Zuhälter. Da hat die aber noch ganz schön gekuscht! Und hier ist sie plötzlich die Größte.
Protest von mehreren Seiten: Quatsch nicht. Wanda ist die Größte. Ihr kann keiner.
Sie haben mich vergessen oder abgeschrieben, beachten mich nicht weiter. Völlig entmutigt gehe ich zu meinem Liegestreifen auf der Pritsche zurück. Strafblock, Zellenbau – eine Aufseherin tätlich angegriffen, das kann nur das Schlimmste bedeuten. Ich zwänge mich zwischen die schon schlafenden Bettgenossinnen, hellwach. Die Gedanken wirbeln. Wie läßt sich aushalten, was sie vom Zellenbau erzählen? Sie sterben alle, hatte Kartoffelnase gesagt, freundlich hinzugefügt: Viele von ihnen werden vorher irrsinnig. Die enden dann im Idiotenstübchen.

Ich versuche mir vorzustellen, wie das ist, wenn man den Verstand verliert, eingekeilt zwischen Verhungernden, verurteilt zur Bewegungslosigkeit. Hört man dann auf zu denken? Oder nimmt man in einem endlos scheinenden Prozeß den Verfall des Gehirns wahr? Spürt man mit einem Rest von Wirklichkeitssinn, wie die Gedanken außer Kontrolle geraten, wie sie abgleiten in die Irrealität, Schreckbilder des Wahns produzieren, denen man angstgepeitscht auszuweichen versucht? Weiß eine Irre, daß sie irre ist? Schweiß rinnt mir von Gesicht und Nacken. Erst gegen Morgen gelingt es mir, mich in der Hoffnung, daß meine Untat der Schwere des Vergehens wegen mit Genickschuß im Mauergang geahndet wird, zu beruhigen. Nur ein Stoß gegen die obere Wirbelsäule – aus, Schluß. Eine Gnade.
Während der nächsten Morgenappelle stockt mir, wenn die Aufseherin mit der Liste kommt und einzelne Nummern aufruft, deren Inhaberinnen mit deutlichem ‹Hier!› vortreten müssen und auf Nimmerwiedersehen abmarschiert werden, der Atem. Jedesmal denke ich: Nun bin ich dran. Zweiundsiebzigvierzwanzig – zweiundsiebzigvierzwanzig – da, jetzt ist es soweit: zweiundsiebzigsechs – nein, es müßte vier heißen. Wieder nichts. Sie quälen mich absichtlich, lassen mich zappeln, raten, was sie mit mir tun werden, auf welche Art ich Stückchen Ungeziefer vernichtet werde. Mittags sitze ich stumm neben Heli, die keine Worte mehr hat, mich nur noch mit der wärmenden Nähe ihres Körpers zu trösten versucht. Was bleibt uns schon zu sagen? Es tut mir weh zu sehen, wie sehr sie sich die Sache zu Herzen nimmt. In diesen wenigen Tagen scheint sie mir um Jahre gealtert, die Zuversicht in ihren Zügen ist Hoffnungslosigkeit gewichen. Eine Kindergärtnerin, nein, selber ein Kind, dem der Glaube, Erwachsene seien beschützende Gottheiten, brutal und endgültig zerstört wurde. Fünf Tage lang nehmen wir auf diese stumme Weise Abschied voneinander.
Der fünfte Abend in der Baracke. Die wachhabende SS-Frau erscheint in der Tür: *Achtung!* Es ist die Mehnert.

Kontrollgang entlang den Schlafstätten. Stille. Plötzlich Wandas rauhe Stimme:
Berta, kommal her!
Wir alle wissen, Wanda kann sich viel erlauben, aber das geht zu weit. Eine Meldung wird die Mehnert ihr wohl nicht verpassen. Aber toben wird sie, etwas von *‹gefälligst Haltung annehmen, oder...›* schreien. Wir warten auf den Ausbruch ihres Zorns, trauen kaum unseren Ohren, als die in ganz normalem Ton sagt:
Wanda, ich hab jetzt keine Zeit.
Täusche ich mich, oder ist da ein Hauch von Unsicherheit in ihrer Stimme?
Komm her. Mach schon! brüllt Wanda von ihrer Liege aus. Sie steht nicht stramm wie wir anderen.
Fassungslos sehen wir zu, wie die Mehnert ihren Rundgang unterbricht und dem Ruf Folge leistet.
Was ist los, Wanda?
Bleib hier, befiehlt unsere Barackenkönigin und dann: Herkommen, Krullkopf. Tempo!
Jetzt ist mir schon alles egal. Augenblicke später stehe ich vor Wandas Pritsche der Mehnert gegenüber. Hör mal, Berta, sagt Wanda streng, du hast unserer Kameradin hier 'ne Meldung gemacht. Ist erst ein paar Tage her.
Die Mehnert vermeidet, zu mir herüberzusehen: Das war mehr als notwendig. Das unverschämte Aas hat –
Ungeduldig unterbricht Wanda sie: Wann hast du deinen letzten Meldeblock eingereicht?
Vor einer Woche, sagt die Mehnert, von der Frage überrascht.
Wanda zu mir: Dann hat sie deine Meldung noch drauf.
Und wieder zur Aufseherin: Gib den Block her.
Du bist verrückt. Du weißt, was das heißt.
Klar weiß ich, was das heißt. Ich will nur den einen Zettel, den anderen Scheiß kannst du behalten.
Ich sehe die SS zögern. Auf einmal, es scheint unfaßbar, wirkt diese Bestie unsicher, fast devot.

Nun mach schon, los. Oder willst du, daß ich Rhode erzähle –
Das Wunder geschieht: Die Mehnert zieht ihren Meldeblock, reicht ihn Wanda hin, die nach kurzem Durchblättern einen Zettel herausreißt, bevor sie ihn zurückreicht. So schnell wie die Mehnert hat uns noch keine Abendkontrolle verlassen. Sogar das *Achtung* vergißt sie.
Und Wanda? Sie wirft den Kopf in den Nacken und lacht, laut und amüsiert: ho ho ho, ha ha ha! Augenblicklich fallen alle ringsum in das Lachen ein. Jauchzen, Gemecker, Geschrei bis zur Hysterie. Nur wenige sind Zeuge dessen geworden, was sich da eben an Unerhörtem zutrug. Doch daß eine gefürchtete Aufseherin dem Ruf einer Gefangenen, an ihr Lager zu kommen, Folge leistet, dieses Wunder hat mehr oder minder jede von ihnen mitgekriegt. Es ist – wörtlich – zum Totlachen.
Wanda, wieder ernst, sieht mich mit einem Blick an, den ich nicht zu deuten vermag. Vorwurf ist darin, Belustigung und auch eine Spur Zuneigung. Sie schaut auf den Zettel, liest, schüttelt den breiten Kopf. Merk dir eines, Krullkopf, sagt sie und zerreißt die Meldung zu einem Haufen von Papierschnitzeln, die sie mir vor die Füße streut, versuch hier nicht die Heldin zu spielen, dafür biste 'ne Nummer zu klein. Und morgen erzählste mir wieder 'nen Witz, einen saftigen aber, kapiert? Den vom Beschneider und der Geldbörse. Jetzt mach, daß du in deine Koje kommst. Das war's.
Damit wälzt sie sich auf die Seite, dreht mir den Rücken zu.
Das war's! Einem Raben mit schon erbeutetem Wurm zieht ein größerer den Bissen aus dem Schnabel. Nicht, um ihn selbst zu verspeisen – er ist nicht hungrig –, nur so zum Spaß. Der Wurm darf weiterleben.
Ein Wunder, sagt Heli, als sie erfährt, was geschah, und lächelt zum erstenmal wieder. Du mußt einen ganz besonderen Schutzengel haben. Ja, bist du denn nicht glücklich? fragt sie verwundert, als sie meine verschlossene Miene sieht.

Nein, sage ich und meine es auch. Aber wie soll ich ihr das erklären? In den Tagen, die hinter uns liegen, hatte ich mich eingelebt in meinen Tod, hatte ihn akzeptiert, war im Geist alle Möglichkeiten qualvoll langsamer wie auch sofortiger Exekution durchgegangen. Ich war in eisigen Zellen erfroren, hatte mich erhängt, im Strafblock nackt von männlichen SS-Bonzen mißbrauchen und zu Tode peitschen lassen, war alle nur erdenklichen Todesarten gestorben, immer und immer wieder in der Hoffnung, im Augenblick des echten Vollzugs nichts mehr zu spüren; ich war ja schon so gut wie tot. War das nun alles umsonst gewesen? So schnell kommt man von da, wo ich war, nicht zurück.
Du mußt wissen, Heli, ich bin nicht mehr die gleiche. Kann's nicht erklären.
Heli ist zuversichtlich: Das ist der Schock, Kleines. Das geht vorbei.
Und auf einmal sind auch alle Stubenkameradinnen wieder um mich. Jetzt, quasi wiedergeboren, ohne das Odeur des Todes, bin ich ihnen von neuem willkommen. Was soll's, denke ich. Nur ein kleiner Aufschub. Verloren sind wir so oder so.

Morgen, Kinder, wird's was geben

November 1944

Sie rücken näher, jubelt Zdenka, unsere neue Informantin aus der Schreibstube, ich wünschte, ihr könntet die Karte im Dienstzimmer sehen. Sie zeichnen jede Meldung von Radio London ein! Zdenka riskiert mit dieser Weitergabe nicht viel; die SS, im festen Glauben, das an der Kovalski statuierte Exempel reiche aus, um die übrigen Mitwisser zum Schweigen zu bringen, achtet nicht weiter darauf. Sie hat jetzt anderes zu tun. Wo immer des näherkommenden Heeres der Alliierten wegen etwas geräumt werden muß – und es wird viel und an allen Ecken geräumt unter der Bezeichnung *planmäßiges Absetzen* –, werden Frauen und Kinder nach Ravensbrück gebracht. Nun sind auch die im August neu

errichteten Zugangsblocks überfüllt. Das Lager droht aus seinen stachelbewehrten Nähten zu platzen.
Bald werden sie auch Ravensbrück räumen müssen, sagt die von Hungerödemen aufgedunsene Käte aus dem Ruhrpott. Dann werden sie uns entlassen, und ich kann zurück zu meinem Jungen. Sie lacht, sie sieht es schon vor sich: Da ist die grüne Haustür, sie schellt, ein Kind, nein, ein junger Mann öffnet, er ist ja nun fünf Jahre älter, ein Augenblick der Überraschung, dann: Mami! Fritz, mein Sohn...
Entlassen? Du spinnst, sagt Kirsten mitleidlos. Die haben ihre eigenen Methoden, das Lager zu räumen. Wenn du das bisher immer noch nicht mitgekriegt hast –
Halt's Maul, Kirsten. Das ist Olly, die Zwangsarbeiterin aus Rumänien. Hören wir doch auf, dauernd den Teufel an die Wand zu malen. Niemand weiß, wie es weitergeht. Es gibt immer zwei Möglichkeiten, etwas zu sehen: eine positive und eine negative.
Ich bin für die positive, sagt Irina.
Doris: Ich auch!
Ich auch! echot es nun von allen Seiten. Wir, eine größere Gruppe aus der achtundzwanziger Baracke, hocken zur Mittagspause im Tagesraum beisammen und diskutieren. Etwas Erstaunliches ist geschehen, mitten im bisherigen Chaos der Slums: Der Druck wachsenden Terrors um uns herum macht, daß wir Frauen uns in Gegenwehr zusammenschließen. Was bislang *«Jede sich selbst die Nächste»* hieß, ist nun zu *«Deine Nächste ist wie du»* geworden. Kameradschaft entwickelt sich, Freundschaften entstehen, die Lagerhierarchie formt sich neu. Die breite Schicht der Politischen, der Frauen mit dem roten Winkel, beginnt sich der Gründe zu erinnern, die zu ihrer Verhaftung führten. Es bilden sich immer mehr Gruppen, die sich zu Hilfsorganisationen entwickeln, um Kindern und Schwachen bei ihrem Kampf ums Überleben beizustehen. Schwarzwinkel und so manche grüne Zuchthäuslerin ziehen mit. An einem dieser Mittage – wir stehen bereits zum Abzählen stramm – geschieht ein Wunder: Ein

Engel, flimmernd in den Strahlen der Herbstsonne, fliegt über das Lager. Oder ist es eine gigantische weiße Taube mit dem Palmzweig im Schnabel? Wir reißen die Köpfe hoch, blinzeln angestrengt gegen die Sonne. Verfolgen atemlos ihr von leisem Schnurren begleitetes Schweben hoch im Blau der Luft. Schweigen ergriffen. Die schrille Stimme, die die Stille grob durchschneidet, ist die des Arbeitsführers, nun fast zum Falsett geschraubt: Das sind nicht die unsrigen, fistelt er. Könnte ein russisches Geschwader sein ... Sie fliegen auf Berlin zu, sagt Aufseherin Bräuning beklommen. Jubel aus der vierten Reihe. Einige, nicht mehr zu halten, schreien: Hurra!

Schon ist die Binz zur Stelle: Strafestehen nach der Arbeit. Drei Stunden. Der ganze Block!

Wir nehmen es nur am Rande zur Kenntnis, befinden uns in einem Taumel der Euphorie. Sie kommen. Sie werden uns befreien!

Irgend jemand, offenbar von der Glückseligkeit ringsum nicht angesteckt, gibt zu bedenken, daß das Überfliegen deutschen Luftraumes zwar ein Zeichen der sich nähernden Front sein mag, doch sollten wir wissen, daß die braune Führung Kampf bis zum letzten Mann befohlen habe. Jeder Zoll Heimat werde von den Deutschen erbittert verteidigt, da könne es schon noch seine Zeit dauern, bis die Alliierten unser Lager erreicht hätten.

Wenn sie es überhaupt finden, sagt Krümel, die Kleinste unter uns.

Die finden uns schon, da kannste Gift drauf nehmen.

Beruf's nicht, sagt Krümel und hebt die Hände, als flehe sie die Götter an. Eines schönen Morgens schmeckt der Kaffee richtig wie Kaffee, und du fällst um und bist mausetot.

Wir lachen, aber mit Vorsicht, damit die Binz, die drüben mit Pflaum palavert, uns nicht noch weitere Stunden Strafappell draufknallt.

Schöller, die Ausweisdiebin, Freundin eines geschickten

Fälschers aus dem Kreis um die Rote Kapelle, will wissen, an was die SS bei solcher Flughöhe russische von englischen oder amerikanischen Maschinen zu unterscheiden vermag.
Sie kamen von Osten. Der Lageplan im Dienstzimmer zeigt, daß die Engländer und Amis an die Elbe vorrücken, die Russen dagegen zur Oder, erinnert uns Grazyna. Könnten aber natürlich auch im Osten stationierte USA-Verbände gewesen sein. Oder Briten auf dem Rückflug. Die hier fürchten sich doch vor nichts so sehr wie vor den anrückenden Sowjets.
Aufstellen zum Arbeitsempfang!
Hintereinander paradieren wir an Pflaums Pult vorbei, nehmen die Einteilungszettel in Empfang. Zum Gartenbau, sagt er zu mir und ebenso zu Heli, die gleich hinter mir kommt. An ihm vorüber, sehen wir uns an, verblüfft. Gartenbau, das kann doch nur Außendienst bedeuten. Stellen sie uns wieder um? Zu uns gesellen sich noch über sechzig zur gleichen Arbeit bestimmte Frauen, alle vom Innendienst. Flankiert von den Aufseherinnen Bräuning und Stedtner, werden wir in Richtung Tor geführt. Also tatsächlich wieder Außendienst? Unruhiges Gemurmel. Es könnte ja auch noch etwas anderes bedeuten: Überflüssige Häftlinge, wozu in erster Linie wir *Verfügbaren* zählen, marschieren zumeist in ordentlichen Fünferreihen durch das Tor, wo irgendwo an diskreter Stelle die Autos schon auf sie warten, die mit dem ins Innere geleiteten Auspuffrohr, damit die deutsche Luft sauber bleibt.
Bei den vordersten Barackenreihen wird Halt befohlen. Von rechts kommt ein weiteres Kommando an, noch einmal schätzungsweise vierzig Frauen. Sie tragen Spaten über der Schulter.
Wie Gewehre, flüstert Marija, die Jugoslawin.
Wenn es nur welche wären, flüstert Sophia zurück.
Während die graujackigen Platzanweiserinnen damit beschäftigt sind, die Hinzugekommenen einzureihen und aus-

zurichten, schauen wir uns um. Hier also hausen die Alteingesessenen des Lagers, die Privilegierten. Sie, die zum Teil das Lager noch selbst mit erbaut haben.
Mensch, staunt Sabine, auch sie eine Flugblätterverteilerin gegen den braunen Terror, nicht zu glauben. Piekfeine Gegend das, seht euch nur diese Laubenkolonie an. Baracken wie neu, keine Motten im Gebälk, heiles Glas in den Fenstern. Wo gibt's denn noch so was? Und wir bis zum Hals in Schlamm und Dreck dahinten!
Die im Dunkeln sieht man nicht, zitiert Kora Brecht.
Sie erhält Bestätigung von der Bräuning, die mit Aufstellen fertig ist: *Alles mal herhören! Unsere Lagerleitung SS-Obergruppenführer Suhren hat verfügt*... Windstöße zerren ihr die Worte vom Mund, tragen sie, phonetisch verfremdet, über unsere Köpfe hinweg in die kalte Luft. *Adretter gestalten,* hören wir – *gefälliges Gesamtbild – fast täglich hoher Besuch – Eindruck wichtig für*...
Währenddessen geht Stedtner unsere Reihen entlang, drückt auch uns Gartengeräte in die Hand, Spaten, Schaufeln, Rechen.
Frau Aufseherin, sagt Sabine, ich hab nicht ganz verstanden, worum es geht.
Dann sperr gefälligst das nächste Mal deine Ohren auf, schreit Stedtner – sie schreit immer, selbst wenn sie auf Nasenberührung vor jemandem steht. – Die Blockreihen zwei und drei bekommen Steingärten und Bäume. *Kapiert, ihr Dreckweiber?*
Jawohl, Frau Aufseherin.
Sie führen uns zur Schmalseite der Baracken gleich hinter Reihe eins. Da liegen, von Außenkommandos herbeigekarrt, Berge aufgetürmter Pflastersteine. Jede dieser schmucken Wohnstätten soll, deutlich sichtbar für alle hohen Lagerbesucher, einen mit Mauersteinen gerahmten Vorgarten erhalten.
Fehlen nur noch Gardinen aus Wollspitze und 'n Willkommensschild: Grüß Gott, tritt ein – so richtig heimelig!

Und 'nen prima funktionierenden Kamin gibt's auch. Direkt davor!
Die Frauen sind bis aufs äußerste erbittert: Wir hausen in den Slums der hinteren Reihen, wo alles im Dreck erstickt, mangelnde Möglichkeit zur einfachsten Hygiene die Menschen reihenweise dahinrafft. Und uns zwingt man, ein Propagandabild von Ravensbrück zu bauen, damit die hohen Besucher nicht zu lügen brauchen, wenn sie abends in ihr Buch notieren: Das FKL Ravensbrück besucht. Sauberes, gepflegtes Arbeitslager mit freundlichem Personal. Denn sicher werden unsere Bewacherinnen Ehrengästen gegenüber ihre liebenswürdigste Seite hervorkehren, um zu berichten, wie gut es hier ihre Schützlinge haben, vorausgesetzt, sie passen sich der strengen, aber gerechten Lagerordnung an.
Nur Krümel, unsere Kleine aus Untertürkheim, bleibt gelassen: 's wird e Muschterkazettle, gell?
Greller Pfiff der Stedtner: An die Arbeit!
Die für die Anlagen vorgesehenen Flächen werden gemessen, abgesteckt, angestochen zum Umgraben. Der Boden ist schon von einer leichten Frostschicht überzogen und knochenhart, das Blatt unserer abgenutzten Spaten stumpf und schartig. Unsere Kräfte reichen nicht aus, die Erde zu durchstoßen. Nur ein paar halbgefrorene Krumen schwarzen Sandes lösen sich widerstrebend von der Oberfläche. Die Stedtner streicht um uns herum: *Ausschachten sollt ihr Armleuchter, nicht Murmeln spielen!* Damit zieht sie Jolan, die ihr zunächst steht, eins mit der Peitsche über. Jolan ringt um Luft. Sie ist schwer herzkrank und asthmaanfällig. Ausgerechnet sie, die sanfte Polin, mußte, stellvertretend für uns alle, Stedtners Antriebseifer zu spüren kriegen.
Was glotzt ihr? Weitermachen. Etwas mehr Druck bitte ich mir aus!
Wir versuchen mit unserem Rest an Muskelkraft, die Spaten in den Boden zu treiben. Schweiß rinnt uns über den Rükken. Doch die Hände, die den Schaufelgriff umklammern,

sind so kalt, daß die Fingerknöchel weiß aus der geröteten Haut hervortreten. Zum Glück und wohl auch entgegen ihrem Auftrag zu schärfster Beobachtung der ihr unterstellten Häftlinge verliert die Stedtner bald die Lust am Zuschauen bei unseren fruchtlosen Bemühungen. Die Spitze des ‹Krätzchens›, ihrer seitenschmalen Kopfbedeckung, fast bis auf die Nase gedrückt, Hände tief in die Jackentaschen vergraben, paradiert sie zwischen den langen Blockreihen auf und ab, offenbar mit ihren eigenen Gedanken beschäftigt, die Interessen jenseits der Lagermauer gelten. Wir können es riskieren, ein paar Sätze miteinander zu wechseln, indem wir gleichzeitig, einen Fuß auf der Spatenkante, höchste Anstrengung mimen.

Möcht wissen, was das Ganze soll, sagt die Holländerin Sally, die sich mit Gartenbau auskennt. Glauben die im Ernst, daß sie in dem Boden was anpflanzen können außer ein paar Sanddisteln?

Da täusch dich mal nicht, sagt Hanna, die Grünwinklige. Weißt du, wo die schönsten und seltensten Blumen wachsen? Auf Friedhöfen. Leichen sind ein gutes Düngemittel. Asche auch.

Und davon, stellt die Tschechin Mlada fest, haben wir ja mehr als genug.

Ich habe gehört, sie fegen die Asche aus den Kremos zusammen und werfen sie in den Schwedtsee.

Stimmt, hab ich auch gehört. Einmal die Woche. Säckeweise.

Das macht mich traurig. Mein See, meine geheime Zuflucht, wenn meine Gedanken vergebens nach einem Ausweg suchen, ein Massengrab für unsere verbrannten Kameradinnen? Dann ist auch er, den ich bis jetzt für das Sinnbild der freien Natur hielt, mit einbezogen in diese Hölle. Hat sie denn keine Grenzen?

Zwei Stunden schuften wir nun schon hier, haben die Kruste gelockert, sie zerstochen, angehoben. Darunter kommt eine nachgiebigere Schicht zum Vorschein, kohlschwarz auch

sie, doch ohne Klumpen. Der Wind nimmt zu, unsere graublauen Lagerkleider umflattern uns mit Geknatter wie Fahnenstoff die Stange. Und viel mehr haben wir ja auch nicht auf den Rippen. Plötzlich, fast aus dem Nichts, ein seltsames Geräusch wie ein Schleifen und Schlürfen, eine über holprigen Boden kriechende Schlange, die ein sperriges Beutetier hinter sich herschleppt. Es nähert sich dem Tor. Wir sehen die Stedtner aus ihrem Stumpfsinn erwachen und nach vorn eilen. Auch Suhren ist plötzlich zur Stelle, steht, mit dem Rücken zu uns, auf dem Lagerplatz. Das große Tor quietscht erbärmlich in den rostigen Angeln, als es sich öffnet, um einen neuen Transport durchzulassen. Doch was für ein Transport ist denn das? Wir starren, vergessen darüber Kälte und Hunger.
Daß sich keine von euch vom Platz rührt! schreit die Stedtner über ihre Schulter uns zu. Ihr weiteres Interesse bis zur Mittagspause gilt ausschließlich den Neuankömmlingen.
Da quillt es herein, füllig und bunt in nicht enden wollendem Strom: Rundliche Frauen in warmen Mänteln und Pelzen, mit festem Schuhwerk und aufblitzenden Ringen an Fingern, die Koffergriffe umklammern. Andere schleppen Säcke mit sich, vollgepackt mit Unterwäsche und Bettbezügen; Steppdeckenenden ragen über die Bänder hinaus.
Manni neben mir steht da wie eingefroren, glotzt nur und glotzt mit halboffenem Mund. Seit einem gezielten Hieb Pflaums mit dem Peitschenstiel über den Kopf hat sie einen kleinen Dachschaden, der zum Glück ihre *Einsatzfähigkeit* nicht behindert. Hut! stößt sie hervor, kummal, soviel Hüte.
Die den Zug begleitenden SS-Männer treiben die Neuankömmlinge auf dem Appellplatz zusammen, wo sie das Zeug, das sie mit sich schleppen, absetzen und verwirrt um sich schauen. Eine Frau wie ein Grizzly, dunkler Pelz bis zum Kinn und passender Fellhut, entdeckt uns, die wir, auf unsere Spaten gestützt, neugierig zusehen. Sie beginnt zu schreien. Die anderen werden unruhig, wenden die Köpfe

nach uns um. Unser Anblick erregt sie aufs höchste. Nun schreien sie alle durcheinander. Ich verstehe nicht, was sie sagen, es ist Polnisch. Jarmila, Landsleute von dir. Was ist los?
Bevor Jarmila antworten kann, brüllt Suhren nun seinerseits, verlangt sofortige Ruhe und Aufstellung in Reihen.
Schau mal, die da mit dem Hund.
Sicher soll er das böse Herrchen beißen.
Wir grinsen, weil es nur ein kleiner Pekinese ist, der in Richtung Tor wackelt.
Hunde sind hier nicht gestattet, tönt Suhren. Mit drei Schritten hat er das Tier eingeholt, schleudert es gegen die Mauer des erweiterten Kremos, wo es sich unter gellendem Schrieken das Genick bricht. Einen Augenblick lang ist Ruhe, dann bricht Pandämonium los. Ein Schwall von Flüchen, Verwünschungen. Geballte Fäuste werden geschwungen, Drohgebärden.
Was sagen sie? frage ich Jarmila zum zweitenmal.
Daß die Deutschen sie belogen hätten. Sie kommen alle aus Warschau. Es sind Evakuierte, die sich, so habe ich es verstanden, dem Schutz der abziehenden Truppen anvertrauten. Sie schreien, die deutsche Wehrmacht hätte ihnen sichere Unterbringung im Reich und Betreuung zugesagt.
Da sind sie genau an der richtigen Stelle, sagt Unke, die ewige Schwarzseherin. Sicherer können sie gar nicht untergebracht werden als vom Reichssicherheitshauptamt selbst.
Meinst du denn, fragt Krümel Heli, die wissen, was ein KZ ist?
Das vermag Heli nicht zu sagen, glaubt jedoch, unser Anblick in der Streifenkleidung habe sie wohl erkennen lassen, daß sie nicht in einem deutschen Sanatorium gelandet sind.
Eine Hagere mit frisch geschorenem Schädel vom anderen Kommando lacht nicht mit uns. Habt ihr euch schon mal

überlegt, sagt sie, daß, wenn sie die hier auch noch hereinstopfen wollen, mindestens die gleiche Anzahl von Häftlingen beseitigt werden muß?
Die doppelte Anzahl, sagt eine andere, bei denen ihrem Umfang.
Inzwischen hat ein Aufseherkommando die Warschauerinnen mit Sack und Pack zur Aufnahme geführt, von wo sie, das können wir gerade noch beobachten, zur Kleiderkammer geherdet werden.
Stumm nehmen wir unser Geschaufel wieder auf, denn die Stedtner ist zurückgekehrt. Immerhin sind wir der Unterbrechung dankbar. Es gilt Kräfte zu sparen für den abendlichen Strafappell. Unsere Apathie weicht allmählich einem Gefühl der Spannung: Neues, Unerwartetes geschieht. Fremde Flugzeuge erscheinen am Horizont. Zivilbevölkerung wird bei uns eingemeindet. Die bislang starr aufrecht erhaltene, bürokratische Mordordnung kriegt ein Loch.
Eifriges Palaver über der Abendsuppe. Wir erzählen, was wir gesehen haben. Einige wundern sich, weshalb die Deutschen beim Räumen der besetzten Gebiete so viele Menschen mit sich *heim ins Reich* schleppen. Die haben doch auch draußen schon kaum mehr was zu fressen, meint Genia, eine der Getreuen um Wanda.
Du vergißt, Mäuschen: sind alles Ausländer, also *Untermenschen,* belehrt die grünwinklige Falschgeldstreuerin Lili ihre Bettgespielin. Müssen natürlich soweit wie möglich vernichtet werden. So was geht am besten im Reich. Am unauffälligsten. Darauf legen die Herrschaften nun mal großen Wert. Wer tauscht mit mir: Marmelade gegen Margarine? He, Margot, wie wär's?
Geh mir vom Leibe mit deinem verranzten Fischtran, sagt die Angesprochene. Noch mal fall ich nicht auf deinen monatealten Würfel rein.
Gib nicht so an, blödes Stück. So 'nen Klecks Blutspucke wie deine Marmelade ist meine Margarine noch allemal wert –

Seid mal still, fährt Wandas kratzige Stimme dazwischen. Hört ihr nichts? Da draußen tut sich irgendwas.
Ich geh mal nachsehen, sagt Ilona. Gleich darauf ist sie zurück: Kommt rasch. Das müßt ihr euch ansehen!
Vom Tagesraum drängen wir zur Tür, viele noch mit halbgefüllter Blechtasse. Ein großer Trupp Frauen wird gerade ins Zelt geführt, das bereits von den vor Tagen angekommenen Polinnen belegt ist. Am unbeschnittenen Haar und an der Art der Bewegungen erkennen wir aus dem heutigen Gartenbaukommando die Warschauerinnen wieder. In der Bekleidungskammer hat man ihnen all ihre Wertsachen abgenommen und sie dem riesigen Hort von Schmuck und Pelzen Ermordeter, die das Lager bis zum Überquellen füllen, beigefügt. Dafür hat man jeder Evakuierten die dünnen Fetzen der Ärmsten unter den Strafgefangenen herausgesucht. Auf Brust und Rücken haben sie ihnen breite Farbkreuze aufgemalt, wohl, um sie als freiwillige Gäste Himmlers von uns mit unseren Winkeln abzuheben. Sie stolpern, taumeln auf schadhaftem, zu großem oder zu kleinem Schuhwerk dem Zelt zu. Manche führen Kinder an der Hand, andere halten Kleinkinder auf dem Arm, denen man ihr Tragkörbchen weggenommen hat. Und wieder, wie schon beim Tor, erhebt sich Geschrei, das in lautes Jammern und Klagen übergeht. Es wundert uns nicht. Diese Zugangsunterkunft hat keine Betten; ihre Insassen müssen, lediglich mit fadendünnen Lagerdecken versehen, auf dem Boden schlafen. Jeder Zoll Raum muß bei diesem Massenandrang genutzt werden. Aber der Boden quatscht vor Nässe, und die Zeltplane, die das Holzdach ersetzt, knattert im Abendwind. Das ist teuflisch, sagt schließlich eine Rotwinklige nach längerem, betretenem Schweigen, das können die doch nicht machen.
Die können, sagt eine andere lakonisch.
Sie werden alle sterben. Der naßkalte Boden.
Und zu essen werden sie auch nicht mehr bekommen als wir, wetten? Mein Gott, die Kinder. Die armen kleinen Würmchen. Sie werden alle verhungern und erfrieren.

Die beste Methode, sie loszuwerden, stellt Mina sachlich fest.
Hedwig kann sich nicht beruhigen. Haben die da oben denn gar kein Herz?
Das Gelächter, das ihren Worten folgt, könnte jemandem, dessen roter Lebenssaft noch normal zirkuliert, das Blut in den Adern gefrieren lassen. Unser Vorsatz, die positive Seite einer jeglichen Sache nicht aus den Augen zu verlieren, ist ins Schleudern geraten. Es fällt zusehends schwerer, den immer deutlicher zutage tretenden Vernichtungsgelüsten der SS so was wie eine positive Haltung entgegenzusetzen. Unsere Überlebenschance, bisher auf gleich Null eingeschätzt, was die Gemüter kaum mehr erregt, ist zum russischen Roulett geworden. Das läßt sich weitaus schwerer ertragen.
Antreten zum Strafappell! Schon wieder die Mehnert. Sie hat sich vor dem Ausgang postiert, zieht jeder, die an ihr vorbei muß, mit dünner Weidengerte eins über. Als sie mich erkennt, holt sie aus. Ein heftiger Schlag in die Nieren, ein zweiter ins Genick. Ich stolpere, fange mich im letzten Augenblick, taumle vorwärts. Heli, die ständig um mich Besorgte, hat mir den Standplatz neben sich freigehalten. Jedes Ding hat seine zwei Seiten, denke ich mit zusammengepreßten Lippen, während ganz langsam, sengend, heißer Schmerz von meinem Rücken aufsteigt. Auch mein Gesicht brennt; das dünne Ende der Gerte hat beim Schlag in mein Genick meine Wange gestreift. Vorsichtig fahre ich mit dem Finger darüber; sie blutet. Mir ist schwindelig. Aber, denke ich, die Bestie hätte auch in meine Kniekehlen schlagen können. Dann könnte ich jetzt überhaupt nicht mehr stehen, und das hieße: ab ins Revier. Dies also ist die zweite Seite der Sache, die positive. Die Verwirrung in meinem Kopf läßt nach. Durchhalten. Durchhalten um jeden Preis.
Zur Gesellschaft erhält die Stedtner eine Aufseherin, die ich bisher noch nicht gesehen habe. Ich bin ihr nah genug, um im Abenddämmer ihr Gesicht zu erkennen. Hagere Physio-

gnomie, langgestreckte, flache Wangen münden in ein mächtiges Kinn, die Augen stehen auffallend eng beieinander. Als Hundeführerin hält sie zu beiden Seiten je eine auf Häftlinge abgerichtete Dogge an kurzer Leine.
Und so stehen wir denn, stumm, bewegungslos, während Dunkelheit über die Dächer hereinkriecht, das letzte Tagesgrau aufschluckt. Die spärlich verteilten Bogenlampen gehen an, das matte Gelb ist schmutzig wie alles um uns herum, verwandelt uns in eine amorphe Masse, erstarrte, gelbe Lava. Die neue SS-Frau überwacht den Block mit scharfen Augen. Bei der geringsten Bewegung lockert sie den Griff an den Hundeleinen. Dann knurren die Doggen mit gespitzten Ohren und fletschen ihr Gebiß.
Mit der nächtlichen Kaltluft weht ein Geruch von Rauch wie von Kartoffelfeuern zu uns herüber. Kommt er vom Wald oder vom Kremo? Ob der Schornstein raucht, läßt sich nicht ausmachen, sein Rauch hat die Farbe der Nacht.
Wanda steht nicht mit uns Strafappell. Im Auftrag ihres SS-Herrn ist sie mit Zdenka zu den Polinnen ins Zelt hinüber, Nachschub für die SS-Bordelle aussuchen. Junge Frauen und Mädchen, unverbraucht, noch gut im Fleisch. Da wird sie unter den Evakuierten so manches Opfer finden. Zdenka soll dolmetschen. Ich stelle mir vor, wie Zdenka mit ihrer einschmeichelnden Stimme diesen Frauen erzählt, daß man sie nun heraushole, um sie menschenwürdiger unterzubringen und zu verpflegen, so, wie man es ihnen in Warschau versprochen habe. Und: Ja, ihr kommt auch alle dran!, wenn die übrigen drängelnd auf die ihnen verbrieften Rechte pochen, während Wanda die Erwählten aufnotiert. Wenn sie ahnten, was ihnen bevorsteht! Ich denke an Thea, die attraktive Halbgriechin aus meiner ehemaligen Baracke. Sie war, als sie mit den anderen, von Wanda sorgfältig ausgesuchten Mädchen durch das Tor zog, nur spärlich informiert gewesen über das, was sie erwartete. Schlechter als in den Slums des FKL, hatte sie wohl gedacht, kann es nicht werden.

Thea. Sechs Wochen später war sie zu uns zurückgeschickt worden mit dem Vermerk *Abgenützt*. So sieht die Praxis dieser Angelegenheit aus. Nach wenigen Wochen mit dem Vermerk *Verbraucht* ins Lager zurück zur Vernichtung. Als Zeugin dessen, was ihnen in diesen Wochen widerfuhr, dürfen sie nicht am Leben bleiben. Thea, verstört bis zum Rand des Irrsinns, hatte ihrer Lagerfreundin berichtet, bevor man sie im Wagen mit anderen *Verbrauchten* vergaste. Natürlich sprachen sich ihre Schilderungen, wie alles, was uns angeht, in allen Einzelheiten mit Windeseile herum:
Das Bordell, in das man sie gebracht hatte, unterschied sich kaum von der bisherigen Unterkunft: eine elende, wenngleich geräumigere Bretterbaracke mit erbarmungslosen Wärterinnen und, bis auf ein paar Kartoffeln, der gleichen Verpflegung wie im Lager. Um sechs Uhr aufstehen, in den Waschraum, wo ihnen von den SS-Weibern mit Bürsten die Körper wundgeschrubbt wurden. Anschließend in den Tagesraum zum ‹Kaffeetrinken› – natürlich dünner Ersatzkaffee, nicht anders als der unsere. Währenddessen erschienen schon die ersten SS-Männer in voller Montur mit entblößtem Geschlechtsteil, rissen die Frauen an den Haaren vom Tisch, zwangen sie in die Knie: Los, ihr Säue, holt euch die Sahne zu eurem Kaffee! Dann kamen die nächsten, pervertierte Kerle voller Häme und Spott, während sie sich nach den ausgefallensten Methoden bedienen ließen. Beim geringsten Versuch eines Protestes setzte es Prügel. Die einzigen Unterbrechungen in diesem Sechzehn-Stunden-Programm, so hatte Theas Freundin berichtet, waren eine halbstündige Mittagspause und eine um sieben Uhr zur Abendsuppe. Warum, denke ich, unbeweglich zwischen den anderen stehend, haben sich diese Unglücklichen nicht zur Wehr gesetzt, den SS-Kerlen den Schwanz abgebissen oder ihnen die Augen ausgekratzt? Sie hatten doch nichts mehr zu verlieren. Der Tod war ihnen sowieso gewiß. Ist nicht alles besser, als solch letzte Erniedrigungen zu ertragen?
Dunkel, Stille. Nur die Hunde zerren an ihren Leinen,

scharren den Boden, werden mit scharfem Ruck in ihre Sitzhaltung zurückgerissen. Etwas flattert, von irgendwoher plötzlich aufgeschreckt, über uns hinweg. Mein Rücken schmerzt höllisch. Ich muß denken, ihn einfach wegdenken, den Schmerz. Denken woran? Wie war das gewesen bei meiner Verhaftung in Rom? Nein, keine Erinnerungen wecken, gerade diese nicht. Aber es ist schon zu spät. Das mühsam verdrängte Bild hat das Bewußtsein schon erreicht: Die zwei Gestapoleute, die mich abführen. Und in der Wohnung das zurückgelassene Baby, knapp fünf Monate alt, allein, völlig hilflos – Diana, meine kleine Tochter. Tage-, nächtelang nur Tränen, Tränen. Betteln, Flehen: was ist mit meinem Kind?

Man wird sich darum kümmern!

Wie beängstigend diese doch so beruhigenden Worte klingen, wenn sie aus dem Mund der Gestapo kommen. Nicht weiterdenken, die Vorstellung schnell wieder verdrängen, wie ein allein gelassenes Baby nach seiner Mutter schreit, bis endlich das Stimmchen schwächer wird. Nach dem Krieg, wenn man die versiegelte Tür aufbricht, wird man ein kleines Skelett in seinem Bettchen finden. Verlassen. Verhungert ... Ich reiße mich mit aller Kraft, die mir noch zur Verfügung steht, zusammen. Sieben Gefängnisse und jetzt das Lager, sie sind die Wirklichkeit, alles Vorangegangene ein wirrer Traum. Was weine ich einem Kind nach? Sind hier nicht Tausende von Kindern in Todesgefahr, verlieren ihre Mütter, schreien um Nahrung?

Zwei Stunden sind vergangen. Immer mehr taumeln, stürzen zu Boden. Sofort ist die Stedtner zur Stelle, reißt die Gefallene an den Haaren hoch, schlägt ihr ein paarmal quer durchs Gesicht, bevor sie sie losläßt und zum Abschied mit dem Stiefel in die Seite tritt. *Erledigt!* meldet sie ihrer Kollegin. Doch manchmal auch: *Simuliert!* Diese Ohnmächtigen werden von ihr nach vorn geschleift. Das Weitere besorgen unter Gegeifer die Hunde. Obwohl die Beleuchtung kaum ausreicht, mehr als Umrisse auszumachen, schauen wir doch alle weg bei dieser Orgie unverhohlener Blutgier. Es ist immer das gleiche: Die SS läßt morden im falschen Glauben, sich dadurch die Hände rein zu halten. Menschen sind *Material*, Leichen *Abgänge*. Ihr Vokabular garantiert ihnen ein unbeschwertes Gewissen bei sorgfältiger, bürokratischer Pflichterfüllung. Panik überkommt mich, wenn ich daran denke, wie leicht doch alle Werte auf den Kopf zu stellen sind.

Sie haben die Sirene abgestellt. Die zwei Aufseherinnen vergleichen ihre Uhren. Die mit den Hunden nickt: Appell beendet! ruft sie laut. Die Aufseherinnen entfernen sich. Wir torkeln zu unserer Baracke, auf Beinen, die uns nicht mehr tragen wollen, stützen uns gegenseitig, um unsere Schlafstellen zu erreichen. Ich werfe einen kurzen Blick zurück. Da liegen sie, heben sich in tiefem Schwarz vom grauen Boden ab: Knochenhäufchen, die eben noch Menschen gewesen waren.

Gestorben für Führer und Vaterland, sagt eine Ältere mit grauem Haar, doch sehr aufrechter Haltung lakonisch. Wieder mal eine gelungene Dezimierung des Lagerbestandes.

Ich bin nur müde, so entsetzlich müde. Es geht nicht vom Körper aus – er ist nach zwei Stunden heftiger Schmerzen in eine Starre verfallen, die ihn gegen alles Weitere unempfindlich macht –, es ist meine Seele, die wieder einmal ihren Tiefpunkt erreicht hat. Die Kameradinnen, die wir hier zurücklassen, waren dank ihres körperlichen Zustandes in der beneidenswerten Lage, selbst über ihr Ende entscheiden zu können. Sie ließen sich einfach zu Boden gleiten und starben. Keine SS-Furie konnte sie in ein nicht mehr lebenswertes Dasein zurückprügeln. Dieses Kunststück, denke ich resigniert, wird mir nie gelingen. Ich bin zu jung und noch zu gesund, um sagen zu können: Jetzt will ich nicht mehr!, mich hinzulegen und mich aus dem Wahnsinn hier zu verziehen.

Das war's dann wohl! sage ich nur laut gähnend und trotte mit den anderen in den Schlafraum. Als letztes geht mir noch durch den Kopf, daß Heli in letzter Zeit elend aussieht. Sie hat sich stark verändert. Das, was die Liebenswürdigkeit ihres Wesens ausmachte, Wärme und Anteilnahme, ist einer Art Apathie gewichen, sie wirkt in sich gekehrt, oft wie versteinert. Aber vielleicht sehe ich genauso aus: seit Jahren kein Spiegel mehr. Und die Pfützen nach dem Regen sind schlammig und trüb. Die Ungewißheit, wie es weitergeht, macht uns gewiß nicht attraktiver.

Ein früher Winter ist über uns hereingebrochen. Es wird bitter kalt, mit erstem Schnee vermischter Regen sprüht durch unser defektes Dach in der Nacht auf uns herab. Durch die zerbrochenen Fenster weht es eisig. Immer häufiger überfliegen fremde Flugzeuge unser Lager. Erst kommen die Pilotmaschinen, danach rollen schwere Bomber an. Wir versuchen auszumachen, welcher Nationalität sie zugehören, es scheint sich vieles zu mischen, außer den Russen erkennen wir auch schnelle englische Spitfires und Formationen sehr hoch fliegender amerikanischer Bomber, die sogenannten ‹fliegenden Festungen›.
Wenn die erst mal mit dem Abwerfen beginnen, sind wir alle im Eimer.
Glaubst du, die wissen nicht, daß hier unten ein Konzentrationslager ist? Jede Wette, die haben das auf ihren Karten eingezeichnet.
Um so schlimmer.
Spinnst du?
Weil die unsrigen, wenn es erst mal soweit ist, aufsteigen und unser Lager in Schutt und Asche bombardieren werden! Die sind doch die Größten im Spurenverwischen, da darf keine Maus übrigbleiben.
Und die Gartenbeete, die wir anlegen müssen, für was sind die? fragt Margot.
Ja, eben. Dann könnten sie doch auf die Verschönerungen verzichten, pflichtet ihr Hertha bei. Außerdem bauen sie immer neue Betriebe auf, rings um das Lager. Wozu, wenn sie alles anschließend zerstören wollen?

Ihr vergeßt, läßt sich Jolan vernehmen, sie glauben noch immer daran, den Krieg zu gewinnen. Da ist diese angebliche Wunderwaffe –
Scheißwunderwaffe, sagt die grünwinklige Loni zornig, die können sie sich in den Arsch stecken. Die wissen genau, daß der Krieg für sie längst verloren ist. Oder was glaubt ihr, warum sie plötzlich ihre Vernichtungsanstrengungen gegen uns verdoppeln? Ist doch schon gar keine Ordnung mehr hier drin. Die verlieren die Nerven!
Jolan behält recht. Die Nervosität unserer Bewacher steigert sich von Woche zu Woche, steckt auch uns an, erzeugt chaotische Zustände unter den Häftlingen, die sich jeder Orientierungsmöglichkeit beraubt sehen. Alles, selbst die schlimmsten Strafen mit vorauszusehender Todesfolge, ließ sich notgedrungen akzeptieren, solange das dazugehörende Ritual aufrechterhalten blieb.
Am schlimmsten ergeht es den Polinnen im Zelt. Wimmernd, halb tot liegen sie, zusammengekrümmt wie Embryos, auf der gefrorenen Erde, greinen und wimmern: Helft uns. Decken, Decken! Oder auch: Brot, gebt uns Brot. Habt Erbarmen!
O mein Gott, sagt eine Grünwinklige neben mir, sieh dir das an!
Da kriecht eine der Gestalten vom Warschauer Transport aus dem Zeltbau. Rutscht vom Eingang ein Stück weg, lehnt sich mit dem Rücken gegen eine Holzstrebe. Das lange Haar hängt ihr wirr um Kopf und Schultern, vermutlich blond, nun grau und starr vor Schmutz. Sie hält etwas in den dünn gewordenen Armen, wir können nicht erkennen, was es ist. Langsam, bedächtig hebt die Frau den Kopf, sieht uns, die wir uns zum Kesselschleppen bereit machen, nickt und hält uns mit verklärtem Gesicht ihr Bündel entgegen. Es ist ein Baby, skelettiert. Mächtiger Schädel mit winzigem Untergesicht. Die Frau, weiter lächelnd, sagt etwas auf polnisch, das wir nicht verstehen, auch nimmt ihr das Geknatter des Zeltdaches das Wort vom Mund. Ganz sanft beginnt sie, das tote

Kind in ihren Armen zu wiegen, zärtlich, permanent die Lippen bewegend.
Ich glaub, sagt meine mir zugeordnete Begleiterin und schluckt, sie singt. Die weiß gar nicht, daß das Kind längst tot ist.
Da kommen schon die anderen Kesselschlepper von der Küche zurück. Die robuste Karla wirft nur einen flüchtigen Blick auf die Szene: Reif fürs Idiotenstübchen. Ich sag der Aufseherin Bescheid.
Sie sterben im Zeltbau wie Eintagsfliegen. Verhungern, erfrieren, geben sich auf. Die SS hat mit ihnen leichtes Spiel: Die Toten werden zum Heizen, jene mit erfrorenen Gliedern zu Experimenten im Revier benutzt, wo sie amputiert werden, bevor sie als Wegwerfmaterial bei ihren Leidensgenossen im Kremo landen, das neuerdings Tag und Nacht in Betrieb ist.
Jetzt sind wir dran, sagt Krümel lakonisch, als fünfzig von uns beim Morgenappell zu anschließendem *Kontrollbesuch* ins Revier beordert werden. Ich bin unter ihnen. Zu den übrigen sagt die Binz: Ihr anderen morgen, übermorgen und so weiter. Jeweils fünfzig. Kurz darauf finde ich mich wieder im mir nun schon bekannten Korridor, die Lagerkleidung über dem Arm, einen zusammengeklebten Zettel in der Hand. Um mich herum – auch das kenne ich jetzt – Hunderte von nackten Elendsgestalten, verkrätzt, verlaust, gebeutelt, zu Krüppeln geschlagen. In den Gestank nach faulendem Fleisch und Auswurf mischt sich der eines scharfen Desinfektionsmittels. Wir fünfzig aus Wandas Villa stehen eng beieinander. Alle haben wir Angst, wissen: die SS hat damit begonnen, jede, die nicht hundertprozentig arbeitsfähig ist, ins Jenseits zu befördern. Um uns Mut zu machen, versichern wir uns gegenseitig unserer ungebrochenen Kraft und Fähigkeiten. Schau mal, sagt eine und winkelt die knochigen Arme ab, ich hab noch Muskeln, siehst du?
Na, und meine Schultern, was glaubst du, was die noch aushalten! eine andere.

Die brauchen uns doch noch. Was meinst du?
Klägliche Versuche der Rückversicherung. Skelette spielen Herkules. Ich sage nichts, trete wieder einmal geistig ab: Ich bin nicht mehr da, also kann mir niemand mehr etwas tun. Schizophrenie vermutlich, aber erfreulich erfolgreich, solange es anhält.
Die um mich herum beachten mich nicht. Ihre erregte Diskussion geht weiter. Ich höre sie, wie jemand beiläufig das ewig aufgeregte, politische Geschnatter aus öffentlichen Lautsprechern vernimmt: Geräuschkulisse, nichts, was mich persönlich angehen könnte.
Die Oberheuser wartet drinnen mit der Marschall auf uns. Wen die für reif für den Kamin halten, spritzen sie ab.
Wär noch das Beste, was uns passieren könnte.
Dir vielleicht mit deinen Furunkeln. Ich bin noch gut beisammen. Hört mal, es heißt, die Oberheuser macht's mit Evipan. Prima Zeug: ein Stich, und du bist weg. Für gut. Merkste nix.
Aber die Marschall, die mit dem weißen Pulver –
Geht auch schnell und biste genauso tot hinterher.
Aber sie sagen, den Toten liefe das Blut aus Nase, Mund und Ohren.
Na und? Wenn du tot bist, kann's dir doch egal sein.
Schubweise geht es nach vorn, der Tür des Untersuchungsraums zu. Ich bin schon nah daran, als sie aufgerissen wird. Ein SS-Arzt drängt sich an uns vorbei zum Labor, kommt gleich darauf mit einem Päckchen zurück. Eine Frau schreit auf: Das ist der Winkelmann!
Die um sie herum bedrängen sie: Wer ist Winkelmann? Nun sag schon. Die Junge, fast noch ein Kind, zittert am ganzen Leib. Sie käme aus Auschwitz, würgt sie heraus, sei Jüdin. Dort habe Doktor Winkelmann die Selektionen durchgeführt und alle, die er für nicht voll einsatzfähig hielt, ins Gas geschickt. Ein flüchtiger Blick, eine Handbewegung: so! Sie führt es vor. Aus ihren weit aufgerissenen, dunklen Augen schreit Todesangst.

Dann bin ich mit einem Schub weiterer Nackter im Untersuchungszimmer. Es reißt mich aus meiner Apathie. Vor uns, umgeben von einem merkwürdig aussehenden medizinischen Instrumentarium, steht dieser Winkelmann mit einem Block, auf den er Auskünfte notiert, die er uns abverlangt: Nur ja oder nein, verstanden? Jede, die in Angst, eine zu knappe Antwort könne ein negatives Bild ergeben, etwas hinzuzufügen sucht, erhält von der neben ihm stehenden Oberheuser, einem Weib mit unbarmherzigen Augen – ihr quadratisches Gesicht mit dem energischen Kinn erinnert mich flüchtig an Mussolinis Visage –, ein paar schallende Ohrfeigen.
Fragen prasseln auf uns herab: Fieber? Nein. Kopfschmerzen? Nein. Durchfall? Taubheit auf einem oder beiden Ohren, trockener Husten? Nein. Nein. Nein. Nein. Zittern in den Händen? Ja, will ich sagen, aber nur – da schlägt mir die Oberheuser schon mit aller Kraft quer durchs Gesicht. Nein! schreie ich wütend. Diese Behandlungsart ist mir von Kindheit auf vertraut; meines Vaters Pratzen haben Hornhaut auf meinen Wangen wachsen lassen, nicht aber in meinem Innern. Gegen diese Art der Behandlung bin ich besonders allergisch.
Die Marschall zieht wieder eine Spritze auf. Die vor mir, denke ich gerade, haben sie schon bekommen, aber sie leben noch, da packt sie mit rohem Griff meinen Arm, dreht ihn mit der Innenseite nach außen und jagt mir das Zeug, was immer es sein mag, in die Vene. Eine knappe Untersuchung auf Krätze und Tbc, dann nennt sie dem Arzt eine Buchstabengruppe, die dieser auf seinen Block notiert. Nächste Spritze heute in vierzehn Tagen, kommandiert die Oberheuser. Ich werde der kleinen Gruppe zugesellt, die sich anziehen und das Revier verlassen darf. Das Gros der Häftlinge wird dortbehalten.
Die gehen ganz schön ran mit dem Dezimieren, sagt Unke, die Berlinerin, als wir wieder draußen sind. Nur siebzehn von uns fünfzig sind übriggeblieben.

Glaubst du wirklich, sie bringen alle um?
Haben keine Wahl. Zur Zeit räumen sie ein paar Baracken weiter vorn. Kein Platz mehr für so viel Menschen.
Räumen – warum? sage ich.
Typhus! ist die lakonische Antwort. Unke ist immer bestens unterrichtet.
Dann haben sie uns gegen Typhus geimpft?
Wenn de ihn nich schon gehabt hast, hast 'n jetzt, sagt Unke und lacht.
In den nächsten Tagen fällt noch eine ganze Reihe der ursprünglichen ‹Villenbewohner› den Gesundheitskontrollen zum Opfer. Doch die Baracke wird nicht leerer: Jeder geräumte Platz füllt sich augenblicklich wieder auf mit Neuankömmlingen aus anderen Lagern, vor allem Überlebenden aus Auschwitz, hartgesottenen Frauen, die aus bitterer Erfahrung nur eines gelernt haben: Überleben um jeden Preis, koste es, was es wolle. Feindseligkeit entsteht, die Lager und die dort angenommenen Gewohnheiten werden gegeneinander ausgespielt. Denunziantentum, von der SS geschürt, breitet sich aus.
Immer mehr kleine Kinder irren verstört im Dreck des schlammigen Bodens umher, suchen weinend nach ihren Müttern. Manche von ihnen haben ihre KZ-Nummer in die Haut ihrer mageren Ärmchen eingebrannt. Sie haben Hunger, frieren erbärmlich. Kaum jemand kümmert sich um sie; wir haben ja nichts, was wir ihnen geben könnten. Laut Suhrens Anordnung stehen Mütter mit Kindern zuoberst auf der Vernichtungsliste. Ohne ihre Mütter, folgert die SS, krepieren die Kleinen schon von allein. Da braucht niemand Hand anzulegen.
Dem einsetzenden Frost haben die primitiven Rohre der Kanalisation nicht standgehalten; sie sind an mehreren Stellen geborsten. Ihr Inhalt steht in stinkenden Lachen überall am Weg. Jetzt, wo die kalte Luft einem schnellen Zersetzen Einhalt bietet, haben die Leichensammler Befehl, die Toten nur alle drei Tage aus dem Weg zu räumen, um den sich

schnell vermehrenden Ratten keine Möglichkeit zu bieten, in ihrem Hunger die Lebenden anzufallen. Ratten, das weiß die SS wohl, machen keinen Unterschied zwischen mangelhaft Beschuhten und Stiefelträgern. Vor ihnen fürchten sich auch unsere Bewacher. Leichen als Köder, denen man, versteht sich, vorher eventuelle Goldplomben aus den starren Mündern gebrochen hat, warum nicht? Von dieser Art Futter kann man ihnen hier genug anbieten. Als Bazillenüberträger sind sie schließlich, ähnlich den Läusen, unbeliebte, doch fleißige Kollaborateure...

Aber es gibt auch eine erfreuliche Neuerung bei uns: Fliegeralarm. Die Staffeln der Alliierten, zu denen wir bisher sehnsüchtig aufschauten, haben mit der Bombardierung begonnen. In immer dichteren Formationen donnern sie über uns hinweg. Minuten später rumpelt es in der Ferne, ein Grummeln wie erste Anzeichen eines aufziehenden Gewitters. Sobald die von den Wachttürmen Alarm geben, heult die Sirene auf und nieder, die gesamte SS-Mannschaft stürzt in ihre Luftschutzkeller, und wir bleiben, bis die Uhle das Ende des Alarms verkündet, uns selbst überlassen. Noch sehen wir nichts, vermuten aber, daß sie Berlin bombardieren.

Mensch, stell dir vor, die träfen die Reichskanzlei mit Hitler und der ganzen Reichsmafia!

Döskopp. Der sitzt doch mit seinen Getreuen schon lang in der Wolfsschanze, kilometertief unter der Erde.

Dann kriegen sie die Verbrecher womöglich gar nicht?

Nich mit Bomben. Aber wenn die Russen erst mal bis zu denen ihrem Maulwurfsloch vorgedrungen sind, räuchern sie sie vielleicht aus. Mit Flammenwerfern.

Mit Stinkbomben.

Mit Flammen und Gestank. Dann kommense rausgekrochen, die Oberbonzen, wie aus der Hölle. Mit klappernden Zähnen.

Ich gäb was drum, wenn ich dabeisein könnte.

Und ich erst!

Wir lachen in genußvoller Vorfreude auf eine solche Form des Endsiegs, turnen auf den Pritschen herum, voller Übermut über die uns von den vermutlich ahnungslosen Fliegern geschenkte Freizeit, vergessen darüber, daß wir von Kranken, Hungernden, Sterbenden umgeben sind, die sich nicht mit uns freuen können. Für sie wird es kein Kriegsende mehr geben, so oder so nicht.

Die Spritze, die mir die Marschall verpaßt hat, verursacht leichte Kopfschmerzen und erhöhte Temperatur. Die gleichen Symptome, jedoch in verstärkter Form, haben auch die anderen, denen dieselbe Behandlung zuteil wurde. Nur zwei unter uns, eine zarte Ungarin und Krümel, unsere kleine Schwäbin, siechen dahin. Ihr Körper, vorgeschwächt, bringt nicht mehr die nötige Abwehrkraft auf, der Infizierung Herr zu werden. Sie sterben kurz nacheinander. Auch Heli kämpft sichtbar gegen irgend etwas an, das sie von innen her aufzehrt. Jetzt bin ich es, die sich voller Besorgnis beim Appell neben ihr aufbaut, um sie stützen zu können, sollte sie zusammenbrechen. Unsere Freundschaft existiert nun ohne Worte; die tiefe, innere Verbundenheit zwischen uns bedarf nicht notwendigerweise einer beredten Form der Kommunikation.

Aufregung in Baracke achtundzwanzig: Wanda ist weg! Ihre Getreuen sind ratlos und empört. Sie vermuten, daß unsere Barackenkönigin, Zuträgerin, SS-Bordellmutter und Geliebte des SS-Obersturmbannführers Rhode, sich mit Hilfe ihres Freundes aus dem KZ abgesetzt hat, ohne es ihren Stab wissen zu lassen, der ihr all die Zeit hindurch treulich zur Seite stand.
Keinen Mucks hat sie gesagt, schimpft die Kerndörfer, hat die feine Sau wohl nicht für nötig gehalten.
Wette, die ist mit all ihrem Kram und mit Hilfe ihres Bonzen schon irgendwo über die Grenze, sagt die Schmidt.
'n Riecher hat se ja gehabt, wenn's irgendwo brenzlig

wurde. Wo's jetz mit die Bombardierungen hier losgeht. Hat sich in Sicherheit gebracht.
Ja, in Sicherheit. Und uns hier sitzenlassen. Hol sie der Teufel.
Wie aufgebracht sie sind, denke ich. Dabei hat Wanda sie doch nur rumkommandiert. Wenigstens erspart mir ihr Verschwinden die allabendliche Märchenstunde, das Kopfzerbrechen, was ich ihr nun noch erzählen könnte, ohne daß sie ihre Launen an mir ausläßt. Das bedeutet eine Stunde mehr Schlaf pro Nacht.

Im Erfinden immer neuer Quälereien sind unsere Bewacherinnen groß. Mich setzen sie mit Vorliebe auf Arbeiten an, die weniger körperliche als seelische Folter bedeuten. Seitdem wir nun schon um vier Uhr statt um halb fünf aufstehen müssen – die SS hat den Morgenappell in eisiger Kälte um eine halbe Stunde verlängert, vermutlich, um sich gründlich mit geraubtem, echtem Bohnenkaffee zu wärmen, bevor sie in ihre pelzgefütterten, bis zu den Füßen reichenden Wintermäntel schlüpfen –, treibt uns der Hunger fast zum Wahnsinn. Einige unter uns sind bereits über das Stadium der Nahrungsgier hinaus. Sie würden, käme jetzt einer und gäbe ihnen zu essen, augenblicklich daran sterben. Ich dagegen, erst seit einem dreiviertel Jahr Lagerhäftling, quäle mich ähnlich denen, die zu gleicher Zeit mit mir in Ravensbrück eingeliefert wurden, mit wütenden Hungergefühlen ab, die das Schlafbedürfnis noch übersteigen. Bestimmten Aufseherinnen ist das nicht entgangen.
Heute haben sie die hungrigsten Mägen unter uns *Verfügbaren* zum Kommando zusammengestellt. Wir sind fünfundsiebzig Frauen aus mehreren Baracken unseres Blocks. Seitlich des Tors wird haltgemacht. Da liegen pralle Jutesäcke im angefrorenen Schlamm, daneben sehen wir halbmeterhohe, rohgezimmerte Holzkisten. Am Wegrand warten wieder die uns sattsam bekannten Lkws mit laufenden Motoren.

Schon wieder verladen, flucht Kora neben mir. Sie wollen uns um jeden Preis fertigmachen, die Schweine.
Du merkst auch alles, sagt ihre Nachbarin.
Zwei Aufseherinnen, nicht weniger bissig als die Viecher, die sie mit sich führen, weisen uns ein: Abteilung eins – ich gehöre zu ihr –: sortieren! Abteilung zwei: gefüllte Kisten weiterreichen zu den Laderampen der Lastwagen! Damit ihr wißt, worum es geht. Die kleinere der Wärterinnen, Pelzkragen hochgeschlagen bis zum Kinn, zerrt den Verschluß eines der Säcke auf, schüttet uns den Inhalt vor die Füße. Äpfel kullern heraus, ein Strom von Äpfeln ergießt sich über den Boden, Braunes und grau Zermanschtes purzelt, glitscht in weitem Umkreis aus dem Sack. Die Aufseherin schneidet einen weiteren auf. Diesmal sind es Kartoffeln. Ein Meer von kellerduftenden Kartoffeln.
Aufsammeln! Sortieren! Die heilen in die Kisten, Faules zurück in die Säcke! bekommt meine Abteilung ihre Befehle. Und als Nachsatz: Dies hier ist *Staatseigentum*. Nach der Arbeit geht ihr noch durch eine *Kontrolle*. Sollte es einer von euch einfallen, sich an *deutschem Staatsgut* zu vergreifen, weiß sie, was ihr blüht! *An die Arbeit, los!*
Der eisige Wind hemmt die Biegsamkeit unserer Wirbelsäulen. Wir bücken uns nach allen Seiten, um die verstreuten Köstlichkeiten aufzusammeln, haben nichts, wo wir sie hineintun könnten, müssen sie einzeln in die für sie vorgesehenen Verpackungen zurücktragen.
Die SS räumt ihre Keller, sagt Ilona, als die Wärterin außer Hörweite ist.
Du meinst, all dieses Zeug hier hat in den Kellern gelagert, während wir nur ein paar Schalen zu fressen bekommen haben? sagt Zdenka ungläubig, reibt sich beim Aufrichten das schmerzende Kreuz.
Und zwar schon wer weiß wie lang, sagt Ilona und hält Zdenka einen matschig faulen Apfel vor die Nase. Schau her, die haben es einfach liegen lassen. Jetzt hat's ihnen wohl zu stark gestunken. Da dürfen wir es wegwerfen.

Eine aus dem Block, schmächtig, mit blaugefrorener Nase, hat sich auf einem der Säcke niedergelassen, hält eine kleine Kartoffel in der offenen Hand und betrachtet sie verklärt. Sie lächelt geistesabwesend. – Was ist denn mit der da drüben? Schon ist die Aufseherin bei der Träumenden. *Dreckvieh, wirst du wohl arbeiten?* Ein paar gezielte Schläge mit dem Peitschenstiel, und das ‹Dreckvieh› sinkt still zu Boden. Auch die nachfolgenden massiven Stiefeltritte bringen es nicht mehr auf die Beine. Da liegt das Wesen, immer noch friedlich lächelnd, mit einer Platzwunde auf der Stirn inmitten von zentnerweise Kartoffeln und Äpfeln, die Augen blicklos zum Himmel gerichtet. Gestorben im Schlaraffenland. Eine Fata Morgana, eine wunderschöne, eine, für die zu sterben es sich lohnte.
Die paar Schläge können sie doch nicht getötet haben? Ich schaue auf die schmächtige Gestalt hinunter. Ihre Stubenkameradin, die neben ihr kniet und ihr sanft die Augen zudrückt, sagt, ohne aufzusehen: Jeder Windhauch hätte Renée umwerfen können. Man hat im Labor mit ihr experimentiert. Sie war – sie sucht nach dem passenden Wort –, sie war sehr zerbrechlich.
Ich nicke und denke: Sie starb an der Liebe zu einer Kartoffel. Wie sehr ich es ihr nachempfinden kann. Mit aller mir noch zur Verfügung stehenden Willenskraft kämpfe ich gegen die Versuchung an, in eine dieser Götterknollen hineinzubeißen, angefault oder nicht. Ein Bissen nur, ein einziger. Den Moment abpassen, wenn beide Wächterinnen ihre Blicke einmal von mir abwenden – aber nein, da sind die schwarzen Doggen, darauf trainiert, ihre gefährlich funkelnden Augen auf uns gerichtet zu halten. Bei der kleinsten falschen Bewegung beginnen sie zu knurren. Sinnlos.
Wieder erhält ein Häftling Prügel, diesmal von Aufseherin zwei. Die Doppelleine mit den fletschenden Biestern hat sie ihrer Kollegin zum Halten gegeben.
Das nennst du eßbar, alte Sau? Mit spitzen Fingern fischt sie einen angeschlagenen Apfel aus der Kiste, in die ihn die

Frau mit den gelbgrauen Strähnen gerade verstauen wollte.
Nicht schlagen – bitte nicht schlagen – aooh! Gebrüll, Geheul. Ich schaue gar nicht mehr hin, verwende alle Konzentration darauf, auf dem von zertretenen Früchten glitschig gewordenen Boden nicht auszurutschen, weil ich nicht sicher bin, daß ich die Kraft hätte, mich wieder zu erheben. Die Äpfel strömen den süßlichen Modergeruch überreifer Früchte aus, der sich vermischt mit dem kernigen Duft ihrer erdigen Namensvettern. Es rumpelt in meinen Eingeweiden, als seien Mäuse zwischen leere Kartons geraten. O dieser elende Hunger: Es geht schon auf Mittag zu, als sich zu mir, die ich am Boden herumkrauche, eine Frau aus einer der anderen Baracken gesellt. Sie hat herbe, entschlossene Züge, trägt den roten Winkel auf dem Ärmel.
Bist du nicht eine aus der Baracke der Wanda Hansen?
Warum?
Dachte, ich hätte dich schon mal gesehen. Wie stehst du zu ihr?
Zu wem?
Zu dieser Wanda, sagt sie und sieht mich mit einem merkwürdigen Blick von unten herauf an. Der Blick gefällt mir nicht. Ich richte mich auf: Weiß nicht, was du von mir willst.
Nur damit du klar siehst: Wanda ist nicht mehr bei uns. Sie ist abgehauen.
Die Kameradin nickt. Zufrieden, wie mir scheint.
Hör mal, sagt sie jetzt drängend, weil die SS mit den Hunden auf uns aufmerksam zu werden scheint. Wenn es heute nachmittag wieder Fliegeralarm geben sollte, komm mit mir.
Wohin?
Zum Gang neben der Wäscherei.
Weshalb?
Ihr hartes Gesicht bleibt maskenhaft. Ich möchte dir etwas zeigen, sagt sie. Etwas, das dich interessieren wird.
Na gut, sage ich. Ich komm mit, wenn es Alarm geben sollte. In Ordnung?

In Ordnung. Sie erhebt sich. Ich wundere mich, mit wieviel Haltung sie trotz der offensichtlichen Schmerzen im Rückgrat aufzustehen vermag aus lange gebückter Haltung. Ich heiße Fränzi, sagt sie noch, bevor sie, drei Kartoffeln in jeder Hand, zur Kiste geht.
Von drüben rechts, aus dem Schlot des erweiterten Kremos, versucht eine dunkle Rauchsäule gen Himmel zu steigen. Windstöße knicken sie immer wieder ab, zwingen ihren Rauch in fast rechtem Winkel auf Fürstenberg zu.
Wie schwarz das Dreckzeug heute ist, flüstert eine Frischrasierte in meiner unmittelbaren Nähe, vom Sammeln aufschauend.
Na klar doch, kommt die Antwort. Das ist die Kottenhöfer, hat sich doch nie gewaschen, das Ferkel.
Gelächter unter denen, die es hören. Häftlingswitze dieser Art erfreuen sich allgemeiner Beliebtheit. Gerade will die mit den Hunden – ihre Kehlen knurren mit unseren Mägen um die Wette – zu neuem Gebrüll ansetzen, da heult die Dachboje Mittag.
Aufstellen! Nach der Pause weitermachen! Wird's bald, ihr Muselweiber!
In nur mühsam aufrechter Haltung, mit verrenktem Kreuz, marschieren wir zurück zur letzten, der versautesten aller Lagerstraßen, nehmen unsere kostbare Scheibe Brot und den Viertelliter Wassersuppe mit einer Dankbarkeit entgegen, als habe man uns mit Geburtstagstorte beschenkt. Heli und ich machen dabei den Fehler, vor die Barackentür zu treten, kauend, das angebissene Brot in der Hand. Da stehen sie, die kleinen Kinder, ihrer Mütter beraubt, stolpern auf ihren kurzen Beinchen uns entgegen, umringen uns stumm, die übergroßen Augen auf die Überreste unseres Brotes gerichtet. Das ist das Schlimmste: die Kinder. Ihre Blicke wandern zu unseren Gesichtern herauf: Verlangen wird zu Verständnislosigkeit: Wir sind doch Erwachsene. Erwachsene sind zum Beschützen und Füttern da. Warum geben sie nicht her, was sie haben? Wie können wir ihnen klar-

machen, daß wir nichts, keinen Krümel besitzen, den wir ihnen abgeben könnten, ohne selbst zusammenzubrechen?
Heli wendet sich ab. Ich kann das nicht mehr mit ansehen, sagt sie, die Kindergärtnerin; ihre Stimme klingt erstickt.
Kurz darauf setzt unser Kommando das Aufsammeln und Sortieren fort. Neue Säcke werden um uns herum ausgeschüttet; keine Äpfel mehr, nur Kartoffeln und eine Ladung Mohrrüben. Eine große Kartoffel täglich, ein Glas ausgepreßter Mohrrübensaft zusätzlich zur Brotscheibe könnten ein Kind vor dem Verhungern bewahren. Nur dieses wenige. In den Kellern der SS stapeln sich Früchte und Gemüse bis zur Decke. Der Lagerkommandant weiß es, für seine Leute braucht er nicht einmal einen Bruchteil der Vorräte. Doch er läßt sie verfaulen wie die Menschen, denen er sie vorenthält. Ohnmächtige Wut, Zorn, der sich nicht Luft schaffen darf, macht mir das Atmen schwer.
Da setzt er ein, der Heulton der Sirene: auf und nieder, ein Wolfsrudel, das den Mond anbetet. Doch dieses Himmelsobjekt steht nicht still; über schnell treibenden Wolken nähert es sich mit stetig lauter werdendem Brummen. Wir schauen auf: Bewacherinnen und Hunde sind verschwunden. Wie vom Erdboden verschluckt. Erstaunlich, wie eilig sie es jedesmal haben, wenn es um ihre eigene Sicherheit geht. Und dann steht Fränzi vor mir: Kommst du mit?
Die Wäscherei, die sie anstrebt – es gibt mehrere davon im Innern und außerhalb des Lagers –, liegt drüben auf der anderen Seite. Wieso, wundere ich mich, hinter ihr herschlurfend, hat sie noch einen so festen Gang? Überhaupt hat sie etwas Resolutes an sich, das meine Wachsamkeit verstärkt. Wir gehen schnell; der Atem steht als weiße Wolke vor unseren Mündern. Vor der Wäscherei angekommen, läßt sie mir erst einmal Zeit zum Verschnaufen. Bündel stark verdreckter Wäsche liegen herum; im Augenblick der Todesangst geben alle Öffnungen des Körpers ab, was an Flüssigem ausgeschieden werden kann.

Fränzi weist auf eines davon: Schau sie dir an. Kennst du sie wieder? Mit leichtem Druck ihrer Hand in meinen Rücken schiebt sie mich näher heran. Das Bündel ist Wanda oder das, was von ihr übriggeblieben ist. Nackt, zusammengekrümmt, liegt sie halb auf der Seite, fürchterlich zugerichtet. Der Leib ist blutverkrustet, beide Arme gebrochen. Hungrige Ratten haben ihr die eine Gesichtshälfte weggefressen, die Brüste angenagt, zwischen Haut mit blauen Leichenflekken ein paar Rippen freigelegt. Ich starre auf den Haufen hinab. So viele Leichen habe ich nun schon gesehen, und ich war sicher, mich an ihren Anblick gewöhnt zu haben. Doch waren sie nichts als Bündel irgendwo am Wegrand; als Lebende hatte ich sie nicht gekannt. Die hier kannte ich. Ein Schwein war sie gewesen, ein Häftling, der um seines eigenen Wohlergehens willen die Kameradinnen der SS auslieferte. Aber mir hatte sie das Leben gerettet. Da ist ein Unterschied – Leiche ist eben doch nicht gleich Leiche.
Der Anblick dreht mir den Magen um; ich fliehe zur Ecke, muß mich erbrechen. Fränzi nimmt mich beim Arm: Komm, gehen wir ein Stück, sagt sie. Der Wind hat nachgelassen. Ich möchte mit dir reden.
Wie – wie ist das geschehen, das mit der Wanda? sage ich, nachdem sich mein Magen wieder beruhigt hat.
Du weißt, womit sie sich hier ihre Privilegien erkaufte? Sie selektierte seit zwei Jahren für Rhode junge Frauen, die man in die SS-Bordelle überstellte.
Aber nur für einige Wochen, sage ich.
Richtig. Nur für wenige Wochen. Danach sandte man sie als nicht länger verwendbar ins Lager zurück. Zerstört, verwirrt, gealtert zu jugendlichen Greisinnen. Alles Wandas Werk. Kannst du dir vorstellen, wie solch einer aus der Elite des Herrenvolks mit einer umgeht, die für ihn nicht mehr als der letzte Dreck bedeutet? Der er Perversionen zumuten kann, die er nicht der billigsten Prostituierten abverlangen würde? Die unter Umständen zum Tod des Opfers führen können? Dann wirst du das hier verstehen.

Die Kerle haben sie so zugerichtet? Aber Wanda selbst war doch nicht – ich meine, sie hat doch gar nicht –
Nicht die Männer, sagt Fränzi, ihre Opfer. Wir haben es vorausgesehen. Es war nur eine Frage der Zeit. Und sie berichtet, wie vier körperlich und seelisch ruinierte Frauen, als *verbraucht* und arbeitsunfähig zur Vernichtung ins Lager zurückgeschickt, Wanda aufgespürt und erschlagen hätten.
Ich schweige. Lynchjustiz ist der SS im allgemeinen willkommen, wenn auch in diesem Fall – eine so tüchtige Mitarbeiterin... Nun, sie werden eine andere finden, Auswahl haben sie weiß Gott genug.
Jetzt sind die Flugzeuge direkt über uns. Wir schauen hinauf, doch Wolken und Rauch versperren die Sicht.
Wenn die jetzt auf den Knopf drücken, sage ich, fliegen wir alle in die Luft. Ohne den Umweg über den Kamin. – Und dann: War es das, worüber du mit mir sprechen wolltest? Wanda?
Nein, sagt Fränzi, nicht über Wanda. Über Wichtigeres. Ich hab nur wenig Zeit, will noch, wenn möglich, zu einer Kameradin in die Schreibstube. Hör mir zu. Du trägst, wie ich, den roten Winkel. Das heißt Aufgabe und Verpflichtung. Auch du mußt dein Teil dazu beitragen.
Hierarchisches Denken, sage ich, weil ich unter den gegebenen Umständen jede Diskriminierung einer Farbe gegen andere für blödsinnig halte. Unter den Grün-, Schwarz- oder Lilawinkligen sind ebenso viele gute und schlechte Frauen wie unter den Roten!
Zweifellos, sagt Fränzi. Doch es gibt einen Unterschied, und zwar einen entscheidenden.
Und der wäre?
Der Grund, warum wir hier sind. Von den Roten abgesehen, sind sie alle im politischen Sinn unschuldig nach Ravensbrück überstellt worden. Kleine Vergehen wie ein Schimpfwort über einen der NS-Höchsten, unentschuldigtes Fehlen in einem kriegswichtigen Betrieb und ähnliches haben unsere Asozialen ins Lager gebracht, Glaubensfragen

die Bibelforscherinnen, Räumung der Zuchthäuser die Kriminellen.
Und wir Rotwinkligen?
– haben dieses Risiko von Anfang an mit einkalkuliert. Wir wußten von der Existenz der KZs und auch von der Möglichkeit, geschnappt zu werden.
Na und? sage ich widerborstig. Nun *haben* sie uns geschnappt, wir sitzen in der Falle, und wie es aussieht, kommen wir hier auch nicht mehr lebend heraus.
Anzunehmen.
Was also unterscheidet uns Rotwinklige noch von den anderen?
Unsere Zusammengehörigkeit. Unser gemeinsames politisches Ziel, sich der Barbarei entgegenzustellen. Unser Einsatz gegen Terror für ein freies Europa. Der Widerstand draußen ist stärker denn je. Fränzis Gesicht belebt sich im Eifer ihrer engagierten Erklärung.
Aber wir, sage ich, sind raus aus dem Spiel. Wir können nichts mehr tun.
Wir können noch sehr viel tun, sagt sie und schaut mir prüfend ins Gesicht, ob meine Resignation bereits alles andere in mir getötet hat. Wir Roten müssen zusammenhalten, um unseren Kameradinnen zu helfen, wo wir nur können.
Womit? sage ich. Es klingt zynischer, als ich beabsichtige.
Fränzi läßt sich nicht beirren. Wir müssen versuchen, gemeinschaftlich zu organisieren, aus dem gehorteten Beutegut der Kammern zu entwenden, was wir nur erwischen können, um es den Bedürftigsten unter uns, vor allem den Kindern, zukommen zu lassen. Und allen anderen Mut zusprechen, sie ständig daran erinnern, daß der Krieg sehr bald aus sein wird. Machst du mit?
Wir lehnen uns gegen eine Barackenwand, um wenigstens dem Rücken ein wenig Schutz gegen die Kälte zu bieten. Von weit her im Westen rumpelt es in unregelmäßigen Abständen. Es hört sich an wie das letzte Grollen eines abziehenden Gewitters. Da fallen Bomben.

Versteht sich, sage ich beruhigt, weil ich die Aufrichtigkeit ihrer Worte spüre. Gibt es etwas Bestimmtes, das ich tun könnte?
Ja, sie habe etwas für mich. Ob wir schon von den Transporten aus dem Lager nach der Uckermark und nach Mittweida gehört hätten? Pflaum, der Arbeitsführer, betätige sich zur Zeit als Werber in Suhrens Auftrag. Mit Registrierblock ginge er im Lager herum und suche Freiwillige, vor allem Ältere und Kranke, für Transporte in die genannten Lager. Dabei mache er, der Schläger, auf Mitleid mit den Inhaftierten, nicht ohne darauf hinzuweisen, um wieviel besser sie es in der Uckermark oder im kleinen Lager Mittweida hätten. Bessere Verpflegung, leichtere Arbeit und vor allem mehr Bewegungsfreiheit. Eine größere Anzahl von Transporten, vor allem in die Uckermark, sei bereits abgegangen. – Alles Freiwillige, sagt Fränzi.
Ein Versuch vermutlich, das Lager zu räumen, die werden ja nicht mehr Herr des Gewimmels hier, sage ich.
Ihr Gesicht verschließt sich, wird hart. Uckermark und Mittweida bedeuten den direkten Weg in die Gaskammer, sagt sie. Sag es weiter, sag es jeder in deiner Umgebung, warne sie, allen billigen Verlockungen und Versprechungen zu widerstehen. Wir haben jetzt viele Auschwitzer zwischen uns. Die wissen, was Gas heißt.
Gut, daß wir hier keine Gaskammer haben, sage ich. Allerdings die Transportwagen –
Und wofür, sagt sie, hältst du die erweiterte Baracke zwischen Krematorium und Zellenbau? Sie sind gerade dabei, sie entsprechend auszurüsten, um sie in Betrieb nehmen zu können.
Ich habe nicht gewußt, daß ich noch erschrecken kann, aber ich fahre bei ihren Worten tüchtig zusammen: Mein Gott, du glaubst...
Eine Kameradin vom Außenkommando, eine Österreicherin, hat beim Ausbau des Krematoriums einen Behälter mit Zyklon B gefunden, wenn dir das was sagt, antwortet Fränzi

lakonisch und stößt sich von der Wand ab. Ich muß jetzt weiter, bevor die Entwarnung kommt, sagt sie. Hilf uns mit. Sobald wir Neues erfahren, lassen wir es dich wissen.

Nach dem Abendappell erzähle ich Heli von meiner Begegnung und von Wandas Ende. Jetzt laufen die Ratten, diese widerlichen Biester, schon ganz ungeniert in den Gängen zwischen den Pritschen herum, immer auf der Suche nach Freßbarem. Ich stelle mir vor, daß ihre Kollegen von der Wäscherei, an Wanda bis zum Platzen sattgefressen, sich dickbäuchig in ihren Löchern ausruhen, bevor sie, gelbe Schneidezähne gierig vorgestreckt, wieder auf Beutezug gehen. Hoffentlich, denke ich mit einem Rest ungerechtfertigten Bedauerns, beseitigen die Leichenträger heute nacht ihren Kadaver, bevor die Viecher ihr auch noch den zweiten Teil des Gesichts abnagen, eine Vorstellung, die mich stört, weiß selbst nicht, warum. Den SS-Kerlen hätte ich Wanda eher zum Fraß gegönnt als den Ratten.
Heli, so dünn geworden, so blaß, will nichts von Wanda hören. Um so mehr interessiert sie sich für das, was Fränzi mir auftrug. Es treibt ihr Tränen in die Augen:
Anja, Anja, weißt du, was das heißt? Wir sind nicht mehr verlassen, wir haben Schwestern, die mit uns fühlen, mit uns allen und den Kindern im besonderen. Das ist – wunderbar!
Und dann weint sie wirklich. Es ist das Lagerweinen. Kein normales Schluchzen, das sich mit Klagelauten befreit, bis nur noch ein Geschniefe übrig bleibt. Lagerweinen geht stumm vor sich. Die Tränen verlassen das Auge nicht mangels Nachschub. Kurze, von irgendwo aus der Brust kommende Stöße durchrippeln den Körper wie ein heftiger Hustenanfall. Das Ganze dauert nur wenige Minuten, dann ist es vorbei, ohne dem so Weinenden Erleichterung verschafft zu haben.
Die Kinder, sagt Heli noch einmal. Die armen, armen Kinder!

Sind heute im Zelt schon wieder mindestens zwölf krepiert, sagt eine, die Helis Klage vernommen hat. Alle erfroren. Der eisige Boden. Und ohne Decke, kein Wunder.
Es kommt mir ein Einfall, ein großartiger Einfall. Ich muß mit den anderen sprechen, sage ich.
Doch nicht jetzt. Die meisten schlafen schon, wendet Heli ein. Da laufe ich schon die Gänge entlang auf der Suche nach meinen alten Kameradinnen. Die Zuteilung zu immer verschiedenen Arbeitskommandos gibt uns wenig Gelegenheit, miteinander zu sprechen. Aber wir hatten uns einander verbunden gefühlt. Warum sollte das jetzt anders sein?
Die erste, die ich entdecke, ist Mela, die Linzerin, mit mir zusammen in diese Baracke überstellt. Sie ist noch wach. Mela, steh auf, komm mit in den Tagesraum, flüstere ich. Es ist ganz wichtig. Ich brauche vier oder fünf zuverlässige Kumpels.
Was hast du vor? flüstert sie zurück.
Erklär ich dir dann alles. Komm erst mal raus!
Mela überklettert ein paar Beine, springt zu mir herunter. Ihre Augen blicken neugierig.
Weißt du, sage ich, wo Lydia steckt?
Im ersten Gang links. Ziemlich weit hinten.
Auch Lydia Jercek, die zweite aus meiner früheren Baracke, ist noch wach und gleich bereit, sich uns anzuschließen.
An Wandas Getreuen vorbei, die zum Abendschwatz, immer noch im Glauben, ihr Idol habe sie mutwillig verlassen, verstört beieinanderhocken, kommen wir zu Erika, der Gewerkschafterin. Sie, die aktive Widerstandskämpferin, fragt gar nicht erst nach dem Warum, schließt sich uns sofort an.
Jemand ruft von der Außenkante einer der unteren Pritschen: He, was marschiert ihr denn hier herum? Das ist Paula, die mit den Pamphlets gegen den Führer, auch eine Politische.
Wenn's dich interessiert, komm mit, sage ich. Es geht um einen Plan! Mit Mela, Lydia, Erika und Paula kehre ich zu

Heli zurück. Sechs Frauen hoch schleichen wir uns so leise wie möglich in das Holzkarree mit dem hochtrabenden Namen Tagesraum. Nach gründlicher Sicherung, daß uns niemand hört, berichte ich zum zweitenmal von meinen Erlebnissen am Nachmittag. Auch bei meinen vier neuen Zuhörern löst das Gespräch mit Fränzi freudige Erregung aus.
Sie hat recht, sagt Erika mit ihrer kräftigen Stimme. Wir Politischen sollten auch weiter tätig sein. Gerade hier. Die anderen stimmen ihr zu. Andererseits erfüllt sie Wandas Tod mit großer Befriedigung im Hinblick darauf, eine gefürchtete Spionin aus ihrer Mitte entfernt zu wissen. Sie machen es mir leicht, ihnen meinen Plan zu unterbreiten.
Wanda, sage ich, war bestens genährt. Ihr SS-Geliebter hat dafür gesorgt.
Nicht nur er. Auch die Typen von den Bordellen, sagt Mela.
Eben. Das alles hat sie doch nicht allein verschlingen können. Und Verschenken war nicht ihre Sache, geizig, wie sie war.
Was willst du damit sagen?
Daß sie den Überfluß gehortet haben muß, sage ich. Sie besaß, hat mir mal eine ihrer Anhängerinnen verraten, zwei Spinde. Da müssen wir ran und sie aufbrechen, versteht ihr?
Die Vorstellung, irgendwo an versteckter Stelle auf einen Schatz an Nahrungsmitteln zu stoßen, und seien es nur ein oder zwei ganze Brotlaiber, elektrisiert sie wie Goldgräber auf Spurensuche. Die chronische Müdigkeit ist aus ihren Augen geschwunden. Nur Heli bleibt skeptisch: Solange wir nicht wissen, wo sich die Spinde befinden, ist doch alles Utopie. Wahrscheinlich sind sie drüben im Block der Aufseherinnen. Wie willst du da herankommen?
Seid mal still, fällt ihr Lydia ins Wort, ich hör was!
Wir halten den Atem an. Zuerst nichts. Dann ein Knacken, gleich darauf ein zweites. Erika schleicht horchend die

Wände entlang, wendet sich zu uns um, lacht: Ein Holzwurm, sagt sie. Nichts als ein knabbernder Wurm. Das Geräusch kenne ich zur Genüge von zu Hause her.
Dennoch senken wir unsere Stimmen zum Flüsterton. Die Spinde, sage ich, befinden sich im Raum unserer Stubenältesten. Wir müssen versuchen, sie für unseren Plan zu gewinnen, schließlich ist auch sie eine Politische und im großen und ganzen nicht unzugänglich. Versteht sie erst einmal, daß wir, was immer wir finden, ja nicht für uns, sondern in erster Linie für die haben wollen, die an der Grenze des Verhungerns sind, dann hat sie die Wahl, ob sie mithelfen oder Wandas Besitz der SS überlassen will.
Nein, sagt Heli, ich bin dagegen. Dazu kennen wir die Henning zu wenig. Stubenälteste genießen das Vertrauen der Lagerführung, sonst hätten sie diesen Posten nicht.
Wer weiß, warum die Henning den Posten angenommen hat, sagt Paula. Kann doch sein, daß sie selbst gefährdet ist und sich damit schützen will.
Dann macht sie erst recht nicht mit, sagt Heli. Glaubt mir, die Sache ist zu gefährlich.
Erika gibt ihr einen nachdenklichen Blick. Vielleicht hast du recht und sie ist wirklich ein Risiko. Also beseitigen wir sie. Meine Freundin Mascha hat sich von der Küche ein Messer organisiert, das leihe ich mir von ihr aus.
Ihre Worte lassen uns schweigen. Jeder von uns geht die vorgeschlagene Radikallösung durch den Kopf.
Paula nickt als erste. Ein Leben gegen das andere, vielleicht gegen mehrere, sagt sie. Erika hat recht.
Auch Mela und Lydia stimmen zu. Heli protestiert verzweifelt: Seid ihr denn wahnsinnig? Wollt ihr es euren Mördern gleichtun? Ich flehe euch an: kommt zur Vernunft!
So habe ich sie noch nie gesehen. Sie ist außer sich.
So schlage ich denn vor, das Ganze erst einmal zu überschlafen und morgen weiterzuberaten. Wir kriechen auf unsere Pritschen zurück. Eisig ist es zwischen den kalten Körpern unter dem löchrigen Dach, über das im Turnus der Licht-

strahl des Wachtturms streift. Es ist gefährlich, einzuschlafen, man kann leicht erfrieren, wenn der Blutdruck gänzlich absackt. Drüben, im Zelt, friert die Nachtkälte Hunderte von zu Tode Erstarrten am Boden fest. Sie müssen, wie die aus dem Idiotenstübchen, mit Brechwerkzeugen vom Grund losgeeist werden. Das machen die Aufräumungskommandos noch zusätzlich. Die SS kümmert sich nicht um die Menschen im Zelt; da sie keine Häftlinge, sondern polnische Zivilisten sind, die sich, bei den aus Warschau abziehenden deutschen Truppen Schutz suchend, deutscher Betreuung anvertraut haben, brauchen sie im Lager weder Appell zu stehen noch zur Arbeit auszuziehen. Sie sind für die SS überflüssig. Wozu ihnen also erst noch Betten bauen und sie ernähren? Auf halbe Ration der Arbeiter gesetzt, ohne Zudecke, wird der heranrückende Winter schon das übrige tun, da kann man an Munition, Hanf und kostbarem Zyklon B sparen.
Bevor ich einschlafe, irrt noch ein müder Gedanke durch meinen Schädel: umbringen ist nicht gut. Auch wenn das Töten anderer im Programm des eigenen Überlebens inbegriffen ist. Wir müssen für die Stubenälteste eine andere Lösung finden. Aber welche? Ein weiterer Gedanke will sich nicht mehr einstellen. Ich fühle nur noch dumpf, daß ich bei Erikas Vorschlag nicht mitmachen könnte. Tötungshemmung. Weiß nicht einmal, ob ich fähig wäre, zuzusehen, ohne den Versuch, mich dazwischenzuwerfen.
Durch das geborstene Fenster dringen ferne Schreie. Es ist nicht mehr mein Seeadler. Es sind Menschen, die schreien, Menschen, im Revier zu pseudomedizinischen Versuchen verstümmelt, zerschnitten, mit Brandbazillen künstlich immer neu infiziert. Sie sterben, heißt es, unter größten Qualen, ohne Beruhigungsmittel. Der Seeadler muß seinen Horst verlassen haben. Vom nun wohl zugefrorenen See kommt kein Laut mehr.
Und wieder, wie schon am Vortag, rutschen wir auf wundgescheuerten Knien zum Aufsammeln der Überschüsse aus

den SS-Kellern am kalten Boden. Verdrehte Lendenwirbel, verrenkte Schultergelenke, Frostbeulen an Händen und Füßen – man muß die Schmerzen wegdenken. Im allgemeinen genügen dazu drei Worte: Schmerzen oder Tod? Eine Wahl, die keine ist. Heute sind es Säcke voller Mohrrüben, Steckrüben und Zwiebeln, eine Unmenge knisternd brauner, lose umherkollernder Zwiebeln. Verspätet kommt noch eine Fuhre Rettiche dazu, auch sie angefault. Die Zwiebeln sind das Schlimmste. Versucht man, eine der verdorbenen vom Boden aufzunehmen, glitschen sie weichlich zur Seite. In der Hand dann werden sie zu einem Matsch, der nicht von den Fingern will. Wir müssen ihn mühsam am Kistenrand abstreifen, der schon bald mit glibbriger Fäule überzogen ist.
Ich halte nach Fränzi Ausschau, würde mich gern mit ihr über Wandas vermuteten Nachlaß unterhalten. Aber Fränzi ist nicht unter uns, und ihre Barackennummer weiß ich nicht. Auch unsere Aufseherinnen sind heute andere. Es sind zwei ältere Frauen ohne Hunde. Die eine streicht sich mit nervöser Hand unentwegt glättend über den Rock, eine irritierende Geste. Ich habe mich entschlossen, keine Zwiebeln mehr aufzuheben. Selbst die scheinbar festesten schwabbeln weichlich beim Zugriff, das ist ekelhaft. Durch Erfahrung klug geworden, halte ich mich an die Rüben. Auch die sind schlaff, wahren aber wenigstens noch ihre Form. Der Wind kommt von Wester her, bläst uns den schwarzen Rauch vom Kremo in Nase und Lungen. Nein, er riecht nicht wie Kartoffelfeuer, er stinkt süßlich fett, irgendwie tranig.
Das müssen die in Fürstenberg doch mitkriegen, flüstere ich der neben mir zu. Ob die sich nie fragen, was wir hier verbrennen?
Die nicht, flüstert sie zurück – auch sie meidet die Zwiebeln –, die haben doch selbst 'n Kremo, wo sie all die hinbringen, die hier nicht mehr reinpassen.
Der Nachmittag vergeht besonders langsam. Kein Fliegeralarm unterbricht unsere Feldarbeiter-Pantomime. Es fällt mir auf – oder vielleicht bilde ich es mir auch nur ein –, daß die

eine der Aufseherinnen, die mit der Rockglätterei, oft zu mir herschaut. Weiß sie etwas von unserem Plan? Natürlich nicht, ich sehe noch unsichtbare Gespenster zwischen den sichtbaren. Weshalb kommen heute keine Flugzeuge? Vermutlich übersteigt es das Begriffsvermögen der Piloten, sich vorzustellen, daß hier unten, mitten im Feindesland, Hunderttausende sehnsüchtig auf sie warten, und sei es nur, um eine Arbeitspause einzulegen.
Endlich die Sirene zum Arbeitsschluß. Bevor wir zum Abzählappell antreten, werden wir, wie schon gestern, sorgfältig gefilzt, ob da nicht möglicherweise eine heimtückische Verbrecherin deutsches Staatsgut in Form einer fauligen Zwergkartoffel unter ihrem Streifenkittel verborgen hält. Sie finden nichts. Wer will schon aus solch läppischer Ursache sein Leben riskieren?
Zur Nacht, nach der Abendkontrolle, finden wir uns wieder im Tagesraum zusammen. Lydia, in der Befürchtung, Heli würde nicht mitmachen, hat Marianne mitgebracht, sie eingeweiht. Marianne, grünwinkelig, hatte einst eifrig und recht erfolgreich, wenngleich unautorisiert, für das Deutsche Winterhilfswerk gesammelt, mit täuschend imitierter Büchse – auf eigene Rechnung, versteht sich. Doch auch Heli ist dabei, schon, wie ich vermute, um ein Auge auf mich zu haben.
Hab schon einiges ausbaldowert, beginnt Erika.
Warte, sagt Paula, zunächst: hast du das Messer?
Als Antwort zieht Erika einen Gegenstand aus der Kitteltasche. Etwas blitzt im Halbdunkel auf.
Mann, staunt Marianne, das ist ja ein Stilett. Wo haste denn das her? Das Stilett wird herumgereicht. Jede von uns streicht vorsichtig mit dem Daumen über die Klinge.
Viel besser, lobt Paula. Da gibt's weniger Blut.
Es wird kein Blut geben. Keinen Tropfen! Das ist die Stimme Helis, wie ich sie von früher her kenne. Ruhig und bestimmt.
Überraschtes Schweigen. Dann: Hast du 'ne andere Idee?

Hab ich, sagt sie. Eine einfachere dazu. Wir machen es nicht abends, wenn das Turmlicht kreist, sondern am Nachmittag während eines Alarms. – Gerade dann hat die Henning Zeit, auf ihre Stube zu gehen, meint Lydia.
Bei Alarm, fährt Heli fort, hat das gesamte Wachpersonal den Luftschutzkeller aufzusuchen. Block- und Stubenälteste gehören dazu. Nur uns überläßt man uns selbst. Ich könnte mir keinen besseren Zeitpunkt vorstellen, was meinst du, Anja?
Natürlich stimme ich ihr zu, insgeheim zutiefst erleichtert, daß mein Plan, von mir initiiert, nichts zur Folge hat, was ich vor mir selbst nicht verantworten könnte.
Wozu habt ihr mich *das* besorgen lassen? Erika läßt das Stilett aufblitzen. Hat mir einer vom Männerlager verschafft.
Zum Öffnen der Spinde, sage ich. Mit den Händen allein kriegen wir die Dinger nicht auf.
Jetzt sind sie einheitlich auf den neuen Kurs umgeschwenkt, reden aufgeregt durcheinander, versichern eine der anderen, daß dies eine großartige Idee sei und mit so gut wie keinem Risiko verbunden. Da die Flugzeuge neuerdings in Staffeln einfliegen, dauern manche Alarme ihre guten anderthalb Stunden bis zur Entwarnung. Zeit genug, die Bude gründlich auszuräumen.
Ihr vergeßt eines, läßt sich Marianne vernehmen. Bevor die Henning in den Bunker geht, schließt sie bestimmt ihre Tür zu. Wie kommen wir dann hinein ohne Schlüssel?
Mela weiß Rat. Die Rückseiten unserer hinteren Baracken, sagt sie, bestehen doch nur aus alten Brettern. Die lassen sich leicht herausheben. Wenigstens eines oder zwei. Da passen wir ohne Mühe durch.
Alles geritzt, jubelt Paula so laut, daß wir sie erschrocken stillzischen. Jetzt, flüstert sie, brauchen wir nur noch die Flieger!
Durcheinander beim morgendlichen Zählappell – das war noch nicht da. Kein: *Beeilung, Beeilung!* Kein: *Gerade stehen! In Reihen ausrichten!* Gewohnheitsgemäß nehmen wir

unsere Plätze ein, die meisten noch halb schlafend. Unsere Stubenälteste, das herbe Gesicht verschlossener denn je, rennt zwischen uns und der leeren Baracke hin und her, zählt uns ab, vertut sich, streicht das Notierte auf ihrem Block durch, verschwindet wieder im Innern von Wandas Villa, die nun, ohne Wanda, nicht einmal mehr der Abwandlung ihres Namens durch die belgischen und französischen Insassen gerecht wird, bei denen die Bruchbude ‹Chez Vilaine Wanda› hieß. Im Stehen, leise hin und her schwankend, lasse ich meinen Frühmorgentraum ausklingen. Von Wärme hatte ich geträumt, einer umfangenden Wärme mit einer Helle, von der sie ausging. Der Lichtfleck war ein Gesicht gewesen, das lächelte, obwohl es weder Mund noch Augen besaß. Beim Versuch, der Traumerscheinung bildhafte Konturen zu verleihen, löste sie sich in Nichts auf. Die vom nächtlich gefrorenen Boden an meinen nackten Beinen hochkriechende Kälte klärt mein Hirn.
Ausrichten. Halben Schritt nach vorn! befiehlt die Henning mir und deutet auf meine Füße in den Lagerschlappen. Für einen Augenblick treffen sich unsere Augen. Mir fällt unser Vorhaben ein. Wenn alles so geht, wie wir es uns vorstellen, ist ihr Leben gerettet, wenn nicht, ist es keinen Pfifferling mehr wert. Stichwort: Fliegeralarm.
Stillgestanden! Da taucht, dick vermummt, die ganze Korona der Lagerleitung aus dem Nebel auf, der Kommandant, Binz, die Oberaufseherin, zwei SS-Ärzte, der Arbeitsführer und im Gefolge vier Aufseherinnen. Sie werfen keinen Blick auf uns, interessieren sich ausschließlich für Hennings Liste.
Wie viele Abgänge?
Fünf! meldet sie mit lauter Stimme. Die übliche Zahl der während der Nacht Verstorbenen. Bis hierher nimmt das morgendliche Ritual seinen normalen Lauf. Nicht normal ist, daß die Binz brüllt: Sind Sie sicher? – und die Henning, diesmal von den beiden SS-Ärzten begleitet, wieder in der Baracke verschwindet. Schweigen. Der hohe Stab wartet, wir warten. Die da vor uns sind sichtlich nervös, wir erregt.

Die Stubenälteste kommt mit den Ärzten zurück. In Ordnung, sagt einer von ihnen zu Suhren, dem Oberkapo, fünf Abgänge. Die Formel, die er seiner Bestätigung anfügt, verstehen wir nicht. Verblüfft verfolgen wir, daß die hohen Herrschaften, anstatt mit Gerte und giftigen Blicken die Parade abzunehmen, sich vor unser aller Augen zu einem Grüppchen zusammenrotten. Im Augenblick geht kein Wind, erster Rauch aus dem Kremo steigt, ein schwarzer Rußbalken, senkrecht in den dämmrigen Morgenhimmel; ab und zu klingen Wortfetzen der sich offenbar beratenden Lagerleitung zu uns herüber, die wir weiter in strammer Haltung, die Ohren gespitzt, vor ihnen stehen.

Hinterste Reihe Saustall – Ungeziefer – Quarantäne. Dann Suhrens widerlich helles Organ, abschließend: *Rigoros durchgreifen. Höchste Zeit!*

Damit begeben sie sich zum Nachbarblock, ohne Listenvergleich und Nummernkontrolle. Wir müssen unsere Habtachtstellung weiter beibehalten. Henning wacht über jede unserer Bewegungen. Wir frieren jämmerlich. Mir schmerzen die Ohren bis hinunter zum Hals, ein Stechen, das sich hartnäckig jedem Versuch des Wegdenkens widersetzt. Möchte nur wissen, was für Zeug die uns eingeimpft haben. Meine ständigen Kopfschmerzen, Schwindelanfälle und Gedächtnisausfälle führe ich auf diese Injektionen zurück. Die Erscheinungen sind bei allen von uns, die wir ein- oder mehrmals geimpft wurden, die gleichen, nur graduell verschieden, abhängig von der ihnen noch verbliebenen Abwehrkraft im unterernährten System.

Stiefelgetrampel. Sie kommen zurück ohne den Kommandanten, der sich vermutlich in sein warm beheiztes Büro zurückgezogen hat. Die Binz, hübsches Gesicht aus Gußeisen unter hellem Haar, hochnäsige Verachtung in der Stimme, wiederholt, was sie schon den Bewohnern der allerletzten Blocks mitteilte: heute vormittag für alle Kontrolluntersuchung im Revier. *Los, in die Baracken, schneller, schneller, ausziehen, Sachen übern Arm und draußen anstellen!*

Augenblicklich entsteht, wo eben noch lebende Rechtecke die Lagerstraße säumten, wildes Durcheinander, in das hinein die Uhle überflüssigerweise heult. Nicht denken jetzt, nur nicht denken. Wir reißen uns die dreckigen Fetzen vom Leib, hängen sie über unsere Arme, diese mittlerweile durch permanente Unterernährung zu Garderobestangen reduzierten Glieder. Treten, Schuhe in der Hand, ein in die unübersehbar lange Schlange nackter, bibbernder Leiber bei Frühtemperaturen unter dem Gefrierpunkt. Gemurmel:
Was haben die mit uns vor?
Haste nich kapiert? Wir sind zu verdreckt, sie schicken uns ins Gas.
Ich hab was von Quarantäne gehört.
Die haben so ihre Ausdrücke für alles.
Mein Gott, wimmert eine Ungarin mit breiten Wangenknochen, ich will noch nicht sterben, ich will nicht... Es klingt wie das Gefiepe eines Welpen.
Dann ist Ruhe. Schrittweise schiebt sich der Zug vorwärts, dem Revier entgegen. Diesmal lassen sie uns einzeln eintreten. Einige der Älteren halten die Arme vor die Lappen gekreuzt, die einst ihre Brüste gewesen waren. Denen, die das Schlimmste befürchten, rinnt Urin die Beine hinab, vertröpfelt an den knochigen Fußgelenken. Alle Gedanken auf das gerichtet, was uns bevorstehen mag, spüren wir die Kälte nicht. Sie wird erst wieder als heftiges Frösteln fühlbar, als wir den Korridor betreten. Eine belgische Assistentin, ich kenne sie von meiner früheren Baracke her, ordnet unseren Zug zum geregelten Gänsemarsch. Was geschieht? frage ich sie in ihrer Sprache. Auch sie hat mich wiedererkannt. – Typhus-Epidemie, sagt sie leise. Schon über tausend Tote.
Doch wohl nicht leise genug. Auch die vor mir spricht Französisch. Und schon weiß es der ganze Korridor: Typhus! *Die rote Laus geht um*. Millionen und Milliarden ihrer schwarzen Brüder haben wir täglich geknackt, aber sie, die Todbringerin, ist uns entwischt. Natürlich können es auch Rat-

ten gewesen sein oder der unbeschreibliche Schmutz überhaupt. Das kann man nicht so genau sagen. Wir werden da drin also auf Typhus untersucht.
Du kriegst jetzt Typhus-Bazillen verpaßt, richtig muntere Kerlchen, jede Menge, damit sie die, die schon in dir sind, auffressen, sagt eine hagere Rothaarige zu der hinter ihr, einem ängstlichen Frettchen mit hochgezogenen Schultern.
Aber ich hab doch gar keinen Typhus.
Na siehste. Was nich is, kann noch werden. Nur nich die Hoffnung verlieren. – Gefängnissprache, der Umgangston derer, die lange einsaßen, bevor man sie ins Lager brachte. Sicher eine Grünwinklige. Aber hier, ohne Kleidung, sind wir einheitlich Weißwinklige.
Nun bin ich dran. Diesmal ist es anders. Sie stellen Fragen, der Puls wird gefühlt, Blutdruck und Fieber gemessen, letzteres mit großer Aufmerksamkeit. Kopfschmerzen? Ich verneine. Ich habe sie gerade eben wieder mit Erfolg weggedacht. Auch meine Lungen untersuchen sie, die Atmung, den Rücken. Während all dieser Prozeduren schaue ich niemandem ins Gesicht. All das ist schon deprimierend genug. Sie befühlen, beklopfen, betasten das Häufchen tiefgefrorene Knochen, zu dem mein Körper reduziert ist, registrieren, verständigen sich in Latein. Und zum Abschluß die Spritze. Die Hand, die meinen Arm dreht, hat Mitleid im Zugriff. Ich schaue auf. Treffe auf zwinkernde Augen. Das ist ja die Bienhold. Die aus meiner früheren Baracke, von der ich über die Machenschaften des Dr. Schuhmann erfuhr. Bienhold, alter KZ-Hase, Assistentin im Revier! Nach der ausnahmsweise einmal vor dem Aufzug desinfizierten Spritze, die mir dem Druck nach – ich blicke auch weiter nicht hoch – die Bestie Oberheuser in die Vene rammt unter Gefluche, daß sich in diesem Arm die Adern kaum mehr finden ließen, reicht mir die Bienhold meine Sachen vom Stuhl. Kitteltasche, flüstert sie mir dabei zu. Noch ist die Warteschlange, an die immer weitere Blöcke angeschlossen

werden, unübersehbar lang, da heult die Sirene Mittagspause. Die Nackten durchbrechen die Reihe, streben zu ihren Baracken zurück, Essen fassen.
Hiergeblieben! schreit die Aufseherin. Zurück in die Reihe, aber schnell!
Die Suppe, Frau Aufseherin –
– fällt heute aus. Könnte euch so passen, ihr faulen Schweine. Hier herumstehen und dafür auch noch Essen beanspruchen. Wer nicht arbeitet, bekommt nichts, merkt euch das! Mit wuchtigem Klatschen ihrer Gerte gegen die Stiefelschäfte verleiht sie ihrem Gebrüll den gebührenden Nachdruck.
Tatsächlich wird in den Slums heute kein Essen ausgetragen. Die Baracke ist leer bis auf die wenigen vor mir im Revier Abgefertigten, die sich im Waschraum Wasser über die erstarrten Hände laufen lassen. Ob die unter denen aus unserer Stube Typhusverdächtige finden? sagt Zdenka. Habt ihr gemerkt, welche Angst die haben, sich anzustecken? Endlich einmal kriegen auch die Bonzen es mit der Angst zu tun.
Gefährlich, sagt Olly. Weiß ich aus Polen: Wenn Deutsche sich fürchten, werden sie rabiat. Dann tun sie das, was sie *Sanktionen ergreifen* nennen.
Aktion rote Laus: Alle Typhuskranken ins schöne, warme Lagerfeuer, sagt die Westphal scheinbar ungerührt. Ihr Zynismus entspringt ungeweinten Tränen.
Allmählich trudeln auch die anderen Untersuchten ein, blicken verstört, reiben sich die Einstichstelle am Arm. Wie viele aus ihrer Baracke mögen sie unter dem Vorwand des Verdachts dabehalten haben? Bevor ich prüfen kann, ob Mela, Lydia, Marianne, Erika und Paula unter den Entlassenen sind, gibt die Sirene das Zeichen zur Beendigung der Mittagspause. Nur Heli sehe ich noch, die sich zu mir durchwindet, bevor wir uns zur Weiterarbeit aufstellen.
Geht es dir gut?
Und dir?

Solche Erkundigungen nach dem Wohlergehen, im Normalleben außerhalb des Stacheldrahts meist Höflichkeitsphrasen, gedankenlos dahingesagt, haben hier einen anderen Stellenwert. Nicken des Befragten beruhigt, Schweigen hingegen signalisiert Alarm, und zwar für alle. In dieser Enklave sind wir ausnahmslos aufs engste miteinander verbunden. Was einer geschieht, kann jeden Augenblick auch die übrigen treffen. Das Ich ist zum Wir geworden.

Gerade tönt aus weiter Ferne das Glöckchen der Fürstenberger Kirchturmuhr mit drei zarten Schlägen zu uns herüber – zu zehnt aus meinem Kommando hieven wir schwergewichtige Holzbalken von einem Stapel geschichteter Kiefernstämme, um sie zur neuesten Baustelle innerhalb des Zauns zu tragen –, da gibt die Uhle Fliegeralarm. Die Posten verschwinden in Richtung Luftschutzkeller. Achtmal heult die Sirene, jault auf und nieder; da müssen mehrere Geschwader im Anflug sein. Wir werfen den Balken auf die Erde, zerstreuen uns nach allen Seiten. Ich reibe meine wunden Finger gegen den Stoff meiner Kitteltasche. Etwas knistert. Richtig, der Zettel der Bienhold. *Komm morgen mittag vor die Dreiundzwanziger,* schreibt sie, *wichtig!* Ich zerreiße den Kassiber in kleine Fetzen, bevor ich mich zur Stube der Henning aufmache, unserem vereinbarten Treffpunkt bei Fliegeralarm.

Da kommen sie, meine Mitverschwörerinnen, aus verschiedenen Richtungen, Lydia mit ihrem steifen Bein als letzte. Beeilung, sagt Erika. Jetzt keine Trödelei.

Sie probiert die Tür. Verschlossen, wie erwartet. Also die Rückwand. Leichter gedacht als getan. Zwar sind die Bretter morsch und bewegen sich unter dem Druck unserer Hände. Doch herausheben, wie Mela sich das vorgestellt hatte, lassen sie sich nicht. Zumindest nicht mühelos. Wir zerren an den sich vorschiebenden Rändern, pressen gegen das Holz, stemmen die Schultern gegen eine Stelle, die allmählich nachzugeben scheint, bis uns der Atem kurz wird.

Erika, dein Stilett! sagt Paula. Mit der scharfen Spitze fährt sie die Fugen entlang, stößt auf rostige, Gott sei Dank nur locker eingeschlagene Nägel, die nachgeben, versucht unsichtbare Hindernisse zu beseitigen. Inzwischen setzt heftiger Regen ein. Wassernebel, dichtes Grau, erschwert uns die Sicht. Die Dolchklinge fährt noch einmal in die Fugen längs der Brettkanten. Es klickt metallisch; ein größerer Nagel springt heraus und zu Boden.
Komm, Erika, sagt Paula. Ihr anderen tretet zurück!
Gemeinsam nehmen sie einen Anlauf mit vorgestreckter Schulter. Es kracht; das Brett fällt polternd nach innen, sein Nachbar gleich mit. Im nächsten Moment stehen wir im Raum der Stubenältesten, blicken uns um. Ein einfaches Lager, es erinnert mich an meine Gefängnispritsche, ein Holzschemel, ein Klo im Eck. Immerhin, sagt Lydia, eigene Wasserspülung.
Die anderen hören nicht, stehen mit offenem Mund vor der Wand gegenüber dem Bett.
Mensch, sagt Marianne. Nun seht euch das an!
Eine Schrankwand, sagt Heli.
Da reiht sich ein Spind an den anderen vom Eingang bis zur beschädigten Rückseite der Stube. Jeder dieser Spinde aus dünnem Metall ohne Überstrich. Wir zählen zehn Schränke. Auf einem liegen zwei Koffer.
Was nun? sage ich. Welcher ist der von Wanda?
Ich tippe auf den mit den Koffern, sagt Mela.
Wasser rinnt aus unserer Kleidung auf den blankgescheuerten Boden aus Frischholz. Er ist noch hell und duftet harzig.
Gib mir das Stilett zurück, sagt Erika zu Marianne.
Was willst du tun?
Wir müssen sie alle öffnen. Jeden einzelnen Spind.
Du bist verrückt. Bis du die alle geknackt hast, ist der Alarm längst zu Ende, und sie erwischen uns.
Erika antwortet nicht. Sie stemmt die Stahlklinge gegen das Leichtmetall der Türkante. Ein Druck, und der Schrank

springt auf. Wir recken die Hälse, um hineinzuschauen, doch Erika – sie hat nun die weitere Führung der Angelegenheit übernommen – drängt uns zurück. Erst alle anderen, sagt sie, Anschauen kostet Zeit. Jetzt geht mir aus dem Weg.
Wir könnten in der Zwischenzeit schon mal die Koffer untersuchen, schlage ich vor.
Marianne nickt. Du bist die Längste von uns. Versuch sie herunterzuheben. Wir stützen dich.
Mit ihren Händen im Kreuz lange ich hinauf, ziehe beide Koffer über die Kante herab auf den Boden. Seltsam; der große ist leichter als sein kleinerer Bruder. Heli und Marianne werfen sie auf Hennings Lager.
Echtes Leder, sagt Lydia andächtig und fährt mit verhorntem Zeigefinger über die genarbte Oberfläche.
Mach schon auf!
Mach du's!
Warum nicht du?
Eine heilige Scheu hat uns nun, so kurz vor dem Ziel, gepackt: die Vorstellung, daß uns nur noch zwei simple Kofferdeckel von Köstlichem trennen, von ganzen Laiben Brot, Margarine und, wer weiß, am Ende sogar einer Wurst. Seit heute morgen um vier haben wir nichts anderes im Magen als einen Becher heißes Kaffeewasser.
Mela berührt das eine Seitenschloß des größeren Koffers. Es schnappt auf; der Koffer ist unverschlossen.
Na, los schon! Die resolute Paula klappt den Deckel hoch. Da blitzt und funkelt es uns entgegen zwischen Federn und Spitze: auf Seide genähte Pailletten. Der Schock der Enttäuschung läßt uns ein paar Minuten reglos davor verharren. Dann greift Paula zu, fördert seidene Unterwäsche, schwarze Strümpfe, ein geschlitztes Nachthemd und einen Klappfächer aus Straußenfedern zutage, hält ein Stück nach dem anderen mit spitzen Fingern hoch, läßt es zurückfallen.
Ramsch! sagt sie wütend. Was ist das für ein Scheiß!

Wir finden nur mühsam unsere Sprache wieder. Wandas Arbeitszeug, sage ich. Bordellkleidung. Vielleicht im anderen?
Der kleinere Koffer enthält Schuhwerk, ein Paar Glitzerstiefel, goldene und silberne Sandaletten, zwei weitere Paar Seidenstrümpfe plus Strumpfhalter. Von Eßbarem keine Spur.
In unser betretenes Schweigen hinein brummen, lang ausrollend, Fliegerstaffeln. Sie sind jetzt genau über uns. Diesmal verwenden wir keinen Gedanken an sie.
Sauerei, verdammte.
Im Eifer unseres Vorhabens hatten wir den Hunger nicht gespürt. Nun beißt er uns mit doppelter Wut in die Magenwände.
Erika ist zu uns getreten. Was regt ihr euch auf? Dreht euch mal um!
Alle Spinde stehen offen. Augenblicklich richten sich unsere hungrigen Blicke auf die beiden letzten, die bei der Rückwand. Sie sind in Regale eingeteilt. Auf jedem der Querbretter, sorgfältig geordnet, präsentieren sich in Folie verpackt oder unter Glasglocken Dinge, von denen ein Häftling kaum zu träumen wagt: Brot, Butter, zwei Salamis, Gläser mit Konfitüre, mehrere Flaschen Chianti und Schokoladetafeln mit französischer Aufschrift, sauber nach ihrer Beschaffenheit sortiert und gestapelt. Wir stehen und starren, Kinder unterm Weihnachtsbaum.
Ich werd verrückt, sagt Mela, die haben Wanda in Naturalien ausgezahlt.
Was dachtest du, wovon die so fett war? Los, worauf warten wir noch?
Halt! Mit ausgebreiteten Armen, den Rücken zum Spind, hält Erika uns zurück: ich verteile. Für jede zwei Scheiben Brot, wahlweise mit Käse oder Marmelade. Zwei Rippen Schokolade als Nachtisch. Macht euch aus den Broten eine Klappstulle, ich schneide uns ordentlich dicke Scheiben ab.

Du spinnst, sagt Paula. Wir räumen den Schrank aus und nehmen alles mit, hörst du, alles. Bis auf den letzten Krümel. Versuch uns daran zu hindern!
Die alte Gewerkschafterin läßt sich nicht aus der Ruhe bringen. Wohin denn? sagt sie. Wohin willst du alles mitnehmen? In unsere Villa? Den anderen deine Schätze zeigen und ihnen was vorkauen? Die werden schon dafür sorgen, daß dir der nächste Bissen im Mund steckenbleibt.
Sie hat recht; unbeobachtete Momente gibt es hier so gut wie keine. Erika langt in die Regale, beginnt auszuteilen. Das, sagt sie, putzt ihr jetzt weg. Auf der Stelle. Alles andere –
Ja eben, was ist mit all dem anderen? – Wart's ab, sagt sie.
Mit dem Brotmesser vom obersten Regal beginnt sie, Scheiben vom noch unangeschnittenen Brotlaib abzusäbeln, nach unserem Augenmaß jede einzelne ungefähr das Dreifache unserer Tagesration. Das Messer wird herumgereicht. Jede von uns streicht sich mit den lang erträumten Zutaten ihre Stulle zurecht. Wir kauen, schlucken mit geschlossenen Augen. Jetzt, wo wir den Futtertrog gefunden haben, gibt es für uns nichts Wichtigeres mehr. Wir sind beim Nachtisch angelangt, als Erika unsere Aufmerksamkeit auf den Inhalt der anderen Spinde lenkt, die weit offenstehen. Da bleibt uns vor Verblüffung die Zunge am Gaumen kleben, läßt im Stillstand den süßen Happen zu speichelgetränktem Saft gerinnen, der aus den Mundwinkeln sabbert.
Die haben gehortet, bringt Marianne nach kurzem, andächtigem Schweigen heraus.
Gemeinsame Sache gemacht, die Wanda und die Henning, sagt Lydia. Besondere Beziehung zur Kleiderkammer – Quatsch. Alles organisiert, der ganze Reibach.
Nur der Spind gleich beim Eingang enthält, was man vom Schrank einer Stubenältesten erwarten könnte: ihre Berufskleidung. Ein sauberes Streifenkleid zum Wechseln, etwas Unterwäsche, ein paar heile, feste Schuhe. Alle übrigen Schränke sind vollgestopft mit Beutegut erster Qualität.

Sauber gewaschen und gebügelt stapeln sich warme Unterwäsche, Hemden, Strümpfe, Unterhosen auf den Regalen der nächsten beiden Spinde bis zum oberen Rand. Die Nachbarschränke – Erika lachend: die platzten schon von allein auf – drängen uns die Fülle ihres Inhalts entgegen: wollene Decken, militärfarben, brandneu, dichter Flor, verschnürt noch zum Transport an die Front. Wir zählen ein Dutzend.
Und schließlich die Pelze. Drei Persianermäntel, fünf Jakken verschiedener Fellarten. Paula und Mela möchten anprobieren, Erika hält sie zurück. Hinter dem Bett hat sie einige gefaltete Jutesäcke entdeckt. Los, helft mir packen. Wir haben keine Zeit zu verlieren.
Einen Moment lang verharren wir reglos, horchen.
Es rumpelt nicht mehr, sagt Marianne, die sind anscheinend schon im Abflug.
Dann nichts wie los, beeilt euch.
Alle Lebensmittel werden in einen der Säcke verstaut; er hat ein beachtliches Volumen. Im zweiten verschwinden, einer nach dem anderen, die Stapel warmer Unterbekleidung. Mit den Decken ist es schwieriger.
Ich nehm mir den Persianermantel, den längsten, sagt Paula zu Jercek. Du mit deinem Bein greifst dir besser eine Jacke, sonst kannstes überhaupt nicht mehr bewegen. – Erika hat es gehört. Sie richtet sich auf, blickt in die Runde:
Mal alle herhören, sagt sie. Der strenge Tonfall läßt uns beim Einpacken innehalten. – Damit keine Mißverständnisse aufkommen: Euern Anteil habt ihr bekommen. Alles andere bringen wir zum Zelt. Die haben es noch nötiger als wir.
Paula und Marianne meutern: Das kannst du nicht von uns verlangen. Jede von uns soll wenigstens eine gute Decke bekommen und warmes Unterzeug. Uns steht Finderlohn zu.
Idiotinnen, sagt Erika zornig. Nicht für fünf Pfennig Verstand. Die erste Kontrollaufseherin, die auf eurer Pritsche

eine feste Soldatendecke findet, hat euch am Schlafittchen. Wißt ihr, was auf Stehlen von Frontgut steht? Rübe ab!
Das machen die hier doch nicht.
O doch, das machen die. Bei den Strafgefangenen im Zellenbau. Ihr wißt genau, daß wir so gut wie nichts verstecken können. Wir sind von Denunzianten umgeben, die SS hat ihre Spione überall.
Und dein Dolch?
Gebe ich gleich nachher durch den Draht dem Andrej zurück, sagt Erika.
Marianne hat noch einen Einwand: Auch wenn die im Zelt die Decken auf dem Boden ausbreiten und drauf liegen – glaubst du etwa, die SS-Weiber würden sie nicht erkennen?
Redet nicht soviel, macht weiter. Die SS betritt das Zelt nicht. Die da drin sind ja keine Häftlinge. Es sind Zivilisten.
Du meinst, sie können Hausrecht geltend machen und unerwünschten Besuchern die Tür weisen? Wir lachen.
Quatschköppe, sagt Erika. Überlegt lieber, wie wir den Kram zu ihnen rüberschaffen. Falls wir von den anderen gesehen werden.
Heli beugt den Kopf zum Fenster. Es regnet stark, sagt sie, die Lagerstraße ist leer. Die sind alle in den Baracken. Ist ja nicht weit bis zum Zelt.
Wir nicken. Das wäre geklärt. Bleibt noch das Problem, wie wir die umfangreichen Deckenpakete transportieren. Nur zwei von ihnen passen in den letzten der Säcke. Ganz auszuschließen ist es nun mal nicht, daß wir doch beobachtet werden. Ich bewundere Erika, auch hier weiß sie Rat. Sie reißt das Bettuch von Hennings Lager, schnürt drei Wolldeckenpakete aneinander, schlingt das Laken darüber: Paula, Mela, Marianne und ich nehmen die Säcke. Du, Heli, machst mit Anja und Lydia Leichenträger. Ihr geht voraus, wir kommen nach. Ist alles verstaut?
Bis auf die Pelze, sagt Paula. Wie schaffen wir die weg?

Die lassen wir zurück.
Bist du verrückt? Die Pelze hierlassen? Nicht dein Ernst.
Zu leicht zu identifizieren, sagt Erika. Könnten persönliche Geschenke von Rhode oder seinen Genossen an Wanda sein. Finger weg davon. –
Normalerweise hätte eine solche Überlegung heftigen Protest unter uns Frierenden ausgelöst. Statt dessen nicken wir schläfrig, gähnen wie satte Katzen nach dem Genuß einer besonders fetten Maus. Die ungewöhnlich reichhaltige Nahrungssonderration, heißhungrig verschlungen, lähmt die uns verbliebenen Energien. Nun ist uns sehr nach Schlafen zumute.
Erika treibt uns zur Eile an. Jeden Augenblick kann es Entwarnung geben. Lydia, Heli und ich hieven uns die mollige Leiche auf unsere Schultern. Sie bekommt Schlagseite. Wir brauchen eine vierte Trägerin. Marianne, die Kräftigste unter uns, über der anderen Schulter den Jutesack mit der Unterwäsche, stemmt mit. So zum Leichenzug gruppiert, verlassen wir durch den selbstgeschaffenen Hinterausgang unsere Fundgrube.
Vor Nässe triefend, doch ohne Behinderung erreichen wir das langgestreckte Wehrmachtszelt, treten ein mit der Absicht, Lydia in kurzen Worten übersetzen zu lassen, daß wir ein paar Dinge für sie organisiert haben, die vor allem den Kindern zugute kommen sollen. Die Verteilung wollen wir aus Zeitmangel ihnen überlassen.
Keine von uns sieben hatte bisher das Zelt aus der Nähe zu sehen bekommen. Es verschlägt uns die Sprache, nimmt uns den Atem. Da kraucht und schlängelt es sich in unübersehbarem Durcheinander am Boden. Die einst gestreute dünne Strohschicht ist schwarz und naß von Rohrbrüchen. Zu den Polinnen hat die SS jetzt Tausende von ungarischen Jüdinnen mit ihren Kindern gesellt, sie alle, wie ich erst später erfahre, zur Vergasung bestimmt. Die vielen, die hier an Brechdurchfall leiden, müssen versuchen, sich zu ein paar aufgestellten Marmeladeneimern durchzukämpfen, in die-

sem spukhaften Gewimmel ein hoffnungsloses Unterfangen. Sie sind tödlich geschwächt. Zusammengerollt, wimmernd liegen sie am eisigen Boden, werden gestoßen, getreten; andere, zum Teil in Sommerkleidern, kriechen auf vergeblicher Suche nach Wasser zum Säubern über sie. Viele der Gesichter, in die wir schauen, sind vom Wahnsinn gezeichnet. Heli hat die Hände vors Gesicht geschlagen. Wir anderen stehen erschüttert. Selbst Paula hat ihre Schnoddrigkeit verloren:
Ein Inferno. O Gott, welch ein Inferno!
Wie Gewürm, sagt Mela, sie kriechen wie Gewürm. Langsam, schleimig, seht doch, das Knäuel da drüben!
Kein Wunder, daß hier keine Aufseherin hereinkommt, denke ich. Meine Müdigkeit ist verflogen. Mir ist speiübel.
Wir sehen auch Frauen, die völlig starr, mit angezogenen Knien, Statuen gleich inmitten des Chaos hocken; mumifizierte Opfer, vermutlich verhungert, erfroren. Ich mache Erika auf sie aufmerksam: Schau, die Toten. Wie gerade sie sitzen.
In diesem Augenblick sagt eine Stimme: Sie leben noch; sie warten auf ihren Tod.
Die Frau, die spricht, sitzt neben mir am Boden und schaut zu mir auf. Ihr Alter ist schwer zu schätzen. Spuren einstiger Schönheit sind noch zu erkennen an ihren feinen Händen, der Haut, dem mandelförmigen Schnitt der Augen. Ihr Ausdruck berührt mich tief; in ihnen vereint sich Weisheit mit der Trauer um das gewonnene Wissen, ein Wissen um die menschliche Natur, das selbst diese äußersten Schrecken mit einbezieht. Im leicht singenden Tonfall der Magyaren fügt sie hinzu: Ich gehöre zu dem ungarischen Transport, den sie hierher zu den Polinnen verlegt haben. Dreitausend Frauen sind wir, die meisten haben ihre Kinder dabei.
Erika kniet sich neben sie in den Dreck, erklärt, daß es uns Häftlingen vom großen Lager gelungen sei, ein paar Dinge

für sie zu organisieren, einige Decken, Lebensmittel. Allerdings hätten wir von dem besonderen Elend in dieser Unterbringung nichts geahnt. Wir würden unseren anderen Kameradinnen sofort davon berichten und versuchen zu helfen, wie wir können. Vor allem auch den Kindern.
Die meisten von ihnen sind schon verhungert, sagt die Frau.
Was sie denn zu essen bekämen, wollen wir wissen.
So viel, daß es den Tod beschleunigt, sagt sie. Daß es den Hunger wachhält. Dreimal in sechs Tagen jeweils ein Stück Brot von etwa zweihundertfünfzig Gramm. Kaffee oder Suppe bekämen sie nicht. Ihre Stimme ist schwach, aber diese Frau ist auf wunderbare Weise gefaßt. Wir versichern noch einmal, daß wir alles unternehmen würden, um etwas für sie zu tun. Sie schüttelt den Kopf.
Ihr seid Politische, sagt sie. Ihr habt euch gegen Terror und Gewalt zur Wehr gesetzt. Gott möge euch beschützen. Wir Ungarn sind Juden. Sie haben uns zur Vernichtung hergebracht. Gebt die Decken und Lebensmittel den Polinnen und ihren Kindern. Wer kann sagen, wie lange diese Unglücklichen hier noch eingesperrt sein werden? Seht ihr dort drüben die Frau mit dem Kopftuch? Das ist Madame Kierznowski. Sie versucht ihren Landsleuten zu helfen, wie sie nur kann. Eine großartige Frau. Eure Gaben werden sie sehr glücklich machen.
Lydia setzt sich in Bewegung, um zu Madame Kierznowski zu gelangen. Ein Weg mit tausend Hindernissen, lebenden Hindernissen, die ihre Beine umklammern, sie am Weitergehen hindern, zum Stolpern bringen. Wir sind erleichtert, als wir sie mit der Frau zurückkommen sehen, der man respektvoll Platz zu machen versucht, wobei auch sie über die Kleinkinder und Toten steigen muß, um bis zum Eingang zu gelangen, wo wir sie erwarten.
Erika läßt Lydia in knappen Worten den Sinn unseres Besuchs im Zelt erklären, die Lebensmittelvorräte herzeigen, Madame Kierznowski bitten, die Sachen – wenn auch nur

ein Tropfen auf den heißen Stein – an die Bedürftigsten zu verteilen. Sie sei uns genannt worden als diejenige, welche über genügend Autorität verfüge, bei dieser heiklen Aufgabe nach Möglichkeit Mord und Totschlag zu verhindern.
Die Frau mit dem Kopftuch schaut uns an, als seien wir Abgesandte einer anderen Welt. Der angestrengte Ausdruck ihres Gesichts macht einer momentanen Entspannung Platz, die sie auf eigenartige Weise verschönt. Die Sätze, die sie in schnellem Polnisch hervorstößt, verstehen wir nicht.
Sie läßt uns sagen, übersetzt Lydia, daß unser Besuch sie glücklich macht, nicht nur der Sachen wegen, die sie so gerecht wie möglich verteilen wird. Glücklich in erster Linie, daß sie der – Lydia überlegt, wie sie das Wort ins Deutsche übertragen kann –, der Menschlichkeit begegnet. Gerade hier, inmitten totaler Hoffnungslosigkeit. Gott, so es ihn gibt, möge uns dafür segnen.
Wieder an der frischen Luft, sagt Heli: Es ist also wahr, unser Lager hat nun auch seinen Spezialraum zum Vergasen.
Wußtest du das nicht? sagt Lydia. Seitdem sie angefangen haben, überlebende Juden aus den geräumten Ostlagern zu uns nach Ravensbrück zu schleppen, ist die Kammer mit dem Zyklon B ständig in Betrieb. Die SS hat sogar für diesen Zweck ein eigenes Tor in die Lagermauer geschlagen als kürzesten Weg für die aus dem Zelt. Die Janisch vom Leichenräumkommando hat's mir erzählt. Danach sammeln sie sie auf und tun sie in Kisten, immer zehn auf einmal –
Du meinst, die Juden?
Zunächst die Juden und Zigeuner. Die Kranken. Die Arbeitsunfähigen. Aber wenn sie damit beginnen, das Lager zu räumen, werden wir alle drankommen, das ist so sicher wie das Amen in der Kirche.
Die Träger vom Totensammeldienst zuletzt, sagt Marianne.

Die werden immer gebraucht. Das Leichenräumkommando ist eine sichere Sache.
In ihre Worte hinein gibt die Uhle mit langgezogenem Heulton Entwarnung. Es regnet nicht mehr, doch in den ausgetretenen Löchern des Bodens steht das Wasser. Windstöße kräuseln die Oberfläche der vielen Lachen. Eilig preschen wir durch die Pfützen an unsere Arbeitsplätze zurück, vermutlich mit dem gleichen Gedanken: Unsere Existenz im Lager ist zu jedem Zeitpunkt lebensgefährlich. Doch am lebensgefährlichsten ist es, jetzt, bei dieser Lage, keinem festen Arbeitskommando anzugehören.

Das Gleichmaß der Dinge im Lager ist endgültig durchbrochen. So ungewöhnlich dieser Tag für mich verlaufen ist, erfährt er zur Nacht noch eine Fortsetzung, quasi eine Ergänzung dessen, was ich gerade im Zelt gesehen hatte. Abendkontrolle hat heute die Bram, eine hochgewachsene Aufseherin mit nervösen Bewegungen. Sie ist Holländerin, eine der zahlreichen mit der SS kollaborierenden Lagerwächterinnen aus von den Deutschen erst eroberten, nun wieder geräumten Ländern.
Ach-tung!
Stramm ausgerichtet stehen wir in den Gängen neben den Schlafstätten. Wie die Vorschrift es gebietet, sendet die Aufseherin in der eingetretenen Stille ihre Blicke in jeden Winkel. Da knackt plötzlich etwas. Ein bescheidenes Geräusch nur, aber schon hat die Bram es geortet, drängt sich durch die Häftlingsreihen – Welche Drecksau bleibt hier liegen? – zur Pritsche durch, die der meinen direkt gegenüberliegt, starrt in die Augen eines kleinen Mädchens, das vertrauensvoll zu ihr aufschaut. Auch Aufseherinnen sind Menschen.
Wie heißt du?
Jackie, sagt das Kind ohne Scheu.
Wie alt bist du denn? Der Kommandoton in Brams Stimme weicht einer sanfteren Tonlage.
Fünf, sagt Jackie. In ihr lockiges, kastanienbraunes Haar ist

eine blau-grau gestreifte Schleife, offenbar aus dem Saum eines Lagerkleides, gebunden.
Hat deine Mutter dir nicht gesagt, daß du aufstehen mußt, wenn Abendkontrolle ist?
Zur Antwort schlägt das Kind die Decke zurück. Ein Fuß ist verkrüppelt, mit Lappen umwickelt. Auf dem runden Ärmchen ist mit blauer Farbe eine Nummer eintätowiert. Ein jüdisches Kind, sehen wir. Solche Verletzungen tragen viele Kinder, die man zwang, mit ihren Müttern im Eiltempo den langen Marsch aus den Ostgebieten nach Ravensbrück anzutreten.
Wo ist denn deine Mutter? sagt die Bram. Es klingt unsicher.
Mami ist gestern vergast worden, gibt Jackie bereitwillig Auskunft, um hinzuzufügen: Der Mann mit der Mütze hat gesagt, ich komme morgen dran. Es klingt, als spräche sie über etwas ganz Alltägliches. Und eben das ist es wohl auch für ein kleines Kind, dessen kurzes Leben aus Lageraufenthalten besteht.
Wir Umstehenden erleben das Schauspiel einer Aufseherin, die die Fassung verliert. Das Kind Jackie sieht das Entsetzen in Brams Gesicht, erschrickt seinerseits. Während die Aufseherin es plötzlich eilig hat, durch unsere Reihen hindurch zum Ausgang zu gelangen, folgt ihr Jackies Stimmchen mit ängstlichem Tonfall:
Tante, ist das was Schlimmes, das Vergasen?
Da ist die Bram schon draußen, ohne uns mit dem üblichen zweiten *Ach-tung!* für einige Stunden aus der Fron zu entlassen.
Rund um mich kriechen die Frauen auf ihre Schlafplätze. Für sie ist der Tag gelaufen. Ich zögere noch, schaue zu der Kleinen hinüber, die auf dem leeren Schlafplatz ihrer Mutter hockt und ganz verstört um sich blickt. Jemand nimmt mich bei der Hand. Es ist Heli. Komm, sagt sie nur. Wir setzen uns zu Jackie auf die Pritsche. Heli, ganz in ihrem Element, spricht auf das Kind ein, und ich höre zu.

Du mußt dich nicht fürchten, Jackie, sagt Heli und schließt das rundliche Gesicht in ihre beiden Hände. Das war eine dumme Tante. Sie hat nichts verstanden. Große sind oft dümmer als Kinder, weißt du. Sie haben Angst vor Dingen, die sie nicht verstehen.
Das Kind wiederholt seine Frage: Tut Vergasen weh?
Aber nein. Du mußt dich nur nicht fürchten, dann ist es sogar sehr schön. Du mußt nur ein- bis zweimal tief einatmen und die Augen schließen. Dabei wachsen dir Flügel, ganz große, schneeweiße, und du fühlst, wie du zu schweben beginnst. Es ist ein wunderschönes Gefühl, Jackie.
Und dann kann ich fliegen? Richtig fliegen? Durch den Kamin hindurch? Zu Mami?
Deine Mami erwartet dich schon, sagt Heli, und es klingt, als erzähle sie einem der ihr anvertrauten Schützlinge im Kindergarten ein fröhliches Märchen. Was glaubst du, wie sie sich freut, daß du nun Flügel bekommst, um zu ihr zu fliegen. Im Himmel, gleich hinter den Wolken, werdet ihr in einem wunderschönen Haus wohnen. Es hat goldene Zimmer mit großen Betten aus Daunenfedern. Und eine weite Terrasse, von der aus könnt ihr, wenn ihr wollt, auf die Erde hinabschauen.
Jackie hat ihren Kummer vergessen. Hingerissen lauscht sie Helis sanfter Stimme. Dann gleitet ein Zug von Nachdenklichkeit über ihr Gesicht:
Was ist ein Zimmer, Tante?
Natürlich, die Kleine, seit 1941 mit ihrer Mutter inhaftiert, kennt nur die Welt der Konzentrationslager. Wahrscheinlich weiß sie nicht einmal, was ein Haus ist. Heli hat sofort begriffen. Ja, weißt du, sagt sie, ein Zimmer, das ist ein Raum, so groß wie – also ungefähr wie der Waschraum draußen. Aber viel, viel schöner, mit goldenen Wänden und Möbeln. Und solch ein Zimmer könnt ihr ganz allein bewohnen, deine Mami und du. Niemand anderes darf es betreten, wenn ihr nicht wollt.
Jackie bleibt vor Staunen der Mund offenstehen: keine an-

deren Tanten drin? Überhaupt keine? Du meinst – sie breitet die Ärmchen waagerecht aus, dreht sie nach vorn und zurück –, wenn man so macht, stößt man nirgendwo an?
Ein Zimmer hat auch Möbel, erklärt Heli. Einen Tisch, auf dem herrliche Dinge stehen: Suppen und Braten und süße Speisen und ganz viel helles, weiches Brot, davon könnt ihr essen, soviel ihr wollt, all das gehört euch, euch allein. Und ihr schlaft in einem warmen, weichen Bett, wo niemand euch stört. Es wird wundervoll sein.
So wie im Schlaraffenland? sagt Jackie. Mami hat mir oft das Märchen vom Schlaraffenland erzählt. Kennst du es?
Genau so. Darum nennen die Menschen den Himmel das Paradies. – Die ganze Zeit, während sie spricht, streichelt Heli der Kleinen zärtlich Kopf und Arme. Die beruhigenden Gesten machen Jackie müde. Getröstet döst sie ein.
Schade nur, murmelt sie noch, daß Max morgen nicht mitfliegen kann. Er – ist – erst – nächste – Woche – dran.
Dann ist sie eingeschlafen.

Im jetzt hoffnungslos überfüllten Lager geht es zu wie in einem aufgescheuchten Ameisenhaufen. Die SS verliert offenbar die Übersicht. Sie läßt es zu, daß immer neue Transporte eintreffen von weiß Gott woher, Halbtote mit verstörten Gesichtern, Kinder an der Hand ihrer Mütter, Säuglinge, im Arm getragen oder an der Brust. Ohne Zwischenaufenthalt zum Entlausen, Umkleiden und Registrieren werden sie sofort ins Zelt geherdet, das sie problemlos aufnimmt. Hat Lydia also recht gehabt: es gibt einen Hinterausgang, durch den die Zeltinsassen auf kürzestem Weg in die Gaskammer geleitet werden, während der nächste Transport schon nachrückt?
Kälte. Große Kälte. Ein früher, klarer Wintertag kündigt sich an. Schon beim Wecken bekommen wir zu spüren, daß etwas Wichtiges bevorsteht. Mehrere frischgelockte Aufseherinnen in Ausgehuniform prügeln uns zum Waschraum: *Na los doch, ihr Dreckschweine.* Spült euch die Läuse vom

Kopf. *Hoher Besuch.* Der Herr Reichsführer persönlich. *Tadellose Haltung, kapiert?*
Der Reichsheini. Was will denn der bei uns? sagt Käthe, die Himmler besonders verabscheut. Sie sagte es eine Spur zu laut. Die Printzen hat es gehört. Ihre Reitgerte fährt klatschend auf Käthe nieder, auf ihre Arme, ihre Schultern. Die Malerin stolpert, fällt, erhält zur Sicherheit noch einen Stiefeltritt in die Seite. Dann läßt die Aufseherin von ihr ab. Keine Zeit für eine Meldung wegen Beschimpfung der Reichsregierung. Damit wäre Käthe fällig gewesen. Die Printzen, Krätzchen schief auf frischen Dauerwellen, eilt weiter, während wir die fluchende Kameradin wieder auf die Beine stellen. Der ‹Kawe›, wie die austeilenden Polinnen das bittere Schmuddelwasser nennen, wird eilig eingeschenkt und mit gleicher Hast getrunken, dann reihen wir uns vor der Baracke zum Appell ein. Da taucht auch die Henning auf, das blonde Haar straff nach hinten gekämmt, im Nacken zum Knoten geschlungen. Nichts in ihrem knochigen Gesicht verrät, daß sie gestern eine nicht gerade angenehme Überraschung bei Rückkehr in ihre Stube erlebt haben muß. – *Stillgestanden. Keine Unterhaltung. Wir warten auf den Herrn Reichsführer!*
Für uns ist die Henning ein Häftling mit beschränkten Befugnissen. Keinesfalls eine echte Autorität. Sie kann uns hier vor die Baracke beordern, aber uns den Mund verbieten, solange noch keine SS in Sicht ist, kann sie nicht.
Meine Mutter hat mir gestern geschrieben, sagt die kleine Mona, schwarzer Winkel für das Vergehen, beim Vorbeimarsch eines Trupps uniformierter Parteigenossen die Fahne nicht gegrüßt zu haben. Es ist ihre erste Post ins Lager. Da niemand ihr antwortet, fährt sie fort: Wißt ihr, was sie mir schreibt?
Ja, sagen mehrere wie aus einem Mund. Es geht ihr gut, deinen Geschwistern geht es auch gut, bald wird der Krieg siegreich beendet sein, und sie freut sich darauf, dich bald wieder daheim zu haben.

Woher wißt ihr? Mona blickt verblüfft in die Runde.
Weil es immer das gleiche ist, was in den sogenannten Briefen von zu Hause steht, belehrt sie die kahlköpfige Treschner. Was anderes lassen die hier nicht zu.
Und wenn – ich meine, ändern die in der Schreibstube den Text?
Soll vorkommen, sagt Britta, die Modezeichnerin mit den entarteten Entwürfen, auch sie eine Schwarzwinklige. Meistens streichen sie so viel durch, daß du gerade noch Anrede und Unterschrift erkennen kannst.
Ich hatte geschrieben, daß ich großen Hunger hätte. Sie möchte mir einen Kuchen backen.
Den Kuchen kannste vergessen, sagt Britta. Und unsere Baracke auch. Noch so'n Brief, und du landest im Strafblock. Einzig zulässige Formel: Hier ist es schön. Ich bin zufrieden. Die Behandlung und das Essen sind gut. Schöne Grüße. Aus. Schreib's dir hinter die Ohren. – Da ist es auf jeden Fall sicherer als auf Papier, witzelt Waltraud. Die Ausländerinnen schweigen. Korrespondenz mit dem Ausland ist streng verboten.
Langsam weicht das Dunkel der ersten Morgendämmerung; das fade Licht der Bogenlampen erlischt. Der Himmel beginnt sich rot zu färben. Es könnte ein prächtiger Sonnenaufgang sein, käme das Licht von Osten. Statt dessen kommt es von Süden. Aus dem Kamin des Kremos schießt eine Feuersäule, sprüht Funken, die im Niederfallen verlöschen. Zugleich mit dem Feuerzauber erreicht uns ein widerwärtiger Gestank.
Puh, stinkt der Weihnachtsbaum!
Als ob tausend Hausfrauen tausend Weihnachtsgänse anbrennen ließen, nimmt Kohlmorgen in der dritten Reihe das Bild auf.
Schnauze! brüllt Jutta – die Grünwinklige reagiert empfindlich, wenn ihrer Meinung nach der zum Überleben notwendige Galgenhumor seine Grenzen überschreitet –, seht ihr's nicht: da brennen Menschen!

Ach was, nur Leichen, ruft eine vom Nebenblock zurück.
Leichen sind auch Menschen, sagt eine helle Stimme mit baltischem Akzent. Vereinzeltes Gelächter.
Waren. Waren! wird die Baltin belehrt.
Es wird bereits Tag, letzte Wolken geben einen klaren Himmel frei. In unserer Blickrichtung allerdings trüben ihn Rauchschwaden ein, die mit dem immer noch lodernden Feuer dem Schornstein am Tor entquellen.
Genau der richtige Empfang für den Fürsten der Hölle persönlich, findet ihr nicht? Das wird ein Bild zum Malen.
Sei still, Käthe, mahnt Yvonne, ihre Freundin. Hast du nicht schon genug abbekommen eben?
Ich denke an das, was Lydia sagte. Erst die Juden und Zigeuner. Dann die Kranken und Arbeitunfähigen. Wir kommen alle dran. Alle. Ich werde sterben, du wirst sterben, er, sie, es wird sterben. Worte, mit denen das Gehirn spielt, ohne sie in ihrer ganzen Bedeutung in seine Windungen eindringen zu lassen. Morgen oder übermorgen werde auch ich tot sein. Wie sehe ich dann aus? Wie die aus gelbem Wachs im Waschraum des Reviers oder wie Wanda, von Ratten zerfressen? Tut Sterben weh? hatte die kleine Jackie wissen wollen. Das würde ich auch gern wissen. Aber Angst davor habe ich keine. Hier ist das Sterben ein natürlicherer Vorgang als das Überleben. Man gewöhnt sich an alles. Längst ist unser Fassungsvermögen reduziert auf die unmittelbarsten Bedürfnisse: Essen, Trinken, Schlafen. Es wird ständig schwerer, zwischen Traum und Wirklichkeit zu unterscheiden.
Vorn am Tor, unter der rauchroten Sonne, geschieht etwas. Lautsprecher kräckeln verzerrt: *Achtung! Augen geradeaus!*
Als hätten wir es nicht gehört, schreit die Henning: Er kommt!
Wer? Der Leibhaftige?
Käthe kann es nicht lassen. Die Henning überhört es wohlweislich. Sie hat ihre Gründe, sich uns gegenüber zurückzuhalten. Einen bestimmten Verdacht, wer ihr die Bude aus-

geräumt haben könnte, wird sie nicht haben. Dagegen muß sie damit rechnen, daß sich ihre Hamsterei bei den Häftlingen herumspricht. Sie weiß, daß es da so manch eine Rabiate unter uns gibt, die nicht zögern würde, ihr ein gleiches Schicksal wie der Wanda zu bereiten.
Ein spürbarer Ruck geht durch die Reihen. Um die Ecke biegen vier martialisch schwarzglänzende Uniformen mit Männern darin, von denen zwischen Schirmmütze und ranggeschmücktem Kragen wenig mehr zu erkennen ist als Nase und Kinn.
Suhren, der Lagerkommandant, begleitet sie, ständig nikkend. Beflissene Handbewegungen. Wie unbedeutend er gegen seine Kollegen von höchster Stelle wirkt. Es tut gut, das zu sehen.
Wir sind als letzte der Baracken die Endstation ihres Marsches durch die Reihen. Ich habe einen guten Beobachtungsplatz; die Bugarski mit ihrer Rückgratverkrümmung vor mir reicht mir gerade bis zum Kinn.
In einiger Entfernung von uns bleibt die Gruppe diskutierend stehen. Unter einer der entsetzlich gerade sitzenden Schirmmützen mit SS-Emblem blinken ein Paar runde Brillengläser. Das also ist, neben seinem Führer, der oberste Herr über Leben und Tod von Millionen von Menschen – ein nichtssagendes Durchschnittsgesicht, spitze Nase, fliehendes Kinn, über ausdruckslosem Mund ein paar Härchen, die sich nicht zum Schnurrbart auswachsen wollen.
Der neben ihm, er soll Kaltenbrunner heißen, sieht trotz der schmückenden Gewandung aus wie ein Schlächter. Brutale Visage. Ich sehe sie nur im Profil, aber das reicht schon: flächiges Gesicht, eine ungeformte Nase. Die von einem mächtigen Kinn vorgeschobene Unterlippe ist eingerollt. Die übrigen kann ich nicht richtig sehen; sie stehen halb verdeckt hinter den Oberbonzen, dafür können wir sie hören, befehlsgewohnte Stimmen tragen weit. Es klingen zu uns, die wir weiter wie in erstarrte Lava gegossen strammstehen, Wortfetzen herüber:

Sage Ihnen – zügiger vorantreiben – Führer wünscht – Feind Linie durchbrochen –.
Das Weitere bleibt für uns unverständlich, bis auf einmal, unüberhörbar, Himmlers schneidende Stimme verkündet: *Unter den gegebenen Umständen Lager räumen. Und zwar mit der gebotenen Eile! –*
Mit diesem Richterspruch, dem Todesurteil über einhunderttausend Frauen und Kinder, verziehen sich die Herren ins Privathaus des Kommandanten vor der Lagermauer, wo vermutlich ein reichhaltiges Frühstück auf sie wartet.

Ich treffe die Bienhold, wie auf dem Kassiber angegeben, zur Mittagspause vor der dreiundzwanzigsten Baracke. Es ist um einige Grad wärmer als an den Tagen zuvor, was den Brandgestank intensiviert. Er hängt sich an alles, quillt von den Dächern, läßt sich vom Wind um die Ecken tragen, setzt sich in den Kleidern fest.
Du siehst aus, Mädchen, sagt die Bienhold zur Begrüßung.
Wie sehe ich aus?
Kaputt. Fertig. Du solltest dich sehen.
Ich zucke die Achseln. Es überrascht mich, daß ich überhaupt ein Aussehen haben soll. So etwas vergißt man nach jahrelanger Existenz ohne Spiegel. Die anderen sehen aus, man selber nicht. Also, was hast du mir so Wichtiges zu sagen?
Komm, sagt sie und zieht mich von der Lagerstraße weg hinter einen Stapel Mauersteine. Besser, man sieht uns nicht zusammen. Ihre tiefe Stimme klingt ungewohnt gehetzt. Hör zu, du mußt weg aus dem großen Lager in einen ihrer Industriebetriebe. In den Industriehof oder, besser noch, in die Rüstung zu Siemens. Je schneller, desto besser. Mach, daß du hier herauskommst, sie bringen alle um.
Das sagst du, unser alter KZ-Hase? Seit wann hast du Angst?
Von dir ist die Rede, du Döskopp, nicht von mir. Verschaff dir schleunigst einen festen Arbeitsplatz. Solange du weiter als

Verfügbare hier herumläufst, bist du aufs höchste gefährdet.
Ich wundere mich, warum sie, die ich doch nur oberflächlich kenne, so oberflächlich tatsächlich, daß ich nicht einmal ihren Vornamen weiß, sich über mich Sorgen macht. – Und wenn schon, sage ich. Spielt das jetzt noch eine Rolle?
Das sind so Anwandlungen, die mich seit einiger Zeit in immer kürzeren Abständen überkommen. Kampfmüdigkeit. Die Wollust des Aufgebens. Allmählich beginne ich mich an den Gedanken zu gewöhnen, daß es so etwas wie eine Außenwelt überhaupt nicht gibt, daß sie utopisch ist. Die Vorstellung, es könne Menschen geben, Hunderttausende, die außerhalb der Stacheldrahtgrenze frei umherwandern und doch keinen Finger rühren, uns zu Hilfe zu kommen, dieser Gedanke einer Ausdehnung der Unmenschlichkeit ins Unendliche ist für mich nicht mehr nachvollziehbar. Dies hier, die Schufterei im Dreck, der Hunger, das lange Sterben, das ist die Wirklichkeit, die Welt, in die ich hineingeboren wurde, mit der, wenn sie nun untergeht, ich wie alles und alle um mich herum erlöschen werde. Herrscher und Opfer. Macht und Ohnmacht. Ein ganz natürliches Prinzip.
Bienholds Augen, gute, unendlich müde Augen, hängen prüfend an meinem Gesicht. Haben sie dich also auch geschafft, murmelt sie. Dann fährt ihre Hand vor, packt mich am Schultergelenk, das sich spitz unter dem Kittelstoff abzeichnet. Rüttelt mich, so daß ich gegen sie falle. Da ist keine Spur von Kraft mehr in meinem Körper.
Du mußt hier raus. Schleunigst, wiederholt sie. Ich werde dir dabei helfen.
Wie? sage ich ziemlich uninteressiert, als ich mein Gleichgewicht wiedergefunden habe. Was ist der Unterschied?
Der Unterschied zwischen was?
Drinnen oder draußen. Die sie durchs Tor hinausbringen, kommen nicht weit. Wissen wir doch alle.
Zwei Aufseherinnen gehen nah an uns vorbei. Wir halten den Atem an. Sie sehen uns nicht, sind ins Gespräch ver-

tieft. Wir blicken hinter ihnen her, bis sie verschwunden sind.
Jetzt nimm dich zusammen und hör mir zu, sagt Bienhold. Die Ungeduld in ihrer Stimme verrät, daß sie mir mehr als nur ein paar Worte zu sagen hat. Was du offenbar nicht weißt: Es gibt eine Reihe Außenlager, die an das große Lager angeschlossen sind. Seitdem die Fronten sich drastisch verkürzt haben, wird vor den Toren mit Hochdruck für die wunderbare Wendung des längst entschiedenen Kriegs zugunsten unseres einstigen Vaterlandes gearbeitet. Die Schneidereien im Industriehof, Uniformen für die Wehrmacht. Die Rüstungsbetriebe im geschrumpften Reich benötigen Arbeitskräfte. Mangels Masse holen sie sich die aus den KZs. Zu Ravensbrück gehört das Siemens-Außenlager. Nie gehört?
Ich schüttle den Kopf. Solche Dinge erfährt man nicht in den hintersten Reihen der Slums. Da sind andere Sachen akut.
Im Siemens-Lager wärst du am sichersten aufgehoben, sagt Bienhold drängend. Die rüsten noch bis zum Jüngsten Tag, wenn alles längst über ihren Köpfen zusammengebrochen ist.
Und wie komme ich da rein?
Auf diese Frage scheint sie gewartet zu haben. Ihr Gesicht, von Resignation gezeichnet, belebt sich für Augenblicke auf wunderbare Weise. Sie nimmt mir den längst leer gegessenen Eßnapf aus der Hand, vermutlich, weil es sie nervös macht, wie ich mit ihm herumspiele, stellt ihn auf den Steinhaufen, fängt meine Hand ab, die ihn zurückholen will:
Hab mal in dein Dossier im Revier geschaut. Darin ist deine besondere Sehschärfe vermerkt. Höchst wertvoll für Rüstungsmechnik, kapiert? Wenn das der Arbeitsführer erfährt, überstellt er dich an Siemens.
Und wenn nicht?
Das laß mal meine Sorge sein. Er bekommt einen Hinweis direkt vom Revier. Das ist eine Art Befehl.

Ich hocke mich auf die Ziegel, die linker Hand so geschichtet sind, daß sie eine Art Treppe bilden. Ich muß nachdenken, etwas, das mir seit der letzten Spritze, dem Antityphuszeug, immer schwerer fällt.
Warum tust du das für mich? sage ich.
Weil du jung bist, sagt die Bienhold. Und Deutsche. Eine Politische wie wir. Mit ein bißchen Nachhilfe hast du eine Chance zu überleben. Und dann wirst du vielleicht eines Tages denen draußen berichten, was du hier gesehen und erlebt hast.
Genausogut könntest du überleben. Revierposten sind auch sicher.
Da ist wieder der resignierte Ausdruck auf ihrem Gesicht. Es altert vor meinen Augen um hundert Jahre. Ich bin verbraucht, sagt sie müde. Komme hier nicht mehr raus. So oder so nicht. Will auch nicht mehr, fügt sie hinzu. Und, als ich sie fragend anblicke: Ich hab mich mitschuldig gemacht.
Noch bleiben uns fast zwanzig Minuten bis zum Ende der Mittagspause. Was heißt das? frage ich und spüre plötzlich so etwas wie echtes Interesse am Leid dieser Frau. Es ist wie ein Erwachen. Vielleicht, denke ich, hilft es ihr, wenn sie sich ausspricht. Komm, sage ich, setz dich neben mich und erzähl!
Ihr Zögern, bevor sie sich auf dem Steinvorsprung neben mir niederläßt, macht deutlich, wie schwer das Problem sein muß, das sie mit sich schleppt. Jedes Wort, das, widerstrebend zunächst, von ihren Lippen tropft, scheint, bevor es hörbar wird, aus irgendwelchen Winkeln eines halb verdrängten Bewußtseins an die Oberfläche befördert zu werden. Willst du es wissen? fragt sie. Willst du es wirklich wissen?
Und dann beginnt sie. Der Doktor Schuhmann, sagt sie. Sie habe mir ja schon von ihm berichtet. Damals, als es den Krach mit den Zigeunern gab. Der Röntgenspezialist. Sie habe ihn schon von Auschwitz her gekannt. Als sie sich hier wiederbegegnet seien, habe er sie ins Revier geholt und sie zu seiner Assistentin gemacht.

Na und? sage ich. Da muß es dir doch gutgegangen sein.
Sie überhört meinen Einwurf. Ich hab's gesagt. Euch allen hab ich's gesagt: Er wird hier weitermachen wie in Auschwitz.
Du meinst, er holt sich Jungen aus dem Männerlager drüben hinter dem Zaun?
Ihre Stimme, möglicherweise noch tiefer, noch rauher als zuvor, bebt vor Wut. Doch da schwingt noch etwas anderes mit, ein Beiton von Selbstanklage, Bitterkeit. Ein bitter-böses Gemisch.
Vermutlich, sagt sie, ohne mich anzusehen, ist seine Hodensammlung komplett. Oder es handelte sich nur um Teilforschung.
Teile-Forschung, sage ich ohne die Absicht zu kalauern. Mir fällt ein, wie sie uns erzählte, er bewahre alles Abgeschnittene in Spiritusgläsern auf.
Quatsch Männerlager. Was glaubst du, warum er sich ins größte FKL versetzen ließ? Jetzt sind die Frauen dran. – Ach, sagt sie dann übergangslos, das hätte ich fast vergessen. Hier, für dich!
Aus der Tasche ihres weißen Kittels holt sie ein gläsernes Röhrchen hervor, drückt es mir in die Hand. Es ist halb voll mit Tabletten. Prontosil. Davon haben wir noch einen kleinen Vorrat. Natürlich nur für Vorzugshäftlinge. Ist besser als Aspirin. Nimm eine, wenn du glaubst, du hältst nicht länger durch. Aber nur dann.
Was macht er mit den Frauen? will ich wissen.
Sie werden sterilisiert, vor allem die Zigeunerinnen, dazu alle, die für fortpflanzungsunwürdig gehalten werden. Wir haben über tausend Sterilisierungen täglich. Weißt du, wie's gemacht wird? Ich sag's dir: Die Oberheuser schnallt sie auf Tische, jagt ihnen brutal mit der Spritze eine Kontrastflüssigkeit in Uterus und Eileiter. Die Kinder werden dabei schmerzhaft defloriert. Narkose gibt's nicht. Dann machen die Herren ihre Röntgenfotos. Die Frauen, vor allem aber die Kinder schreien erbarmungswürdig vor Schmerzen. Die

fertigen Aufnahmen gehen als Geheimberichte an den Reichsführer SS mit Kopie an die Reichsärztekammer.
Und die Zigeunerinnen? Tausend täglich, das ist 'ne Menge – Verschwinden mit Transporten auf Nimmerwiedersehen. Operation gelungen, Patient tot. – Da wird der Hohn offenbar.
Ich suche nach Worten. Ja, aber du – beginne ich.
Sie nickt, als sei ich dabei, ein Urteil auszusprechen, das sie selbst längst gefällt hat. Ja, ich, sagt sie. Ich habe sie der Oberheuser zugeführt. Junge Frauen, Kinder zwischen acht und zehn Jahren. Habe geholfen, sie auszukleiden, sie auf die Liegen zu schnallen.
Aber du mußtest doch. Du hattest keine Wahl. Sie haben dich gezwungen.
Hab ich auch mal gedacht. Heute weiß ich es besser. Ich hätte mich nicht zwingen lassen dürfen. Nicht um den Preis von Menschenleben. Als Ausweg für extreme Situationen gibt es den Drahtzaun. Ich bin schuldig geworden, verstehst du? Schuldig. Ich mach nicht mehr weiter; diese siebenundvierzig Jahre reichen mir. Spar dir irgendwelche gutgemeinten Worte. Mein Entschluß steht fest. Die Bram heute morgen –
Die holländische Aufseherin? Was sagte sie?
Nichts sagte sie. Nachtarbeiter vom Kremo haben sie in der Früh von den Drähten befreit, verschmort zu Kindergröße. Bei der Voltstärke bist du hinüber, bevor dir klar wird, daß du tot bist. Könnte mir Schlimmeres passieren. Du aber mit deinen einundzwanzig mußt zusehen, daß du hier so rasch wie möglich wegkommst. Ich sorge dafür, daß schon morgen die Anweisung zu deiner Überstellung an den Arbeitsführer geht. Mit Schuhmanns Unterschrift.
Aber, Bienhold – sage ich, einen Kloß in der Kehle.
Nimm's als eine Art von Wiedergutmachung. Durch diese Arbeit könntest du die Freiheit wiedergewinnen. Der Krieg ist definitiv im Endstadium. – Ganz unvermittelt überzieht der Schein eines Lächelns ihr Gesicht: Siehst du, sagt sie, so

bekommt die Ironie über dem Tor *Arbeit macht frei* doch noch einen Sinn für uns, als Hoffnung: *Freiheit durch Arbeit.* So, und nun hau ab, die Mittagspause kann jeden Augenblick zu Ende sein.
Hinter uns entsteht unvermittelt Lärm, als knattere eine riesige Fahne im Wind.
Was ist das? sage ich.
Die Toten brennen.
Ich wende mich um. Da schießt, bislang nur ein Funkenregen, die Flamme aus dem Kamin und in einer mächtigen Feuersäule gen Himmel. Aber so viele?
Typhus. Die Epidemie breitet sich aus, sagt Bienhold. Und das ist das letzte, was ich von ihr höre. Als ich mich wieder zu ihr umwenden will, ist sie verschwunden.

Zwei Tage später werde ich nach dem Frühappell aufgerufen. Ich soll im Revier, so der Bescheid des Arbeitsführers Pflaum, der mich mustert wie ein seltenes Insekt, das ihm vor die Nase geschoben wurde, auf Herz und Nieren geprüft werden. Mit elf Kameradinnen aus anderen Blöcken bringt uns die Aufseherin Braunsteiner hinüber. Diesmal gibt es kein langes Warten auf dem Flur. Wir werden alle gemeinsam ins Behandlungszimmer eingelassen. Eine ärztliche Untersuchung gibt es nicht. Dafür wird eine jede von uns auf ganz bestimmte Fähigkeiten hin untersucht.
Lies vor, was hier steht, sagt der Lagerarzt zu mir.
Eine Karte mit Kleingedrucktem. Paragraphendeutsch. Meiner Aussprache kommt jetzt mein halbes Jahr Schauspielschulung in Berlin zugute.
Den nächsten Abschnitt! – Auch kein Problem. Und so geht es weiter wie gehabt. Ich kenne den Mann nicht. Er hat ein enges Gesicht, es sieht aus, als habe ein Kerl mit den Kräften eines Gorillas es zwischen seine Pranken genommen und zugedrückt. Die Oberheuser und ihre Hilfskräfte titulieren ihn respektvoll Hauptsturmführer. Auch er notiert, wie seinerzeit der Treite, die Ergebnisse seiner Untersuchung in ein

schwarzes Wachstuchbuch. Etwas schwindlig von dem Starren auf die Buchstabenpünktchen, deren Aussagen sich zum Schluß nur noch erraten lassen, blicke ich auf, erkenne verschwommen, daß der doktornde Hauptsturmführer dabei ist, ein Formular auszufüllen.
Überweisung, sagt er an meinem Kopf vorbei zur Oberheuser. Siemens Flugzeugbau. Feinmechanik.
Schnapsidee von Bienhold, denke ich mit tiefem Unbehagen, während ich mich zu den anderen geselle, die bereits geprüft und für bestimmte Aufgaben in den Außenbetrieben als geeignet befunden wurden. Mechanik überhaupt. Und dann auch noch Feinmechanik. Wenn die erst einmal heraushaben, wie hoffnungslos ungeeignet ich für alles bin, was mit Technik zu tun hat, bin ich geliefert, das kommt einer Meldung gleich. Für das Überleben bietet die Masse ungleich bessere Chancen als die exponierten Plätze. Ich hätte es ihr ausreden sollen. Nun ist es zu spät.
Vom Revier aus werden wir ins Bad geführt zum gründlichen Entlausen. Einige schadenfrohe Althäftlinge besprühen unsere nackten Bäuche mit einem dottergelben Pulver, das sich unter heftigem Brennen tief in die Haut einfrißt. Gegen Krätze, grinsen sie. Anschließend werden die Köpfe mit engzahnigen Kämmen nach Läusen durchsucht. Bleibt auch nur eine im Kamm hängen, heißt es: *Vollrasur.* So viele Kleiderläuse auch in meinem Streifenkittel wimmeln, Kopfläuse habe ich keine. So bekomme ich nur wieder einen sauberen Krullkopfschnitt. Von der Entlausung geht es weiter zur Kleiderkammer. Es heißt, für die Fabrik würden wir ganz neu eingekleidet, Sauberkeit sei dort oberstes Gesetz. Schließlich, sagt die uns begleitende Aufseherin, arbeitet ihr dort zusammen mit Zivilisten, die wollen sich von euch Pack nicht auch noch Ungeziefer holen.
Du, flüstert mir eine Rumänin aufgeregt zu. Wir kommen mit Zivilisten zusammen, weißt du, was das heißt? Kassibermöglichkeit, Hilfe von draußen, Kontakte mit der Außenwelt!

Vergiß es. Ich freß 'n Besen, wenn diese Zivilarbeiter keine Topnazis sind, fanatische Parteigenossen, auf den Endsieg eingeschworen. Die haben uns garantiert die Linientreuesten zur Zusammenarbeit bestimmt, sage ich, weil mir, im Augenblick zumindest, alles so unendlich gleichgültig ist. Irgendwo auf dem langen Weg täglichen Sterbens um mich herum habe ich mich verloren.
In der Kleiderkammer, bis ans Dach vollgestopft mit Mänteln, Pullovern, Röcken, wollener Unterwäsche, Strümpfen und Schuhen, alles Sachen, die man den Lagerinsassinnen abnahm, bevor man sie in Lumpen zu den übrigen gesellte, haben wir Glück. Die dort arbeiten, sind freundlich und verständnisvoll. Unsere Maße werden genommen, die Fußlänge gemessen. Die Vorstellung, ein Paar passende Schuhe an die geschundenen Füße zu bekommen, erzeugt ein sinnliches Gefühl von Erwartung. Außerdem riecht es hier so angenehm dicht nach Stoffen.
Bekommen wir richtige Kleider? frage ich die freundliche Kameradin, die meine Maße nimmt, sie unter meiner Lagernummer auf einen Block notiert.
Nein, das nicht, sagt sie. Lagerkleidung schon. Gute aber, saubere, frisch aus der Schneiderei. Wirst dich drin wohl fühlen wie neugeboren.
Ihre Kollegin, mit entsprechenden Angaben versehen, sucht währenddessen Schuhe für uns aus dem Riesenfundus. Die dürfen wir sogar anprobieren. Ich erhalte ein Paar feste, braune Wanderschuhe, noch völlig intakt, einen rechten und einen linken. Für eine wie mich, die bislang auf zwei nicht zusammengehörenden linken Schlappen lief, ein Gefühl, als habe man mir meine Beine zurückgegeben. Wir sehen zu, wie die für uns bestimmten Sachen, Lagerkleid, warmer Übermantel, wollene Unterwäsche, Strümpfe (!) und Schuhe, gebündelt und mit unseren Lagernummern gezeichnet werden.
Ihr zwölf tretet morgen nach dem Kaffee beim Tor an! befiehlt die dickliche Aufseherin. Da werden euch die Bündel

ausgehändigt. Ihr werdet danach sofort nach oben ins Rüstungslager gebracht.
Gratulation, sagt meine Betreuerin leise, ihr habt's erst mal geschafft, und sie nickt uns zum Abschied zu.
Ich habe gewußt, daß mir der Abschied von Heli schwer werden würde. Wie schwer, merke ich erst jetzt, wo wir beieinander auf der Pritschenkante hocken. Es ist Abend. Die Kontrolle ist vorbei, gleich wird das Licht gelöscht werden. Heli hat den Arm um mich gelegt, spricht tröstend auf mich ein. Dabei wäre dies meine Rolle, denke ich. Sie sieht seit einiger Zeit so elend aus. Es mag so etwas wie ein Bedürfnis nach Selbstbestätigung sein, daß ich mir einbilde, es sei unsere Freundschaft, die sie am Leben hielte.
Schau, Anja, unsere innere Verbundenheit hängt doch nicht von der räumlichen Trennung ab.
Aber dich hier allein lassen, Heli. Dann hast du niemanden, mit dem du dich aussprechen kannst. Und mir wird es ähnlich gehen.
Wart's ab, sagt Heli mit ihrem Mutter-Schwester-Frauenlächeln, so gut und immer verständnisvoll. Doch der Unterton von Traurigkeit ist seit einiger Zeit unüberhörbar. Ich bin so froh für dich, daß du hier herauskommst.
Wirst du durchhalten, Heli? Versprich es mir!
Und du dasselbe, meine Kleine! Wir umarmen uns ein letztes Mal. Dann geht das Licht aus.

Nachtalarm mit Röstkartoffeln

Dezember 1944

Da stehen wir also, die zwölf letzten von dreitausend zum Flugzeugapparatebau eingesetzten Frauen, symmetrisch aufgereiht nebeneinander, die Gesichter kalkig weiß im gleißenden Licht der Scheinwerfer. Posten umstreifen uns mit mißtrauischen Blicken, Pistolen im Gurt, Hand am Riemen des Schultergewehrs. Wir sind ja das, was zu hassen ihnen seit Beginn des NS-Regimes eingehämmert wurde: *Feinde des Vaterlands. Volksverräter.* Gefährlich, gefährlich. *Feind hört mit,* so steht es an jeder Straßenecke zur Warnung geschrieben. Jeder dieser Wachtposten weiß: Ein einziges entflohenes Langohr kann ihn das Leben kosten. So stapfen sie wie Wachhunde an uns vorbei, bis endlich nach

Stunden, schon beginnt der Himmel sich aufzuhellen, eine Aufseherin erscheint und uns in den hier offenbar einzigen Waschraum für dreitausend Fabrikhäftlinge marschiert: Dreck abspülen, umkleiden. *Tempo, wenn ich bitten darf!* Die Aufseherin verschwindet. Wir tun, was uns aufgetragen wurde, hingegeben an den Genuß sauberer und wärmender Kleidung auf der durchfrorenen Haut. Danach warten wir, routinemäßig auch dem Nichts gehorchend, in ordentlicher Zwölferreihe darauf, daß jemand kommt, um uns zu instruieren, wie es weitergehen soll. Wir reden nicht miteinander, weil es nichts gibt, was uns miteinander verbinden könnte außer der Angst, was weiter mit uns geschehen möge. Doch diese ewig gegenwärtige, hunderttausendfältige Angst ist unerreichbar durch Worte. Wer von uns noch nicht zu abgestumpft ist, produziert seine eigene Gedankenwelt, die sich von der seines Nachbarn unterscheidet durch die Prägung seiner persönlichen Erlebnisfähigkeit. Ich denke, daß die Luft hier oben anders riecht als die im Hauptlager. Der schwere Rauchgestank aus dem Schlot des FKL erreicht uns, wenn überhaupt, bei Windstößen als aromatisch gefilterter Lufthauch; kokelndes Kartoffelfeuer auf fernem Feld. Mit ihm vermischt sich – ich strenge all meine Sinne an, um den Zusatz zu definieren – Nachtfeuchte, Metall und, zart wie ein Gruß aus einer anderen Welt, der Duft nach harziger Baumrinde. Ist der Wald dem Siemens-Lager näher als dem großen? Und der See, *mein* See, von dem ich immer mal wieder träume. Auf einmal ist er da, fern, doch abgehoben gegen alle übrigen Frühgeräusche: der Vogelschrei. Scharf, rauh. Ich lache vor Freude. Lange habe ich ihn nicht mehr gehört. Seitdem das Hauptlager überschwemmt wurde von Neuankömmlingen, übertönen die Schreie der Menschen die Stimmen der Tiere. Man sagt, das Rüstungslager läge höher als das Hauptlager, darum sprechen sie von *oben* und *unten*. Aber es stimme nicht, sagt Hanna von der Schreibstube. Sie lägen auf gleicher Ebene. Die Bezeichnungen haben wohl eher etwas mit der Wertung

der Unterbringung zu tun. Das haben viele der Häftlinge von der SS übernommen, ohne sich darüber klar zu sein: hierarchisches Stufendenken. Ob es *hier oben* wirklich besser ist, wird sich zeigen. – *Ach-tung!*
Zwei Aufseherinnen mit Listen tauchen aus dem Nebel auf. Wir seien wohl der Abschluß, meint die größere. Die kleinere nickt eifrig. Das zunehmende Tageslicht zeigt, daß wir auf einem von Baracken umschlossenen, weiträumigen Platz stehen. Die Wohnblöcke, langgestreckt, sind aus noch frischem Holz. Ich zähle jeweils vier parallel in weitem Abstand voneinander stehende Baracken mit den Schmalseiten zum Platz hin. Vier weitere, die beiden ersten und letzten Holzhütten miteinander verbindend, lassen das breite Quadrat offen, auf dem wir soeben unsere ersten Instruktionen erhalten. Arbeitseinteilung wie folgt: Zwölf Arbeitsstunden pro Nachtschicht. 7.00 Uhr abends bis 7.00 Uhr morgens. 7.15 Kaffee holen. 7.30 Nachtschicht Morgenappell. Ab 9.30, nach Abrücken der Tagschicht, zum Schlafen in die Baracken. Um 12.00 Uhr mittags für alle gemeinsam: Suppe fassen. Wird aus dem Hauptlager gebracht. Vier weitere Stunden ausruhen. Von 4.00 bis 6.00 am Nachmittag Zählappell. Um 6.00 Uhr Abendessen. Suppe, Brot, zwei Kartoffeln. 6.45 Uhr Aufbruch zu den Hallen. Punkt 7.00 Uhr Arbeitsbeginn.
Das alles hat die kleinere der beiden heruntergerasselt in einem Befehlston, der jedem Oberkommandierenden einer Armee zur Ehre gereicht hätte. Als zusätzliche Information wird uns noch mitgeteilt, daß dieses Arbeitslager, anders als drunten, über keine Tagesräume verfüge. Außerdem gebe es nur den einen Waschraum für uns alle, wir hätten ihn ja bereits vorhin kennengelernt. Und nun: *Rechts um! Im Marschschritt: eins, zwei, eins, zwei!*
Einzeln werden wir in die Häftlingsbaracken eingewiesen. Ich stelle verblüfft fest, daß die Einteilung sich nach der jeweiligen Staatszugehörigkeit richtet. Geleitet von der SS-Frau mit dem rollenden R, marschieren wir zunächst die zwei

Tschechinnen unter uns zum Ausländerblock IV, Abteilung Slavinnen, anschließend eine Französin und zwei Belgierinnen zu Baracke drei, ‹Westeuropäerinnen›, bevor wir restlichen sieben auf die drei vorderen Wohnblöcke I–IIB, ‹Deutschsprachige›, verteilt werden. Die Starrgesichtige führt jede von uns persönlich zu ihrem künftigen Schlafplatz. Sie macht kurzen Prozeß: Du hier, du drüben in die Mitte, du oben, bis die letzte der sieben untergebracht ist. Ich mutmaße Willkür in der schnellen Art, mit der sie uns unsere Plätze zuweist. Später wird sich herausstellen, daß alles genau vorausberechnet war: Jeder dieser Verschläge beherbergt drei Häftlinge. Im Augenblick ist das mir gedrängt erscheinende Schlaflager halb leer: Es fehlt die Tagschicht der Arbeiterinnen. Ich werde auf das oberste Lager einer der Bettstellen nahe dem Eingang beordert. Hier gibt es keine Pritschen wie im großen Lager, sondern offene Verschläge, Kojen, in denen man, mit Ausnahme des obersten Bretts, über dem das Barackendach etwas mehr Raum läßt, nur in gebückter Haltung hocken kann. Ungewohnt die Stille ringsum; die jetzt hier liegen, schlafen oder ruhen sich aus für die Arbeit zur Nacht.

Los – rrrauf! Ein Stockhieb ins Kreuz läßt mich zusammenfahren. Schlagen die hier immer gleich zu? So schnell es mir meine geschrumpften Muskeln erlauben, hangele ich mich am Gestell hoch zur obersten Etage, lasse mich keuchend zwischen die beiden Frauen fallen, die, in graue Decken gewickelt, ruhig und friedlich schlummern. Auch für mich, die Dritte im erzwungenen Bunde, liegt eine Decke sauber gefaltet bereit. Sie ist graphitgrau, offenbar noch kaum benutzt. Die gesamte Baracke, von der SS zum beschleunigten Bau von Wunderwaffe II eben erst errichtet, duftet noch nach frisch geschlagenem Holz. Ich mache es mir unter meiner Decke so bequem wie möglich, rolle meinen Mantel zum Kopfkissen zusammen, lege mich mit angezogenen Beinen auf die Seite. Fast augenblicklich schlafe ich ein. Schon wieder der gleiche Traum, den ich mehrere Male im Hauptlager träumte, nur gestraffter, als langweile es meine Schlaf-Phantasie, sich im einzelnen zu wiederholen. Da stehen wir wieder, alle Blöcke angetreten, in unüberschaubarer Masse Appell vor dem Lagerkommandanten. Wer geboren werden möchte, solle sich melden, kommandiert er. Es geht aber zwischen den Häftlingen das Gerücht, dies sei eine Falle, er unterschlage uns eine wichtige Tatsache, die nämlich, daß zum Geborenwerden das Kopfabschlagen mit dem Beil gehöre. Und das sei ziemlich schmerzhaft, weil Suhren, der sich als Lagerleiter das Recht vorbehielte, diesen Akt eigenhändig zu vollziehen – es macht ihm nun mal solche Freude, sagt die Oberaufseherin, in meinem Traum seine Geliebte –, kurzsichtig sei. Er träfe öfter daneben oder ungenau. Nur wenige Freiwillige treten vor und auch heute wieder zu meinem Entsetzen meine Freundin Heli. Nein, brülle ich, nicht du! Vergeblich versuche ich sie zurückzuhalten, sie reißt sich los, und ich wache auf.

Na schau, sie haben uns einen Brüllaffen hergelegt, sagt eine Stimme mit österreichischem Akzent. He du, was schreist denn so?

Neben mir kauert etwas sehr Blondes, die knochendünnen Arme um die Knie geschlungen, und betrachtet mich neugierig. Das feingeschnittene Gesicht ist jung. Es sieht aus, als habe es früher gern gelacht. Mühsam, halb noch in meinem Traum gefangen, rappele ich mich hoch. Hab ich geschrien? Tut mir leid. Ich käme, sage ich, aus dem FKL, sei erst vorhin hier eingewiesen worden. Kurzes Begrüßungsgrinsen, Namensnennung, Händeschütteln. Wir sind uns auf Anhieb sympathisch. Gitte, erfahre ich, stammt aus Salzburg und hat mit ihren dreiundzwanzig Jahren bereits mehrere Lager, zuletzt Auschwitz hinter sich gebracht.

Ist mein Beruf, sagt sie.

Was für ein Beruf?

Lageristin, sagt sie. Und du?

Gar nichts oder von allem ein bißchen.

Wir unterhalten uns im Flüsterton, um die anderen nicht zu

wecken, vor allem nicht unsere Kojenkameradin, von der ich kaum mehr als ihre Nasenspitze erkennen kann. Sie hat sich die Decke bis über den Kopf gezogen. – Das ist Bea. Vierundvierzig schon. Du wirst sie mögen. Lassen wir sie noch schlafen, es gibt eh bald Suppe, sagt Gitte.
Wir finden heraus, daß es da in unserem Leben eine Art Affinität gibt, weil wir beide mit einem ‹nichtarischen› Elternteil als *Mischlinge ersten Grades* gelten, obwohl weder sie noch ich aus diesem Grund den Weg ins Lager antreten mußten. Auch Gitte trägt den roten Winkel seit der Zeit, als ihr vor drei Jahren eine abschlägige Antwort an einen nazistischen Verehrer politisch allzu deutlich geriet.
Was ist aus deinem Vater geworden?
Gleich mit den ersten ins Gas geschickt. Und deine Mutter?
Freitod im Jahr achtunddreißig.
Wir freuen uns, daß es die beiden zu Anfang erwischt hat, weil wir wissen, was ihnen dadurch erspart blieb. Hier hat eben alles eine andere Dimension.
Das Gezischel hat Bea doch geweckt.
Schau, Bea, sagt Gitte, wir haben die Dritte zur Skatrunde. Jetzt sind wir komplett. In knappen Zügen unterrichtet sie die Ältere über das, was sie aus unserem kurzen Gespräch über mich weiß.
Bea lächelt und reicht mir die Hand. Willkommen, sagt sie. Was spricht man da unten im Lager? Ich komm nämlich auch von dort. Wir sind erst seit einem Monat im Siemens-Bau.
Daß es ein Glück sei, zur Rüstungsindustrie zu kommen, sage ich. Man hält es für eine Art Lebensversicherung.
Irrtum nicht ausgeschlossen, sagt Bea. Aber wie soll man ohne Illusionen weiterleben?
Ich betrachte sie mir genauer. Gitte hat mir ihre Kurzbiographie geliefert: Kunstgewerblerin mit Spezialität Mosaikbilder, die sie selbst entwirft, verheiratet mit einem Schriftsteller, der wegen subversiver Schriften in Buchenwald sitzt.

Auch sie, politisch sehr engagiert, gehörte zum Kreis um Schulze-Boysen. Sie hat ein eigenwilliges, kantig geschnittenes Gesicht. Unter der eingesunkenen Haut zeichnen sich markante Stirn- und Wangenknochen ab.
Ist es denn nicht so, sind wir hier nicht sicherer als im großen Lager?
Gewiß nicht. Mit etwas Nachdenken kommst du selbst drauf: Die SS dürfte wohl kaum die Absicht haben, ihre geheimen Rüstungshallen in die Hände der Russen fallen zu lassen.
Aber wir, die wir hier arbeiten –
Sind Geheimnisträger, die dem Feind Auskünfte über die Konstruktion der neuesten Wunderwaffe des Führers geben könnten.
Das Wahrscheinlichste wird sein, sagt Gitte, sie werden, bevor die Russen Ravensbrück erreichen, mit ihren Flugzeugen aufsteigen und das Lager samt Insassen in Grund und Boden bombardieren. Das können sie dann nach Kriegsende, falls es zu einem Prozeß kommen sollte –
Aber natürlich wird es zu einem Prozeß kommen, unterbricht Bea.
Also eben. Sollte es dazu kommen, können sie es als ‹letzte Greueltat› den Alliierten in die Schuhe schieben.
Ich gehe dem Gedanken nach. Zuzutrauen wär's ihnen. Und logisch ist es auch. Wäre ich doch nur nicht mehr der Bienhold begegnet, Friede ihrer Asche, sollte sie inzwischen ihren Entschluß wahrgemacht haben, aber ohne sie wäre ich jetzt noch drunten im großen Lager bei meinen Freundinnen. Bei Heli.
Mittag. Die Fabriksirene heult. Sie klingt anders als unsere gewohnte Uhle des FKL, näher, aggressiver. Die Schlafbaracke füllt sich mit Tagesarbeiterinnen. Zwei Tschechinnen schleppen den Suppenkessel herbei. Auf den ersten Blick erscheinen sie mir in ihrer Rundlichkeit gut genährt. Beim Näherhinschauen allerdings erkennt man, daß die Kochdämpfe die Haut aufgeschwemmt haben, ihre Fülle ist die

von Ballons; aus ihren Augen starrt der Hunger ebenso wie aus den unseren.
Auffallender Unterschied zum Lager unten: Es gibt kein Gedränge, man stellt sich in ordentlichen Reihen hintereinander zum Suppefassen an. Austeilerin ist die größere der beiden Aufseherinnen, die uns vorhin in Empfang nahm.
Sie ist nicht nur lang, sie heißt auch so, sagt Gitte hinter mir, nachdem ich mein Eßgeschirr erhalten habe.
Gibt es hier keine Stubenälteste?
Mußt dich daran gewöhnen, daß hier droben Häftlinge gar nichts zu sagen haben. Alles untersteht ausschließlich der SS.
Ich, an der Reihe, bekomme meinen Schlag Suppe. Die gleiche Steckrübenbrühe wie unten. Und das Brot? sage ich, ernte einen verächtlichen Blick der Lange.
Das gibt's zum Abend, flüstert mir jemand zu. Sofort brüllt die SS-Frau los: Maul halten. Abtreten. Die nächste, vorwärts!
Abgefertigt ziehen wir drei uns wieder in unseren Verschlag zurück. Bea hilft mir beim Hinaufsteigen.
Schweigend, mit erzwungener Langsamkeit, um den geschrumpften Magen nicht zu überfordern und den Genuß seiner Erwärmung länger hinauszuziehen, löffeln wir den Sud. Ich bin, geprägt noch vom Gedränge und der Hetze durch eine nur halbstündige Mittagspause, als erste fertig. Rund um uns sitzen sie nun oder liegen zu dritt in den Kojen. Ich kann nicht fassen, wie ruhig es dabei zugeht.
Zwölf Stunden Fabrikarbeit mit nichts als diesem Viertelliter Suppe zwischendurch – wie hält man das aus?
Bei der Wahl zwischen zwei Möglichkeiten, durchhalten oder ab durch den Schornstein, beißt man halt besser die verbliebenen Zähne zusammen, sagt Gitte. Am besten, du denkst über das alles gar nicht erst nach. Sonst drehst du durch. Nimm's, wie's ist. Komm, wir müssen zum Waschraum, Eßgeschirr abspülen.
Und es anschließend der Aufseherin vorweisen, ergänzt

Bea. Wer seine Schale ungenügend gesäubert hat, kriegt eine Meldung verpaßt.
Wir hangeln wieder hinunter. Der nun berstend volle Waschraum erweist sich als lächerlich klein für rund fünfhundert Häftlinge. Hier gäbe es auch nicht das winzigste Plätzchen zum Läuseknacken. Andererseits, wozu auch? Bei derartig scharfer Überwachung hat auch eine Laus keine Chance. Die Toiletten ähneln denen im Hauptlager: ein Graben mit einem Brett darüber. Davor aber steht die Aufseherin mit über der fest verpackten Brust gekreuzten Armen. Ich schaue auf die Warteschlange zu ihrer Rechten.
Geschissen wird nur in Gruppen, sagt Gitte. Wenn du's bis zum Abend um sechs aushalten kannst, ist's gut. Sonst reih dich besser jetzt ein. – Einmal mehr bin ich froh darüber, daß mein Darm schon lange so gut wie außer Betrieb ist. Er kriegt ja nichts zum Verarbeiten. Vermutlich wie alle übrigen Körperorgane, mit Ausnahme der Blase, tiefgefroren.
Wir haben die sauber gespülten Eßschalen vorgezeigt und dürfen nun zu unseren Schlafplätzen zurück.
Roll dich in deine Decke ein, so fest du kannst, sagt Bea, und versuche zu schlafen. Es bleiben uns nur etwas über drei Stunden bis zum Appell.
Sind dann die Tagarbeiter schon zurück?
Die kommen erst ins Lager, wenn wir ausrücken. Schichtwechsel. Der Appell um vier gilt nur uns. Jetzt ruh dich aus. Du wirst jede Minute brauchen.
Bea hat recht, sagt Gitte. So, wie du ausschaust.
Wie schau ich aus? Erst vor kurzem, fällt mir ein, hatte ich das die Bienhold gefragt.
Gitte zögert einen Moment. Hat ihre Schuhe ausgezogen, wickelt die Decke eng um ihre Füße. Wenn du's schon wissen willst: Siehst aus, als wärst du morgen hinüber – als machtest du's nicht mehr lang – na, elend eben. Will aber nix heißen, fügt sie eilig hinzu, weil Bea vorwurfsvoll den Kopf schüttelt, kommt nur auf den Willen zum Durchhalten an, lang kann's ja nimmer dauern –

Bis sie uns kaputtbombardieren, meinst du? Ich lache. Gitte lacht mit. Der Mechanismus des Lagerwitzes funktioniert Gott sei Dank auch hier. Die Decke, dünnfädig, aber verhältnismäßig sauber, vermittelt die Illusion von Wärme. Augenblicklich bin ich eingeschlafen, träume wirr, ungeordnet. Bilder fließen ineinander, werden, noch bevor sie erkenntlich sind, von anderen abgelöst, auch sie schemenhaft auftauchend, sich wieder verflüchtigend. Die Fabriksirene mit ihrem Befehlsgeheul reißt mich aus meinem Bemühen, das mehr Erspürte als Gesehene einzuordnen. Auf, ihr Nachtwächter! ruft eine spöttische Häftlingsstimme, augenblicklich von der der Aufseherin gefolgt: Raus! Bettenbau! Na wird's bald! Ich werde von Gitte und Bea in die Kunst eingeweiht, die Decke so zu falten, daß ihre Schmalseite exakt linear zur Bettkante verläuft. Wehe, sie verrutscht oder die doppelt gefalteten Enden liegen nicht lotgerecht übereinander. Das gibt eine Meldung, was unter anderem bedeuten kann, sagt Bea, daß man ins große Lager zurückgeschickt und wieder zum Außendienst eingeteilt wird.
Bei der Kälte mörderisch, sagt Gitte. Da hast deine Lungenentzündung weg und kommst ins Revier. No, und von da aus, du weißt ja.
Und ob ich weiß. Man müßte alle Frauen im großen Lager warnen, sich freiwillig zur Rüstung zu melden in der Illusion, hier seien sie besser und sicherer aufgehoben. Ich mache mir keine Hoffnungen mehr. Spätestens seit dem letzten Lagerbesuch Himmlers ist Ravensbrück zum Vernichtungslager erklärt worden. Da ist es Jacke wie Hose, in welche Abteilung man gesteckt wird.
Auf dem Mittelfeld zwischen den Baracken sind nun fünfzehnhundert Häftlinge – die Nachtwächter, wie es hier im Jargon heißt – zum Appell angetreten. Hier gibt es keine Stubenälteste, die erst einmal, während wir noch verschlafen herumstehen, Ordnung in die Reihen zu bringen versucht, keine Privatunterhaltung zwischen den Angetretenen. Vor uns, breitbeinig aufgepflanzt, Fäuste mit Schlagstock in die

Hüften gestemmt, stehen die Lange, das brutale Kinn vorgeschoben, und ihre nicht weniger gewalttätig erscheinende Kollegin, die mit dem rollenden R. Eine Wut steigt in mir auf, die mir den Atem benimmt. Das sind keine Gesichter mehr, es sind Fratzen, abgerichtet auf *Untermenschen* wie scharfe Polizeihunde. Argwöhnisch lassen sie ihre mitleidlosen Augen umherschweifen auf der Suche nach einer, die möglicherweise einen Fuß etwas vorgeschoben oder den Mantel nicht gerade zugeknöpft hat. Dann – ich werde Zeuge, was Appellstehen im Siemens-Lager bedeutet – bekommt das *Dreckvieh* die Faust ins Gesicht, wieder und wieder, auf die Augen, auf die Nase, gegen den Mund. Das Opfer blutet stark, aber hinfallen darf es nicht, will es am Leben bleiben. Stocksteif muß es stehenbleiben, und wenn die beiden es noch so erbarmungslos schlagen. Mein Zorn verdichtet sich zum drängenden Bedürfnis, dazwischenzuspringen, den Schandweibern ihre Schlagstöcke zu entreißen und so lange auf sie einzudreschen, bis von ihnen nur noch die Stiefel übrig sind. Es ist unendlich mühsam, sich all die Zeit auf den Beinen geradezuhalten. Obwohl die Körperempfindungen bereits auf ein Minimum herabgesetzt sind, beginne ich doch nach einer Stunde meine Wirbelsäule zu spüren. Ihre Skelettmuskulatur, vermutlich auch inzwischen zu Kirschkerngröße geschrumpft, kann die Bandscheiben nicht mehr genügend stützen. Muß mich mächtig zusammenreißen, um stärkere Schwankungen zu vermeiden. Inzwischen geht die Sonne unter, die Scheinwerfer springen an, verwandeln uns wieder in kalkig weiße Gipsfiguren.
Mal herhören, die Neuen! Das ist wieder die Kleinere der beiden. Sie heißt Belling, erfahre ich später –. Ich lese jetzt die Bestimmungen für das Verhalten der Häftlinge in den Hallen vor:
Erstens: Das Betreten der jeweiligen Arbeitshalle ist unter größter Ruhe zu vollziehen. Es sind dort Menschen an der Arbeit, die nicht gestört werden dürfen (– durch den Einmarsch von Untermenschen, ergänze ich im Geist).

Zweitens: Jede bekommt durch den für sie zuständigen Werkmeister ihren Arbeitsplatz zugewiesen und wird von ihm in der von ihr auszuführenden Arbeit unterrichtet.
Drittens: Unterhaltung der Häftlinge untereinander ist strengstens verboten. Auch der kürzeste Wortwechsel gilt als Sabotage und wird entsprechend bestraft.
Viertens: Alle Gegenstände und Instrumente in den Hallen sind Eigentum der Firma Siemens & Halske. Das Stehlen eines kriegswichtigen Instruments durch einen Häftling wird mit dem Tod durch das Fallbeil geahndet.
Fünftens: Kopfheben ist nur erlaubt bei Herbeirufen des Werkmeisters zum Zwecke einer Erklärung oder Reparatur. Wer austreten möchte, hat zu warten, bis die Stunde um ist. Jeweils nach einer Stunde darf, vorausgesetzt, es kommt eine Gruppe zusammen, unter Führung der Hallenaufseherin II der Außenabort benutzt werden.
Sechstens: Die Aufsichthabenden in den Hallen und die Meister sind von den Häftlingen laut und deutlich mit *‹Frau Aufseherin›* beziehungsweise *‹Herr Werkmeister›* zu titulieren. – Das wär's.
Die Kälte, naß, frostig, raubt den Rest von Wärme, den die frische Wäsche und der Mantel aus den kalten Gliedern hervorzulocken suchen. Vor den unter den Dachkanten der Baracken angebrachten Lampen stäubt es ein wenig; es beginnt zu schneien. Dezember. Der Weihnachtsmonat. Seltsam, wie wenig Reaktion dieses Wort in mir hervorruft. Mein Hirn nimmt es zur Kenntnis, das Herz bleibt stumm, jedes Erinnerungsvermögen an früher und an das, was mit dem Wort verbunden war, ist ausgeschaltet. Schnee, denke ich. Weihnachtsbaum. Kerzen. Geschenke – kalt, kalt. Bis ich auf Schokolade, süßes Gebäck, Festessen stoße. Da sehe ich nur noch Kringel vor Augen. Die Kringel sind aus Schokolade und mit buntem Zucker bestreut. Mich rettet die Sirene. Fast wäre ich durchgedreht. Aber nun gibt es Abendessen. Die nahe Köstlichkeit heißer Rübensuppe vertreibt den Traum vom Zuckerkringel.

Obwohl ungeheizt, vermittelt die Baracke ein wohliges Gefühl von Wärme. Vermutlich hält das noch frische Holz doch einiges von der Kälte ab. Wieder, wie zuvor, treten wir soldatisch zum Essenfassen an; schön geordnet hintereinander, und wieder ist es dieses Ekel von Belling, die austeilt. Diesmal gibt es für jede von uns zusätzlich zur Suppe eine Scheibe Kastanienmehlbrot und zwei winzige rohe Kartoffeln. Nun endlich, während des Abendessens, darf gesprochen werden. Ich wiege die Brotscheibe in meiner Hand. – Die ist ja *noch* leichter als die im Hauptlager, sage ich.
Hundertfünfzig Gramm, sagt Bea. Aber dafür gibt's Kartoffeln. Mußt sie gut unter Wasser abspülen und in kleinen Bissen abknabbern, sagt sie, du wirst sehen, wie das den Hunger stillt. Versuch nicht, die Schale abzukratzen. Die ist das Gesündeste daran. Sie lächelt, als sie sieht, daß sie mich noch nicht ganz überzeugt hat, weil ich an Nadja Bukowski im Sortierkommando denken muß, die, während wir arbeiteten, heimlich eine kleine Kartoffel aus dem Riesenhaufen stahl und sie roh verschlang. Am Nachmittag wand sie sich in Bauchkrämpfen, am Abend war sie tot. – Ein paar Tage lang, sagt Bea, fällt es schwer, sich auf das Reglement hier umzustellen, aber dann packst du's. Alles nur Routine. Wenn Bea lächelt, weicht die Strenge in ihren Zügen übergangslos einem Ausdruck, der sie um Jahre verjüngt. Das Muttermal über ihrer Oberlippe lächelt mit. Ich mag ihre Hände, große, empfindsame Hände mit knotigen Fingern. Schöpferische Hände. Ihretwegen, hat Gitte gesagt, habe man sie zur Arbeit am Flugzeugapparatebau geholt. Wegen des Fingerspitzengefühls.
Raus zum Zählappell!
Der ist kurz, erläutert Gitte. Danach geht's ab in die Hallen.
In der Tat ist der Zählvorgang nur eine Art militärische Kontrolle. Die Belling, Liste in der Hand, ruft einzeln unsere Nummern auf, die sie, nach kräftiger Hier-Meldung der Betreffenden, mit schwungvollem Strich ausstreicht.
Die Sirene heult Arbeitsantritt. Ihre Nähe macht das Trom-

melfell vibrieren. Sie muß auf dem Dach einer der vordersten Fabrikhallen angebracht sein. Eine männliche Eskorte von Wachmannschaften mit entsicherten Pistolen im Gurt marschiert uns den Stacheldrahtzaun entlang zum Lager der dreißig Siemens-Hallen. Dort nimmt uns eine weitere Aufseherin in Empfang. Die Eiserne Jungfrau, flüstert neben mir eine Junge mit kahlrasiertem Schädel. Wir werden auf die einzelnen Blocks verteilt. Ich komme als einzige in Halle fünfundzwanzig als sogenannte Zusätzliche, um einen leer gewordenen Platz auszufüllen. Mit mir zusammen betritt die Eiserne Jungfrau die Halle, meldet: Zweiundsiebzig-vierzwanzig! in das tiefe Schweigen ringsum und geht hinüber zum Tisch, an dem ihre Kollegin sitzt, die hier die Aufsicht führt. Durch das Halbdunkel hindurch versuche ich einen ersten Eindruck meines künftigen Arbeitsplatzes zu bekommen. Ich weiß nicht, was ich mir unter einer Fabrikhalle vorgestellt habe, jedenfalls etwas ganz anderes als das hier, mehr Lärm, Leben, Geschrei, Geschimpf, flammende Helle, Betriebshektik. Was ich sehe, nachdem sich meine Augen gewöhnt haben, sind drei weit in den Raum hineinreichende Arbeitsbänke, an denen sich Menschen gegenübersitzen, die Köpfe tief über Dinge gebeugt, die sie mit artistischer Geschicklichkeit zwischen den Fingern bewegen. Ab und zu blitzt einer der Gegenstände kurz metallisch auf, wenn der Lichtkreis der Tischplatzlampe ihn erfaßt. Es ist, abgesehen von den kurzen Geräuschen, die ein kleines Werkzeug macht, wenn es zur Seite gelegt wird, so still, daß man das Atmen der Frauen hören kann. Die Männer in weißen Kitteln, die prüfend mal der einen oder anderen über die Schulter schauen, gehen auf Kreppsohlen; ihr Gang ist nahezu unhörbar. Ich vermute in ihnen Vorarbeiter. Welcher von ihnen mag der sein, den wir mit ‹Herr Werkleiter› anzusprechen haben? Zu weiteren Überlegungen komme ich nicht. Ein Stoß in den Rücken läßt mich vorwärts taumeln; ein Zeigefinger weist mir meinen Platz zu: Dorthin!

Ich komme neben eine junge Frau mit kurzem, schlohweißem Haar. An meiner anderen Seite sitzt ein Kind, ein Junge, verhakt winzige Metallringe ineinander und schweißt sie mit einem leise zischenden, stabförmigen Instrument zusammen. An seinem Ärmel trägt er zwei gelbe, gekreuzte Winkel, den jüdischen Davidstern. Hier arbeiten also auch Kinder. Später werde ich feststellen, daß auf je drei erwachsene Häftlinge ein Kind ab vierzehn kommt. Noch schnell ein Blick auf die uns Gegenübersitzenden. Zivilkleidung, Haar normal lang und frisiert, verschlossene Gesichter – Zivilarbeiterinnen aus der Umgegend. Es ist unschwer zu sehen, daß man ihnen unter Strafe jeglichen Kontakt mit uns, den *Feinden des Vaterlandes,* untersagt hat.
Einer der Männer im Arbeitskittel tritt neben mich mit einer Mappe, die er vor mich hinlegt und aufschlägt. Schalten Sie Ihre Lampe ein, sagt er, dort ist der Knopf. Ich bin Ihr Vorarbeiter, mein Name ist Götze. Sie sind Deutsche?
Ja, sage ich benommen von der Überraschung, plötzlich mit *Sie* angeredet zu werden. Erwartet er, daß ich mich nun meinerseits vorstelle, und wird er mir dann die Hand reichen? Nein, Läusen reicht man nicht die Hand. Vermutlich hätte ich mit: Jawohl, Herr Vorarbeiter! antworten müssen. Er scheint es nicht zu vermissen. Ich schaue in ein ruhiges Gesicht. Freundlichkeit entspannt seine Züge. Sie wirkt echt. Vor mir liegen nun ausgebreitet eine Reihe kreisrunder Pappscheiben im Durchmesser von zwölf Zentimetern mit weißer Oberfläche, einige durchsichtige gleichen Formats mit aufgedruckten Zahlen im Innenrand, ein Farbkissen und ein Kasten mit Nummernstempeln. Dies alles, erklärt mir mein Vorarbeiter, sei Zubehör für die Herstellung eines Zifferblatts. Diese Scheibe gehöre zu einer Kompaßrosette, diese ihrerseits zum Armaturenbrett eines Flugzeugs. Ein wichtiges Detail also unserer Kampfmaschinen. Daher verlange ihre Fertigung äußerste Sorgfalt und Präzision. Und nun werde ich unterwiesen, wie, wo und in welchem Abstand ich die weißen Scheiben mit den auf dem Muster ange-

gebenen Ziffern zu versehen hätte, wobei es vor allem auf genaues Augenmaß ankomme. Zur Überprüfung der Genauigkeit seien die durchsichtigen Rundflächen da. Beim Legen über das Original dürfe sich nirgendwo auch nur der feinste Schatten eines Randes abzeichnen. Haben Sie alles gut verstanden?
Jawohl, Herr Vorarbeiter! sage ich.
‹Herr Götze› genügt.
Jawohl, Herr Götze!
Es scheint nicht allzu schwer, man muß nur höllisch aufpassen.
Stille ringsum. Es riecht nach Metall, Rauchpartikeln und der schweißigen Ausdünstung vieler im Akkord arbeitender Körper. Die fest geschlossenen Fenster haben keine Lüftungsklappen. Wärmer als in unseren Baracken, denke ich, ist es hier drinnen auch nicht. Die Zivilarbeiter uns gegenüber sitzen in ihren Mänteln, die Vorarbeiter tragen Wollpullover unter ihren Kitteln. Ab und zu, in größeren Abständen, springt abrupt ein aggressives Knattern von irgendeiner Ecke der Halle auf, sinkt zu leisem Summen herab, bevor es abbricht. Dann riecht es nach warmem Eisen und löst eine seltsame Empfindung in mir aus. An was erinnert mich dieser Duft? Meine Nase, zu meinem Leidwesen noch immer das empfindsamste meiner Sinnesorgane, versucht ihm nachzugehen, doch die Erinnerung an ein *Früher* liegt verschüttet unter der alles zudeckenden Lava der Lagerwirklichkeit. Meine allein vom Sinneseindruck diktierte Erinnerung kommt bis Brennschere, dazu, quasi als Alternative, Waffeleisen. Damit weiß mein Kopf nichts anzufangen. Etwas in mir wiederholt hartnäckig: Da war etwas – da war etwas, so lange, bis die erforderliche Konzentration für die Arbeit mich zwingt, mich Näherliegendem zuzuwenden.
Mein erster Versuch, einer der aufreizend weißen Rundflächen eine Zahl aufzudrucken, mißlingt kläglich. Dabei braucht sie als erste der Ziffern noch keine Abstandmes-

sung. Doch die Farbe kleckst, der Stempel wackelt unter dem Druck meiner Hand hin und her, verschmiert die Konturen. Ich versuche weiter. Weniger Stempelfarbe läßt das Resultat nur blasser, aber gleichzeitig noch verwischter erscheinen. So schwierig hatte ich mir das Aufdrucken nicht vorgestellt. Kommt hinzu, daß meine Tischlampe schräg rechts vor mir befestigt ist. Ihr Licht wirft kleine Schatten, die die Zahlen verzeichnen. Da läßt sich mit dem Auge kaum der Unterschied zwischen unsauberem Druck und Lichteinwirkung ausmachen.
Ich übe, übe. Das Schlimme: je mehr ich mich zu konzentrieren versuche, um so weniger gelingt es mir. Nun werden mir von aufsteigender Angst auch noch die Hände feucht. Wenn sie mich hier als untauglich abschreiben, fackeln sie nicht lange und schicken mich zurück ins FKL mit dem Vermerk *Nicht brauchbar.* Da rettet mich bei meinem jetzigen körperlichen Zustand auch die Alternative Außendienst nicht mehr: Ab in den Kamin.
Ich brauche nicht aufzuschauen, um die wachsamen Blicke der beiden Aufseherinnen in meinem Rücken zu spüren. Und auf einmal steht auch noch der Vorarbeiter neben mir, sieht auf meine zitternden Hände herab, die gerade die fünfte versaute Scheibe fortschieben.
Ruhig, sagt er. Nur ruhig, ist alles Übungssache.
Der Schatten dieser Lampe, versuche ich mein Versagen zu verteidigen. Da hebt die Frau mir gegenüber den Kopf. Ich starre in ein entsetzlich nichtssagendes, nur von Feindlichkeit gegen ihre Zwangsmitarbeiter geprägtes Gesicht.
Dreckspack, kommt es aus dem dünnlippigen Schlitz unter ihrer Nase, *statt sie zu vergasen, läßt man sie unter anständigen Deutschen arbeiten.* Und dann auch noch beschweren!
Sie sieht aus, als wolle sie mich anspucken.
Lassen Sie es gut sein, Frau Klatt, sagt Götze mit einer Gleichmütigkeit, um die ich ihn in diesem Augenblick beneide. Es sind auch Menschen.
Das da Menschen?

Ich sehe sie Luft holen, um herauszuschmettern, für was sie uns hält, als von irgendwo schräg hinter mir eine Stimme brüllend: *Ruhe!* gebietet. Das muß der Werkleiter sein. Gerade noch rechtzeitig fällt mir ein, daß wir uns nicht umsehen dürfen.
Hier, sagt Götze und reicht mir eine neue Kompaßrosette, versuchen Sie, die Null aufzudrucken!
Ausgerechnet die Null. Die, das habe ich bereits herausgefunden, ist ihrer glatten Eiform wegen die schwerste. Und nun schaut er mir dabei auch noch zu. Vor Aufregung finde ich nicht einmal den Stempel. Eben hatte ich ihn doch noch. Als ich ihn wiederentdecke, stelle ich fest, daß ich ihn bereits mehrmals in der Hand gehabt, ihn aber nicht wiedererkannt habe, so verkleckst ist er mit Stempelfarbe. Das Resultat sieht entsprechend aus. Warum werden die Dinger denn nicht maschinell hergestellt? Der Verdacht kommt mir, daß man uns hier von der SS speziell ausgeklügelte Arbeiten zuweist, Tätigkeiten, zu keinem anderen Zweck erfunden als dem, uns als untauglich abzuschieben, um uns, wie sie es nennen, *der physischen Vernichtung zuzuführen.* Für die Mordbürokraten muß ja immer ein Vorwand gegeben sein. So etwas wie diese Kompaßscheiben läßt sich höchstens für ein Kinderspielzeug verwenden, mit ihnen wären die Stukas vermutlich in China gelandet, und der Krieg wäre längst aus. Ich berste fast vor Wut bei dem Gedanken, auf derart niederträchtige Weise noch gedemütigt zu werden, bevor sie mich eliminieren.
Die mir gegenüber will schon wieder das Maul aufreißen. Götze kommt ihr zuvor:
Sie sind zu Beginn Ihrer Tätigkeit auch eingearbeitet worden, Frau Klatt. Hier gilt gleiches Recht für alle! Und, zu mir gewandt: Ich hatte vergessen, Ihnen zu zeigen, wie Sie die Stempel reinigen können. Dazu ist das hier da. Sehen Sie, so.
Ich schaue seinen Händen zu, die vor mir Dinge aufbauen, Papierunterlagen zurechtrücken, um mir schließlich, mit ge-

reinigtem Stempel, eine tadellos saubere Null vorzuführen.

Danke, sage ich kleinlaut, blicke zu ihm auf. Entdecke in dem sonst völlig unbeweglichen Arbeitergesicht ein leichtes Zwinkern des rechten Auges, flüchtigstes Zusammenziehen der Muskulatur nur, aber es genügt, um mir zu signalisieren, daß ich in meinem Vorarbeiter keinen Feind habe. Auch mit meinem jungen Nachbarn, der mit französischem Akzent spricht, geht er auf gleiche, ruhige Weise um. Ich beschließe, ihn ab sofort mit ‹Meister› anzureden, um jeden Anklang an die Herrenrasse, der ihm möglicherweise peinlich wäre, zu vermeiden. Es ist eine ungeheure Entdeckung für einen Häftling, der mit Zivilisten zusammenarbeiten muß, nicht ausschließlich von Feinden umgeben zu sein. So ermutigt, gelingt es mir, erste Zahlen sauber auf die Zifferblätter zu übertragen. Von nun an erwacht etwas wie Ehrgeiz in mir, die in mich gestellten Erwartungen zu erfüllen. Nicht etwa die der Siemens-Leute, sondern die meines Meisters, der in uns Mitmenschen erkennt und uns entsprechend behandelt. Und mit den verrinnenden Stunden klappt es besser und besser, auch wenn ich im Augenblick noch bei jedem Stück die Matrize zu Hilfe nehmen muß, um einen genauen Abstand der Ziffern voneinander zu sichern. Ich bin so in mein Tun vertieft, daß ich hochschrecke, als es einen Zwischenfall gibt. In die Stille hinein fährt der schrille Ruf einer der beiden Aufseherinnen:

Tisch siebzehn, die dritte von links, aufstehen, melden!

Mit gesenkten Köpfen hören wir Stuhlrücken, dann die heisere Stimme einer älteren Frau: Elftausendsiebenhundertdreizehn!

Hierher! Ihr anderen, alle mal herschauen!

Wir blicken auf Kommando alle in die gleiche Richtung. Da steht die Krüger-Sichard, eine der brutalsten Aufseherinnen des FKL, hoch aufgerichtet beim Observationstisch. Ihr nähert sich auf unsicheren Beinen, als mache ihr das Gehen Schmerzen, eine ältere Frau. Ihr Äußeres zeigt den Ver-

such, den Lumpen zum Trotz gepflegt zu erscheinen. Das graue Haar hält sie mit einem Stirnband zusammen, ihr Kittel ist sauber und ordentlich geknöpft.
Du elende Sau hast gesprochen, schreit die Krüger, was hast du gesagt?
Ich habe nicht gesprochen, Frau Aufseherin.
Die Krüger holt aus, schlägt ihr die flache Hand durchs Gesicht: *So, lügen tust du auch noch?*
Sie wendet sich an die Zivilfrauen gegenüber dem Platz der Delinquentin: Hat sie gesprochen oder nicht?
Fünf der Frauen schütteln den Kopf, zwei nicken. Schadenfroh.
Da siehst du's selbst, du Miststück. Du hältst uns wohl für blöd?
Zwei weitere Schläge folgen, die die Frau taumeln lassen. Was dann kommt, läßt mich laut meine Ohnmacht verwünschen. Doch niemand beachtet es, aller Augen sind auf das Opfer gerichtet, das sich über den Tisch beugen muß, während die Krüger zum Ochsenziemer greift, dem, wie ich später erfahre, allgemein gebräuchlichen Züchtigungsinstrument für Arbeitssklaven in der Rüstung.
Hosen runter!
Zitternd, ungelenk, kommt die Frau dem Befehl nach. Und um sie herum stehen die männlichen Werkarbeiter und schauen zu, grinsend, verlegen oder abgestoßen. So etwas, hat es im FKL geheißen, genießt die Krüger. Sie holt aus. Es pfeift und klatscht.
Los, mitzählen!
Zwölf Peitschenschläge. Schon nach dem fünften bricht der Frau die Stimme, sie gurgelt unverständliche Laute. Die Haut, pergamentdünn und trocken, reißt auf. Blut quillt heraus, rinnt in den bis zu den Knien herabgestreiften Stoff.
Hoch! Anziehen, vorwärts!
Das schafft sie nicht, ihre Nerven versagen. Es ist ein zusätzlich grausiges Schauspiel, wie die Hände im Wunsch, ihre

Blöße zu bedecken, wieder und wieder ins Leere greifen. Jeden von uns packt der Wunsch, ihr beizustehen, ihr zu helfen. Drohende Blicke der Aufseherinnen halten uns in Schach. Endlich bekommt sie den Saum der blutdurchtränkten Unterwäsche zu fassen, zieht sie hoch.
Die Krüger sieht aus, als habe sie soeben mit Genuß ein Stück Kuchen verzehrt. *Merk dir das gefälligst, du Dreckvieh: Noch mal dein Maul aufgerissen, und du bist dran, kapiert?* Zurück an den Arbeitsplatz! Bißchen dalli!
Das ist auch das Zeichen für uns, uns wieder der Arbeit zuzuwenden. Jetzt dürfen wir die Augen nicht mehr vom Tisch heben, es sei denn, wir würden von einem Vorarbeiter oder dem Werkmeister selbst angesprochen. Dabei würde ich zu gern hinübersehen zum Tisch des Opfers, weil ich mir nicht vorstellen kann, wie sie es nach solcher Behandlung noch fertigbringt, sich niederzusetzen. Später wird mir Gitte sagen, die solcherart Gezüchtigten ‹dürften› im Stehen weiterarbeiten, und zwar so lange, bis ihre Wunden verheilt seien. Zusätzliche Schande: ein nachträgliches Am-Pranger-Stehen.
Ist es die Stille, das gedämpfte Licht, was mir die Nacht erscheinen läßt, als kröche sie endlos dahin? Einzige Unterbrechung: der allstündliche Sammelappell zum Austreten. Nicht etwa, um gequälten Blasenkranken oder an Durchfall Leidenden Erleichterung zu verschaffen. Undenkbar aber, eine von uns *Dreckwanzen,* wie uns die Wächterinnen gern nennen, könnte einen deutschen Stuhl nässen, deutsche Nasen beleidigen. Beim vierten Aufruf reihe auch ich mich ein. Unsere Führerin, die Eiserne Jungfrau, läßt uns kaum Zeit, unsere Jacken und Mäntel vom Haken zu reißen: *Raus, Scheißpack, Beeilung!*, bevor sie uns in die schneekalte Nacht hinaustreibt.
Die einzige Toilette für Zwangsarbeiter aller Rüstungshallen, der übliche brettgedeckte Graben unter primitivem Holzdach, liegt ein gutes Stück Weg von unserer Baracke entfernt. Durch milchiges Licht der hier sparsam verteilten

Lampen marschieren wir schweigend, in Abständen getroffen vom Lichtkegel des Suchscheinwerfers vom Wachtturm. Dann blitzen für Sekunden die Dornen des Stacheldrahts auf, als seien sie versilbert, und wir wenden geblendet die Augen ab. Die Latrine bietet nur jeweils sechs Häftlingen Platz. Genügt, sagen die Aufseherinnen lachend, die anderen haben längst in die Hosen geschissen. Auf dem Rückmarsch stelle ich mir vor, daß die totale Stille, die uns umgibt, bedeutet, daß rund um uns die Welt ausgelöscht ist, wir hier in unserer Enklave die letzten Überlebenden sind, und wir gehen nun daran, uns selber zu vernichten, um die Nicht-Welt vollkommen zu machen.
Der Hallenmief, doppelt stark nach den wenigen Atemzügen in frischer Nachtluft, ist dick genug, eine Illusion von Wärme zu verbreiten. Schweigend treten wir ein, schweigend hängen wir unsere Überkleider auf, schweigend gehen wir an unsere Arbeit zurück.
Ich verspüre Hunger. Unerwartet überfällt mich ein heftiges Ziehen im Magen. Vorsichtig taste ich nach den zwei Kartoffeln in der Kitteltasche. Sie sind noch da, zwei erdige Klumpen. Ich würde so gern in sie hineinbeißen, vorher ihre Schale mit dem Kleidersaum ein wenig säubern, dann die Erdfrucht beknabbern, bis der Kartoffelgeschmack mit dem rohen Saft die ganze Mundhöhle ausfüllt. Es ist ja gar nicht nötig, sich den Magen vollzuschlagen. Wenn erst Zunge und Gaumen auf ihre Kosten kommen, ist das so gut wie gegessen. Mußte ich auch gerade jetzt an meine eiserne Ration denken? Nun quält mich das Verlangen derart, daß mir der Stempeldruck wieder verwackelt.
Da heult die Sirene. Ihr Klageton schwillt an und wieder ab, will sich gar nicht beruhigen. Von einer Minute zur anderen ist die gesamte Halle bis auf die Häftlinge, die ruhig sitzen bleiben, in Bewegung. Schnell, in den Luftschutzkeller! Zivilarbeiter und Aufseherinnen drängen gemeinsam zum Ausgang. Jemand brüllt uns noch zu: Licht aus! Dann sind sie fort, unsere Bewacher. Es ist wie ein Spuk.

Wir knipsen die Lampen aus. So gern wir dieses geheime Rüstungsnest in die Luft gesprengt sähen – wir sind die Geiseln. Die Alliierten wissen längst um unsere Existenz, ebenso wie von den den Konzentrationslagern angeschlossenen Waffenfabriken. Sie müssen sich entscheiden: Bombardieren sie unser Siemens-Lager, töten sie damit dreitausend unschuldige Geiseln.

Wir trösten uns mit dem Gedanken, daß zu einem Zeitpunkt, wo der Krieg bereits unmittelbar vor dem Ende steht, solche im Grunde längst sinnlosen Widerstandsbestrebungen bis zum bitteren Ende den Alliierten keine Bombe mehr wert sind.

Jemand ruft: Die Taschenlampe. Wer hat die Taschenlampe?

Ein Licht flammt auf, der Strahl ist zu Boden gerichtet. Ich sehe, daß die meisten Frauen die Pause zum Schlafen nutzen. Sie haben die Stühle zurückgeschoben, um das Kreuz zu strecken, die Arme vor sich auf den Tisch gelegt und den Kopf hineinvergraben. Die kleinen blauen Flämmchen der Bunsenbrenner geben ihnen das friedliche Aussehen schlafender Kinder im Mondlicht. Endlich Zeit für meine Kartoffeln. Ich fische sie aus der Kleidertasche, reibe sie notdürftig ab, will in die dickere hineinbeißen. Da legt sich eine Hand zart auf meinen Arm. Es ist mein kindlicher Nachbar. Er hat gesehen, was zu tun ich im Begriff war, läßt sich die Taschenlampe reichen. Zum erstenmal sehe ich sein Gesicht. Kindliche Konturen noch, wenngleich Hunger und Entbehrungen die zarte Haut gezeichnet haben. Wie die meisten Kinder im Lager wirken seine Augen übergroß. Ich erschrecke über ihren Ausdruck, über den Ernst, der nicht allein aus diesem Kind kommen kann, Tausende von Jahren alt zu sein und einem Gott zuzugehören scheint, der nicht vergibt und vergißt. Es sind Augen, Erwachsenenaugen, die die Wahrheit um die Beschaffenheit der Menschen kennen, die ganze Wahrheit, vor der wir Großen, uns immer noch an Illusionen klammernd, den Blick abwenden.

Nicht so, sagt das Kind. Nicht so.
Er nimmt mir die Kartoffeln aus der Hand. Ich sehe zu, wie er ein Metallschälchen von Schrauben leert, es über dem Bunsenbrenner zwischen unseren Plätzen erwärmt, sorgfältig die Stärke der Flamme abmessend, bis ihm der Augenblick richtig erscheint, die Kartoffeln hineinzulegen. Es zischt leise. Im Licht der kleinen Handlampe rollt der Junge die Kartoffeln mit dem Lötkolben um und um. Ein satter Duft breitet sich aus.
Ich schaue auf und sehe, daß ein paar andere unserem Beispiel folgen. Überall dienen die Bunsenbrenner als Herdflamme. Gar, verkündet mein kleiner Koch, spießt die Erdäpfel auf einen Schraubenzieher und streift sie vor meinem Platz mit dem Lötkolben ab. Mit dem Schraubenzieher, den ich mir von ihm ausleihe, entferne ich die angekohlte Schale.
Wie heißt du? sage ich.
Ich erhalte keine Antwort. Meine zweite Kartoffel, die ich ihm anbiete, lehnt er mit Kopfschütteln ab.
Meine weißhaarige Nachbarin zur Rechten, damit befaßt, ihren Kopf bequem zu betten, sieht es.
Laß, sagt sie zu mir, er ist im Hungerstreik, unser Petit Gil. – Auch sie spricht mit französischem Akzent.
Warum willst du nicht essen? sage ich zu dem Kind.
Wozu?
Du mußt Kraft gewinnen. Die Arbeit hier ist schwer, und du bist erst fünfzehn oder sechzehn.
Vierzehn, sagt die Französin. Aber er gibt sich für sechzehn aus. Damit er als volle Arbeitskraft eingeordnet wird. – Dann leiser, nur für meine Ohren bestimmt: Es nutzt nichts. Sie haben es herausgefunden. Für seine Arbeit wird bereits eine andere angelernt. Armer Petit Gil.
Noch einmal biete ich ihm eine Kartoffel an. Zweite Ablehnung.
Wozu? fragt er wieder.
Was willst du damit beweisen, daß du nicht ißt?

Die noch brennende Taschenlampe liegt zwischen uns auf dem Tisch. Ihr Schein erfaßt die Züge dieses seltsamen Kindes von unten her. Ist das noch ein Kind?
Es macht das Sterben leichter, sagt Petit Gil.
Du wirst nicht sterben.
Verwundert, als spräche der alterslose Wissende zu einer Ahnungslosen, erklärt er: Alle Kinder unter fünfzehn müssen sterben, so ist es beschlossen.
Damit schiebt er seine Arbeitsutensilien zur Seite, verschränkt die mageren Arme vor sich auf dem Tisch und legt seinen Kopf darauf, das Gesicht mir zugewandt. Der Schlaf verwandelt ihn zurück in ein Kind, das noch nicht gelebt hat und nie leben wird.
Die Kartoffeln, heiß, angebraten, köstlich im Geschmack, finden erst nach langem Kauen ihren Weg in den Magen. Mein Heißhunger ist verflogen, irgend etwas blockiert meine Kehle. Über uns dröhnen die feindlichen Luftverbände im Anflug auf Berlin. In der Ferne bellt eine impotente Flakabwehr. Es klingt fast lustig, ein kleines, privates Feuerwerk, bei dem so manche Rakete danebengeht. Ich knipse die Taschenlampe aus, reiche sie an eine ausgestreckte Hand zurück und lege mich gleichfalls schlafen. Erst der langgezogene Entwarnungsruf der Sirene bringt mich wieder zu mir. Um mich herum fahren Köpfe aus dem Schlummer hoch. Lampen werden angeknipst, Stühle zurechtgerückt. Drüben, bei Tisch siebzehn, mühen sich einige Frauen, ihre ausgepeitschte Kameradin vom Boden zu heben, auf den sie, gleich nachdem das Aufsichtspersonal die Halle verlassen hatte, von mitleidigen Händen gebettet worden war. Mit großer Behutsamkeit lassen sie die Verletzte am Tisch nieder, um ihr die weitere Qual stundenlangen Stehens bei der Arbeit zu ersparen. Ich höre, wie die Frau danke sagt, habt Dank, es geht schon.
Da platzen sie unter lebhaftem Reden wieder herein in die Halle, unsere Herren und Meister mit ihrem Gefolge. Nichts an ihrem Gehabe, mit dem sie uns lauthals befehlen,

augenblicklich wieder an die Arbeit zu gehen, läßt erkennen, wie eilig sie es beim ersten Anzeichen hatten, sich in Sicherheit zu bringen. Immerhin, wenn nur für Augenblicke, wurde ein Riß in ihrer Allmacht sichtbar. Das ist tröstlich.

Die Nullen, sie gelingen mir nun schon besser, waren mir in einen kurzen Traum hinein gefolgt, einen Oberflächentraum, der Reales mit Gleitbildern verknüpft. Da waren meine Nullen auf einmal Eier geworden und ich ein Huhn, dem ein Bauer mit einer Harke über der Schulter – ich erkannte ihn sofort, er war der vom Plakat für Erntehilfe – einen ernsthaften Vortrag hielt, mein Beitrag zur Volksernährung sei es, pausenlos tadellose Eier zu legen, braune von makellosem Oval. Eine Menschenmenge, mühsam von Stacheldraht zurückgehalten, umstand mich, alle wollten sie ein Ei. Dann, plötzlich, Aufruhr: Ich hatte ein gesprenkeltes Ei gelegt. Ein Mischling, brüllte die Menge und rannte gegen den Drahtzaun an, der sich flachzulegen begann, es ist ein artfremdes Huhn, in den Kochtopf mit ihm! Vor Schreck gebar ich noch ein Ei, das war kreisrund und weiß. Um es zu verbergen, setzte ich mich darauf, da wurde es zur Scheibe. In diesem prekären Augenblick befördert mich das Entwarnungsgeheul der Sirene zurück in die Wirklichkeit der Fabrikhalle.

Weitere Stunden vergehen. Meine Fingerkuppen sind schwarz, die Augen tränen von der Anstrengung, zwischen unklarem Druck und Schattenlinien zu unterscheiden. Nicht alle Zivilarbeiterinnen, stelle ich fest, wenn ich die Augen hebe, sind uns so feindlich gesinnt wie die mir direkt gegenüber. Es kommt vor, daß ich dabei einem freundlichen Blick begegne oder sogar der Andeutung eines ermunternden Lächelns.

Noch ist es draußen schwarze Nacht, als die Sirene um sieben das Ende der Arbeit verkündet. Wir räumen unsere Plätze auf. Ich würde so gern all die verunglückten Muster wegwerfen, verkramen. Doch wohin? Für die Kitteltasche

sind sie zu breit. Notgedrungen lege ich sie mit der Kehrseite nach oben, decke sie mit der Matrizenmappe zu. Es muß ja nicht gleich offenbar werden, was für eine Versagerin ich bin.
Die beiden Aufseherinnen haben sich erhoben, ziehen ihre Jacken zurecht, greifen nach ihren Umhängen:
In Fünferreihen aufstellen! Gesicht zur Tür. Ausrichten!
Zur Linken die Krüger-Sichard, rechts die Eiserne Jungfrau, werden wir durch beißend kalte Luft zu unseren Baracken zurückmarschiert, wo wir uns, je nach Nationalität, verteilen, um uns zum nun folgenden Appell in getrennten Blöcken aufzustellen. Für einen Augenblick sind wir, während die beiden Wärterinnen verschwinden, uns selbst überlassen. Durch das nebelige Gelb der Lampen hindurch schimmern die Barackendächer hell von Reif. Vom Boden her zieht die Frostkälte durch unser Schuhwerk und unter die Röcke.
Ich taumele vor Müdigkeit. Und nicht nur davon. Seit kurzem entdecke ich an mir zunehmend Gleichgewichtsstörungen. Vielleicht war das Doppelsehen vorhin in der Fabrik nicht nur von Äußerem verursacht.
Müde, was? sagt die neben mir. Ist eine Schinderei, diese Zwölfstundenfron mit knapp dreihundert Kalorien im Bauch.
Sie hat die Lagerfigur, wie ich sie aus dem FKL kenne: dürr an Armen und Beinen, das Gesicht schmal mit tief in die Höhlen gesunkenen Augen und dazwischen ein ballonartig aufgeschwollener Bauch. Hungerödeme.
Du nicht? frage ich zurück. Müde?
Kommt drauf an, was man darunter versteht, sagt sie mit schleppender Stimme, als zögerte sie, dem Gedanken zu folgen. Hunger macht müde, wirklicher Hunger. Der, welcher dich dazu bringt, den frischen Toten auf den Karren die Leber herauszureißen und sie zu verschlingen.
Hast du das schon getan?
Sie stößt die Luft durch die Nase. Bevor ich hierherkam, sagt sie. Kannibalismus ist mehr verbreitet, als du denkst. Hast du

mal die in den Slums da unten gesehen? Die würden sich doch am liebsten alle gegenseitig auffressen, wenn sie könnten. Wie lange bist du schon im Lager?
Seit März dieses Jahres.
Dann kannst du noch nicht wissen, was das ist: wirklicher Hunger, einer, der dir im Gehirn sitzt und es umdreht, daß du in alles hineinbeißen möchtest, was dir gerade vor Augen kommt.
Wie lange bist du hier drin?
Vier Jahre, sagt sie. Davon drei als Außenarbeiterin.
Ich starre auf den Dachfirst mir schräg gegenüber, der eine Parallellinie hat, die dort nicht hingehört. Ich taumle. Die neben mir hält mich am Ellbogen fest.
Kannst nach dem Appell schlafen, sagt sie. Wenn du willst, bis morgen nachmittag. Ist heut Samstag.
Ich wende meine Augen vom Dachfirst ab, schaue ihr ins hohle Gesicht: Was ist samstags? Auch sie sehe ich leicht verdoppelt, als stünde sie vor einem Zerrspiegel, wie sie als Jahrmarktszubehör dunkel aus meiner Erinnerung auftauchen.
Na, unser freier Tag. Glaubst du, die Zivilarbeiter wollen übers Wochenende arbeiten? Die nehmen ebenso frei wie die Fabrikaufseherinnen. Morgen nachmittag um vier geht's dann weiter.
Nach dem Appell zurück in die Koje. Einstellung auf eine solche Änderung der Tagesroutine bedeutet zusätzliche Belastung. Routine, eingefahrene Programmierung, ein immer gleicher Stundenablauf hilft beim Überleben.
Was beunruhigt dich? sagt Gitte. Wir sind Fabrikarbeiter. Damit wir saubere Arbeit leisten können, müssen sie uns zwangsläufig eine Ruhepause gönnen.
Weil wir, ergänzt Bea, sonst keine drei Wochen durchstehen würden. Und die haben jetzt anderes zu tun, als sich immer wieder nach Ersatz für uns umzusehen.
Wenn die uns weiter aushungern, wird ihnen dennoch nichts anderes übrigbleiben, sage ich müde. Der kurze Schlaf wäh-

rend des Alarms hat das Verlangen meines Körpers nach echter Entspannung eher noch erhöht.
Alles genau berechnet, Schatzerl, sagt Gitte. In ihrem Lachen liegt eine Bitterkeit, die der Gleichmütigkeit ihres Gesichtsausdrucks widerspricht. An Hunger stirbt sich's langsam. Ein gutes halbes Jahr geben sie uns schon, bevor sie, was dann noch von uns übrig ist, zu Seife machen. Du Usch, ruft sie einer gerade Vorbeikommenden zu, hast den Zettel dabei? Du weißt schon, den aus der Buchhaltung.
Das Mädchen – unter der bauschigen Lagerkleidung, die ihr fast bis zu den Füßen hängt, lassen nur schmale Hände und eine zart geschwungene Halslinie Schlüsse auf eine zierliche Figur zu – schaut hoch.
Wart, ich hol ihn.
Laß, Gitte, sagt Bea streng. Was soll das?
Antiillusionen-Therapie. Anja ist eine Politische wie wir. Sie soll Bescheid wissen, meinst du nicht?
Das Mädchen mit den vielen Kleidungsstücken übereinander kommt zurück, händigt Gitte einen Zettel aus.
Die Distelrath hat ihn mit heraufgeschmuggelt, sagt sie zu mir, obwohl ich nicht weiß, worum es sich handelt. Hat den Text abgeschrieben, als sie noch unten in der Buchhaltung arbeitete. Hoffentlich kannst du das Geschmier lesen. Ist nur eine Seite aus einem Buch, von dem die Distelrath sagt, es sei so umfangreich wie die Bibel.
Lies, sagt Gitte, reicht mir das Papier herüber.
Ich kann nicht lesen, will auch nicht. Meine Augen brennen, ich möchte sie schließen und all das Neue, das mein Hirn nicht mehr zu fassen vermag, aussperren.
Später, sage ich und wickle mich ungeschickt in meine Decke ein.
Du mußt es aber wissen, insistiert Gitte. Alle hier sollen es wissen. Wir müssen die Augen offenhalten, damit wir die anderen warnen können, die sich noch vom Märchen der sicheren Überlebens-Chance im Rüstungsbetrieb einfangen lassen. Hör zu, ich les dir vor. Überschrift:

Rentabilitätsberechnung Ausleihhäftlinge Siemens & Halske, abzurechnen über Arbeitseinsatzstelle Buchenwald

Erlös aus Verleihlohn:

tägl. Verleihlohn, durchschnittl.	+	RM	6,00
abzügl. Ernährung	−	RM	0,60
abzügl. Bekl.-Amort.	−	RM	0,10
	+	RM	5,30
durchschnittl. Lebensdauer 9 Monate = 270 Tage	×		270
	+	RM	1431,00

Erlös aus rationeller Verwertung der Leiche:

durchschnittl. Gewinn an Haar, Zahngold, Kleidung, Wertsachen und Geld abzüglich Verbrennungskosten von RM 2,00	+	RM	200,00
Gesamtgewinn nach 9 Monaten:		RM	1631,00

zuzügl. des Erlöses aus Knochen- und Ascheverwertung.

Ich tue, als hätte ich nicht hingehört. Laßt mich schlafen, sage ich. Auch das, ja, auch das noch: eine saubere Aufstellung auf Heller und Pfennig, wieviel Profit sich aus den Untermenschen, tot oder lebendig, noch herausschlagen läßt. Deutscher Kaufmannsgeist prüft, wie könnte es anders sein, eine Ware, die ihm zum Schleuderpreis zufällt, mit dem Rechenschieber auf ihre Verwertbarkeit. Untaugliches, gleich weg damit, kurzfristig Verwendbares bis zur völligen Abnutzung verkaufen oder verleihen, je nach augenblicklichem Zustand des Restpostens. Die deutsche Industrie ist dankbarer Abnehmer für billige Arbeitssklaven.
Der Gipfel! faucht Gitte.
Die ganze Endlösung, so wie sie '42 in der Wannseekonfe-

renz beschlossen wurde, ist doch nichts anderes als ein politisches Geschäft, sagt Bea.
Gitte hört nicht hin. Ich frage mich, ja wirklich, ich frage mich: Sind das überhaupt noch Menschen? murmelt sie ratlos.
Verdammt gut funktionierende, was ihr Planungsvermögen angeht, erwidert Bea. All diese Rechengehirne haben sich zusammengetan zu einer riesigen, perfekt funktionierenden Maschine.
Es hätte uns gelingen müssen, sie aufzuhalten. Gleich zu Anfang.
Haben wir ja alle versucht, sagt Bea. Aber um Sand in dieses Getriebe zu streuen, bräuchtest du schon die ganze Sahara.
Aschenverwertung, sage ich. Was mögen die darunter verstehen? Was kann man schon mit Asche machen?
Streuen bei Glatteis, Schatzerl, sagt Gitte zynisch, vor den SS-Villen, damit die lieben Kleinen, wenn sie mit den Bällen der verbrannten Häftlingskinder spielen, nicht ausrutschen. Sie könnten sich ja weh tun.
Ach, hört schon auf, sagt Bea. Die neun Monate Fabrik, die sie uns noch zugestehen, überleben wir so oder so nicht. Vorher wird der Krieg aus und unser Lager mit uns in Grund und Boden bombardiert sein. Von wem auch immer.
Na bestens, knurrt Gitte. Falls dann noch einer von den SS-Bonzen übrig sein sollte, wird er sofort eine Aschenverwertungs-GmbH gründen, wetten? – Wir verbarrikadieren uns gegen die feindliche Außenwelt unter unseren Wolldecken, die sich nicht bis ans Kinn hochziehen lassen, ohne die Füße aufzudecken, lassen uns augenblicklich in den Schlaf fallen, bis die Sirene zum Suppefassen heult. In straffem Gänsemarsch, Blechschüssel gegen die Rippen gedrückt, ziehen wir am Kessel vorbei. Für jede ein Schlag Rübengebräu. Zurück. Die nächste. Diese SS-Austeilerin habe ich bisher noch nicht gesehen. Schätzungsweise Mitte Dreißig,

untersetzt, breithüftig wie die meisten ihrer Kolleginnen. Aber etwas an ihr ist anders. Gegen die Regel der Häftlingsordnung schaue ich ihr ins Gesicht. Da ist es, das andere: ein Menschengesicht an Stelle einer starren Visage. Der lebendige Ausdruck teilt sich den Muskeln um Mund und Wangen mit, sogar die Andeutung eines Lächelns ist vorhanden. Auch die Art, wie sie mit den Häftlingen umgeht, unterscheidet sie von den übrigen SS-Weibern.

Die meisten der Essenfasser haben es bereits bemerkt und nutzen es aus: Noch einen kleinen Nachschlag, Frau Aufseherin.

Mir bitte auch. Weil doch Sonnabend ist.

Haben Sie ein Herz, Frau Aufseherin. Es ist ja genug da.

Ich sehe erstaunt, wie gelassen sie sich diese sonst undenkbaren Betteleien anhört, sehe, wie sie der einen oder anderen Elendsgestalt nach kurzem, prüfendem Blick nachreicht, sich Vordrängende dagegen mit festem: Du hast genug! bescheidet.

Mit unserem Hundenapf zurück in der Koje, sagt Gitte erklärend: Das ist die Friedrichsen. Die macht an Wochenenden bei uns Wachdienst. Mit der kommen wir alle gut aus.

Seltsam, sage ich.

Was ist seltsam?

Weiß nicht. Sie scheint so anders. Irgendwie umgänglicher.

Ist sie. Darum kriegt sie auch kein freies Wochenende wie ihre Kolleginnen, sondern ist zu unserer Betreuung abkommandiert. Du mußt wissen: bei denen in der Lagerleitung herrscht Hierarchie. Solche wie die Friedrichsen gelten als unzureichend für durchgreifende Maßnahmen und stehen ganz unten auf der SS-Bewährungsliste. So 'ne Art Mädchen für alles in Uniform. Die haben es besonders schwer. Werden sie dabei erwischt, wie sie versuchen, uns Lagerhäftlingen, besonders den Kindern, zu helfen, sind sie ihre Uniform los.

Was geschieht mit ihnen?

Entweder Streifenkittel oder Genickschuß. Auf *Begünstigung von Feinden des Vaterlands* steht Todesstrafe, wie du weißt.
Im Waschraum spülen wir unsere Eßschalen aus. Die Suppe war fast kalt.
An Wochenenden wie heute, fährt Bea mit dem Erklären fort, gibt es keinen Siemens-Küchendienst. Da müssen die vom alten Lager die Suppenkessel zu uns heraufschleppen. Bei der Kälte mit den schweren Karren zwanzig Minuten über Glatteis – da bleibt von der Wärme nicht viel übrig. Anschließend hat der Kesseltrupp unsere Baracken zu reinigen. Wir nutzen die Stunden, um im großen Lager unsere Freundinnen zu besuchen. Die meisten von uns jedenfalls.
Das dürfen wir? sage ich überrascht.
Wir sollen sogar. Dem grünwinkligen Säuberungskommando sind wir nur im Wege. Sie hassen uns. In ihren Augen sind wir ungerecht Privilegierte. Ich geh gleich hinüber. Kommst du mit?
Am Sammelplatz ist die Friedrichsen schon dabei, die Nummern all derer zu notieren, die das alte Lager besuchen wollen. Fast zweitausend Frauen melden sich, deutsche, französische, Belgierinnen, Tschechinnen und Holländerinnen. Eine Eskorte von bewaffneten SS-Wachleuten marschiert uns in ordentlichen Fünferreihen, untergefaßt, um ein Ausgleiten zu vermeiden, am Stromgitter entlang zum FKL hinüber.
Schon auf halber Strecke schlägt uns brenzliger Gestank entgegen, der die Schleimhäute reizt, uns husten und niesen macht. Da ist sie wieder, die Feuersäule, spuckt Flammen durch den schwarzen Qualm. Kann man sich denn so schnell umgewöhnen? Seltsam, aber es scheint mir unfaßlich, daß es erst Tage her sein soll, seit ich dieses Inferno verließ. Selbst an den Leichengestank muß sich meine Nase wieder neu gewöhnen. Außerdem wundert es mich, wie viele Frauen und Kinder zwischen den Baracken ziellos umherzuirren schei-

nen. Sind sie denn nicht alle um diese Zeit bei der Arbeit? So schnell meine Füße mich tragen, eile ich zur ehemaligen ‹Villa Wanda›, um von der Stubenältesten zu erfahren, wo ich Heli finden kann. Vielleicht gibt uns ja einer der nun bereits stetigen Nachmittagsalarme die Möglichkeit zu einem kurzen Zusammensein. Irre ich mich, oder ist in den Slums in den wenigen Tagen meiner Abwesenheit ein noch wüsteres Durcheinander entstanden? Da prügeln sich Kinder verbissen um ein Stück Karton, einige der Größeren reißen den jüngeren die Schuhe von den Füßen, werfen sie johlend durch die Gegend, die Beraubten zwingend, barfuß und weinend ihrem Schuhwerk nachzulaufen, andere spielen Vergasen mit der Mündung einer rostigen Gießkanne. Schschsch, machen sie, jetzt kommt das Gas. Und die ‹Opfer› verzerren die Gesichter zur Grimasse, keuchen, fassen sich an die Kehle, lassen sich langsam, die Münder weit offen, zu Boden sinken. Wen wundert's, denke ich, sie spielen SS, die einzigen Lehrmeister, die sie kennen.

Die Henning, unsere Stubenälteste, starrt mich verblüfft an. Dann sieht sie das Stoffschild ‹Siemens›, das jeder von uns mit ein paar Reihstichen an die Brust geheftet wurde.

Ach, von da kommst du, sagt sie. Es klingt bewundernd, als hätte ich ein schwieriges Examen bestanden.

Ich frage sie, sie muß das Drängen in meiner Stimme hören, ob sie weiß, bei welchem Kommando Heli sei. Heli Wiedemann aus Kassel.

Ach, die meinst du? Bei gar keinem. Liegt seit vorgestern im Revier.

Was ist geschehen? Was hat sie?

Die Henning zuckt die Achseln: Weiß nicht. Krank.

Ich mache auf der Stelle kehrt, dränge mich durch die Menge, erreiche nach einigen Schwierigkeiten den Krankenblock.

Besucher nicht zugelassen, sagt die Häftlingsassistentin am Eingang. Dann sieht sie mein Abzeichen. Ach so. Siemens. Na, dann komm mal mit.

O dieser stinkende Korridor, wie ich ihn hasse. Da hocken sie wieder, eng gedrängt, die nackten, bei lebendigem Leib Verwesenden, warten resigniert auf eine möglichst schnelle, schmerzlose Beihilfe zum Tod und wissen doch, daß die da drinnen keine Gnade kennen.
Ich finde Heli im großen Krankensaal. Im Mittelbett nahe dem frostbeschlagenen Fenster. Sie hat die Augen offen, starrt zur Decke empor. Kann man dich, bringe ich mit Mühe beim Anblick ihres eingefallenen Gesichts heraus, denn keinen Augenblick allein lassen, ohne daß du Dummheiten machst und dich ins Revier begibst?
Langsam, als mache es ihr Mühe, wendet sie mir den Kopf zu. Ein Lächeln breitet sich über ihre armen Züge, die Augen, eingesunken, beleben sich. Meine Kleine. Du bist wiedergekommen, sagt sie leise.
Klar komme ich wieder, was denkst du. Stell dir vor, ich hab jetzt eine Stellung mit Ausgang, kann dich von nun an jedes Wochenende besuchen kommen, sage ich mit forcierter Fröhlichkeit.
Heli macht vergebliche Anstrengungen, sich aufzurichten. Ich schiebe ihr das stichelige Roßhaarkissen in den Nacken – wenigstens kein verrotteter Papiersack mehr –, rolle meinen Mantel zusammen und stopfe ihn darunter, daß ihr Körper aufrecht zu sitzen kommt. Sag, was hast du? Weshalb bist du hier?
Heli lächelt nur und lächelt, schaut mir in die Augen, streichelt meine Hand. Die ihre ist leicht wie eine Feder, es ist kein Druck mehr in ihr. Ach du, sagt sie, daß du wieder da bist. Erzähl mir, wie es dir in der Fabrik geht. Geben sie dir genug zu essen? Und wie lange könnt ihr schlafen? Du siehst angestrengt aus.
Heli, die Mutter, die ewig um ihre Lieben Besorgte. Das ganze beschützende, lebensbewahrende Prinzip in diesem hinfällig zarten Geschöpf.
Bist du sicher, es strengt dich nicht zu sehr an?
Nein, nein, sagt sie eifrig, komm, berichte. Ich bin ja schon

so neugierig. Das Lächeln um ihre spitz gewordene Nase hat sich noch vertieft.
Auch ich kann Märchen erfinden, wenn es sein muß. Von einer Art Insel im Gefüge des Lagergeländes erzähle ich ihr, wo wir Auserwählten in fröhlicher Gemeinschaft mit Zivilisten schaffen, wo es keine sadistischen Lagerkommandanten und Arbeitseinpeitscher gibt. Die Aufseherinnen, sage ich, seien nur solche, die wegen zu großer Menschlichkeit von hier entfernt und zu uns abgeschoben worden seien. Nette, liebe Frauchen, die mit Freuden ihren Dienst quittierten, wenn sie nur dürften. Na, und was die Arbeit anginge: die reinste Spielerei. Ein wenig Herumgefummel mit Metallteilchen, die man zusammenzusetzen habe wie ein Puzzle, richtig lustig. Und das nachts, wo doch ein Alarm dem anderen folge. Ach, Heli, das müßtest du sehen, wie eilig es da unsere Werkleute haben, in den Bunker zu kommen. Wir dagegen dürfen sitzen bleiben und schlafen, weil ja alles Licht aus sein muß.
Ein ängstlicher Ausdruck verdüstert flüchtig Helis Gesicht: Aber ohne Luftschutzkeller, sagt sie, seid ihr doch den Bomben ausgesetzt?
Ich beeile mich, ihr zu versichern, daß, wer immer uns überflöge, längst über das Lager mit seinen Außenstellen Bescheid wisse.
In letzter Zeit, das höre sie doch, krache es immer häufiger um uns herum. –
Aber das Lager sparen sie aus, sage ich. Weil sie wissen, daß ihre eigenen Leute hier unten sitzen.
Der Wolkenschatten auf ihrem Gesicht läßt sich Zeit mit dem Abziehen. Klingt ja alles wunderbar, Kleines, sagt sie nachdenklich – vermutlich kommt er ihr doch nicht ganz geheuer vor, dieser Garten Eden mitten in der Hölle –, aber du hast ein ganz kleines, spitzes Gesicht bekommen. Was kriegt ihr dort zu essen? Du ißt nicht genug, Anja, das sieht ein Blinder. Fühlst du dich auch wirklich gesund?
Für mich eine Gelegenheit, auszuweichen. Apropos Ge-

sundheit, sage ich, jetzt bist du dran. Warum haben sie dich hierhergebracht?
Heli schweigt eine Zeitlang vor sich hin, bevor sie sagt: Ich weiß es nicht. Ich weiß es wirklich nicht. Nach der letzten Injektion vor acht Tagen habe ich zunächst nichts gemerkt. Dann, vorgestern, bekam ich ganz plötzlich hohes Fieber. Da lieferten sie mich hier ein.
Und jetzt? Kein Fieber mehr?
Das haben sie mit Aspirin herabgedrückt, sagt Heli. Aber schau mal das da! Sie schlägt die Bettdecke zurück. Da ist eine kraterähnliche Wunde unterhalb des linken Knies soeben dabei, aufzuplatzen. Die Ränder sind bröckelig trokken, in der Mitte ist ein winziges Stück weißen Knochens zu sehen. Tut höllisch weh, sagt sie mit dem Anflug eines tapferen Lächelns.
Und kein Verband? Wer hat dir die Spritze gegeben?
Es soll Luft drankommen, sagen sie. Aber es will nicht heilen. Sie schlägt die Decke wieder darüber. Zum Glück schaut sie nicht auf, um in diesem Moment mein Gesicht zu sehen. Schon wieder die Bienhold, wie sie mir von den Sulfonamidversuchen erzählt. Wie eine bestimmte, injizierte Substanz das Fleisch an dafür bestimmten Stellen aufplatzen läßt und den Knochen freilegt. Und daß diese Wunde, wollte sie heilen, künstlich offengehalten wird, um an ihr die inneren Veränderungen durch Einwirkung eines Pulvers – ich darf nicht weiterdenken, um mich herum dreht sich alles. Heli das unwissentliche Opfer einer pseudomedizinischen Versuchsreihe, das kann, das *darf* einfach nicht sein.
Hoffentlich wird es schnell besser, sagt sie. In vier Tagen ist meine Zeit hier um. Dann muß ich wieder voll arbeitsfähig sein.
Bist du. Bist du sicher, sage ich mit einem Kloß im Hals.
Später, vor Austeilung der Abendsuppe, verlasse ich Heli schweren Herzens, um mich der abmarschbereiten Siemens-Gruppe einzugliedern. Vielleicht heilt ihr Bein bis dahin ja

wirklich so weit, daß sie Stubendienst tun kann. Aber die Angst um meine geliebte, mütterliche Freundin sitzt mir im Nacken.
Zurück in meiner Baracke, sehe ich in mißmutige Gesichter. Bisher hatten zur Wochenendverköstigung sowohl der Margarinewürfel wie auch der Klecks Marmelade gehört.
Gestrichen! informiert mich eine zornige Kameradin.
Weshalb?
Frag den Lagerleiter. Was weiß ich?
Bitte! ruft die austeilende Friedrichsen in die knurrende Menge, bitte seid vernünftig. Nicht nur ihr hungert. Es ist nicht mehr genug da –
Hohnlachen unterbricht sie: Nicht genug da? Haben Sie mal einen Blick in die Vorratskammern beim Tor geworfen? Da verrottet das Zeug zuhauf!
Sie wissen, wovon sie sprechen. Wie auch ich haben sie Kartoffeln und Gemüse schippen müssen, bevor sie hierher kamen.
Die Friedrichsen hebt hilflos die Hände. Glaubt nicht, sagt sie, daß wir Aufseherinnen viel besser dran sind. Was in den Kellern liegt, ist ausschließlich für die Kommandantur bestimmt.
Na, denn mal guten Appetit. Mögen sie daran krepieren, sagt jemand. Die anderen lachen höhnisch.
Mit meiner traditionellen Gefängniskost – Suppe und Brot – erklettere ich meine Koje. Hände von oben sind mir behilflich. Bea und Gitte haben Besuch. Vier junge Frauen begrüßen mich mit: Willkommen in unserem Club! Sie sitzen nah zusammengerückt, ich finde gerade noch zwischen ihnen Platz. Die Wärme der Körper belebt die Kältestarre meiner Haut. Es tut so gut, daß ich vor Behagen einen Augenblick die Augen schließe.
Weißt du, erklärt Bea, wir sechs haben uns hier zu einem Freundeskreis zusammengefunden. Stammen alle irgendwie aus dem gleichen, bürgerlichen Milieu.
Hat nichts mit Snobismus oder so was zu tun, sagt Usch, die

ich schon kenne. Ist aber wichtig, daß man die gleiche Sprache spricht, verstehst du?
Auf dieselbe Weise haben sich auch alle übrigen hier zusammengefunden.
Sie sind jung, rebellisch. Trotz großer körperlicher Schwäche ist noch viel Auflehnung in ihnen. Schon bald habe ich das Gefühl, als hätte ich von Anfang an mit dazugehört. Natürlich ist Hunger das vordergründige Thema. Die Frage: wie und woher kann man sich Zusätzliches beschaffen, um nicht zu verhungern, bevor die Alliierten uns finden.
Ich war vorhin unten im großen Lager. Da hocken ganze Gruppen von Frauen – die mit dem Andreaskreuz auf dem Rücken, berichtet Monika.
Die freiwilligen KZler aus den geräumten Gebieten?
...also die sitzen da wie die Geier und lauern darauf, daß eine stirbt, um sich nachher beim Austeilen um die restliche Brotscheibe die Köpfe blutig zu schlagen.
Mir hat eine erzählt, sage ich, daß es sogar welche gibt, die reißen den Leichen auf den Transportkarren die Leiber auf, um die Leber zu fressen.
Ja, soweit sind wir wohl schon, sagt Elinor bedrückt. Sie ist hochgewachsen, ihre Magerkeit läßt sie baumlang erscheinen. Das Gesicht mit den regelmäßigen, etwas derben Zügen wirkt verschlossen. Sie war, wie ich der weiteren Unterhaltung entnehme, mit einem jener deutschen Juden befreundet, die sich allen gegenteiligen Zeichen zum Trotz als echte Deutsche fühlten, für die eine Emigration undenkbar schien. Elinor war, obwohl bereits einmal mit einem Schild als Judenhure öffentlich an den Pranger gestellt, an seiner Seite geblieben, bis ihm, der mit einer Zahnbürste in Nürnberg das Straßenpflaster säubern mußte, ein SS-Mann in der ‹Reichskristallnacht› den Kopf zertrat.
Usch meint, irgendwie würde ihr schon einfallen, wie man etwas organisieren könnte.
Gitte lacht: Wenn überhaupt, dann dir. Laß dir von ihr mal erzählen, Anja, was sie ins Lager gebracht hat. – O ja, das ist

eine so hübsche Geschichte, sagen die anderen, weil wir im Lager sind und man hübsche Geschichten nicht oft genug hören kann. Es gibt so wenige von ihnen. Sorgsam zerbrökkeln wir unser Brot, halten die Krumen auf der Zunge, bis sie ganz eingespeichelt sind, bevor wir sie herunterschlukken.
Usch war Sekretärin beim Wehrmachtskommando in Amsterdam gewesen. 1943, berichtet sie, da waren Lederwaren knapp geworden, und die Einkäufer von uns hatten's ganz schön schwer, noch brauchbare Gürtel und Stiefel aufzutreiben. Lederfabrikanten waren wie vom Erdboden verschwunden. Komm ich doch zufällig bei einem Torbogen vorbei, wo einer von den holländischen Zivilisten gerad um die Ecke biegt mit einem Paar funkelnagelneuen Stiefeln in der Hand. Hat mich natürlich neugierig gemacht. – Natürlich! wirft Gitte lachend ein. – Bin ich also durch und eine Menge Treppen hinunter, bis es immer dunkler wurde. – Nur so eine Art Funzel habe gebrannt, und unten angekommen, hätten sich ihre Augen erst einmal an das Dunkel gewöhnen müssen. Aber dann – Kinder, was ich dann sah, hat mir den Atem verschlagen!
Was sahst du?
Einen Riesenkeller, in dem es von Arbeitern nur so wimmelte. Sie waren so beschäftigt, daß sie mein Kommen überhaupt nicht bemerkten. Und um sie herum, ausgebreitet: Lederhäute, Leder in allen Farben und Formen! Ich dacht, ich träum. – Und was hast du dann gemacht? – Hingegangen bin ich, hab meinen Ausweis von der Kommandantur hochgehalten und gerufen: Deutsche Wehrmacht. Beschlagnahmt! Na, haben die einen Schrecken gekriegt. In einen Nebenraum haben sie mich geleitet, mir Wein vorgesetzt und mir zugeredet wie einem Ackergaul, das Maul zu halten über das, was ich gesehen hab. – Und dann? Weiter! – Dann hab ich erst einmal den Wein ausgetrunken. Als ich beschwipst genug war, hab ich gesagt, daß ich auf ihrer Seite bin und ihnen helfen wolle im Gegenwert für zwei Handta-

schen und einer Joppe aus Wildleder. – Die Händler, erzählt sie weiter, seien begeistert darauf eingegangen. Danach seien sie mit einem besonderen Anliegen herausgerückt. Sie hätten nämlich noch ein größeres Lederdepot in Arnheim nahe der deutschen Grenze. Jeden Tag könne es dort entdeckt und beschlagnahmt werden. Was tun?
Usch wußte natürlich Rat, sagt Monika anerkennend.
Im weiteren Verlauf der Geschichte erfahre ich, daß Usch sich von ihren neuen holländischen Freunden ein fingiertes Angebot an die deutsche Wehrmacht hatte ausstellen lassen. Damit war das mutige Mädchen zum Einkäufer der Kommandantur marschiert, hatte ihm die Liste vorgelegt und bemerkt, daß der Freund eines Freundes sie ihr habe zukommen lassen, damit *unsere tapferen Soldaten an der Front* wieder zünftig auf heilem Schuhwerk marschieren könnten. Bedingung: wo dieses Arsenal an Lederwaren sich befände, müsse geheim bleiben. Ich sag euch, dem Fritzen sind vielleicht die Augen übergegangen, als er die Aufstellung las. Her mit den Sachen! hat er ganz aufgeregt geschrien.
Und was hast du gemacht?
Ihm gesagt, das sei nur die Hälfte des Gesamtpostens. Die andere müsse noch hergeholt werden. Da hat er gar nicht erst weiter nachgedacht, sondern gleich gefragt: Was brauchen die Leute, um die Ware so schnell wie möglich herbeizuschaffen? Sagte ich: Zwei Lkws mit Fahrern. Schrieb er gleich Fahrbefehle aus für Nimwegen hin und zurück. Ich mit zwei Freunden von mir los. Die waren natürlich eingeweiht.
Zum erstenmal läßt sich die weiche Stimme von Rita vernehmen: Nimwegen? Aber die Ware lag doch in Arnheim?
Die Stimme fasziniert mich. Aber um Rita zu sehen, die im dunkelsten Eck hockt, müßte ich den Hals zu stark drehen.
Ist nicht weit voneinander, sagt Usch, wenn man einen guten Lkw hat. Während des Wegs taten wir drei, als wären wir uns über irgend etwas nicht einig. Ich hab dann den

Fahrer unseres Wagens angesprochen und ihm gesagt, wir hätten uns geirrt, Geldern stimme. Aber nicht Nimwegen, sondern Arnheim. Das müßten sie dann aber auf ihre Fahrbefehle vermerkt bekommen, meinten sie nur. Haben wir ihnen zugesichert. Bei der angegebenen Arnheimer Adresse angekommen, haben wir dann den ganzen Kram in die beiden Lkws verladen und uns auf die Rückreise gemacht. Mit uns drei Holländer vom Depot, die waren eingeweiht.
War aber doch eine verdammt riskante Sache, sage ich. Und wie ging's weiter? Noch während ich frage, geht das Licht aus. Wir sitzen im Dunkeln. Das ist fast so schön wie in der Kinderzeit, wenn die Mutter zur Schlafenszeit noch ein Märchen erzählt.
Auf dem Weg, berichtet Usch weiter, haben wir in einem Rasthaus haltgemacht. War im voraus alles so mit den Holländern abgesprochen. Wir haben mächtig gebechert. Unsere beiden Fahrer waren bald so betrunken, daß die Holländer überhaupt keine Schwierigkeiten mehr hatten, sie zu der Aussage zu überreden, ohne Fracht zurückgekommen zu sein. Waren auch nette Jungs, die sich riesig über die neuen Stiefel und Koppel freuten, mit denen wir sie beschenkten. Ist ihnen wohl erst später klargeworden, daß sie damit *Wehrmachtsgut* an sich genommen hatten. Auf so was steht ‹Rübe ab›. Aber sie wollten den Mund halten, kein Problem. Der Rest war einfach: Die drei Holländer begleiteten mich zu unserem Einkäufer. Ihr hättet sie hören sollen, mit welchem Bedauern sie vorbrachten, unserer Kommandantur nicht dienen zu können. Die deutsche Wehrmacht habe das Lederdepot in Nimwegen vor unserer Ankunft bereits beschlagnahmt ebenso wie das Hauptlager. Damit war dann die Angelegenheit vom Tisch, und ich hab meine Wildlederjacke, die zwei Handtaschen und als Bonus noch ein Paar traumhaft schöne Schuhe nach Maß bekommen. – Du hast noch zu erzählen vergessen, wie du das Amsterdamer Hauptlager vor der Beschlagnahme schütztest, kommt Gittes Stimme aus dem Dunkel.

Ach das. Einfach. Hab mir im Sekretariat unter den abgelaufenen Fahrbefehlen einen ausgesucht, wo der Stempel mit dem Vogel weit unten saß und darübergetippt: «Die Firma Houben arbeitet im Auftrag der deutschen Wehrmacht.» Die Unterschrift durch den gestempelten Vogel hindurch war sowieso unleserlich.
Tolle Geschichte, sagt Elinor. Wie schön, daß sich auch die Allmächtigen manchmal so gründlich hereinlegen lassen.
Mir geht da noch etwas durch den Kopf. Aber wenn doch alles glatt verlaufen ist, wieso bist du jetzt hier?
Kleine Pause. Auch die anderen horchen auf. Diese Frage hatte anscheinend noch niemand gestellt.
Jetzt ist Uschs Stimme nicht mehr so munter wie eben noch: Ach, dieser Suttke, der Knallkopp. Der eine der Fahrer. Tauchte der doch am nächsten Tag in der Kommandantur auf mit knarrenden, nagelneuen Lederstiefeln. Den Rest könnt ihr euch denken.
Gab's ein Verhör?
Na und ob. Der Kerl hatte sich so in Widersprüche verwikkelt, daß er sich vor Angst in die Hosen pinkelte und die ganze Geschichte ausspuckte. Damit war meine Sekretärinnenlaufbahn ziemlich abrupt beendet, ich wurde auf die Reise geschickt, Endstation Ravensbrück. Vorher durfte ich noch den Haftbefehl für Suttke tippen. Mit zweifachem Durchschlag.
Überall in den Kojen um uns herum haben sich Frauen zusammengefunden, reden, diskutieren. Ich wundere mich, daß keine Abendkontrolle erschienen ist.
Die Friedrichsen, sagt Gitte, macht Sonnabend/Sonntag Alleindienst. Da braucht sie auch ein bisserl Atempause. Gönnen wir's ihr und uns.
Gegen Mitternacht werden wir alle schlafbedürftig. Unsere ‹Gäste› verabschieden sich eine nach der anderen. Es wird still in der Baracke. Durch das Glas der Fenster tönt der schwerfällige Schritt des Wachtpostens, nähert sich, stapft an uns vorbei, verliert sich, macht kehrt, kommt zurück – unser

Wiegenlied. So müde ich bin, Schlaf will sich nicht einstellen. Mein Gott, Heli, denke ich, versuch durchzuhalten – bitte, halte durch! Die Kaninchenstaupe, wie man im Lager die Folgen von Experimenten an den zu Versuchskaninchen mißbrauchten Frauen nennt, ist tödlich. Wenn sie es nicht gewußt hat, weiß sie es spätestens jetzt, nach meinem Besuch. Sie hat es meinem Gesicht abgelesen. Weshalb kann ich nicht mehr weinen?

In der Nacht hat es zu schneien begonnen. Lautlos, in dicken Flocken, legt sich der Schnee weich über die schwarze Erde. Als ich gegen sechs Uhr erwache, ist es so still, daß aus der Ferne das Echo der Fürstenberger Kirchenglocken klingt, die den frühen Sonntag einläuten. Rundum beginnen die Frauen zu erwachen im glücklichen Bewußtsein, noch einen ganzen Vormittag ohne Schinderei genießen zu dürfen. Wer jetzt wach ist, bleibt, die Augen zum Fenster gerichtet, tief durchatmend liegen. Friede liegt über dem Schlafraum mit seinen über hundert Kojen, die Katholiken unter uns murmeln ein Morgengebet. Ein Friede, der einer anderen Welt zuzugehören scheint. Er hält nicht lange an. Auf dem Platz vor unseren Baracken beginnt Gezeter und wüstes Geschrei. Wir eilen zu den Fenstern. Da stehen die acht Aufseherinnen des Siemens-Blocks stramm vor den Lageroberaufseherinnen Binz und Mandel und müssen sich abkanzeln lassen. Das Fensterglas ist dünn; wir verstehen jedes Wort. Die beiden vom FKL heraufgekommenen SS-Frauen toben. Besonders die Binz scheint außer sich. *Sauerei,* hören wir, *Bummelantentum. Keine Zucht und Ordnung.* Und dann irgend etwas von Disziplinarstrafen, falls hier zum Wochenende die Häftlinge nicht zu Aufräumungsarbeiten und dergleichen herangezogen würden. Ob sie, die Aufseherinnen der verschiedensprachigen Baracken, glaubten, sie seien Pflegerinnen in einem Sanatorium für werdende deutsche Mütter? – *Abtreten!*

Noch bevor wir unsere Verschläge wieder erreicht haben,

platzt die Tür auf. Nun sieh dir das an, kreischt die Binz die Mandel an, diese Saubande, wie sie in den Betten herumlungert und sich einen schönen Tag macht. Raus aus den Kojen, augenblicklich!
Unruhe auf den Gesichtern ringsum. In aller Augen die bange Frage, was sie mit uns vorhaben. Wir reihen uns hintereinander in den Gängen auf, versuchen mit fliegenden Händen unsere Kleidung zu ordnen. Da tritt eine knochige Gestalt vor. Ich erkenne in ihr die ‹Kannibalin› wieder, die Fanatikerin mit dem wütenden Hunger.
Frau Oberaufseherin, sagt sie mit rauher Stimme, wir sind Fabrikarbeiterinnen mit Schichtwechsel. Es steht uns zu –
Weiter kommt sie nicht. Pfeifend fliegt ihr die Reitgerte der Binz durchs Gesicht. Es steht euch zu – es steht euch zu? *Wir werden euch zeigen, was euch zusteht!*
Bevor wir noch richtig erfassen, was geschieht, beginnen die beiden, wahllos auf die angetretenen Frauen mit ihren Peitschen einzuschlagen, blind vor Wut und Haß. In der nun weit offenen Tür steht die Friedrichsen mit gequältem Gesichtsausdruck und schaut der Prügelorgie zu. Mich erwischt das Leder der Mandelschen Gerte an Hals und Ohr, das stark zu bluten beginnt. Alkoholdunst verrät: die beiden Oberaufseherinnen sind betrunken. Da muß irgendein nächtliches Fest in der Kommandantur stattgefunden haben; wie sonst kämen die beiden zu so früher Stunde hierher ins Siemens-Lager, dazu am Sonntagmorgen?
Raus zum Appell! schreit die Binz und versetzt noch einer jeden, die ihrem Befehl nicht schnell genug Folge leistet, ein paar zusätzliche Hiebe auf Rücken und Gesäß.
Zitternd vor Kälte, Schock und Schmerzen reihen wir uns vor unserem deutschen Block ein, gefolgt von den Ausländerinnen aus den übrigen sieben Baracken. Auch sie völlig verstört, doch wenigstens nicht geschlagen. Wir Deutschen bluten fast alle. Der Schmerz an meinem Ohr ist so schlimm, daß er mir das Gefühl gibt, man habe es gänzlich abgetrennt.

Bis Mittag Strafe stehen! kreischt die Binz noch. Und dann sind die zwei ebenso plötzlich verschwunden, wie sie aufgetaucht waren. Bei uns bleibt nur die Friedrichsen, selbst ein geprügelter Hund.
Ruhe, sagt sie ein paarmal mit unsicherer Stimme, wenn die eine oder andere ihrem Schmerz allzu freien Lauf läßt.
Mein Ohr blutet noch immer heftig. Außerdem ist es taub. Vielleicht hat der scharfe Pfiff der Peitsche mein Trommelfell verletzt. Behutsam taste ich es ab. Es brennt und pocht. Die Friedrichsen sieht meine Bewegung. Einen Augenblick lang ist sie unsichtbar. Dann taucht sie mit einer Rolle Zellstoff wieder auf, reißt ein Stück davon ab, gibt es mir: Hier, tupf dir das Blut ab.
Stück um Stück verteilt sie das Saugpapier an die schwerer Verletzten, bis nichts mehr übrig ist. Lehnt sich dann gegen die Barackenwand uns gegenüber, kreuzt die Arme über der Brust und starrt ins Nichts. Der Schnee wird immer dichter, der dunkle Saum des Kiefernwaldes verschwindet hinter seinem feingewebten Schleier. Fünf Stunden Appell sind eine lange Zeit. Die Hälfte aller hier Angetretenen sind Nachtschichtler, denen vor ihrem Dienstantritt kaum mehr Zeit zum Ausruhen bleibt. Auf unseren Mänteln und Lagerröken wird der Schnee zu Wasser, das durch die Kleidung bis zur Haut vordringt. Doch wer achtet jetzt, nach diesem Schock, noch auf Nässe?
Neben mir steht Rita mit der weichen Stimme, die ich gestern während unseres Zusammenseins nicht richtig sehen konnte. Jetzt habe ich Gelegenheit, sie mir näher zu betrachten. Es ist wichtig, seine Aufmerksamkeit von sich selbst ab- und auf anderes zu lenken. Es hilft vor allem beim Überwinden starker körperlicher Schmerzen. Ich wende ihr mein Gesicht zu. Mehrere Frauen haben bereits begonnen, sich leise miteinander zu unterhalten, sicher, daß sich der Auftritt von heute morgen nicht wiederholen wird. Daß die Leitung des FKL das Fabrikgelände besucht, gilt als Seltenheit. Und die Friedrichsen hat nichts gegen eine Auflocke-

rung der strengen Regeln, solange keine Kontrolle des Weges kommt.
Meine Nachbarin Rita, stelle ich fest, ist von einer faszinierenden Häßlichkeit. Ihr Alter schätze ich auf Mitte Dreißig. Ihr Kopf auf dem zierlichen Körper wirkt noch massiger durch einen Buckel, die Haut ist milchkaffeefarben. Was ist es, an das mich ihr ausdrucksvolles Gesicht erinnert? Aus der Ruhe allgemeinen Vergessens taucht ein Bild vor mir auf: Teje, nubische Ziehmutter der Nofretete. Ihre kleine Büste stand irgendwo, ich glaube, es war ein Schreibtisch und ich muß ein Kind gewesen sein, daß ich so viel Zeit damit verbrachte, mir ihr Gesicht einzuprägen. Rita hat die gleichen mandelförmigen Augen, denselben vollen Mund, die aufgeworfenen Lippen. Einzig die Nase weicht von der Vorlage ab: Sie ist scharf, der Nasenrücken gebogen wie ein Adlerschnabel. Das Ganze eine Mischung aus europäischem und Indianerblut mit leicht negroidem Einschlag.
Was schaust du mich so an? Ist was?
Du siehst so – so exotisch aus. Bist du Deutsche?
Worauf du wetten kannst. Bis zu den Großeltern reinrassige Arierin. Sag bloß, du bist eine Anhängerin der germanischen Rassentheorien!
Es klingt leicht aggressiv. Ich beeile mich, ihr zu versichern, daß mich ihr Aussehen begeistere und ich sie wundervoll fände. Jetzt lächelt sie und wird auf einmal richtig schön. Weißt du, sagt sie, manchmal schlägt nach Generationen das Blut irgendeines Urahnen durch. Ich hatte einen vielgereisten, leichtlebigen Urgroßvater. Von ihm soll eine ganze Inselbevölkerung abstammen.
Der Schmerz auf meinem Ohr ist vergangen. Auch die Kälte spüre ich nicht mehr. Erzähl mir von dir, Rita, bitte ich.
Und so, stundenlang dem Schneetreiben ausgesetzt, erfahre ich Einzelheiten aus dem Leben dieser faszinierenden Frau – ja, faszinierend, ich wüßte kein besseres Wort. Ich sehe das Villenhaus mit dem parkähnlichen, verwilderten Garten in Berlin-Dahlem vor mir, in dem Rita, ein Einzelkind, ge-

boren wurde, höre ihre ersten Tonleiterversuche als Vierjährige unter dem strengen Regiment einer ehrgeizigen Mutter.

Vor ihr habe ich mich immer ducken müssen, sagt sie. Davon habe ich meinen krummen Rücken.

Das Vermögen ihrer Eltern ermöglichte ihr eine Ausbildung zur Konzertpianistin an der staatlichen Musikhochschule in Berlin. Als die Nazis kamen, erzählt sie, habe sie trotz ihres einwandfreien Arier-Ausweises viel zu leiden gehabt und früh begonnen, die Braunen zu hassen. 1938 sei sie nach Frankreich geflohen, wo sie sich als Konzertpianistin bald einen Namen machte. Als Frankreich und Großbritannien im Jahr neununddreißig Deutschland den Krieg erklärten, habe sie sich und ihre Wohnung der französischen Résistance zur Verfügung gestellt. 1942 sei durch einen Verrat der Ring aufgeflogen. Die Gestapo habe sie morgens um halb fünf aus der Wohnung eines Freundes geholt und verhaftet.

Sie wollten Namen wissen, sagt Rita, die Namen von allen, mit denen ich zusammenarbeitete.

Und? Hast du sie ihnen gegeben?

Sie schüttelt den Kopf. Als Antwort streckt sie mir ihre Hände entgegen. Ich starre darauf: steife, ineinander verkrallte Finger mit Resten von dem, was einst Nägel gewesen waren. Sie haben ihr die Finger gebrochen, die Fingernägel ausgerissen.

Die Mittagssirene tönt. In die Friedrichsen kommt Leben. Auch ihre Kolleginnen, mit ihr zum stundenlangen Strafestehen als Bewacherinnen verurteilt, atmen auf.

Alles zurück in die Baracken. Suppe fassen!

Und da kommen auch schon, die vereisten Hände um die Wagendeichsel geklammert, die Kesselschlepper vom großen Lager. Vergebens versuchen wir, uns mit der lauwarmen Rübenbrühe aufzuwärmen, obwohl die Friedrichsen uns allen diesmal einen kleinen Nachschlag austeilt. Wir sind zu Gefrierfleisch erstarrt. Es wird Stunden dauern, bis wir auf-

getaut sind. An erholsamen Schlaf bis zum Nachmittagsappell ist nicht zu denken. Der Überfall heute morgen hat uns zu stark erregt. Es ist Bea, die uns beim Schüsselspülen darauf aufmerksam macht, daß fünf weitere Fabriknächte, und zögen sie sich noch so lange hin, mit der Aussicht auf sich daran anschließende dreieinhalb Ruhetage doch zu ertragen seien.
Wovon sprichst du? Wir tun nicht erstaunt, wir sind es wirklich. Ohne Kalender tritt die Zeit mit ihren Daten auf der Stelle.
Weihnachten, sagt Bea. Diesmal fällt der 24. Dezember auf einen Sonntag. Rechnet es euch aus.
Na und? höhnt ein Mädchen, das sie Terry rufen – noch tobt in ihr der Zorn über das ungerechte Strafestehen –, o du fröhliche, o du selige, menschenmordende Christenheit. Falls du an eine Bescherung der Lagerleitung für ihre lieben Schutzhaftbefohlenen denkst, die haben wir ja gerade hinter uns. Weihnachten – du spinnst!
Letztes Jahr um diese Zeit, erinnert sich eine und hebt die Augen, in denen jede Hoffnung erloschen ist, zu Bea auf, da haben wir vom Außenkommando auf den gerodeten Strekken die Wurzeln der Baumstümpfe aus der gefrorenen Erde gegraben. Mit bloßen Händen.
Und wir karrten die Steine zum Bau für die Erweiterung des Kremos, wird sie von ihrer Nachbarin ergänzt. Gerade, als Joscha gestürzt und die Karre mit der ganzen Ladung über sie gekippt war, ging rundum ein wildes Glockenläuten los. Jemand sagte, die von Fürstenberg läuten Weihnachten ein. Aber es war Joschas Totenmesse.
Da waren wir noch im großen Lager, sagt Bea, mit Hunderten von Aufseherinnen, die sich im Dienst abwechselten. Kein Grund zur Fronunterbrechung. Hier im Siemens-Lager sind wir keine *Verfügbaren* mehr, wir sind Fabrikarbeiterinnen wie die Zivilisten in unseren Hallen. Und daß die über die Tage bei ihren Familien feiern werden, darauf könnt ihr wetten.

Du meinst, drei Tage lang machen sie die Hallen dicht? sage ich ungläubig.
Anzunehmen. Warten wir's ab.
Wir schweigen. Die Vorstellung von drei arbeitsfreien Tagen ist sinnenverwirrend, das muß man erst einmal verdauen.
Ein plötzlicher Laut, Mischung aus Schluchzen und Lachen: Gütiger Himmel, laß es wahr werden, stottert eine Grauhaarige mit ausgeschlagenen Vorderzähnen, ohne das käme ich nicht mehr übers nächste Wochenende!

Ist es die Gleichförmigkeit der Nächte, ihre bedrohlich wirkende Stille mit dem Gefühl ständigen Belauertwerdens im Rücken, was sie schon bald unerträglich werden läßt? Ist es ein genau berechneter Psychoterror, der es der SS-Führung gestattet, unsere Rentabilität für die Fabrik mit einer maximalen Lebensdauer von neun Monaten gleichzusetzen? Das Ganze hat etwas Gespenstisches. Unsichtbar für uns, die wir die Köpfe auf unsere Hände gebeugt halten, umschleichen sie uns auf weichen Sohlen, beobachten jede unserer Bewegungen. Sie kreisen uns ein, zunächst unmerklich. Erst nach Wochen, wenn die Kreise enger und immer enger werden, begreifen wir ihre Botschaft: Deine Zeit läuft ab. Nacht für Nacht, unaufhaltsam. Das Schweigen spricht mit der Flüsterstimme des Bösen.
Meine Augen narren mich, zeigen mir Konturen, wo keine sind, verwischen die vorhandenen. Meine Arbeit wird langsamer und schlechter. Wenn mir der Mann Götze in seinem weißen Kittel über die Schulter blickt, brauche ich nicht zu ihm aufzuschauen, ich spüre seine Unzufriedenheit im Nakken. Nicht zuletzt spiegelt sie sich in den Blicken meines mir feindlich gesinnten Gegenübers, mit denen sie triumphierend wie in geheimem Einverständnis meinen Meister anstarrt: Habe ich es nicht gleich gesagt, daß dieses Lumpenpack nichts taugt?
Morgen ist Sonnabend, der 23. Dezember. Petit Gil hat von

der Aufseherin der Franzosenbaracke einen Apfel geschenkt bekommen. Heimlich, fast verschämt, hat sie ihm das Obst in die Tasche seiner abgetragenen Jacke praktiziert. Petit Gil schiebt ihn mir zu, kaum daß die Sirene ertönt. Da, für dich, sagt er.
Das ist dein Apfel, du mußt ihn essen.
Wir löschen die Lampen, ich sehe sein Gesicht nicht mehr.
Wozu? sagt seine helle Stimme.
Immer wieder dieses Wozu, in einer Betonung, die auf Antwort nicht neugierig ist.
Der Apfel, sage ich, ist ein Geschenk. Geschenke gibt man nicht weiter. Damit will dir doch jemand etwas Gutes tun.
Eine SS-Frau.
Und wenn schon. Ob du es glaubst oder nicht: auch SS-Frauen sind Menschen. – Seine Resignation reizt mich zum Widerspruch, obwohl ich, hundemüde wie ich bin, nichts lieber möchte, als die uns von den Fliegerverbänden geschenkte Ruhepause zum Schlafen zu nutzen.
Menschen, die Menschen töten, sind keine Menschen.
Was sind sie denn deiner Meinung nach?
Unmenschen.
Wie locker er mit diesem Naziwort umgeht. Und wie verständlich. Wie sehr verständlich.
Etwas Glattes, Rundes schmiegt sich in die Innenfläche meiner schlafmüde ausgestreckten Hand. Nimm, sagt Petit Gil. Ich will dir auch etwas Gutes tun. Dir und dem Apfel. Wenn du ihn nicht ißt, stirbt er einen häßlichen Tod. Er schrumpelt, und niemand mag ihn mehr. Ich will, daß du ihn nimmst. Ich esse schon seit über einer Woche nichts mehr. Habe ich dir ja schon erklärt.
Also dann – danke, sage ich, weil ich weiß, daß sich jedes weitere Wort erübrigt. Gil, dieses kleine, viel zu früh reife Menschenkind, bereitet sich auf das Sterben vor, indem er seinem schmächtigen Körper den letzten Rest Nahrung verweigert. Er hat den wesentlichen Unterschied zwischen

Freitod und Sich-morden-Lassen erkannt. Überhaupt beschämen uns die größeren Kinder im Lager oft mit ihrer weitaus gefaßteren Haltung der letzten Konsequenz gegenüber; oft sind sie es, die die Erwachsenen beruhigen und ihnen Trost zusprechen.

Im Einschlafen denke ich noch, daß ich nun für Heli ein Weihnachtsgeschenk habe, wenn ich sie morgen besuchen gehe. Der Apfel wird sie freuen, um so mehr, wenn ich ihr erzähle, daß ihn ihr ein tapferer kleiner Junge schenkt.

Beim Morgenappell nach dem Becher Kaffee erfahren wir dann, was Bea vorausgesagt hatte. Es wird uns von der Friedrichsen offiziell mitgeteilt, daß wir, die acht Blöcke des Siemens-Lagers, von heute nachmittag an für dreieinhalb Tage uns selbst überlassen bleiben. Daß auch sie, die Aufseherinnen des Fabriklagers, über die Weihnachtstage einen wohlverdienten Kurzurlaub nehmen, wir während dieser Zeit dem Wachkommando der SS unterstellt sind, das Befehl hat, auf jede zu schießen, die sich verdächtig macht, einen Fluchtversuch zu unternehmen. Die Verpflegung wird uns wie sonst vom Hauptlager zugestellt, eine die Kesselkolonne begleitende Aufseherin übernimmt im Zuge des Bereitschaftsdienstes die Austeilung. Noch Fragen?

Haben wir weiter freien Zugang zum großen Lager, Frau Aufseherin? Und müssen die Rückkehrzeiten eingehalten werden, jetzt, wo wir doch nicht arbeiten?

Heute, von drei bis halb sechs, dürft ihr noch einmal ins Hauptlager. Die Wachen bringen euch hin und pünktlich wieder zurück.

Und dann, Frau Aufseherin?

Ist für euch der Ausgang gesperrt. Der Pendelverkehr ist bis zu unserer Rückkehr eingestellt. Und ihr wißt, was euch droht, sollte es einer von euch einfallen, das Sperrgitter überklettern zu wollen. Es wird Tag und Nacht bewacht, steht außerdem unter Strom. So, das wär's.– Sie rückt ihr Käppi zurecht, blickt uns der Reihe nach prüfend ins Ge-

sicht, sagt straff: *Abtreten!*, um dann, ganz unmilitärisch, ‹Fröhliche Weihnachten› hinter uns her zu murmeln.
Verwirrung unter uns solcherart Verabschiedeten. Vermutungen kursieren: Wollen die uns zum Ausbrechen provozieren, damit sie uns abknallen können?
Glaub ich nicht. Die brauchen uns doch in der Fabrik.
Vielleicht haben sie den Betrieb eingestellt, kann man's wissen? Das Siemens-Lager aufgelöst?
Ist doch auffällig, daß die Aufseherinnen plötzlich abhauen – alle von hier oben auf einmal – und uns der SS-Soldateska überlassen.
O Himmel, sagt Spitzmaus, unsere ewig das Schlimmste befürchtende Kameradin. Sie lösen Siemens auf, damit es nicht dem Feind in die Hand fällt. Ein paar Stukabomben, und es ist dem Erdboden gleichgemacht. Mit uns.
Schluß jetzt mit der Hysterie! Das ist Wally aus Fürth, die resolute Bayerin. Weihnachten, sagt sie, ist nun mal Weihnachten. Ist doch klar, daß da jede SS-Frau in Familie machen will. – Vielleicht ahnen die, was auf sie zukommt. Daß es für lange Zeit ihr letztes Weihnachtsfest sein wird...
Um drei Uhr finden sich diesmal fast alle Insassinnen des Fabriklagers zum Abmarsch ins FKL zusammen. Wohl jede von uns, welcher Nation auch immer, hat dort Freundinnen und Kameradinnen aus der Zeit vor der Versetzung in die Fabrik. Mit dem Zipfel meiner Jacke habe ich Helis Apfel auf Hochglanz poliert. Ich freue mich; mit seiner prallen, spiegelnden Schale ist er wirklich ein fürstliches Weihnachtsgeschenk. Zwischen Hügeln von aufgeschipptem Schnee, verharscht schon, graubraun von Rußpartikeln aus dem Schlot, gelangen wir zum Hauptlager. Wieder, wie schon beim letztenmal, habe ich den Eindruck, als habe sich das Durcheinander noch verschlimmert. Entweder sind weitere Transporte hinzugekommen, Neuhäftlinge, denen noch keine Arbeit zugeteilt wurde, oder aber es sind Störfaktoren in das bis dahin so perfekt funktionierende Gefüge der Lagermaschinerie geraten. Was kann es sein, das die geheiligte

deutsche Bürokratie zu erschüttern vermag? Gerüchte, sagen meine Kameradinnen von früher. Es heißt, die Sowjets stünden bereits an der Oder, die Amerikaner hätten vor, alle Nazideutschen aufzuhängen, überhaupt das ganze deutsche Volk auszurotten. Und die Franzosen und Engländer, ebenfalls rachelüstern, rückten von Westen her auf den Rhein zu. Das SS-Personal benähme sich hysterisch, erteile Befehle, die im nächsten Augenblick widerrufen würden, und wüte zwischen den Häftlingen, die sich zunehmend im Stadium permanenter Todesangst befänden.

Auf dem Weg zum Revier, vor dem ein zum Abtransport bereiter Karren voll ausgezehrter Leichen steht, begegne ich unvermutet Erika, der Gewerkschafterin, die bei unserer Räumungsaktion im Zimmer der Stubenältesten das Kommando führte. Wir lachen, klopfen uns gegenseitig auf die Schulter, grinsen in Erinnerung an unsere gemeinsame Aktion. Um uns herum Rufe, Pfiffe, Geschrei.

Willst du Lydia begrüßen? Komm, ich bring dich zu ihr.

Und die anderen? Paula, Mela, Marianne?

Erika schüttelt den Kopf. Ex, sagt sie.

Alle drei?

Siehst du die da auf der Karre? Typhus. Hier wütet eine Epidemie. Und sie greift täglich um sich. Wie wir schon damals vermuteten, du erinnerst dich: Das Antityphuszeug, das sie uns verpaßten, ist keinen roten Heller wert. Komm mit. Lydia wird sich freuen, dich zu sehen.

Erst muß ich ins Revier, sage ich, meine Freundin besuchen, die Heli. Du erinnerst dich an sie?

Den Besuch kannst du dir sparen, sagt Erika. Sie ist nicht mehr im Revier.

Wo ist sie? Weißt du es?

Erika wirft den Kopf in den Nacken. Mit dem Kinn deutet sie auf die Rauchsäule, die unvermindert dem Schornstein des Kremos entströmt: Da fliegt sie.

Ich glotze dumm in den Qualm. Auch Typhus? sage ich.

Sie haben sie unter Tbc abgeschrieben.

Ich stehe unbeweglich. Die Formel für *Abgespritztwerden,* nicht wahr?
Evipan direkt ins Herz. Die Spezialität der Oberheuser. Ist ein netter Kerl gewesen, die Heli.
In ihre Bemerkung hinein gibt die Uhle Fliegeralarm. Stumm folge ich Erika zur Bekleidungskammer, wo Lydia als Sortiererin tätig ist.
Heli tot. Ich spüre nichts. Gar nichts. Wieso spüre ich nichts außer vielleicht dem Bedauern, sie nicht anzutreffen? Auf dem Weg zu Lydia halte ich Heli einen kleinen Vortrag. Es tut mir leid, sage ich ihr, daß du schon weg warst, als ich dich heute besuchen wollte. Ich hatte dir etwas Schönes mitgebracht, aber nun kannst du damit wohl nichts mehr anfangen, schade. Ebensowenig wie ich mit deinem Rauch. Aber der ist ja auch unwichtig. Hat's weh getan? Nein, nicht wahr? Die Oberheuser ist zwar ein sadistisches Biest, aber Evipan, heißt es, soll etwas Herrliches sein und ganz schnell wirken. Vielleicht weißt du noch gar nicht, daß du tot bist? Irgend jemand, ich erinnere mich nicht, wer, erzählte mir mal, er – oder war es eine Sie, ist ja unwichtig – sollte operiert werden und wurde mit Evipan betäubt. Als er aus der Narkose erwachte, sagte er zu den Ärzten: Nun fangt schon endlich an und gebt mir eine Spritze. Lustig, nicht wahr? Sitzt du jetzt irgendwo und wartest darauf, daß sie dich *abspritzen*? Hab keine Angst, du wirst nichts spüren.
Ja, Krullkopf, wo kommst du denn her? Lydia, spontan wie eh und je, umarmt mich voller Herzlichkeit. Bist du jetzt eine richtige Fabrikarbeiterin? Wie ist die Arbeit da, erzähl!
Zu dritt hocken wir uns auf den Abladetisch. Ich hab euch etwas mitgebracht, sage ich und zaubere den Apfel aus meiner Manteltasche hervor. Ihr müßt ihn euch teilen. Morgen ist Weihnachten.
Die zwei betrachten ihn sich entzückt. Im FKL herrscht schlimme Hungersnot. Willst du ihn denn nicht selbst essen? fragt Lydia verwundert.

Ich hatte ihn für Heli gedacht.
Beiß du zuerst, dann ich, sagt Lydia zu Erika, wir wechseln ab, ja?
Es ist schön zu sehen, wie sie jeden Bissen mit geschlossenen Augen genießen, bevor sie den taillierten Apfel weiterreichen. Während sie essen, berichte ich vom Leben im Siemens-Lager, seinem strengen Reglement, seinen hohen Arbeitsanforderungen, den feindlichen Zivilarbeiterinnen und der unartikulierten, dennoch deutlich fühlbaren Bedrohung, die gleich einem Damoklesschwert über uns allen hängt.
Kaum zu glauben, sagt Erika. Und wir hier in dieser Schlangengrube stellen uns vor, daß ihr als ‹Auserwählte› im Vergleich zu uns den Himmel auf Erden habt.
Die Arbeiter vom Kremo, sagt Lydia, sind ständig von älteren Frauen umlagert, die sie um Asche anflehen.
Die streuen sie sich dann aufs Haupt, ergänzt Erika.
Als Zeichen der Trauer?
Als Haarfärbemittel. Um die grauen Strähnen zu verdekken, jünger und damit einsatzfähiger zu wirken. Alle hier glauben fest daran, daß Arbeit in der Rüstung die Lebensrettung bedeutet.
Wie sehr sie da einem Irrtum erliegen, erkläre ich meinen zwei Freundinnen, berichte ihnen von der Liste über unsere Rentabilität für die SS aus der Buchhaltung.
Auch Lustiges fällt mir ein. Wie zum Beispiel die etwas dußlige Immenhagen ihren Vorarbeiter mit ‹Herr Oberwärter› angeredet oder wie die bis zum Platzen aufgeschwemmte dicke Gertrud beim Herunterklettern aus ihrer Mittelkoje den Halt verloren habe und tatsächlich wie eine Walze den langen Gang hinabgerollt sei, ohne sich weh zu tun. Auf einmal, mitten im Erzählen, beginne ich zu weinen. Es kommt von ganz tief innen, zusammen mit einem gewaltsamen Schmerz, als drücke mir eine Riesenfaust das Herz gegen die Rippen. Ich japse zwischen grotesken Winsellauten nach Luft. Erika und Lydia sehen schweigend zu.

Der Apfel. Und dann die Enttäuschung. Sie haben sehr aneinander gehangen, sie und Heli.
Ich weiß, sagt Lydia.

Der Alarm ist zu Ende, Zeichen auch für die Besucher, in ihre eigenen Unterkünfte zurückzukehren. An der Revierbaracke finden wir vom Flugzeugmontagebau uns zusammen. Abschiednehmen von den Freundinnen. Bis bald, sagen wir. Bis bald, sagen auch sie. Gegen unseren Willen klingt ein Fragezeichen am Ende mit. So, wie die Dinge jetzt stehen, kann keine von uns sicher sein, daß es noch ein Wiedersehen geben wird. Die zunehmende Willkür der SS, der Hunger, die sich mit großer Geschwindigkeit weiter ausbreitenden Seuchen und nicht zuletzt die immer wieder diskutierte Möglichkeit, daß bei weiterer Annäherung der Alliierten Himmler den Befehl geben könnte, die sich innerhalb der Reichsgrenze befindlichen Konzentrationslager samt Inhalt per Luftangriff dem Erdboden gleichzumachen. Lydia humpelt noch ein paar Meter neben mir her. Rings um uns irren Kinder mit erloschenen Augen durch das Menschengewühl.
Arme Dinger, sage ich. Wo hat man ihre Mütter hingebracht?
Wir nehmen uns hier der Kinder an, wie wir nur können, umgeht Lydia eine direkte Antwort. Die Frauen wetteifern darin, sie zu betreuen. Du solltest sehen, was unsere Tschechinnen in der Küche an Wundern vollbringen, um den Kleinen aus dem Nichts noch etwas Eßbares zu zaubern.
Kurz vor dem Tor, von dem sich die Eisenlettern *Arbeit macht frei* in drohendem Schwarz vom dunkelnden Himmel abheben, bleibt Lydia stehen, packt meine Hand. Komm bald wieder, sagt sie mit einem tapferen Versuch zu lächeln. Halt die Ohren steif, Krullkopf. Und Dank für den Apfel.

Nach Aussage des Lagerpersonals ist also heute der 24. Dezember, ein Frontag wie jeder andere, hätten wir nicht mit der ausdrücklichen Betonung auf Weihnachten wunderbarerweise drei freie Tage zur eigenen Verfügung zugestanden bekommen. Etwas, sagen die Langzeithäftlinge hier, das bisher noch in keinem Dezember vorgekommen ist. Sosehr die Arbeitspause begrüßt wird, ihr Anlaß sagt den meisten der hier Inhaftierten nichts mehr. Es ist alles so weit weg, unwirklich, unwichtig geworden. Selbst für diejenigen, die einst in glücklichen Kindertagen mit ihren Familien gefeiert hatten. Familie ist eines der ersten Wörter, die jeder Häftling verdrängen muß, will er überleben.
Der Schnee hat nicht gehalten, was er gestern versprach. Er ist unter nun nieselndem Schneeregen zu Matsch geworden, der die Erde auf dem Platz zwischen den Baracken aufweicht. Die Schritte der Wachhabenden, die in Abständen die drahtverknüpften Hochspannungsmasten entlang patrouillieren, quatschen sumpfig. Lina, für ihr loses Maulwerk bekannt, reißt das Fenster auf, ruft hinter dem Posten her: He, wo bleibt der Christbaum am Himmel? Na, wird schon noch kommen. Und dann fröhliche Weihnachten, ihr Arschlöcher! Der Posten reagiert nicht, setzt seinen Gang fort. Lina hat recht, sagt Lotte. Noch kein Luftalarm bis jetzt. Sag bloß – machen die etwa auch auf Heilige Nacht, Schonzeit für Nazis und so?
Klar doch, höhnt Vera, auch eine Rote. Heute ist der Erfinder des Christengeistes geboren. Tötungspause bis morgen abend, da werden dann im Sondereinsatz die mit erledigt, die sie heute ausgelassen haben, verstehste? Darum singen sie jetzt alle ‹Stille Nacht›.
Wie auf ein Stichwort beginnt eine Gruppe im Hintergrund des Saales das Weihnachtslied zu intonieren, zaghaft zunächst, dann geschlossener. Ein Augenblick der Verblüffung bei Gruppe eins, und drauf mit Gebrüll: Völker, hört die Signale! Auf zum letzten Gefecht! – Die ‹Internationale› besiegelt durch entschlossene Stimmenmehrheit den Unter-

gang der ‹Stillen Nacht›, die sich nun in ihr Gegenteil verkehrt. Dies wiederum ruft von allen Seiten erboste Schläferinnen unter Flüchen auf den Plan, die die Arbeitspause zum Dauerschlaf nutzen. Bea und Gitte haben sich tief unter ihre Decken verkrochen. Ob sie schlafen oder nur so tun, um einer handgreiflichen Auseinandersetzung auszuweichen, vermag ich nicht zu erkennen.
Dem Sängerkrieg auf der einen Seite setzen einige Freundinnen aus einer Nachbarkoje das entgegen, was ihnen als einziges noch von Weihnachten im Gedächtnis geblieben ist: Sie braten eine Gans.
Hol die Gans, sie muß jetzt gar sein, sagt eine Stimme.
Wartet. Noch mit kaltem Wasser übergießen. Die Haut – knusprig...
Eine Mastgans? Genießerische Betonung auf *Mast*.
Hier. Na bitte. Habt ihr schon einmal solch ein riesiges Tier gesehen? Allgemeine begeisterte Zustimmung. Zerteil sie. Mach schon. Mir eine Keule. Mir auch. Eine für mich. Ich möchte auch Keule, und später Brust. O ja, danach Brust.
Nach ihren Reden muß die Gans vier Beine haben und eine Brust so breit wie die eines Gorillas, denke ich, während Ausrufe des Entzückens, wie delikat der Festbraten schmeckt, beweisen, bis zu welcher Intensität sich die Vorstellung ausgehungerter Hirne steigern kann. Ich höre sie förmlich schmatzen. Es berührt mich nicht. Nichts berührt mich mehr, nicht die eifernden Ideologen, nicht die Phantomgenießer, nicht die zu Tode Erschöpften, Ruhe suchend zwischen Schlaf und Tod. Es ist doch bald Schluß, unsere Rentabilität für die Kriegsverwendung läuft ab, in wenigen Wochen oder Tagen. Vielleicht schon morgen. Jedenfalls bilde ich mir ein, daß mich nichts mehr berühren kann. Und doch ist da neben der Leere ein Restchen Unruhe, das mich hinaustreibt aus der Baracke in die Nässe der Nacht. Vor den mattgelben Strahlern formt sich der Niederschlag zu feinmaschigen Netzen aus Punkten und Strichen. Die abrupte Stille nach dem Tohuwabohu in meiner Unterkunft

verwirrt. Als sich allmählich meine Ohren an sie gewöhnen, vernehme ich zwischen dem Hauch des Windes, der den Sprühregen zerteilt, und dem lockeren Auf-und-ab-Schlagen eines defekten Stücks Regenrinne beim Slawenblock die Glocken. Das können doch nicht nur die von Fürstenberg sein, das kommt von ringsum. Es wundert mich: Auf Befehl der Reichsregierung waren vor kurzem alle Kirchenglocken eingeschmolzen worden, um Kanonen daraus zu machen. So jedenfalls hatte es geheißen. Nur ein paar Bimmelglöckchen hätten sie übriggelassen. Was hier nun durch die schweigende Nacht im Verein mit hellklingenden und ruhigeren Metalltönen schwingt, ist eine mächtige, sonore Glockenstimme. Ich sehe einen Dom erstehen, eine feierliche Fata Morgana in der gewölbten Weite des Himmelsbogens. Die Nazis haben ihm sein Geläut nicht nehmen, die alliierten Bomben es nicht zerbrechen können. Wo mag er stehen, der Dom? Gibt es wirklich etwas, das aller Zerstörung widerstanden hat? Wenn das der Fall sein sollte, wenn mich meine Ohren nicht täuschen, dann, ja dann ist es ein Zeichen der Hoffnung, daß vielleicht doch noch nicht alles verloren ist. Etwas, von Menschen bedient, hat widerstanden. Warum nicht auch wir? Ungeübt in natürlichen Übergängen, springt mich, blind und taub für alle naheliegenden Argumente, eine ganz irreale Hoffnung an. Es müßte ein Wunder geschehen, so wie mit der großen Glocke in der Ferne. Wer sagt, daß nicht auch Wunder geschehen können? Einen Moment lang bin ich wie von Sinnen. Euphorie ersetzt die vorhergegangene Gewißheit des nahenden Endes. Längst bin ich naß bis auf die Haut. Ich spüre es nicht, stehe wie angewurzelt auf dem Appellplatz und gehe meinen Phantasien nach, während mein Dom – es kann auch eine Kathedrale sein, mit solchen Dingen kenne ich mich wenig aus – weiter, fast triumphierend, seine Botschaft mit lauter Stimme verkündet, daß er noch da ist. Daß es ein Überleben geben kann. Trotz allem.

Versunken in widersprüchliche Gedanken, nähere ich mich

dem sogenannten westeuropäischen Block mit seinen drei Baracken. Bemerke zu meinem Erstaunen einen dünnen Lichtstreifen unter einer der undichten Eingangstüren. Das Licht wurde doch schon vor zwei Stunden in allen Stuben gelöscht. Einen Augenblick lang zögere ich. Es kommt selten vor, daß die Insassen der diversen Baracken sich gegenseitig besuchen; im Siemens-Lager, das den Wachhabenden mehr Übersicht bietet, gibt es, was die Unterbringung der Häftlinge anbelangt, eine gewissenhafte Trennung nach Nationalitäten, die an die der internationalen Mannschaften bei Sportwettkämpfen erinnert. Es ist dennoch nicht nur Zwang. Hier oben ziehen es die Nationen vor, unter sich zu bleiben. Den Deutschen geht man allgemein aus dem Weg. Mich dulden sie meiner multinationalen Abstammung und der damit verbundenen Mehrsprachigkeit wegen. Ich möchte doch zu gern wissen, woher der Lichtstreifen kommt, der sich gleich nach seinem Austritt in die Dunkelheit der nassen Erde verkriecht. Vorsichtig öffne ich die Tür, schließe sie so sacht wie möglich hinter mir. Es ist die Baracke der Holländer, Belgier und Franzosen. Sie stehen und sitzen, mir den Rücken zuwendend, in einer großen Gruppe um etwas, das ich nicht gleich erkennen kann. Es ist ganz still hier drinnen. Nur eine ältere Frau, eine Holländerin – wir kennen uns flüchtig vom Appellplatz her – dreht sich zu mir um, als sie beim Öffnen der Tür der kalte Lufthauch trifft. Sie nickt mir kurz zu, legt den Finger an die Lippen. Das Licht, das ich sah, kommt von einer größeren Anzahl Talglichter, wie manche Hallen sie unter Metallabdeckungen verwenden, um eine Weiterarbeit der Häftlinge während der nächtlichen Luftangriffe zu ermöglichen. Die Frauen haben den Lichtschutz entfernt und die kleinen Leuchten rundum im unteren Stock verteilt, wo sie flackern und einen warmen Duft ausströmen. In den Ritzen der Schlafstellen, dort, wo sie aneinandergrenzen, stecken Tannen- und Fichtenzweige. Die Gesichter der Frauen sind von unten her angeleuchtet. Die Szene hat etwas Magisches, das

mich zwingt, mir auf Zehenspitzen, soweit bei dem schweren Schuhwerk möglich, einen Sitzplatz in der Runde zu suchen. Noch bevor ich ihn erreicht habe, hebt eine Stimme an zu sprechen, eine Stimme, wie ich sie in solcher Eindringlichkeit nie gehört zu haben glaube. Auf einem Hocker in der Mitte des Kreises atemloser Zuhörer sitzt ein schmächtiges Mädchen, von dem ich nur weiß, daß sie Jüdin ist und Doris heißt. Sie hat ein kleines Buch in den Händen oder das, was von ihm übriggeblieben ist, vergilbte, verdrückte Seiten, lose zum Teil, der Umschlag hat sich abgelöst, Fäden hängen aus seinem gefältelten Rücken. Und doch hält Doris es zwischen ihren dürren Fingern wie eine Reliquie. Es hat meinem Vater gehört, wird sie mir bei einer späteren Begegnung erzählen; wenn wir brav waren, las er mir und meinen Brüdern daraus vor. – Nun ist sie es, die uns vorliest, ein deutscher Text, dem ich folgen möchte, verliere mich aber schon bald an die Suggestivität des Vortrags, den geformten Wohlklang der Stimme, ohne auf die Worte zu achten, die mir fremd und schwierig erscheinen.
Hermann Hesse, sagt meine Nachbarin zur Linken. Doris war Schauspielerin. Merkt man, nicht wahr?
Verstehen denn alle hier den Text? Ich meine, weil er deutsch ist.
Die wenigsten. Aber darauf kommt es nicht an. Es ist die Musik der Laute darin. Auch Sprache kann Musik sein.
So lasse ich also die Wortreihen aus dem kleinen Buch phonetisch auf mich wirken, wie es hier die meisten tun, versuche gar nicht erst, ihren Sinn zu erfassen. Dazu ist mein abgestumpftes Hirn nicht mehr fähig. Spüre nur, daß ich hier etwas Wundervolles erlebe inmitten dieser Atmosphäre aus einer anderen, imaginären Welt, der Kerzen, dem Kieferndurft, den andächtigen, halb verschatteten Gesichtern der lauschenden Frauen. Wie schön sie ist, denke ich, in die Betrachtung von Doris versunken. Ganz weg von dem allen hier. Auch ihr kann der Tod nichts anhaben, sie ist schon drüber hinaus.

Über meinen Gedanken, die sich nur langsam, widerwillig, aus dem erschöpften Hirn hervorlocken lassen, habe ich nicht bemerkt, daß Doris ihre Lesung beendet hat. Geübt, wie sie es wohl schon hundertmal getan hat, schiebt sie, Eselsohren glättend, die losen Blätter wieder zum Päckchen zusammen, umgürtet es mit einem schmalen Gummiband.

In die Gruppe kommt Leben. Sie strecken Rücken und Arme, gehen zu ihren Kojen zurück oder lehnen sich plaudernd gegen die Bettpfosten. Ich schaue mich nach Petit Gil um, kann ihn nirgends entdecken. Vor mir stehen zwei Französinnen, die sich angeregt unterhalten.

Wißt ihr, frage ich, wo Petit Gil ist?

Petit Gil? sagt die Jüngere, ja, dort drüben.

Ich will der Richtung, die mir ihr Finger weist, folgen. Die Ältere hält mich zurück. Du kennst unseren kleinen Gil?

Wir arbeiten in der gleichen Halle, sind Nachbarn. Ich mag ihn sehr.

Dann geh nicht da rüber, sagt die Frau mit der Hand auf meiner Schulter. Gil ist tot. Er starb gestern nacht.

Habe es mir beinahe gedacht, sage ich. Er sprach davon, wie man von einem bevorstehenden Ausflug spricht.

Sie nickt. Ist es nicht seltsam, sagt sie, Kinder haben viel weniger Angst vor dem Tod als wir Großen. Es ist, als wüßten sie mehr über ihn. Der kleine Gil war ein außergewöhnliches Kind. Jetzt, wo du es weißt, geh nur hinüber und schau ihn dir an. Er sieht friedlich und gelöst aus wie ein kleiner Engel.

Ich lehne ab, danke ihr für die Auskunft. Nein, ich will meinen kleinen Partner nicht mehr sehen. Wir hatten unseren Abschied schon genommen. Der Tod, mit dem sich Petit Gil verabredet hatte, war pünktlich zum vereinbarten Termin eingetroffen. Auf einmal erfaßt mich bleierne Müdigkeit. Ich mache mich auf den Weg zurück. Es regnet nicht mehr. Stumpf, gedankenentleert wate ich durch den Erdmatsch auf meine Behausung zu. Und schlüge eine Bombe direkt

vor meinen Füßen ein, würden Spezialeinheiten der Luftwaffe, satt vom Weihnachtsjubel, in ihre Kisten steigen, um das gesamte Lager in die Luft zu sprengen, es wäre mir einerlei. Nichts kann mich innerlich mehr erreichen. Was immer es gewesen sein mochte, was heute nacht in mir eine derartige Gemütsbewegung hervorrief, es hat mich bis auf den Grund meines Seins erschöpft. Schlafen, schlafen, nichts mehr wissen, nichts mehr wahrnehmen – noch bleiben anderthalb Tage dazu. Gerade ist der rotierende Scheinwerfer des Wachtturms dabei, mich einzuholen, da heult unsere Uhle auf, und ringsum fallen andere Sirenen mißtönend ein. Wölfe, die den Mond anjaulen, einen wolkenzerfaserten Mond, der sich eben erst wieder zu runden beginnt. Na also, da sind sie ja, unsere Freunde, wozu die ganze Aufregung? Im tiefen Dämmer unserer Schlafhütte hangele ich mich zu meiner Koje hinauf, kämpfe mit meiner Decke, die sich beharrlich meinen Versuchen entzieht, mit ihrer Schmalseite meine Füße zu umwickeln. Die abgestandene Luft ist voll von noch nicht abgeklungener Reizbarkeit. Doch das Schlimmste scheint vorüber.
Wo warst du? murmelt Bea unter ihrer Decke hervor.
Luft geholt. Und mal kurz in die Dreierbaracke reingeschaut.
Hier, sagt Bea, dreht sich zu mir um und stützt den Arm auf, spielte sich eine Art Saalschlacht ab. Das Wort Weihnachten hat eine ideologische Auseinandersetzung provoziert, daß die Fetzen flogen.
Sollen sie doch, wenn's ihnen Spaß macht, sage ich müde.
Jetzt rührt sich auch Gitte: Weißt, was die Corinne, die, die sie ‹Mutter› nennen, verkündet hat? Daß die von der KP Listen machten mit allen Namen derjenigen Überlebenden, die sich christlich-bürgerlicher Gesinnung verdächtig gemacht und ihren Beitritt in die Organisation verweigert hätten. Die Listen wollen sie den Russen bei ihrem Einmarsch ins Lager übergeben, dann sind wir wieder dran, na Servus...
Bevor die erste Bombe kracht, bin ich schon eingeschlafen.

Heil wem?

März/April 1945

Von der Fabrik zurückversetzt ins Hauptlager. Die drei freien Weihnachtstage hätten uns eigentlich schon stutzig machen sollen, daß eingreifende Veränderungen bevorstehen. Aber wer von uns hatte schon den Mut, einen solchen Gedanken bis zur letzten Konsequenz durchzudenken? Die ewig gleiche Lagerroutine mit ihren rigorosen Satzungen ist das, woran sich die meisten klammern, um durchzuhalten. Nichts wirkt so beruhigend wie das Gleichmaß der Gewöhnung, und sei es die, morgen als untauglich eingestuft und ins Gas geschickt zu werden.
Die nächtliche Arbeit in den Hallen wurde endgültig zur Stümperei, als die Luftangriffe der Alliierten zunahmen –

uns erschien es, als setzten sie bereits zum Endspurt an – und die Bomber nun fast ohne Pause Tag und Nacht das Lager überflogen. Als schließlich auch noch der Strom aussetzte, die Notaggregate sich als zu schwach erwiesen, den Fortgang der Arbeiten zu sichern, wurden alle acht Siemens-Blöcke zum Ende eines bitterkalten Februartages zum Sammelappell auf den Siemens-Platz beordert. Die Nachtwächter unter uns, eben erst aus den Hallen zurückgekehrt, taumelten vor Müdigkeit. Immerhin hatten sie uns gezwungen, mit Hilfe der viel zu matten Notbeleuchtung die Arbeit fortzusetzen unter Ignorierung der Luftalarme. Bei den meisten von uns reichte die Sehkraft dazu nicht mehr aus, was uns dem Moment bedenklich nahe brachte, als untauglich abgeschrieben und ins Kremo geschickt zu werden. Da standen wir nun, nach Blocks geordnet, schlecht ausgerichtet, die Rücken gekrümmt, im verschwommenen Grau des anbrechenden Tages. Vor uns, in gebührendem Abstand, die Aufseherinnen Schreiter und Brösel, Dorothea Binz, die Oberaufseherin, und der Arbeitsdienstführer Pflaum mit seinem weißen Spitz an kurzer Leine. Der hier ewig umherfegende Wind trug die Worte ihrer knappen Unterhaltung zu uns, die wir in den ersten Reihen standen. Wir hörten:
Runter ins große Lager.
Alle?
Die Stimme der Binz durchschnitt die Luft wie Glas: Nur die Brauchbarsten natürlich. Die übrigen ausmustern, ich mach das schon. Gefolgt von ihren beiden Untergebenen in grauen Uniformmänteln mit hochgeschlagenem Kragen, schritt sie die Reihen ab: Alles Kruppzeug!
Siemenszeug, sagte eine von etwas weiter hinten. Sie hatte gemeint zu flüstern, doch die Tragweite ihrer Stimme unterschätzt.
Raustreten, kreischte die Binz, dort, nach rechts! Mit dem Stiel ihrer Peitsche begann sie, scheinbar wahllos, auf Häftlinge zu zeigen: Und die da. Die hier. Und du. Und du. Und du Schmuckstück. Raus!

Die Selektion nahm mehr Zeit in Anspruch als ursprünglich vorgesehen. Die wartenden Posten der Schutzstaffel schlugen die Arme über die Brust, schoben die Hände unter die Achselhöhlen, um sie zu wärmen. Am Ende hatte die Oberaufseherin aus uns dreitausend Siemens-Arbeiterinnen über die Hälfte aussortiert. Ich wunderte mich flüchtig, daß ich nicht darunter war, und so wird es den übrigen wohl auch ergangen sein.
Arbeitsdienstführer Pflaum meldete sich zu Wort. Er wollte wissen, wie viele Häftlinge in diesem Monat für den Transport in die Uckermark vorgemerkt wären. Die Binz schaute in ihrer Liste nach: Dreitausendsechshundertzweiundsiebzig, Arbeitsführer!
Gut. Die hier noch mit dazu. Der Rest ab ins Lager. Beeilung!
Um die Aussortierten am Wegrand bildeten die Polizisten einen engen Kordon, drängten sie zum Block zusammen. Über ihre Schultern hinweg blickten uns graue, resignierte Gesichter nach. Keine Verzweiflung, kein Protest. Zu lange schon hatten sie mit der Nähe des Todes gespielt, um sich nun noch von ihm schrecken zu lassen. Kismet.
Wir übrigen traten mit unserer Militäreskorte den endgültigen Rückweg ins Hauptlager an. Lange waren wir nicht mehr drunten gewesen; seit Ende Dezember '44 galt für uns Ausgangssperre. Die Stimmung war betreten.
Was ist das, die Uckermark? fragte jemand.
Hübsches Stückchen Land in der Nähe.
Denkste! Da is'n Kremo, doppelt so groß wie unseres hier.
Dann heißt Uckermark also Vergasung?
Was denn sonst? Winterurlaub? Komm runter vom Mond.
Kapier ich nicht. Unseres haben sie doch erst kürzlich erweitert. Tag und Nacht in Betrieb, wie allgemein bekannt. Wozu schleppen sie die Untauglichen erst noch woandershin?
Zu unserer Verblüffung gab einer unserer Begleitposten die Antwort. Dabei war es den Soldaten streng verboten, mit

einem Häftling in Wortwechsel zu treten. Bisher jedenfalls.
Die Kapazität unserer Anlage reiche nicht aus, erklärte er uns. Es fielen in letzter Zeit zu viele Körper zum Verbrennen an. Die Seuchen hätten stark zugenommen, Tote und Sterbende müßten sofort beseitigt werden. Wegen der Ansteckungsgefahr, nicht wahr? – Der Soldat war sehr jung, seine Aussprache ein behagliches Schwäbisch.
Beim Vorbeimarsch am Drahtzaun streckte meine Nachbarin, auch eine Deutsche, spielerisch die Hand danach aus.
Ich schlug ihr den Arm hinunter. Bist du verrückt?
Wollte nur mal probieren, ob noch Strom drin ist.
Blödian. Glaubste, du hättest es erfahren, wenn er noch geladen ist?
Die Luft begann nach verschmortem Fleisch zu stinken. Durch Wolken von Qualm und winzige Rußpartikel hindurch, die sich uns in die Augen bissen und sie tränen machten, betraten wir unter *Arbeit macht frei* hüstelnd und spukkend wieder das Hauptlager Ravensbrück.
Hier sind in der Zwischenzeit, seit ich es vor fünf Wochen zuletzt sah, auffallende Veränderungen vor sich gegangen. Neue Häftlinge laufen in der merkwürdigsten Aufmachung umher, finden sich nicht zurecht, die Aufseherinnen in ihren hektischen Bewegungen verraten Nervosität, brüllen scheinbar grundlos arbeitende Häftlinge an oder geben Befehle, die sie im nächsten Augenblick widerrufen. Die Lagerordnung scheint ins Wanken geraten zu sein. Und pausenlos dröhnen fremde Flugeinheiten über unsere Köpfe hinweg. Dann winken unsere Roten, fuchteln mit beiden Armen in der Luft, Schreie aus rauhen Kehlen: Hier sind wir! Hier!
Frau Aufseherin, spricht eine von uns eine Wärterin am Tor an, wir kommen vom Siemens-Lager. In welche Baracke sollen wir?
Die Frau in der grauen Wolljacke zuckt die Schultern: Seht zu, wo ihr unterkommt!

Auch das ist neu. Gitte, Usch, Elinor und ich machen uns gemeinsam auf die Suche nach einer Behausung. Wir, die Übriggebliebenen. Rita, Monika und Bea haben sie in die Uckermark abtransportiert. Die ersten fünf Barackenreihen sind gerammelt voll. In denen dahinter häuft sich der Dreck. Die Unterkünfte sind total verwahrlost. Doch hier gibt es noch freie Plätze.
Seuchenbaracken, erklärt uns eine aus den oberen Betten. Aber keine Sorge: Wer infiziert ist, den holt das Aufräumkommando ab. Die kommt gleich ins Feuer, lebend oder tot.
Was ist mit dem Revier?
Die daneben lacht: Hoffnungslos überfüllt. Wegen Überfüllung geschlossen, wie es heißt.
Kann man sie nicht auf den Korridoren im Krankenblock unterbringen?
Quatsch. Man will sie loswerden. Und das ist der einfachste Weg, verstehste?
Wir nicken. Wir verstehen. Innerhalb des nächsten Monats passen auch wir uns den veränderten, von Willkür regierten Bedingungen im Lager an, so gut es geht. Man gewöhnt sich an alles.

Die Märzsonne hat schon Kraft. Wenn der Rauchschleier, der über dem gesamten Gelände hängt, für kurze Zeit aufreißt, spüren wir, wie ihre schräg einfallenden Strahlen unsere geschrumpfte Haut wärmend durchdringen. Solch ein vom Wind aufgerissenes Loch, durch das ein Stückchen klares Blau hervorblitzt, bevor der Aschenvorhang sich wieder über ihm schließt, ist etwas Wundervolles. Wir hören auf zu graben, starren andachtsvoll hinauf, bis auch der letzte Schimmer Blaugold wieder verdeckt ist. Zum schwarzen Qualm, der nun pausenlos aus dem Verbrennungsschlot neben dem Zellenbau quillt, gesellen sich, breit ausfächernd, tiefziehende, stinkende Rauchschwaden. Sie kommen von den brennenden Gruben hinter dem Kremo, in die das Son-

derkommando die Vergasten schleppt, wenn das schwach gewordene Zyklon B ihnen endlich den letzten Rest Atem abgewürgt hat. Das Gift ist knapp geworden. Darum wäre es die reine Verschwendung, findet der Lagerkommandant, es noch an die unbrauchbar gewordenen Schwerkranken zu verschwenden. Er ist für sparsameres Wirtschaften ebenso wie für die Beseitigung jeglichen Ballastes. Und das auf schnellstem Wege, jetzt, wo der Feind vor den Toren steht. So landen die Infizierten aus dem Revier gleich in den brennenden Gruben, ob tot oder lebendig. So manche Halsentzündung oder ein fieberhafter Bronchialkatarrh sind darunter. Doch zu derartigen Einzeluntersuchungen bleibt keine Zeit; es gibt, so heißt es, in nächster Zeit viel zu tun. Dennoch kommen weitere Transporte an, schwere Lastwagen, vollbepackt mit Menschen, die seit Wochen wie Vieh von einem Wagen auf den anderen verladen worden sind. Für sie ist Ravensbrück Endstation. Unter der lagerüblichen Heuchelei – sie als einzige ist gleichgeblieben – führt man sie nach Entledigung ihrer Kleidung zum Entlausen. Haltet euch die Nasen zu, raten die Häftlinge einander, es geht ein neuer Transport durch den Kamin. Elinor will wissen, ob es da Unterschiede gebe, was den Gestank anbelange.
Na klar doch. Die meisten haben noch ganz hübsch Fett auf den Knochen, das macht den Qualm ölig.
Der lauen Luft nach beginnt bereits der Frühling. Unser Arbeitskommando, aufgeteilt in acht Gruppen zu jeweils zwölf Frauen, steht spatenbewaffnet auf einer kleinen Anhöhe am Rand des Lagers und sticht ziegelförmige Stücke Erde aus dem Boden, die wir zu kleinen Wällen aufschichten, um sie später, zur Mittagspause, vor die Einerbaracken zu karren. Das sandige Erdgemisch ist schwarz und gibt nichts her, keinen Grashalm, kein Moos. Ein Zollstock sorgt dafür, daß die ausgestochenen Stücke den vorgeschriebenen Maßen entsprechen. Unsere Arbeit geht gemächlich vonstatten, unsere Aufsicht zeigt wenig Interesse am Erfolg unserer halbherzigen Bemühungen.

Kann mir eine erklären, wozu das dienen soll? sagt die grüne Lisbeth, so genannt ihres Winkels wegen. Plünderung nach einem Bombenangriff in Herford brachte sie ins KL.
Gartenanlagen rings um die Vorzeigebaracken, da, wo die von der ersten Stunde drin wohnen. Und vielleicht noch zwei bis drei Reihen dahinter. Die Innendienstkolonne fertigt schon eifrig Kunstblümchen an, damit die einziehenden Sieger gerührt kehrtmachen, wenn sie sehen, in welcher Idylle wir hier hausen. Gelächter ringsum.
Bis sie eine von uns zu Gesicht kriegen, sagt Kartoffelnase, die einzige Kameradin von früher, die ich bisher wiederfand, dann ist die Rührung im Eimer.
Lisbeth, auf ihren Spaten gestützt, blickt in die Runde. Ihre grauen Augen sind kalt. Sie werden keine von uns zu Gesicht kriegen, keine einzige, sagt sie. Weder tot noch lebendig. Capito?
Wir schweigen. Lisbeth hat ausgesprochen, was wir alle befürchten. Eine Zeitlang stochern wir lust- und kraftlos die Erde auf, jede mit ihren eigenen Gedanken beschäftigt. Es bedrückt mich, daß ich Lydia nirgends entdecken kann. Mitten in meine nachdenklichen Überlegungen hinein Geschrei, Gelächter aus hundert rauhen Kehlen. Ohne Ordnung tobt eine Horde wie betrunken wirkender Häftlinge an uns vorbei, brüllt uns zu: Sie sind da! Sie sind da! Auf dem Appellplatz. Los, laßt alles stehen und liegen. Kommt, macht schnell!
Wir schauen uns verblüfft an. Dann schleudern wir unsere Arbeitswerkzeuge in die Gegend und rennen zum Platz am Tor, auch wenn die Knochen nicht mehr hergeben als einen angestrengten Eiltrab. Die Aufseherin blickt dumm hinter uns her. Kein Zurückpfeifen.
Da stehen auf dem Freigelände vor dem Kremo fünf schwere Autobusse. Sie sind weiß, mit roten Balkenkreuzen versehen. Meine Erregung verebbt bei ihrem Anblick. Von der Frauenmenge dicht umdrängt, lassen die Fahrer

die Motoren laufen, offenbar bereit, sofort zu starten, sollte die Situation bedrohlich werden.
Russen sind das nicht, stellt Lisbeth fest.
Amis auch nicht, sagt eine Nachbarin.
Tommys tragen flache Helme.
Franzosen Baretts.
Weiße Wagen mit rotem Kreuz, das riecht nach Krankentransporten im großen Stil. Die Busse sind geräumig. Werden sie uns nun alle fortschaffen zur endgültigen Vernichtung, um, wie einst die kleine Schwäbin sagte, den Alliierten *e Muschterkazettle* zu präsentieren? Ich sehe bald, daß ich mich irre. Die Zivilisten neben den fremd uniformierten Fahrern steigen aus, öffnen die Gepäckräume. Es wird still um sie herum. Andächtig verfolgen wir, dicht genug bei den Bussen, um sehen zu können, wie mit Hilfe der Soldaten Pakete entladen werden, Dutzende, Hunderte, an die tausend Pakete. Lebensmittel, sagt einer der Zivilisten mit ulkiger Betonung zu den stramm in einer Reihe stehenden Aufseherinnen, ich verlange, daß sie gerecht verteilt werden. Wir kommen zurück.
Soldaten und Zivilisten klettern wieder auf ihre Sitze. Wenige Minuten später sind sie weg. Fast der gesamte Boden des Appellplatzes ist mit geheimnisvollen Kisten bedeckt. Im Hintergrund stehen unsere Wärterinnen noch immer stramm vor dem Fahrtenwind, den die Wagen hinterlassen.
Ich werde überraschend von einer neben mir Stehenden umarmt: Weißt du, was das war? sagt sie unter dem Atem. Unsere nordisk männikor waren das, ich bin Norwegerin. Es waren die Schweden des Grafen Bernadotte. Und sie werden wiederkommen!
Im nächsten Moment bricht Pandämonium los. Die vom Rand des Platzes stürzen sich auf die Pakete, raufen verbissen um die Kartons, trampeln über gestürzte Kameradinnen hinweg, um ihren Teil der Beute zu erhaschen. Kisten werden angerissen, Hände drängen sich durch die Öffnungen, grapschen nach dem Inhalt.

Halt! schreien die Aufseherinnen, in die allmählich wieder Leben kommt, Finger weg von den Paketen, elendes Lumpengesindel! Sie lassen ihre Gerten auf alles niedersausen, was sie gerade erwischen, auf Köpfe, Arme, Rücken. Hätten sie einen Schimmer von Psychologie, wäre ihnen vielleicht aufgegangen, daß sie soeben während des kurzen Auftritts der Schweden ihren Nimbus als Herrscherinnen des FKL-Reichs in den Augen ihrer Opfer auf das kläglichste eingebüßt haben. Ein gefährlicher Fehler, und wenn er nur Sekunden dauert. Jetzt entreißen Häftlingsfäuste ihnen Gerten und Peitschen unter Wutschreien, schlagen ihrerseits auf ihre Peiniger ein. Der Haß verleiht so manchem ausgemergelten Gerippe ungeahnte Kräfte. Die Frauen in den grauen Uniformen halten die Arme über den Kopf, ducken sich, was die Schlaglust ihrer Opfer nur erhöht. Der handfeste Streit droht in einen Aufstand auszuarten, die Wärterinnen, denen mittlerweile alle verfügbaren Kolleginnen zu Hilfe geeilt sind, sehen ramponiert aus. Plötzlich kurze Knatterserien aus Maschinenpistolen; Getroffene sinken zu Boden: Der Kommandant mit seiner Schutzstaffel ist aufmarschiert und feuert in die Menge. Es wird still, die Randalierenden weichen zurück. In die Stille hinein kreischt die hohe Stimme Suhrens: *Antreten in Formation. Bißchen plötzlich!*
Und da stehen wir, wie gewöhnlich straff ausgerichtet. So schnell, denke ich, lassen sich Wölfe in Lämmer verwandeln. Sie sind eben noch immer die Stärkeren, die Lagerwärter. Es kommt mir so eine Ahnung, als könnte uns von ihnen noch besonders Schlimmes bevorstehen. Wir haben sie für Augenblicke schwach und einer anderen Macht gefügig gesehen. Das werden sie uns nicht vergessen.
Suhren, das Kinn brutal vorgeschoben, schreitet die Reihen ab: *Plünderer – vortreten!* Uns allen ist klar, was er meint. Einigen unter uns war es gelungen, den Siegelstreifen der Kisten abzureißen. Ihre abstehenden Kitteltaschen verraten sie, Konservendosen sind ein sperriges Gut. Da ist diese

Kleine mit den verständnisheischenden Augen, fast noch ein Kind, der Hunger hat den zarten Körper aufgezehrt, die Knochen stehen vor. Mit der Linken hält es krampfhaft eine Rolle Kekse umklammert. Suhren hat Falkenaugen. *Du da, hierher!* Siebzehn Plünderer kriegt er zusammen, siebzehn Heißhungrige, die es nicht über sich gebracht hatten, dem Rat der Kameradinnen zu folgen und die Beute unauffällig verschwinden zu lassen.

Aufhängen! Knapper Befehl. Die anderen: kehrt marsch!

Eine Stunde später müssen wir in langer Reihe vor den roh gezimmerten Galgen vorbeidefilieren. Die Aufseherinnen, gehässiger denn je, zwingen uns, zu den Gehenkten hochzuschauen. Ihre Gesichter, leicht zur Seite geneigt, sehen gleichmütig aus, als wollten sie sagen, ohne die so schwer errungene Dose Corned beef oder den Schokoladenriegel lohne es sich sowieso nicht, weiterzuleben. Mir tut die Kleine leid. Ihre großen, ständig um Liebe bettelnden Augen schauen nun verständnislos ins Leere.

Offenbar hat das Internationale Rote Kreuz verfügt, daß eine Häftlingskommission, von den Frauen selbst bestimmt, für die gerechte Verteilung der Nahrungsmittel sorgen soll. Wir wählen einige der Alteingesessenen. Sie gelten als unbedingt vertrauenswürdig. Die SS läßt es ohne Einwände geschehen, daß jede einzelne von uns ein großes Paket erhält, was wir als erstaunlich empfinden. Hat sie Angst, daß ihr das Ausland auf die Finger schaut, noch bevor die Alliierten das Lager erreicht haben? Es ist alles sehr verwirrend.

Die Disziplinierten unter den Frauen unternehmen es, all jene, die sich gierig über den Inhalt ihres Pakets hermachen wollen, eindringlich zu warnen. Die vom Küchendienst würden ihnen als erstes die Brühwürfel mit heißem Wasser zur Kraftbrühe auflösen. Ausgedörrte Mägen müßten ganz langsam, mit aller gebotenen Vorsicht, wieder an Nahrung gewöhnt werden. Sie treffen auf Ärger und Unverständnis. So manche beginnt zu pöbeln:

Kümmer dich um deinen eigenen Scheißdreck, hau ab!

Willst wohl, daß ich dir meinen Speck gebe und dafür deine jämmerlichen Brühwürfel fresse? Für wie dämlich hältste mich?
Oder: Die Predigt kannst du dir sparen. Ich *will* mich totfressen, verstehst du. Ist doch die herrlichste Todesart, die es gibt. Alles auf einmal werd ich essen, bis ich platze. Meine Sache. Verdufte!
Andere reagieren mit einem uninteressierten Schulterzukken. Ach was, so schlimm wird es schon nicht werden.
Die meisten ernstgemeinten Warnungen sind in den Wind gesprochen. Zur heimlichen Befriedigung des Lageraufsichtspersonals wälzt sich ein Großteil der kranken und schwächlichen Frauen die Nacht über in Krämpfen. Am Morgen gehen sie dann den Weg aller Knochen im Schnellverbrennungsverfahren: Eiserner Ofen, Grube, Löschkalk darüber, zuschaufeln. Die Juden im Lager: Obwohl gerade die Dose Corned beef und die Büchsen mit geliertem Schweinefleisch zu den begehrtesten Köstlichkeiten gehören, rühren sie nichts davon an. In oft bedauernswertem Zustand, mit Bäuchen, von Hungerödemen gezeichnet, halten sie sich an ihre orthodoxen Riten. Für sie gilt Schweinefleisch als unrein. Es sind Griechen, zwei große Familien mit Kindern und Enkeln. Es heißt, sie stünden unter dem Schutz ihres Konsulats. Suhren wagt nicht, sie mit den anderen, die man von Auschwitz hierher transportiert hat, ins Gas zu schicken.
Das kann man ja nicht mit ansehen, sagt Berta, grünwinklig, einstige Engelmacherin. Da hamse endlich was zu fressen und rühren nix an. Marja, die Jugoslawin, beugt sich zum weißbärtigen Patriarchen der Familie hinab, sie spricht ein paar Worte Griechisch. Wir hören sie radebrechen, sehen den Alten grimmig verneinen, den knochigen Zeigefinger gegen die Dosen mit eingemachtem Fleisch und Streichwurst gerichtet, hören ihn sagen: Weg! Weg! Die Kleinen sitzen mit gesenkten Köpfen dabei, wagen nicht aufzuschauen. Marja beginnt ein Palaver. Viel Kopfschütteln,

Bewegungen des Ärgers, einmal eine drohende Geste gen Himmel. Die Frauen schweigen.
Sie wollen nur Trockenkekse, berichtet uns Marja. Alles andere mögen sie nicht, und wenn sie an Hunger krepieren.
Na dann, meint Usch. Ihnen kann geholfen werden. Die meisten sind doch scharf auf Fleisch, wir tauschen einfach.
Und wenn das nicht klappt, sagt eine andere, es liegen genügend Pakete herum, auch wenn sich die SS schon einige davon unter den Nagel gerissen hat. Da holen wir die Kekse raus.
Und Büchsenöffner brauchen sie dazu auch nicht.
Büchsenöffner sind das große Problem im Lager. Jedem kanadischen Paket liegt zwar einer bei, doch die Langfinger unter uns haben längst erfaßt, daß solch ein Ding den Wert der Büchsen weit übersteigt, treiben mit ihnen einen florierenden Schwarzhandel. Am Weg von Barackenreihe vier liegen noch Hunderte von Kisten gestapelt. Als wir zu den Juden zurückkehren, die Arme voller Päckchen mit Trokkenkeksen, die wir vor sie hinschütten, schauen sie schweigend, bewegungslos zu. Aber ihre Gesichter überzieht der Glanz stummer Freude.
Am folgenden Morgen fahren noch während des Frühappells die weißen Busse wieder ins Lager ein. Wie ein Lauffeuer spricht es sich herum, daß sie den Auftrag haben, uns alle hier herauszuholen. Euphorie bricht aus. Wir lassen Appell Appell sein, drängen zu den Wagen hin, bestürmen die Rote-Kreuz-Leute mit Fragen in allen Sprachen. Ist das die Rettung? Werden sie uns in Sicherheit bringen? Unsere Freude kriegt einen Dämpfer, als wir erfahren, die Aktion verliefe nach einem bestimmten Plan. Zuerst seien die Französinnen, danach die Belgierinnen dran und so weiter. Nationenweise werde verladen und in Sicherheit gebracht.
Als Kartoffelnase das hört, sagt sie nur: Verdammt.
Warum?
Begreifst du nicht? Die Ausländer holen sie raus, und uns überlassen sie der Rache unserer SS-Schergen.

Reg dich ab. Bis die Schweden uns sämtlich draußen haben, sind schon die Russen hier. Ahnungslose Gemüter, diese Samariter. Bis die alle zusammengekriegt haben in diesem Elendshaufen, ist der Krieg längst zu Ende.
Die das sagt, eine mit albinoweißen Brauen über den Augenhöhlen, hat so unrecht nicht. Schon beim ersten Aufruf für die Französinnen stellen sich Schwierigkeiten ein, mit denen die Schweden offenbar nicht gerechnet haben. Nur wenige sind zur Stelle. Viele liegen in den provisorischen Krankenblocks, verhungert, verseucht, kurz vor dem Ende. Andere existieren nur noch auf dem Papier, sind längst durch den Kamin gewandert. Auch nach ihnen, insistieren die Beamten des Roten Kreuzes, muß intensiv gesucht werden. Und dann gibt es noch eine Anzahl solcher, die sich weigern, das Lager zu verlassen, die auf die Russen warten wollen. Es sind dies unsere Roten, überzeugte Kommunistinnen. Die politisch Aktiven.
Während der Suche, an der sich gezwungenermaßen auch alle Aufseherinnen beteiligen, genießen wir herrliche, erregende Tage ohne Pflichten. Die aus der Schreibstube berichten, die Amerikaner seien bereits am Rhein, es ginge zügig vorwärts mit dem Endsieg, auch wenn das Wort nun nicht mehr dem Sinn des Erfinders entspreche. Von allen Seiten rückten die Fronten auf Berlin zu. Jetzt, wo wir uns unbeobachtet wissen, machen wir uns an die Magazine heran. Die Wäsche-, Kleider- und Schuhkammern vor allem. Ein paar Altkommunistinnen sorgen dafür, daß keine mehr bekommt, als sie benötigt. Sie verhindern, daß geplündert wird. An Disziplin stehen die Deutschen den Franzosen nicht nach.
Bettwäsche, sagt Gitte, wir brauchen dringend Bettücher.
Decken sind wichtiger. Schau mal da im zweiten Regal von unten – eine richtige Daunendecke.
Bettlaken, insistiert Gitte. Hast du dir mal überlegt, daß wir Nacht für Nacht auf blut- und durchfallgetränkten, nie

desinfizierten Matten liegen? Auf diesen Dreckdingern sind die Ruhr- und Typhuskranken gestorben.
Das Argument leuchtet ein. Zufrieden nehmen wir einen sauberen Stapel Leintücher entgegen und als Zugabe ein kariertes Wollplaid, in das sich drei gemütlich einwickeln können.
Bei den Schuhen geht es sogar noch geordneter zu. Da heißt es Schlangestehen. Jeweils sechs werden ins Magazin eingelassen, geben ihre Fußgröße an und bekommen zehn Minuten zum Probieren zugebilligt. Margarethe Hillmann aus dem Ruhrgebiet, auch sie eine Kommunistin, überwacht, daß keine zu kurz kommt. Ihre Freundin Hermi steht währenddessen draußen Wache, sollte sich doch eine Aufseherin in der Nähe blicken lassen. Dann wird augenblicklich die Tür geschlossen, und die Wartenden zerstreuen sich.
Glücklich marschieren wir festen Schrittes durch den Hinterausgang hinaus. In der Bekleidungskammer versorgt sich jede noch mit guter, wärmender Unterwäsche. Komisch, überlegt Sanne und hält ein Trikot hoch, hat mal 'nen Körper gewärmt, jüngeren als meinen. Nun ist er kaputt und das Hemd noch ganz. Müßte eigentlich umgekehrt sein, nich? Fängst du auch schon an zu spinnen? Marlies aus einer alten rheinischen SPD-Familie mit Tradition, wegen hartnäckiger Hitlergrußverweigerung im Lager, stößt sie in die Rippen. Sei froh, daß sie das Zeug nicht mitverbrannt haben. Zieh's an, bevor eine andere es dir aus der Hand schnappt.
Frohe Botschaften verbreiten sich in Windeseile, schlechte dagegen pflegen sich nur zögernd fortzupflanzen. Was zunächst als Latrinengerücht gilt, erhält schließlich durch eine norwegische Häftlingsärztin seine Bestätigung: Die Aktion des Internationalen Roten Kreuzes war nicht so gelaufen wie geplant. Man hatte im Übereinkommen mit anderen Nationen den Beschluß gefaßt, die Häftlinge, die man für schlichte Kriegsgefangene hielt, nach einer kurzen Zusammenkunft zwischen Graf Bernadotte von Schweden und dem deutschen Reichsführer SS Heinrich Himmler, bei der

letzterer sich einverstanden erklärte, aus den Lagern zu evakuieren und sie in ihre Heimatländer zurückzuleiten. Als Touristen per Bus. Was die Abgesandten der RK-Kommission dann vorfanden, warf den so sauber erarbeiteten Plan über den Haufen. Man konnte es den Schweden nicht verübeln. Den Leuten der internationalen Hilfsorganisation fehlte für das, was sich ihnen bot, jedes Vorstellungsvermögen. Ratlos zuckten sie die Achseln, sammelten die Norwegerinnen ein, eine Gruppe nur noch so weit in gutem Zustand, daß man ihnen die weite Reise auf Sitzen der Transportbusse zumuten durfte. Wir hören sie abfahren, versichern uns gegenseitig, daß sie zurückkommen werden, um auch alle anderen zu befreien, und wissen doch, daß wir uns etwas vormachen. Die Schlußlichter zu seiten der weißen Rückflächen sind das letzte, was wir von ihnen sehen. Sie kommen nicht wieder.

Schnell ziehende Aprilwolken, ein hellschwarzes Gemisch, hauchen im Wechselspiel des Lichts der tödlichen Gleichförmigkeit, in der sich Baracke an Baracke reiht, künstliches Leben ein. Flugzeugeinheiten, die bereits in solcher Regelmäßigkeit das Lager überfliegen, daß die Sirene nur noch in seltenen Fällen angekurbelt wird, entziehen sich über der Wolkendecke meist unserer Sicht. Nur ab und zu stößt einmal der eine oder andere neugierige Pilot im Sturzflug auf uns herab, um gleich wieder hochzuziehen, noch bevor uns der ohrenbetäubende Lärm der Motoren erreicht hat. Im Lager brodelt die Gerüchteküche, das meiste davon aus ernst zu nehmenden Quellen: Wir sollen alle evakuiert werden. Nach Malchow, heißt es. Oder nach Stutthof. – Was sind das für Orte? – Keine Orte. Lager. Mit geräumigen Krematorien. – Und die Uckermark? – Existiert nicht mehr.
– Heißt das, sie wollen uns wegbringen, um uns zu vergasen?
– Was sonst? Zur Erholung bestimmt nicht, Döskopp.

Wozu uns noch verschleppen? Wir haben hier unser eigenes Kremo.

Kremo schon. Aber das Gas ist alle, verstehste? Und da ha-

pert's mit dem Nachschub. In Malchow gibt's noch ein paar Kanister mit Zyklon B.
Meint ihr wirklich, die wollen uns noch alle erledigen, so kurz vor dem Einmarsch der Russen? So blöd werden die doch nicht sein.
Aber stur. Der Führer hat befohlen: *Alles unwerte Leben ausmerzen.* Befehl ist Befehl. Da gibt's nichts. Ihr heiliges Pflichtbekenntnis heißt doch: *Befehl ausgeführt.* Machen wir uns nichts vor.
Wir sind, eine kleine Gruppe von sieben Frauen, zum Geländesondieren unterwegs, versehen mit Handkarren, auf denen wir Tote, die wir herumliegen sehen, ans Tor zum Weitertransport in die Gruben zu bringen haben. Letzteres ist Sache des Außenkommandos. Wir lehnen an ein paar Kiefernstämmen, haben eine kleine Pause eingelegt, weil unsere Aufseherin mal schnell pinkeln gegangen ist. Zum Abort mit den Bodenlöchern sind es von hier aus gute zehn Minuten hin und zurück.
Nein, nein und nochmals nein, sagt die vierundzwanzigjährige, zur jungen Greisin geschrumpfte Mathilde, eine Pfarrerstochter aus dem Odenwald. Ich kann's einfach nicht glauben. Der Krieg ist doch schon so gut wie aus.
Jarmilla neben ihr, eine tschechische Halbjüdin, mit gefälschtem Paß erwischt, als sie in die Schweiz wollte, starrt vor sich hin. Das laß niemanden von der SS hören, sagt sie, wenn du noch ein paar Tage leben willst. Morgen, am Zwanzigsten, zu Führers Geburtstag, soll doch die hochgelobte neue Geheimwaffe zum Einsatz kommen, die im Handumdrehen den Deutschen das Kriegsglück zurückbringen soll.
Blödsinn, sagt Simone aus Lüttich, Mitglied der Armée belge des partisans. Jarmilla zuckt die Achseln. Ob wahr oder nicht, auf jeden Fall kann es das Ende des Krieges noch eine Zeitlang hinauszögern.
Unsere Älteste im Kreis, die einstige Mathematiklehrerin Zlata, eine Polin, schüttelt ärgerlich den kahlen Schädel, auf dem nichts nachwachsen will: Nun hört schon auf, euch ver-

rückt zu machen. Denkt lieber mal nach. Wie stellt ihr euch vor, daß die uns unter dem Bombenhagel ringsum noch wegbringen können? Wir sind immerhin noch Tausende, davon nur ein geringer Teil transportfähig. Mit den paar Lastwagen? Lächerlich. – Mit der Bahn, sagt Mathilde.
Ja, mit der Eisenbahn, echoen die Schwestern Loni und Rosel, die beiden Niederösterreicherinnen. Gemeinsam führten sie eine Wirtschaft, bis ein Gast sie wegen defaitistischer Reden und Fehlen des Führerbildes an der Wand des Lokals anzeigte. Rosels Antwort auf die gebrüllte Frage des Ortsgruppenleiters, wieso dort kein Hitlerbild hänge: *ein* röhrender Hirsch sei genug, brachte die Schwestern schließlich nach Ravensbrück.
Schräg über unseren Köpfen reißt für einen Augenblick die Wolkendecke auf, enthüllt in der Höhe ein makelloses Blau. Die Sonne wird sichtbar. Wir strecken unsere starren Hände aus, genießen das wärmende Streicheln der schräg einfallenden Strahlen.
Eisenbahn kannst du vergessen, sagt Simone mit Spott in der rauhen Stimme. Die drüben im Männerlager haben es erzählt. Unser Lokalbahnhof soll eine gezielte Sprengladung abbekommen haben. Gleise verbogen und unterbrochen. Jean Christoph, der, der hinter dem Slawenblock den Drahtzaun ausbessert, sagt, ein Teil von denen aus dem Männerlager wäre damit beschäftigt, die Schienen wieder in Ordnung zu bringen. Sie lacht: Die meisten von ihnen gehören zur belgisch-französischen Partisanenarmee.
Bei dieser Vorstellung lachen wir alle, aber es ist ein bedrücktes Lachen. Die schlimmste Form der Angst ist die vor dem Ungewissen. Als wir die Aufseherin zurückkommen sehen, nehmen wir unsere Karren wieder auf und machen uns von neuem auf den Weg.
Am nächsten Morgen nach dem Frühappell erwartet uns eine Überraschung. Fünfzig Häftlinge, Deutsche und Tschechinnen, alles Alteingesessene, werden nach vorn zur Registrierstube beordert. Bedrückt sehen wir ihnen nach.

Die sind zuerst dran, sagt eine.
Warum gerade die der ersten Stunde?
Ist doch klar. Sie haben alles gesehen. Von Beginn an.
In Tausenden von kahlgeschorenen Köpfen beginnt ein hektisches Rechnen, wann man selber unter diesen Umständen wohl dran wäre. Stumm reihen wir uns in unsere Kommandos ein. Schon seit Wochen werden die Aufgabenbereiche dezimiert: Stubendienst fällt weg – jede von uns hat selbst für Ordnung und Sauberkeit an ihrem Schlafplatz und in den Waschräumen zu sorgen –, die Gartenarbeit, Bäumchenpflanzen und Beeteanlegen ist eingestellt, und selbst das bei der SS so beliebte Sandkastenspiel, zu dieser Jahreszeit mit seinen ‹himmlischen› Wechselbädern besonders lustig, gibt es nicht mehr. Um so mehr Nachdruck liegt auf dem, was von unseren Bewachern unter *Aufräumungsarbeiten* verstanden wird. Unter uns nennen wir es ‹Spuren verwischen›.
Nicht weit von der Stelle, wo ich mit zwei Dutzend Kameradinnen zum Abrücken bereitstehe, unterhalten sich ein paar SS-Offiziere miteinander, ziemlich erregt, ihren scharfen Stimmen nach zu urteilen. Ein paar Sätze bekommen wir mit.
Und wenn nicht?
Wollen Sie die Verantwortung dafür übernehmen?
Die *totale Evakuierung* also. Ist das, wenn Sie mir diese Frage gestatten, Obersturmbannführer, überhaupt in so kurzer Frist zu schaffen?
Sehen Sie zu, daß es zu schaffen ist. Ich sage nur ein Wort: *Mauergang!* Ihre Arme schnellen grüßend hoch, sie gehen auseinander.
Gerade als wir uns unter Führung unserer Aufseherin in Bewegung setzen wollen, kommen die fünfzig Aufgerufenen aus der Schreibstube zurück. Ihre tief eingesunkenen Augen glänzen, sie winken mit Papierstücken, rufen uns zu: *Entlassen!* Wir sind *entlassen*! Nur noch zum Bad und zur Einkleidung. Heute mittag geht's los.
Mensch, sagt Ulrike neben mir, haben die ein Glück. Ja, gibt's denn das, Entlassungen?

Hast es doch gerade gehört, sagt Senta, eine Schwarzwinklige aus Königsberg, seit zwei Jahren wegen Arbeitsverweigerung inhaftiert. Die evakuieren Ravensbrück, indem sie uns entlassen. Ihr mit eurem Teufel-an-die-Wand-Malen!
Da ist wieder das rauhe Lachen von Simone – sie, wie auch die übrigen, seit Tagen dem gleichen Kommando unterstellt –: Und du mit deinem unerschütterlichen Glauben an das letztlich Gute in deinen Landsleuten. Deutsche, denkst du, können uns doch nicht einfach umlegen, so etwas tut eine gebildete Nation nicht. Also entlassen sie uns, schön geordnet der Reihe nach, fünfzig Häftlinge pro Tag. Die Sowjets schauen zu und klatschen der deutschen Ordnung Beifall, wie?
Lachen rippelt durch die Reihen. *Schnauze!* schreit unsere Aufseherin. *Karren aufnehmen. An die Arbeit. Bißchen dalli!*
Wir finden unsere Toten selten auf offenem Gelände. Die meisten Sterbenden verkriechen sich in irgendwelche Ecken zwischen Holzwände oder hinter die letzte Barackenreihe, wo die Nachteimer stehen. Dazwischen hängen und liegen sie, die Körper im Tod zum Nichts geschrumpft, mit überlangen Armen und Beinen wie zertretene Mücken. Es ist erstaunlich, wie viele von ihnen auf einen Schubkarren passen.
Trillerpfiffe der Aufseherin künden die Mittagspause an. Wir stellen unsere Fuhren am Tor ab und mischen uns unter Verzicht auf die Mittagssuppe – noch reichen die Bestände aus den Paketen des IRK – unter die aufgeregten Frauen, die bei den vorderen Baracken die Entlassenen umringen. Scheine werden zum Beweis herumgereicht; sie sind ordnungsgemäß ausgefüllt, mit Datum und Personalien versehen. Darunter der Stempel mit dem Hakenkreuzadler, Symbol des tausendjährigen Reichs, komplett mit Unterschrift der Lagerleitung.
Die auf diese Weise Ausgezeichneten – man hat sie aus Beständen der Kleiderkammer mit Zivilkleidung versorgt –

sind außer sich vor Freude, lachen und weinen in einem, umarmen die sie Umstehenden: Wir sind gerettet! Bestimmt kommt ihr anderen jetzt auch alle dran! – Die Binz selbst geleitet sie zum Doppeltor, während eine neue Fliegerstaffel über uns hinwegbrummt. Wir winken ihnen nach, euphorisch beim Anblick der Glücklichen, denen unbehelligt die Freiheit wiedergegeben wird. Es scheint uns wie ein Wunder. Einige unter uns murmeln Dankgebete. Unser aufgeregtes Geschnatter durchdringt die sachliche Stimme der Gabriele Böckler, einer siebenundvierzigjährigen Politischen mit viel Autorität bei den jüngeren Rotwinkligen:
Alle mal herhören!
Der Lärm verebbt. Laßt euch nicht täuschen, Frauen! fährt sie fort, nachdem Ruhe eingetreten ist. Fünfzig Entlassungen? Das riecht nach Alibi für eine Lagerleitung, die ihre Sicherheit zu verlieren beginnt. Was unseren Kameradinnen da in die Hand gedrückt wurde: Vorzeigepapiere, die denen draußen beweisen sollen, daß Ravensbrück bei eingestellter Rauchfahne aus dem Kamin nichts als ein ganz gewöhnliches Arbeitslager ist. Hat der Insasse seine Strafe verbüßt, wird er wieder der *Volksgemeinschaft* zugeführt.
Du meinst, die Lagerleitung hätte die Zettel als Alibi für die anrückende Sowjetarmee ausgestellt?
In dreifacher Kopie. Mindestens.
Aber nur fünfzig Scheine? läßt sich ein zaghaftes Stimmchen vernehmen.
Glaubst du, der SS würden keine Ausreden einfallen? Gabriele ahmt die Stimme Suhrens nach, seinen Tonfall zwischen Geschnarr und Weinerlichkeit: Bedauerlicherweise, meine Herren, brach eine Epidemie aus. Typhus. Die meisten Betroffenen waren transportunfähig. – Außerdem, Dummchen, werden sich die Russen wohl kaum aufhalten mit Nachzählen der Entlassungsscheine. Die haben garantiert Wichtigeres zu tun.
Schon, meint eine Grünwinklige mit roter Borstenfrisur. Trotzdem. Damit kommen die Bonzen nicht durch. Uns mö-

gen sie ja für dumm verkaufen. Aber doch nicht die Russen oder die Amerikaner. Die haben schon vor Monaten Auschwitz und Majdanek gefunden. Da wissen sie auch über Ravensbrück Bescheid.
Wollte euch nur warnen, sagt Gabriele. Jubelt nicht zu früh. Abwarten! Gabriele Böckler, zum internationalen Widerstand gegen den Faschismus gehörend, Mann erschossen, Kinder in Sippenhaft, weiß, was sie sagt.
Schon am nächsten Tag bekommen wir die Vernunft ihrer Warnung zu spüren. Der pausenlose Kanonendonner in der Ferne, die täglichen Alarmmeldungen des Oberkommandos der Wehrmacht, das sogar seine Lieblingsphrase vom taktischen Rückzug einiger Einheiten gegen Aufrufe, eine Linie an der Elbe zu verteidigen oder eine Brücke über den Rhein zu halten, vertauscht, macht unsere Lagerleitung kopfscheu. Endlich begreift auch sie den tödlichen Ernst der Lage. Die Folge ist brutale Willkür bei den Männern, Haß und Aggressionen gegen uns bei den Aufseherinnen. Ihre Angst schlägt um in Hysterie. Nie waren wir mehr gefährdet als jetzt, da das System kalter Menschenverachtung, programmgemäß befolgt und ausgeführt, von persönlicher Lust am Quälen und sadistischen Gelüsten abgelöst wird. Plötzlich beginnt unser Kamin wieder zu rauchen. Mein Gott, sagt Zlata, sie führen wieder welche ins Gas.
Aber es ist doch so gut wie keines mehr da?
Mit dem Rest, sagt sie und wendet den Kopf ab von der dünnen Rauchfahne. Mit dem Rest bringt man sie um. Sie werden fürchterlich leiden müssen, ganz, ganz langsam ersticken.
Wen mögen sie wohl noch in letzter Minute...?
Da schlägt Zlata die Hände vors Gesicht. Zwischen den Fingern hindurch kommt es stockend: Wen? Sieh dich doch um. Fällt dir nichts auf? Ihr magerer Körper bebt.
Ich tue wie geheißen. Nun fällt es mir auf: Die Kinder sind weg. Die Jugendlichen zwischen neun und dreizehn, die über die Lagerstraße streunten, in dunklen Winkeln mit

kanadischen, uns von der SS abgenommenen Zigaretten Schwarzmarkt betrieben oder aus Stoffetzen selbstgebastelten Puppen die Mutter ersetzten, die man ihnen brutal genommen hatte.
Am Abend bevor die diversen Kommandos in ihre Baracken zurückkehren, wird der Tod der Kinder allen Häftlingen mitgeteilt. Die vom Leichendienst bestätigen Zladas Vermutung. Im Gedenken an das, was die unglücklichen Kleinen ausgestanden haben müssen, legt das gesamte Lager eine Schweigeminute ein.

23. April 1945
Das Oberkommando der Wehrmacht gibt bekannt: Sowjetische Einheiten stehen vor Berlin. Die SS-Lagerführung hört die Nachricht in Anwesenheit von SS-Oberscharführer Conrad, Arbeitsführer Pflaum und Lagerarzt Dr. Treite. Später berichtet uns Frieda von Zednitz, Suhrens Sekretärin, Sippenhäftling, bei dieser Durchsage seien die Herren in heftige Aufregung geraten. Man habe errechnet, daß die Russen in acht bis zehn Tagen Ravensbrück einnehmen könnten.
Und weiter? drängen wir sie.
Sie zögert einen Augenblick, ist sich der Bedeutungsschwere des Nachfolgenden bewußt. Bis dahin, habe Suhren gesagt, müsse das Lager geräumt und in Ordnung gebracht sein. Für eine Evakuierung sei es nun allerdings bereits zu spät. Danach seien sie in den Nebenraum hinübergewechselt, die Tür aber, wohl aus Gedankenlosigkeit, hinter sich nicht geschlossen. So habe sie noch den darauffolgenden kurzen Wortwechsel mitbekommen:
Suhren: Sie wissen, was zu tun ist, meine Herren. Der Feind wird *ein nationalsozialistisches Arbeitslager mustergültiger Ordnung* betreten. Die Insassen werden einen gesunden und sauberen Eindruck machen. Suchen Sie die geeignetsten unter den Häftlingen aus.
Pflaum: Und alle übrigen? Es sind noch Tausende. Vernichten?

Conrad: Unmöglich. Wir sind ohne Gas, ohne Strom.
Suhren, kreischend: Für den Führer gibt es kein *Unmöglich*, merken Sie sich das, Oberscharführer. *Nur die Widerstandsfähigsten bleiben. Das ist ein Befehl!* Den Rest, sagt Zednitz, habe sie nicht mehr mitbekommen. Aus Angst, als Zeugin dieses Auftritts liquidiert zu werden, habe sie das Zimmer verlassen.

Wie ernst es Suhren damit ist, der offenbar im Begriff steht, alle Beherrschung zu verlieren, zeigt sich noch am gleichen Tag. Der allerletzte, schwache Rest des Zyklon B wird achtzehn Tuberkulösen zuteil, die sich unter Blutschwallen, nach Atem ringend, zu Tode husten. Darauf folgend wird die Gaskammer abgerissen. Das Ravensbrücker Krematorium hat ausgedient. In den nächsten Tagen erscheint zu jedem der immer länger werdenden Appelle ein SS-Gremium, bestehend aus einigen uns unbekannten Kerlen in grauer Feld-Uniform, der Binz und einigen zu diesem besonderen Zweck herbeorderten Aufseherinnen vom Strafblock, Weibern mit brutalen, haßgeprägten Visagen. Schlägertypen. Dann wird selektiert. Wer nicht dasteht wie eine Eins, Schultern zurückgebogen, erhobenen Hauptes, krampfhaft bemüht, im Blick die Todesangst durch das zu ersetzen, was die SS unter Forschheit versteht, wird herausgeholt und zur Seite gestellt. Die vielen Kranken, Elenden und Verstümmelten unter uns haben keine Chance. Wir übrigen wagen nicht, zu den Opfern hinzuschauen aus Angst, es könnten sich unter ihnen unsere Freundinnen befinden. Todesangst ist nicht nur Angst um das eigene Leben. Mich haben sie bisher verschont; meine Länge, mein starker Knochenbau täuschen eine Kraft vor, die ich schon längst nicht mehr habe. Es erleichtert mich nicht, sie haben Jarmilla herausgepickt. Wir alle tragen den Tod in uns, lange schon, nur seine Ausführung, der Willkür unserer Schergen überlassen, läßt sich Zeit.

Unsere Aufgabe heißt von heute an: neue Gruben ausschachten. Graben, graben, graben, mit schwerer Schaufel den Sandboden aufwerfen, tiefer, noch tiefer. Die Löcher werden mit Leibern vollgestopft werden, bis sie überquellen. Knochen sind sperrige Dinger. Neben- und hintereinander aufgereiht stehen die Schubkarren voller Arme und Beine, verrenkt, skelettiert. Dazwischen Köpfe mit weit offenen Mündern. Kein Goldzahn darf der Schatzkammer des Dritten Reichs verlorengehen. Sie alle starben einen Seuchen- oder Hungertod; für sie, die letzteren, kamen die Pakete zu spät. Zum Teil beschleunigte der Inhalt ihren Abgang.

Was werden sie wohl mit den anderen machen? sagt Ulrike. Die Feuer sind gelöscht. Und von der Gaskammer steht nur noch eine Außenmauer. Ich weiß keine Antwort. Niemand weiß sie. Bis Warwara, eine russische Kriegsgefangene, Assistentin des Lagerarztes Dr. Treite, uns während einer Zusammenkunft im Waschraum aufklärt.

Sie erschießen sie. Eine nach der anderen. Genickschuß. Drüben, im Mauergang, ihr wißt, der lange, schmale Gang zwischen Lagermauer und Arresthof.

Woher sie das wisse? Weil sie als Treites Assistentin dabeisein und den eingetretenen Tod der Opfer bestätigen müsse. Sie sagt es in gleichmütigem Tonfall, als handle es sich um etwas ganz Alltägliches. Man könnte ihr die Teilnahmslosigkeit glauben, solange man ihr nicht ins Gesicht schaut, in dem sich das blanke Entsetzen spiegelt, untermischt mit Wut und Trauer.

Wir wollen Einzelheiten wissen. Direkte Zeuginnen der SS-Verbrechen sind rar. Unsere Schergen sind Meister im Vertuschen solcher Vorgänge. In der ersten Frühstunde zwischen Aufstehen und Kaffeefassen kümmern sich die Aufseherinnen wenig um uns, was uns die zeitlich knapp bemessene Möglichkeit zu einem offenen Gespräch läßt.

So erfahren wir, daß ein Exekutionskommando unter Oberscharführer Conrad in Begleitung von Lagerarzt Treite die Frauen zu dem von hohen Wällen umgebenen Gang führe, wo sie sich ausziehen und niederknien müßten, Gesicht zur

Wand. Dann, sagt Warwara, legen die Soldaten auf Kommando an, die Gewehrmündung auf den Nacken der Frauen gerichtet, und drücken ab. Langsam sänken die Opfer in sich zusammen und kippten schräg zur Seite.
Und du mußt sie untersuchen, ob sie auch wirklich tot sind? Meldest du es, wenn eine nur schwer verwundet ist?
Warwara streift sich den Kittel über. Der Kommandant selbst übernimmt die Nachkontrolle, sagt sie. Tritt mit dem Stiefel gegen sie, bis sie auf dem Rücken liegen. Ich hab ihn sagen hören, daß Frauen viel langsamer sterben als Männer. Und daß diese Dreckschweine so etwas wie den Gnadentod eigentlich gar nicht verdienten.
Und was geschieht, wenn er noch Leben in einer findet?
Wieder der gleichmütige Ton in der Stimme der Russin: Dann packt er sie bei der Schulter, richtet sie auf und gibt ihr mit dem Gewehrkolben den Rest. Aus dem Gang kommt keine lebend mehr heraus. Dreihundert Frauen haben sie bisher dort erschossen.

Die Aprilsonne sticht. Kein Haarwuchs schützt unsere dünne Kopfhaut. Kopfschmerzen und Erbrechen sind die Folge. Grippale Infekte, den Winter über aus Angst vor dem Revier am Ausbruch gehindert, lassen die tiefgefrorenen Bazillen, Frühlingsblümchen gleich, die Eiskruste durchbrechen. Abwehrschwäche wirft jene, die bisher tapfer durchgehalten haben, unter starken Fieberanfällen zu Boden. Die Inkubationszeit war ungewöhnlich lang, da geht es mit dem Sterben schnell.
Von jeher waren es die kommunistischen Häftlinge in Ravensbrück, die untereinander den stärksten Zusammenhalt bewiesen. Ich denke daran, daß es wohl ihre politische Ideologie sein muß, die sie, Angehörige der verschiedenen Nationen, so eng miteinander verschweißt. Im Unterschied zu uns, die wir wenig Vorstellung von dem haben, was mit uns geschieht, sollte ein Wunder uns überleben lassen, bleiben sie unerschütterliche Stalinistinnen, der weiteren Verfol-

gung ihrer politischen Ziele treu bis in den Tod. Sie, die Roten, sind es, die inmitten des nun herrschenden Durcheinanders unerwartete Stärke zeigen. Alle neu Erkrankten, von Erschießung bedroht, werden von ihnen versteckt und betreut, sie sind fest entschlossen, hier, zwischen Mauern und Stacheldraht, auf die Sowjetarmee zu warten, um sich von ihr befreien zu lassen, mag kommen, was da wolle.
Wenn ich hier noch rauskäme, sagt Kartoffelnase, würde ich zu den Amis wollen. Die mit ihrer tollen Musik. Und dann New York. Stellt euch vor, sie brächten uns nach New York!
Andere träumen von London oder Paris. Die Schwarzwinkligen wollen nur eines: heim zu Eltern und Geschwistern; sie fühlen sich nach wie vor als Deutsche. Die meisten unter uns jedoch wollen gar nichts mehr; für sie ist die Vorstellung eines Überlebens nichts als utopisches Gefasel vor dem sicheren Ende.

26. April 1945
Neueste Schreckensmeldung für Suhren und seine Mannschaft: Amerikanische und sowjetische Truppen, kräckelt der Schreibstuben-Volksempfänger über ein Notaggregat, haben sich an der Elbe getroffen und vereinigt. Hektische Betriebsamkeit ist die Folge. Alles rennt durcheinander. Eine Grünwinklige winkt unsere Gruppe vom Aufräumungskommando nach vorn in die Nähe der Stube des Kommandanten. Hört mal, wie der tobt! Suhren brüllt am Diensttelefon: Das ist mir scheißegal, wo Sie sie hernehmen, ich brauche zwölf Transportwagen, und zwar auf der Stelle. Alle im Einsatz? Ihr Problem. Sehen Sie zu, wo Sie sie herkriegen. Mache Sie persönlich für die sofortige Lieferung verantwortlich, verstanden? *Das ist ein Befehl. Heil Hitler!*
Drüben, nahe dem Waldsaum, lodert ein mächtiges Feuer auf. Dort werden Akten verbrannt. Aufseherinnen mit verschwitzten Gesichtern, schwergewichtige Stapel von Papier

zwischen Armbeuge und Kinn geklemmt, traben zum brennenden Holzstoß hinüber, kippen aufatmend ihre Last in die Flammen, um auf der Stelle kehrtzumachen und den Vorgang zu wiederholen. Wir sehen mit unverhohlener Freude zu, wie sie sich abschuften. Sie beachten uns kaum, sind viel zu sehr mit der Rettung ihrer eigenen kostbaren Persönlichkeit beschäftigt, um uns noch Aufmerksamkeit zu schenken, jetzt, wo es ihnen selbst an den Kragen geht.
Es ist ein ungewöhnlich warmer, fast schon sommerlicher Tag. Die Luft um die hohe Feuersäule flirrt. Vom Dach der nächststehenden Baracken beginnt der Teer zu schmelzen und über die Firste zähflüssig abwärts zu tropfen. Da sich zur Zeit niemand um uns zu kümmern scheint, suchen Simone, Mathilde, zärtlich Tildchen genannt, Zlata und ich uns ein schattiges Plätzchen zum Ausruhen, so weit weg wie möglich vom Gewimmel rund um die Hauptstraße. Hier, wo das Gelände vor dem nur durch ein Drahtnetz von ihm getrennten Waldsaum buckelt, wächst sogar Gras in sonnenüberzogenen Büscheln. Wir strecken unsere müden Glieder der Länge nach in ihm aus, schließen voller Behagen die Augen. Nur wenn hoch am Himmel eine Flugformation über uns hinwegrollt, blinzeln wir kurz hinauf. Aus solcher Entfernung ist ihre Herkunft nicht auszumachen. So dösen wir vor uns hin, bis ferne Trillerpfeifen die Mittagspause ankünden.
Nach dem kargen Mittagsmahl – die Brotscheibe ist mittlerweile so dünn, daß sie schon beim Zufassen rings um die Finger zerbröckelt, und unsere RK-Vorräte sind mittlerweile aufgebraucht – ruft eine breithüftige Aufseherin mit krummen Beinen, daß selbst das Leder ihrer hohen Schaftstiefel sich den Biegungen angleicht, zirka einhundert Frauen aus unserer Baracke zusammen. Es versteht sich, daß unsere Gruppe vollzählig dabei ist, wir haben uns geschworen, bis zum Ende zusammenzubleiben, jetzt, wo Jarmilla nicht mehr bei uns ist. Wir, das Hunderter-Kommando, erhalten eine völlig neue Aufgabe: Wir werden zu

Packern bestimmt. In lässigerer Formation, als wir es noch vor einer Woche gewagt hätten, marschieren wir einmal mehr nach vorn bis zur Nähe des Eingangstors. Neben einer der Vorzeigebaracken erste Reihe links steht Suhren, umringt von einer Gruppe von SS-Funktionären. Der Lagerführer hat einen roten Kopf. Was das für eine Schweinerei sei, schreit er. Männer mit politischen Aufgaben wie sie seien den an der Front Kämpfenden gleichzustellen und hätten ein Anrecht auf reibungslose Sicherung notwendig werdender Absatzbewegungen. Wo blieben die angeforderten Transporter? Die um ihn herum schweigen. Suhrens Jähzorn ist seiner unvoraussehbaren Reaktionen wegen gefürchtet. Er sieht uns anrücken.
Was ist denn das für ein Sauhaufen?
Räumungsarbeiten, Herr Obersturmführer! Effekten sortieren!
Krummbein herdet uns, nun im Eilschritt, zur anderen Seite hinüber. Die Tür zur Effektenkammer steht weit offen. Wir blicken in eine geräumige Halle, vollgestopft mit Beutegut bis unters Dach. Im Hintergrund sichern einige übers Eck gestellte Tische die notwendige Bewegungsfreiheit für uns, die wir das ganze Zeug zu ordnen und in die aufgestapelten Jutesäcke zu packen haben, Frauenkleider und -wäsche in die, die mit einer Vier versehen sind, Schuhe, Handtaschen und sonstiges Zubehör ebenfalls in einen der Vierer, Kinder- und Babybekleidung samt Spielzeug, soweit nicht zu sperrig, in die Dreier. Ausnahmen bilden Pelze, Teppiche, Gobelins. Die würden später vom Aufsichtspersonal selbst in dafür vorgesehene Stoffbehälter gebündelt und verladen. Nicht unsere Aufgabe. Und nun macht euch ran, aber Tempo, ihr Transusen. Bis zum Abend muß der Kram hier verpackt sein!
Hundert ausgemergelte Leiber drücken sich zwischen die letzte Habe der Ermordeten, zerren Zusammenpassendes aus achtlos Übereinandergeworfenem, kommen einander in die Quere, streiten darüber, wer auf was zuerst seine Hand

gelegt hat. Die Luft ist zum Ersticken, erfüllt vom Geruch lange gelagerter, ungelüfteter Kleidung, schweißigem Leder, Teppichwolle. Und dazwischen, unaufdringlich und doch deutlich wahrnehmbar, der faulige Geruch von Blut.

Hanne, eine robuste Grünwinklige, hält entzückt etwas Blaues hoch: Schaut mal, was ich gefunden habe, sind die nicht niedlich?

Es sind winzige Babyschuhe aus Wolle mit Bommeln daran. Sie lacht, will sie in ihrer Kleidertasche verschwinden lassen. Im gleichen Augenblick hat ihr die Polin Vera eine gelangt. Du Schwein. Gib das sofort her! Willst du die Toten zum zweitenmal berauben? Hanne gehorcht ohne Widerrede, wendet sich wieder ihrer Arbeit zu.

Besonders mühsam ist es für uns, die gefüllten Säcke nach draußen zu schleppen, wo sie abholbereit aufgestapelt werden. Das schafft man nicht allein, da müssen jeweils drei bis vier Kameradinnen mithelfen. – Simone, Zlata, Tildchen und ich stehen gerade luftholend am Eingang der Kammer, den schmerzenden Rücken gegen die Mauer gelehnt, als sich ein Zwischenfall ereignet. Auf dem im Augenblick fast leeren Platz vor dem Kremo erscheint, keiner hat gesehen woher, eine einzelne Frau mit einem kleinen Kind an der Hand. Die Frau mag um die Dreißig sein; sie macht einen gutgenährten Eindruck, trägt Zivilkleidung. Um ihr Haar hat sie nach Art slawischer Bäuerinnen ein dunkles Tuch geknotet. Es ist das Kind, das uns entzückt. Ein schätzungsweise dreijähriger Junge, ein Pausback mit Stupsnase, das Gesichtchen umrahmt von hellem Lockengewirr.

Noch immer stehen einige der SS-Männer palavernd beisammen. Über die Ecke hinweg können sie uns nicht sehen, wir dagegen bekommen sie ins Blickfeld, wenn wir die Köpfe vorstrecken. Die Frau blickt sich hilfesuchend um, der Kleine schaut fragend zu ihr auf.

Schließlich wird einer der Männer aus der Gruppe auf die

beiden aufmerksam. Seine Uniform weist ihn als Gestapobeamten aus. Er ist hochgewachsen, hat knochige Hände und ein grobes Gesicht.
Weg hier, Weibstück! brüllt er die Erschrockene an, deutet mit dem Kinn in Richtung der Slums. Die Frau, den Kleinen an sich drückend, will dem Befehl nachkommen. Der Mann, fraglos einer von Rhodes Leuten, packt das runde Ärmchen des Jungen. *Hau ab. Das Kind bleibt hier!*
Die entsetzte Mutter sieht, Widerstand ist zwecklos. Sie läuft weg, doch nur bis zur übernächsten Baracke, von wo aus sie, hinter der Holzwand versteckt, das Weitere beobachten kann. Wir, Zuschauer dieser Szene wider Willen, wagen uns nicht zu rühren, aus Angst, ein Geräusch könnte ihn auf uns aufmerksam machen. Der Mann sieht uns nicht. Verblüfft beobachte ich, wie dieser Gestapobonze sich zu dem Kleinen, der verwirrt um sich blickt und ‹Mamischka, Mamischka› hinter seiner Mutter herruft, hinhockt und mit beruhigendem Lächeln auf ihn einspricht. Wir sehen, wie das Kind zu weinen aufhört, wie seine runden Händchen mit den glitzernden Abzeichen an der Uniform des Staatspolizisten zu spielen beginnen. Es scheint Vertrauen zu gewinnen zu dem Mann, der ihm, der väterlichen Miene nach zu urteilen, etwas Aufmunterndes erzählt. Vermutlich, daß seine Mutter gleich zurückkommen wird. Zlata sagt mir später, sie habe sich bei diesem Anblick ausgemalt, daß der Gestapomann, wohl selbst Vater eines kleinen Jungen, das Kindermärchen vom kleinen Entchen erzählt habe wegen der Wackelbewegungen seines Oberkörpers, mit der er seine Worte unterstreicht. Jetzt lacht der Kleine und sieht aus wie einer der Posaunenengel an kirchlichen Altären. Er kichert und jauchzt, als sein neuer Freund sich erhebt, ihn nicht weit von der Kremomauer in die Luft wirft und wieder auffängt. Einmal, zweimal, dreimal. Das Juchzen des Kleinen hat die Mutter angelockt; vorsichtig nähert sie sich den beiden. Der Gestapomann sieht sie kommen, grinst ihr entgegen. Er mag das! ruft er ihr zu. Und wirft den Jungen ein

viertes Mal hoch, fängt ihn wieder auf, diesmal aber bei den Füßen. Der kleine Körper kippt nach unten, der Mann tritt einen halben Schritt zurück und schleudert den kleinen Körper mit ungeheurer Wucht gegen die Mauer. Noch hallt das Echo des Kinderlachens nach, da schreit die Mutter auf. Sie schreit nur einmal, aber es ist ein Laut, der uns das Blut in den Adern gefrieren läßt. Auf der gekalkten Wand, hinter der die Verbrennungsöfen endgültig ihre Arbeit eingestellt haben, rinnt aus einem breiten Fleck Blut und Gehirnmasse zu Boden.

Ohne die leiseste Gemütsregung trägt der Mörder die kleine Leiche zu seiner Mutter hinüber, hält sie an den Füßen gepackt wie ein geschlachtetes Huhn. Schlenkerbewegungen seines Arms zeigen uns: da, wo eben noch ein bezauberndes Gesichtchen war, ist nichts mehr. Eine flache, blutige Masse. Er wirft der Frau mit verachtungsvoller Geste ihr Kind vor die Füße, hindert sie daran, über ihm zusammenzubrechen, indem er sie roh zum Ort des Verbrechens zerrt, auf den widerwärtigen Fleck zeigt und kommandiert: *Erst saubermachen. Dann kannst du flennen!* – Damit entfernt er sich gleichmütig und gesellt sich wieder seinen Kumpanen zu, um das dringende Problem ihres möglichst beschleunigten Abtransportes aus Ravensbrück weiter durchzusprechen.

Wir vier stehen wie versteinert, keiner Bewegung, keines Wortes fähig. In meinem Hirn dreht sich alles. Einer, der wirft. Der mit Leben gegen Mauern wirft. Mauern sind stärker als Babykörper. Nein, es war kein Kind, ein kleiner Hund war's, ja, ein Pekinese, der mit hohem Schrieken – natürlich, ich erinnere mich, die Frau heulte, die Mutter des Pekinesen, weil Suhren gegen alles ist, was keine germanischen Vorfahren hat. Nein nein nein, was da eben gegen die Mauer klatschte, war kein Kind, war ein Hund, kein Kind, ein Hund, kein Kind... Ich wünschte nur, der Boden mit allem, was darauf ist, würde aufhören zu kreiseln. Mir ist so schwindelig.

Simone und Zlata atmen schwer, auch sie in einer Art Kaninchenstarre festgebannt am Ort. Bis Tildchen, das Pfarrerskind, schon seit einiger Zeit mit den Nerven am Ende, zu lachen beginnt, kichernd zunächst mit geschlossenen Lippen. Dann packt es sie. Sie wird von Lachkrämpfen geschüttelt, das Blut schießt ihr zu Kopf, sie ringt nach Luft. Erschrocken hält Zlata ihr den Mund zu. Aber Tildchen gelingt es immer wieder, sich zu befreien.
Kommt, sagt Simone, wir müssen sie in die Baracke zurückbringen, schnell, bevor die Aufseherin etwas merkt.
Zu spät. Es ist ausgerechnet die Braunsteiner, die vorbeikommt: Was ist denn hier los?
Tildchen Döring lacht ihr direkt ins Gesicht.
Die Braunsteiner, unsere Versicherungen überhörend, es handle sich um einen hysterischen Lachanfall, schlägt mit ihrer Gerte auf Tildchen ein. Da lacht sie noch mehr, bis ein heftiger Schluckauf sie zum Aufhören zwingt. Die Braunsteiner betrachtet sie mit wutverengten Augen. Glaubst wohl, Mistbiene, wir sind schon am Ende und du könntest dich ungestraft über uns mokieren? *Hat sich ausgelacht. Mitkommen!*
Merde! Und das so kurz vor dem *Endsieg*! spottet Simone. In ihrem Hohn liegt Trauer. Wir wissen, wir werden Tildchen nicht mehr wiedersehen.

Der Abendappell liegt hinter uns. In unserer morschen Behausung hocken wir auf den Unterlagen unserer Pritschen, den stinkenden Matten aus verfaultem Stroh. Die Sache mit dem Gestapomann hat sich schnell herumgesprochen und selbst bei den Apathischsten Empörung ausgelöst, eine Empörung, die wie alle Auflehnung gegen die Verbrecher keinen offenen Ausdruck finden darf, solange die SS sich einen Spaß daraus macht, für die versuchsweise Aufmüpfigkeit einer einzelnen gleich den gesamten Block büßen zu lassen.
Dieser Hund. Pfählen sollte man ihn.

Zwei Stunden lang Giftgas atmen lassen.
Laßt nur mal erst die Russen hier sein. Die werden's ihm schon besorgen.
Das walte Gott!
Gott kannste vergessen. Haste noch nicht genug von seinem Walten? Ein Durcheinander von Stimmen. Wißt ihr, sagt Usch zu uns, was diese Geschichte so besonders scheußlich macht? Die Schizophrenie des Ganzen.
Ist das nicht so was wie Spaltungsirresein?
Genau das meine ich. Nimm an, der Gestapobonze, führertreu natürlich bis in die Knochen, erblickt plötzlich auf der Lagerstraße ein *Untermenschenkind.* Wo sie doch alle längst im Zuge planmäßiger Vernichtung ausgerottet sein sollten. Also macht er dem Überbleibsel im Dienst am Vaterland persönlich den Garaus. Noch irgendwie vorstellbar, nicht wahr? Aber was, in drei Teufels Namen, bringt ihn dazu, sich zu seinem Feindbild im Kleinformat niederzuhocken, mit ihm zu sprechen, zu lachen, also doch wohl vorauszusetzen, daß diese kleine Laus im Pelz des Führers so etwas wie eine menschliche Seele besitzt. Wie sonst könnte er solch ein geduldiges Vaterspiel inszenieren? Ihr sagt, es wirkte überzeugend. Das Kind seinerseits reagierte darauf mit Vertrauen. Da muß dieser Mensch doch etwas empfunden haben in diesem Wechselspiel. Nach einer Weile erhebt er sich, geht mit dem Kleinen zur Kremomauer, spielt Hochwerfen, bis der Kleine vor Vergnügen jauchzt, und dann zerschmettert er ihn brutal an der Wand. Das ist, was ich nicht begreife, erklär mir das mal einer. Erst liebevolle Zärtlichkeit, fast so was wie Vaterstolz, und im nächsten Moment regelrechtes Abschlachten des Kindes, dessen volles Vertrauen er gewonnen hatte. Wozu dieser Umstand? Das ist doch pervers. Ist das überhaupt noch ein Mensch?
Kommt darauf an, was du unter dem Begriff Mensch verstehst, spottet Ida, einer entwendeten Büchse für die Winterhilfe wegen *‹Winterklau›* gerufen.
Klar ist das ein Mensch, sagt Kartoffelnase, was sonst? Bloß

’n kaputter. Gibt Unmengen kaputter. Damit dreht sie sich zum Schlafen auf die Seite. Usch hätte gern das Thema Mensch-Unmensch noch weiter behandelt, das sie ernsthaft beschäftigt, da kommt die brummige Stimme der roten Gertrud vom Mittelgang her:
Schnauze, ihr intellektuellen Maulhelden, wir wollen unsere Ruhe haben!
Als antifaschistische Rotwinklige von bürgerlicher Herkunft, Idealen statt Ideologien zugewandt, sind wir bei den Roten, vor allem den Altkommunisten, als eingebildete Intellektuelle verpönt. Seitdem die Sowjets sich unserem Lager nähern, nimmt die Klassifizierung unter den Häftlingen drastisch zu. Ihre Berechtigung bezieht sie von persönlichen Rivalitäten unter den Häftlingen und der daraus resultierenden Verstärkung alteingeprägter Vorurteile.
Zwischen Simone und mich drängt sich Loni, noch ganz wach. Zum Glück gibt es mittlerweile genügend Platz zum Schlafen auf den Pritschen. Die Sardinenbüchsenzeit ist vorbei; von einstmals fünf auf engstem Raum sind jeweils zwei bis maximal drei übriggeblieben.
Ich muß euch was sagen, flüstert sie mit Blick auf ihre Schwester gegenüber, aber die schläft bereits fest. Ich habe vor einigen Tagen was Ähnliches gesehen, hört zu! Was uns Loni nun im Flüsterton berichtet, ist nicht weniger beunruhigend als unser Erlebnis heute nachmittag. Sie sei in der Mittagspause, während der Block um die Suppenausteilerin versammelt war, mal austreten gegangen, und zwar zum Außenabort bei der Baracke mit den ungarischen Transporten. Und da sei eine Aufseherin am Weg gestanden – ganz jung war sie, ich glaube, nicht älter als achtzehn – und habe ein am Boden liegendes kleines Mädchen buchstäblich zu Tode geprügelt. Es habe auf dem Lagerkleid einen Judenstern aufgenäht gehabt und sich schon kaum mehr gerührt, während der Ochsenziemer wieder und wieder auf seinen Körper niedersauste.
Scheußlich, flüstert Simone zurück. Aber ungewöhnlich ist

das nicht. Wart's ab, sagt Loni. Beim Anblick der prügelnden SS-Frau, die eigentlich noch ein Mädchen war, habe sie wie unter einem Zwang den Schritt verhalten, auf den immer wieder herabfahrenden Arm der Frau starrend. Da habe diese den Kopf gehoben und zurückgestarrt: Was ist? Weiß selber nicht, was mich dazu brachte, sagt Loni mit ihrem niederösterreichischen Akzent. Ich fragte einfach zurück: Warum?
Warum was?
Warum erschlagen Sie das Kind?
Nie, sagt Loni, werde ich ihre Augen vergessen. Den Blick, den sie mir gab. Es war kein Haß darin, keine Wut, keine Verachtung – einfach gar nichts außer einem Anflug von Erstaunen. Naive, blaue Rundaugen mit Pupillen, eng, als seien sie mit einem Pinsel hineingetupft worden. Das ist doch kein Kind! Es habe verblüfft geklungen, weniger um des Satzes willen als darum, daß ein Häftling, der offenbar eine Deutsche war, etwas so Abwegiges suggerierte. Loni, vorsichtig geworden, hatte den ruhigen Gesprächston beibehalten. Aha, hatte sie gesagt, was ist es denn? Die Aufseherin mußte wirklich noch sehr jung gewesen sein, denn über ihrer Neugier, was ihre so unvermutet aufgetauchte Gesprächspartnerin wohl meine, vergaß sie, daß sie einem Häftling gegenüberstand. Möglicherweise auch hielt sie die Gemeinsamkeit deutscher Abstammung im Augenblick für bindender als die anbefohlene Todfeindschaft. Ja, ob Loni, deutsch wie sie war und doch fraglos arisch, denn nie den *Stürmer* gelesen habe? Dann müsse sie doch wissen, daß *Juden, diese direkten Nachkommen des Satans,* wie jede Abbildung des Höllenfürsten deutlich beweise, keine normalen Kinder, sondern nur Teufelsbrut in die Welt setzten. Nach dem *Gesetz zur Reinhaltung der germanischen Rasse* sei diese *vorrangig zu vernichten,* da sie die Keimzelle zu einem neuen, durch seine Jugend noch gefährlicheren internationalen Judentum bilden könnte. Loni kannte natürlich, wie wir alle, das antisemitische, auf Pornographie und Gewalt

abgestimmte Schundblatt, das zum Ärger der älteren und zur Gaudi der jungen Bewohner von Stadt und Land an jeder dritten Straßenecke in leuchtend roten Glaskästen zum Lesen aushing, reich verziert mit obszönen Zeichnungen der primitivsten Art. Sie hatte sich dumm gestellt und war, nicht ohne Wohlwollen ob ihrer arischen Tumbheit, dahingehend aufgeklärt worden, daß jüdische Männer mit Vorliebe blonde Frauen schänden, Babys fressen und sich nachts, mit einem scharfen Messer bewaffnet, in die Ställe der Bauern schleichen, um so lieben, unschuldigen Tieren wie Kälbchen oder kleinen Lämmern die Gurgel durchzuschneiden und sich an der entsetzlichen Qual – wirklich, sie sagte: entsetzliche Qual, man stelle sich das mal vor – der sich verzweifelt aufbäumenden Opfer zu weiden, bis diese den langsamen Tod der Ausblutung starben. – Und wißt ihr, was das Schlimmste war? flüstert Loni. Sie glaubte dieses primitive Greuelmärchen, glaubte jedes Wort davon und war fest davon überzeugt, daß sie Gutes tat und ihrem Volk einen großen Dienst erwies, indem sie *die Brut des Satans* niedermetzelte. Das Mitleid in ihren Zügen hättet ihr sehen sollen, als sie von den Qualen der armen Kälbchen und Lämmer sprach – eine KZ-Aufseherin, die sich den ganzen Tag zwischen Sterbenden, Hungernden und Leichen bewegt!
Und am Abend, nach dem letzten Appell, sage ich, geht sie in ihr führerbildgeschmücktes SS-Stübchen und notiert in ihr Tagebuch: Keine besonderen Vorkommnisse.
Sind wir wahnsinnig oder die? sagt Loni.
Wahrscheinlich alle beide, murmele ich, weil ich weder den Mut noch die Kraft habe, über Derartiges nachzudenken. Schlimm genug, wie die Dinge sind. Über sie nachzudenken ist zusätzliches Gift.

Es könnte ein schöner Frühlingstag werden. Der Himmel, um diese frühe Morgenstunde noch ohne Sonne, wölbt sich kristallrein über dem Lagergelände; vom Waldrand her kommt erstes Zwitschern erwachender Singvögel. Die Luft, sauber, seitdem das Kremo stillgelegt wurde, hält noch die Frische der Nacht.
Schrillen einer Trillerpfeife, Kommandogeschrei aus unausgeschlafener Frauenkehle: *Antreten zum Appell, vorwärts!* – und der Zauber ist gebrochen. Es erscheint uns, während wir uns wie gewohnt einordnen, sogar eine Ahnung von Bedrohlichkeit in der Luft zu liegen, von etwas, das heute auf uns zukommen wird. Häftlinge besitzen äußerst feine Antennen für nahende Gefahr. Sie wird offensichtlich, als statt der üblichen Aufseherinnen, die die Morgenparade abzunehmen pflegen, eine Gruppe hochdekorierter SS-Offiziere vor uns erscheint, uns wie eine Herde Vieh mustert, um sich dann ganz offen vor uns, die sie wohl als lebendige Wesen bereits abgeschrieben haben, über die endgültige Lagerräumung zu unterhalten. Sie soll heute noch in Angriff genommen werden, ein Beschluß, der offenbar seine Dringlichkeit von dem immer intensiver dröhnenden Gebell der sowjetischen Geschütze herleitet. Aus ihren zackigen, ab und zu von krudem Gelächter unterbrochenen Bemerkungen erfahren wir, daß die Herren, Abgesandte des Reichsführers Heinrich Himmler, keineswegs die Absicht hegen, die von einst annähernd einhundertfünfzigtausend übriggebliebenen fünfundzwanzigtausend Häftlinge im Lager ihrem Schicksal und den Russen zu überlassen. Aus der Traum vom Überraschungseinfall der Sowjets ins FKL, aus der Traum auch für all diejenigen unter uns, die sich entschlossen hatten, hier nach Abzug der SS auf ihre Befreier zu warten. Wir sind vor Entsetzen wie gelähmt. Die menschliche Natur: Bis zum Augenblick, da es ihn erwischt, vermeint der Mensch, ewig weiterzuleben. Bei allem Widerwillen, der

Tatsache ins Auge zu sehen, dämmert es langsam in unseren Köpfen, daß die SS nicht vorhat, uns am Leben zu lassen, auch wenn sie sich zu ihrem Ärger in ihren Methoden der Beseitigung mehr und mehr eingeschränkt sieht. Kein Gas mehr, kein Strom. Die Krematorien, zu kostspielig, um mehr als ein Dutzend von ihnen zu errichten, sind solchem Massenfutter nicht gewachsen. Die Sondertransportwagen mit ihrer Umleitung der Auspuffgase ins Innere, zu Beginn ihres Einsatzes recht bewährt, mußten auf Verlangen der Wehrmacht – umgebaut, versteht sich – der Front zur Verfügung gestellt werden. Meine Nachbarin stößt mir leicht den Ellenbogen in die Rippen, weist mit dem Kinn auf den Himmel in Richtung Kremo. Da huscht ein blasser Schein über die Barackendächer, flackert, verbreitert sich. Und dann schießt eine Feuersäule hoch. Aus ihr quillt grauschwarzer Rauch. Es stinkt wie verschmortes Fleisch mit undefinierbarem Zusatz. Verbrennen sie da schon die ersten von uns mangels Gas lebend auf Scheiterhaufen wie Hexen im Mittelalter?
Die Herren entfernen sich diskutierend. Wir einhundert ‹Packerinnen› von gestern werden von hysterisch kreischenden Aufseherinnen wieder zum gleichen Arbeitsplatz geschickt, vorn zu den Vorrats- und Effektenkammern. Hat Suhren also doch seine Transportwagen bekommen. Da stehen sie nebeneinander aufgereiht, die Ladeklappen den Beuteschuppen zugewandt, die Säcke noch, wie wir sie gestern gegen die Mauer geschichtet hatten. Was machen denn all diese Wachposten hier? Sie streichen, Gewehre entsichert, um die Transporter herum, uns dabei fest im Auge behaltend, gewillt, uns bei der ersten Bewegung, die einen Griff in einen der Säcke andeuten könnte, zu erschießen. Von hier aus sehen wir nun auch deutlich das Feuer. Nein, es sind keine Menschen, die dort verbrennen, nur weitere Akten und, vorher unkenntlich gemacht, Reste medizinischen Spezialinstrumentariums.
Vorwärts, ihr Schmuckstücke, wollt ihr wohl an die Arbeit!
Die Arbeit, die uns die mit Peitschen und Pistole martialisch

ausgerüstete Aufseherin – rechnet sie schon damit, daß die Russen im nächsten Augenblick vor ihr stehen? – zuweist, besteht in der Fortsetzung der gestrigen Tätigkeit. Nur daß wir jetzt die für uns viel zu schweren Jutesäcke aufzugreifen und zu den Wagen zu schleppen haben, wo die Wachtposten sie in Empfang nehmen und ins Innere verladen. Jeweils sechs Frauen zerren keuchend die letzte Habe von zweiundneunzigtausendsiebenhundert Ermordeten zu den Transportern.
He du, flüstert mir eine serbische Kameradin zu, schau mal – dort hinten!
Ich wage einen schnellen Blick in die angegebene Richtung. Das große Eingangstor, halb offen, gibt den Durchblick auf ein paar der dem Lager gegenüberliegenden SS-Villen frei. Da stehen sie vor den Garagen mit laufendem Motor, die Horchs und Mercedes der Bonzen, bis zum Rand bepackt mit Koffern, Schachteln, privatem Krimskrams. Die in den Häusern als Dienstpersonal angestellten Häftlinge rennen treppauf, treppab mit weiterem Gepäck.
Die hauen ab, murmelt die Serbin zwischen den Zähnen. Und uns erledigen sie, noch bevor es Abend wird, wetten?
Ich nicke im Gefühl, daß mich das alles gar nichts mehr angeht. Seit mir meine Identität abhanden gekommen ist, ich mich an Vergangenes nicht mehr erinnern kann, weder an meinen vollen Namen noch an meine Eltern, ist mir alles gleichgültig geworden. Manchmal scheint mir, als läse mir, dem ungeborenen Kind, jemand, der mir feindlich gesinnt sein muß, voller Lust eine wahnwitzige Geschichte vor, die ja wohl irgendwann einmal enden wird. Und wenn schon heute, um so besser.
Die Beine sind schwer unter den Lasten, der Boden uneben. Ich stolpere über einen Stein, stürze, meine Mitträgerinnen fallen ebenfalls hin. Der Sack, der uns zu Boden riß, platzt auf. Es ist einer der von der SS selbstgepackten und mit dem Doppelblitz an Stelle der Nummer gekennzeichneten Pak-

ken. Eine unglaubliche Menge von Lebensmitteln ergießt sich über den schwarzen Boden: Mehl, Zucker, Grieß, Reis und Kaffee, Nudeln und Kakao, abgesprungen die Dosenverschlüsse, zerbrochen die Gläser mit gemahlenem Kaffee. Bevor mir recht klar wird, was geschehen ist, ist die Bräuning, ihren zähnefletschenden Schäferhundrüden an kurzer Leine, zur Stelle und beginnt mit der geflochtenen Lederpeitsche auf uns einzudreschen. Die anderen springen auf die Beine. Ich liege in knirschendem Zucker und spüre gar nichts, bin so gut wie körperlos, sehe zu, wie sich das Geglitzer unter mir langsam rot färbt.
Auf! schreit die Bräuning, willst du wohl aufstehn! Ich zähle bis drei. Dann wird dir Hasso auf die Füße helfen!
Bei ‹zwei› packen Zlata und Kartoffelnase zu, zerren mich hoch.
Aber gerade noch, sagt die Belgierin. Zwei Sekunden mehr, und das Vieh hätte dich zerfleischt.
Langsam kehrt Gefühl in meine Glieder zurück. Von Hals und Hinterkopf tropft Blut. Einer der Wachtposten tritt auf mich zu, zieht sein nicht ganz sauberes Taschentuch. Da, sagt er, wisch dir das Blut ab. Deine rechte Schläfe hat auch was abgekriegt.
Hinter mir murmelt eine Schwarzwinklige: Woher haben die nur all das Zeug? Das ist aber 'ne Frage, sagt eine andere. Aus geklauten Paketen natürlich. Und vergeßt nicht die Lebensmittelkarten von rund hunderttausend Toten, natürlich nicht abgemeldet. Da kommt schon was zusammen. Gerade schleppen vier erschöpfte Frauen Eimer voller Marmelade und Milchkannen mit Butterschmalz zum letzten der Wagen, waten magenknurrend durch ein Meer von Mehl und Kakao, als ein greller Pfiff zum Sammeln ruft. Wir haben vor der mittlerweile hergerichteten und sogar mit karierter Bettwäsche ausgestatteten Revierbaracke anzutreten.
Nacheinander rein – Tempo! Tempo! wird uns befohlen. Worum geht es, Frau Aufseherin?

Es ist die gutmütige Stephan. Sie kann man schon mal um nähere Auskunft angehen.
Kontrolle, wie gut ihr noch zu Fuß seid. Ihr werdet evakuiert. Nach Stutthof.
Was geschieht mit denen, die zu schwach zum Laufen sind?
Sie zuckt die Achseln. Bleiben hier. Bei den übrigen transportunfähigen dreitausend.
Sosehr uns die Frage auf der Zunge brennt, was uns denn in Stutthof erwarte und weshalb man uns, so wie die Dinge jetzt stehen, nicht einfach wie die fünfzig Althäftlinge entläßt, wir wagen es nicht. Verunsichert überlegt sich eine jede, was denn nun besser sei: das Lager zu verlassen oder hierzubleiben und den Einmarsch der Sowjetarmee abzuwarten. Verwirrt schlurfen wir durch den blankgescheuerten, nach Desinfektionsmittel riechenden Korridor hintereinander zum Untersuchungsraum an seinem Ende.
Macht, was ihr wollt. Ich bleibe hier und lasse mich befreien.
Ja, von ein paar gezielten Stukabomben. Viel Vergnügen.
Glaubst du wirklich, sie werden das Lager in die Luft sprengen?
Mit Sicherheit, wenn ihnen dafür noch Zeit bleibt.
Dann hätten sie sich doch die ganze Aufräumerei sparen können.
Blöd sind die nicht. Die sorgen vor. Für alle Fälle.
Die angebliche medizinische Examinierung ist eine Farce. Im Ärztezimmer, das nach gründlichem Umbau wie eine kahle Mietsbude mit Liege wirkt, besteht die gesamte Untersuchung aus der knappen Frage: Marschfähig?
Jawohl.
«Obermedizinalrat», assistiert eine Häftlingsärztin.
Jawohl, Herr Obermedizinalrat!
Die nächste!
Mir fällt auf, daß die Häftlingsärztin mit der zackigen Bestätigung unserer Marschfähigkeit nicht einverstanden zu sein scheint. Immer wieder sehe ich sie zu unserer Bestätigung

den Kopf schütteln, eine unauffällige Bewegung nur, als wolle sie uns andeuten, der Frage des ebenfalls uniformierten Gesundheitsbeamten nicht so bedingungslos zuzustimmen. Bei der einen oder anderen der Vorbeiziehenden wagt sie einzuwerfen: Hier würde ich Bedenken haben, Herr Obermedizinalrat. Oder: ... scheint mir für einen längeren Marsch kaum kräftig genug. Die lachende Antwort ihres Chefs hätte uns alle hellhörig machen sollen: Na, Frau Nedvedová, so weit haben die es ja nicht!

Für Augenblicke kriegt sogar meine Apathie ein winziges Loch, plötzliche Angst drückt mir die Kehle zusammen: Stutthof, hieß es seinerzeit, als das Wort zum erstenmal fiel, läge an der Weichselmündung in der Nähe von Danzig. Und außerdem sei es bereits Ende März von den Alliierten eingenommen worden. – Na, Frau Nedvedová, so weit haben die es ja nicht! – Jetzt enthüllt der Satz für mich seine wahre Bedeutung, auch ohne das zynische Begleitlachen. Krank stellen sollten wir uns, hatte uns seine Assistentin mit ihren knappen Kopfbewegungen sagen wollen. Im Lager bleiben. Nun ist es zu spät. Stutthof! Sie heucheln also selbst jetzt noch, diese vollgefressenen Massenmörder. Und warum? Weil sie sich, waffengespickt wie sie sind, vor den Panikreaktionen ausgemergelter, vor Schwäche ihrer Bewegungen kaum mehr mächtiger Elendsgestalten fürchten, die großen Helden des Herrenvolks! Rasender Zorn löst meine bisherige Stumpfheit ab. Haben diese feigen Hunde, die schon bei dem Gedanken zittern, eine der Ermordeten könnte nachts durch ihre Träume spuken, denn immer noch alle Macht über Leben und Tod? Ihr Russen, Amerikaner, Engländer und Franzosen, fliegt doch nicht immer nur über uns hinweg, holt uns endlich hier heraus, den Rest von uns, bevor auch der noch dran glauben muß!

Auf das, was uns beim Verlassen der Revierbaracke erwartet, war keine von uns gefaßt. Eine ungeordnete Horde von Aufseherinnen und Wachmännern stürzt sich auf uns, prü-

gelt uns unter Spott und Beschimpfungen zur Lagerstraße hinüber, wo Suhren in ordenbehangener Paradeuniform auf uns wartet, umgeben von seinem nicht minder eindrucksvoll herausgeputzten Stab. Das fleischige Gesicht des Kommandanten scheint zu Stein erstarrt. Furchterregend, seine starre Visage unter der hohen Schirmmütze.
In Fünferreihen aufstellen! Der Ton, mit dem die Binz uns kommandiert, läßt keinen Zweifel zu, daß wir mit unserem ‹*Jawohl*› im Revier unser Todesurteil gesprochen haben. Aufseherinnen kreischen uns in exakte Ausrichtung. Wir sehen uns vor ganzen Ketten von SS-Wachleuten mit entsicherten Gewehren.
Oberaufseherin, ist der Strom abgestellt? Das Wasser? brüllt Suhren.
Jawoll, Herr Kommandant! brüllt die Binz zurück.
Sie werden uns doch wohl nicht hier am Platz erschießen? geht es mir durch den Kopf. Alle vorausgegangene Mühe, die Leichen zu beseitigen, umsonst? Kaum. Weit wird der Weg nicht sein, den wir marschieren. Dank für die Aufklärung, Herr Obermedizinalrat. In der Nähe des Lagers wird man uns umlegen. Unauffällig natürlich. Wir sind umgeben von Wald... Sie erschießen uns, flüstert Gitte neben mir, sie machen Ernst!
Unsere Clique, als letzte eingereiht, steht aus Gewohnheit eng beisammen am Ende der Häftlingsschlange. Da und dort bricht eine unter der Erkenntnis des Bevorstehenden zusammen. Ein Schuß; die Betreffende ist ihre Sorgen los. Und noch während wir strammstehen, tuckern und brummen die vollbeladenen Lastwagen an uns vorbei, manche von ihnen so hoch bepackt, daß die oberste Ladung bedenklich schaukelt. Alles bereit? brüllt Suhren, während seine Männer vom Exekutionskommando noch unsere erschossenen Kameradinnen zwischen uns hervorziehen. Wohin kommen die? will der SS-Oberwachtmeister wissen.
Mitnehmen. Dazulegen! ist die lakonische Antwort. Sie läßt an Deutlichkeit nichts zu wünschen übrig. Endgültig fällt die

Maske. Was darunter zum Vorschein kommt, ist die Fratze des zynischen Menschenverächters.
Fertig zum Abmarsch, meldet die Binz.
Einen Augenblick noch, Herr Obersturmführer!
Wir sehen, wie einer der SS-Bonzen auf Suhren zugeht und ihn auf etwas aufmerksam macht. Irgendeine Unregelmäßigkeit? Suhren hört ohne ein Zeichen des Einverständnisses oder der Ablehnung zu, läßt seine wäßrigen Augen über unsere Köpfe gleiten. In der Folge mustert er mit der gleichen Trägheit seines motorischen Gehirnzentrums die in weitem Halbkreis um uns stehenden Wachmannschaften.
Schon öffnet er sein Nußknackermaul, will etwas sagen. Eine tief über uns hinwegdröhnende Flugzeugstaffel schneidet ihm das Wort ab. Atemlos warten wir, bis wieder Ruhe eingetreten ist.
Zu viele?
Jawohl, Obersturmführer!
Meint er die Soldaten? Meint er uns?
Suhren glotzt dumm vor sich hin. Die Binz zeigt Anflüge von Ungeduld, klopft mehrmals mit der Gerte gegen ihre hohen Schaftstiefel. Denkpause für den Kommandanten. Der Offizier mit den Hohlwangen unter zu großer Mütze kommt Suhren zu Hilfe, indem er unsere Formation abschreitet, plötzlich vor der Trennlinie eines der Blöcke haltmacht, mit dem Knauf seiner Peitsche in die Lücke deutet.
Ich würde sagen, bis hier, Herr Kommandant.
Zweiteilen?
Zwei Teile. Zehntausend Häftlinge pro Mal. Zwanzigtausend Schuß – ich denke da an das Echo der Detonationen. Könnte unliebsames Aufsehen erregen. Teil zwei dann morgen erledigen, schlage ich vor.
Suhren, glotzäugig, nickt Einverständnis. Die Binz schiebt sich in die bezeichnete Lücke. Zweite Hälfte stehenbleiben! brüllt sie. Alle übrigen: *Rechts-um!*
Die SS-Wachmannschaft, Gewehre geschultert, nimmt Aufstellung zu beiden Seiten des Zuges. *Abmarsch!* kreischt

Suhren. Die Menschenschlange von Elendsgestalten unter ihrer Bewachung bewegt sich zum Tor hinaus. Wir, die Übriggebliebenen, blicken ihnen, auf der Stelle tretend, fassungslos nach. Noch begreift unser Kopf nicht, weshalb wir von den anderen getrennt wurden, wir fühlen uns wie ein versehentlich abgehängter Waggon auf der Strecke geblieben, während der Zug mit den übrigen Wagen weiter auf sein Ziel zurast. Immer in der gleichen Haltung sehen wir, wie die letzten der Lagerleitung nacheinander in die vorgefahrenen Privatautos einsteigen, grob miteinander scherzend; Werkangestellte, die nach wohlgetaner Arbeit, ohne den Kopf zurückzuwenden, die Stätte ihres jahrelangen mörderischen Waltens verlassen, um in den Urlaub zu fahren. Ein letztes Aufblitzen von Rangabzeichen in der Frühsonne. Motoren springen an, eine Wolke Auspuffgase – dann sind sie weg. Einfach so. Wir bleiben ratlos zurück in einer endlosen Barackenwüste, die sich leer, öde nach allen Seiten um uns dehnt. Keine lebende Seele mehr in diesem immensen Stromdraht-Käfig, auf dessen schwarzem Sand sich über hunderttausend Menschen drängten, die Füße in den Leib standen, umherirrten, schreiend, weinend, fluchend. Sie alle sind tot, die Verantwortlichen geflohen. Uns umgibt, für unsere Ohren betäubender als der wüsteste Lärm, tiefe, drohende Stille.

Nachdem sich unsere Appellformation löst, suchen die Frauen einander. Was bislang beisammen war, findet bald wieder zueinander.

Dieses Schweigen über allem, sagt Margarethe verwirrt. Es ist, als hätten sie uns schon erschossen.

Hast es doch gehört: Wir sind morgen dran.

Einen letzten Tag und eine letzte Nacht – schönes Abschiedsgeschenk haben sie uns hinterlassen. Das ist grausamer als alles bisherige, sagt Marja, warum nur sind die Russen noch immer nicht hier?

Weil die Deutschen zurückschießen, kommt die Antwort. Noch ist der Krieg nicht aus.

Nach einer Pause der Ratlosigkeit räuspert sich Hanne. Und was nun?
Unsere Stimmen klingen verloren, zaghaftes Grillenzirpen am Rand einer verlassenen Goldgräberstadt.
Die siebenundvierzigjährige Gabriele findet als erste zur normalen Sprechart zurück. Falls ihr nicht bis morgen früh hier stehenbleiben und Maulaffen feilhalten wollt, kommt mit mir. Da sind dreitausend Todkranke irgendwo in den Slums. Wir müssen uns um sie kümmern.
Das bringt uns in die Wirklichkeit zurück. Unsere Freundesgruppe macht sich auf den Weg. Simone dagegen übernimmt es, für unsere letzte Nacht unter den Baracken der ersten Reihen eine geeignete Schlafstätte zu suchen. Platz gibt es ja jetzt mehr als genug. Winterklau schließt sich unserer Lütticherin an, um sie und das möglicherweise günstige Quartier zu verteidigen, sollten andere es für sich zu beanspruchen versuchen.
Die Baracken der hinteren Reihen stehen leer, den Ratten und Läusen überlassen. Verdutzt schauen wir uns um. Wie riesig das Gelände wirkt, wenn keine Menschen es beleben. Nie vorher war uns bewußt geworden, wie viele Kilometer wir täglich zwischen Behausung, Appellplatz und Arbeitsstätten zurücklegten.
Du, ob die vielleicht alle nicht Transportfähigen –
Quatsch. Bis zum letzten den Schein aufrechtzuerhalten ist denen längst zur zweiten Natur geworden. Wenn auch keine Kranken mehr hier sind, wissen die Russen doch gleich Bescheid.
Wissen die auch so. Oder vielleicht nicht?
Wir finden die Kranken in jenen Revierunterkünften, die als Musterbeispiele für Sauberkeit im letzten Augenblick noch errichtet wurden, um die Sowjets, sollte es sich unter ihnen noch nicht herumgesprochen haben, von der sprichwörtlichen Sauberkeit und Ordnungsliebe der Deutschen zu überzeugen. Die spitzen Gesichter mit den Hohlaugen verschwinden fast unter Kissen und Decken. Drei Häftlingsärz-

tinnen, Tschechinnen, hat die SS bei den Elendesten unter den Elenden zurückgelassen, sie wie Pflegerinnen gekleidet. Eine letzte, zynische Komödie.

Wir tun, was wir können, sagen die Ärztinnen, sympathische junge Frauen. Aber es ist hoffnungslos. Wasser und Strom sind abgestellt. Es fehlt an Medikamenten. Bis auf Aspirin haben sie alles mit sich genommen. Und welche von diesen armen Wesen hier kriegt solch eine Tablette noch trocken herunter?

Was schätzt ihr?

Eine von ihnen zuckt die Achseln; eine Geste totaler Hilflosigkeit. Bis zum Abend, spätestens zum nächsten Morgen, werden sie alle tot sein, sagt sie. Ihre Kollegen nicken bestätigend.

Paßt bestens ins Gesamtprogramm, höre ich mich sagen. Die Sieger kommen und finden – sauber gebettet und von Pflegerinnen umhegt – die Leichen in ihren Betten, nachweislich, falls ein alliierter Arzt auf Nachprüfung bestehen sollte, alle eines natürlichen Todes gestorben.

Während alle anderen, ergänzt Kartoffelnase, nach Abbüßung ihrer kleinen Strafe aus dem Arbeitslager wieder entlassen worden sind. Ordnungsgemäß verbucht, versteht sich.

Schon drei Stunden nach dem Abmarsch heute morgen kehrt das Wachbatallion zurück. Ein Hauch von Brandgeruch haftet an ihren geschulterten Gewehren. Sie haben verschlossene Gesichter, sehen uns nicht an. Wir wissen Bescheid. Einer von ihnen, der, der mir das Taschentuch reichte, um mir das Blut abzuwischen, geht nah an mir vorbei. Ich berühre seinen Arm. Alle? frage ich.

Nicht alle, sagt er mit der Andeutung eines Lächelns, das tröstend wirken soll. Ich möchte ihn fragen, was mit den anderen geschehen sei. Da ist er schon weg.

Simone hat für uns eine prächtige Unterkunft gefunden, eine sauber gehaltene, geräumige Baracke mit geradezu liebevoll gepflegten Lagern. Schmale Roßhaarmatratzen er-

setzen die Unterlagen aus fauligem Stroh, es gibt Roßhaarrollen als Kopfstützen und feste Zudecken. Vor allem aber gibt es Platz, viel, viel Platz für uns; von den Bewohnern dieses Blocks scheint keine in der zweiten Gruppe gewesen zu sein. Jede von uns erklettert ein sorgfältig ausgesuchtes, eigenes Lager, streckt sich darauf aus, blickt stumm vor sich hin oder versucht zu schlafen.
Ist wie die Erfüllung eines letzten Wunsches, kommt Lisbeths tiefe Stimme von irgendwo oben. So machen sie's doch mit den Gefangenen in Todeszellen. Fehlt nur noch 'ne gebratene Ente mit Kartoffelklößen und 'ne Zigarette zum Nachtisch.
Draußen vor der Tür steht die Sonne hoch. Es wird heiß. Jetzt, wo ihre Strahlen ungehindert ins Gelände einfallen, den schwarzen Sand breitflächig erhitzen und den Teer der Dächer aufweichen können, reflektiert der Boden die Wärme, wirft sie durch die Fenster an die hölzernen Innenwände der Räume. Es geht kein Wind.
Wir lassen die Zeit verrinnen, sprechen kaum miteinander. Es gibt nichts mehr, über das man sprechen könnte. In seinen schwersten Stunden ist der Mensch allein. Keine von uns verspürt Hunger. Doch vom frühen Nachmittag an beginnt uns Durst zu quälen. Unsere Kehlen sind ausgetrocknet, kratzen beim Schlucken. Stechen. Winterklau hangelt von ihrem Bett herab. Die Dosen mit dem Ananassaft, sagt sie. Die aus den Paketen. Irgendwo liegen sicher noch ein paar herum.
Hat die SS doch alles mitgenommen.
Haben sie garantiert nicht geschafft, hoch beladen, wie die schon waren. – Aber vergiß nicht, den Büchsenöffner mitzubringen, Winterklau! ruft ihr Usch mit krächzender Stimme nach. Verdammt, tut das Sprechen weh!
Stunden der Stille. Kaum mehr als ein gelegentliches Knarren der Pritschen, wenn sich die eine oder andere zur Seite dreht. Winterklau hat uns mit Trinkbarem versorgt: Es liegen noch genug Pakete rum. Hab welche hergekarrt. Steckt

euch davon in die Taschen. Für morgen. Niemand, der fragte: wozu? Wer glaubt schon noch an einen Sinn der Dinge?
Zögernd senkt sich der Abend über das verwaiste Gelände. Ich liege beim Fenster, lasse das Außenbild ohne Anteilnahme an mir vorbeigleiten. Der in Abständen vorbeistapfende Posten braucht seine Taschenlampe nicht; ein voller Mond geht auf. Sein tiefliegendes Rund überzieht alles mit toter Helle. Meine ungerichtet dahintreibenden Gedanken werden plötzlich wach. Ein Schrei. Gleich darauf ein zweiter – da ist er endlich wieder, mein Seeadler. Wie gut zu wissen, daß er, wenigstens er, weiterleben wird, wenn ich ins Nicht-Sein hinübergewechselt haben werde. Auch den Mond wird es weiter geben, Licht und Schatten und das gesamte Firmament. Nicht alles können sie auslöschen, ihre vermeintliche Allmacht hat Grenzen; ein zutiefst tröstlicher Gedanke, mit dem sich sterben läßt.
Wo es begonnen hat, weiß ich nicht, auf einmal kommt Bewegung in den Schlafraum, ausgelöst durch eine zaghafte Stimme: Darf ich mich zu dir legen? Mir ist so kalt! Als hätten sie darauf gewartet, verläßt eine nach der anderen ihr einsames Lager auf der Suche nach Nähe und Geborgenheit.
Komm, Anja, ruft Usch mir zu. Gehen wir auch mit!
Wenige Minuten später liegen wir zu jeweils fünf in gewohnter Sardinenbüchsenordnung beieinander, eng aneinandergepreßt, umschlungen. Einmal noch die Körperwärme eines anderen Menschenwesens spüren, sich in sie einrollen, die tröstliche Geborgenheit genießen, die von ihr ausgeht – da beginnen viele die Tränen zu weinen, die nicht die härtesten Prügel bisher aus ihnen herauslocken konnten. Ich kann nicht weinen; meine Tränen sind zu Stein geworden. Ob es wohl weh täte, das Erschießen, fragt neben mir Hermi, unser Sensibelchen, in die Knochenschulter von Lisbeth hinein. Die seelisch Robustere hat ihre eigene Art zu trösten: Wart's ab, Kleine. Soll nicht schlimm sein. Bis du was

merkst, bist du längst tot. Der Mond steht hoch, als sie wieder kommen, die Fliegerstaffeln. Ihr Brummen gewinnt rasch an Stärke, wird zum Dröhnen. Dann kracht es, rummst, schießt weiße Blitze durch unsere Fenster. Diesmal scheinen sie ihre Bombenladung, der Akustik nach, ganz in der Nähe auszuklinken. Das Absturzpfeifen ist knapp, der Krach dagegen, wenn die Sprengladung Bodenkontakt findet, ohrenbetäubend. Wir kriechen, wenn möglich, noch näher ineinander, zu Kindern geworden, die sich vor dem Gewitter fürchten. Nach einer halben Stunde ist das Himmelsgastspiel unserer bis zum letzten Augenblick herbeigesehnten Befreier beendet. Über uns wird es still. Dafür springt nun plötzlich rings um das Lager Lärm auf; die Nachtluft vibriert vom Bröckeln fallender Mauern, Gepolter und etwas, das sich anhört wie das empörte Gezirpe vieler Stimmchen am Ende einer defekten Fernleitung.
Was mag da geschehen sein? sagt Loni.
Nicht mehr oder weniger als in den Nächten vorher, meint Berta. Wir haben es überhört, solange das FKL noch rammelvoll war.
Aber in der Nacht, wenn es auch bei uns still wurde?
Haben wir fest gepennt bei den wenigen Schlafstunden nach zehnstündiger Schufterei. Da hätte dich nicht mal ein Erdbeben geweckt, wetten?
Um drei Uhr wird die Tür unserer Baracke aufgerissen. Eine Gruppe SS-Soldaten mit ihrem Oberwachtmeister quillt in den Raum. Hinter ihr werden die verstörten Gesichter unserer Kameradinnen sichtbar, die ebenso unvermittelt von ihren Lagern hochgescheucht wurden wie nun wir.
Los, raus! kommandiert der Anführer. Beeilung. Wir haben noch mehr zu tun!
Das ist der Conrad, flüstert mir Erika, die Gewerkschafterin, zu, der Leiter des Exekutionskommandos.
Dann wird's ja bald vorbei sein, flüstere ich zurück. Sieht aus, als seien sie in Eile.

Wie Vieh treiben sie uns auf den Appellplatz – kein Waschen, kein Morgenkaffee mehr –, ordnen uns zu Blöcken, rennen hin und her. Wir lauschen; der Lärm der Nacht ist verebbt. Nur ein ständiges Rumoren in der Ferne zeigt an, daß wieder Gefechte mit schweren Geschützen im Gange sind. Wir stehen abmarschbereit, nachdem ein SS-Suchkommando meldet, der ‹Restposten›, wie sie uns nennen, sei vollzählig anwesend; alle möglichen Verstecke seien aufs sorgfältigste durchkämmt worden. Das *Arbeit macht frei*-Portal mit seiner kleineren Torschwester öffnet mit höhnischem Quietschen seine Pforten, als wollte es sagen: Muß ja nicht alles unbedingt hier drin erledigt werden – wir werden auch frei von euch durch unsere Außenarbeiter. Zuverlässige Schützen.
In Gruppen ohne militärische Ausrichtung, doch scharf bewacht von unserer militärischen Schwarzspiegel-Eskorte folgen wir dem Feldweg, der die Verbindung von der Fürstenberger Landstraße zum FKL herstellt. Jetzt wird offenkundig, was in der Nacht geschah. Auf den Feldern zur Linken und Rechten, noch knöcheltief im Frühnebel, brennen Scheunen und Stallungen. Rinder liegen überall herum, die Leiber gasgebläht, die Beine wie hineingepickte Hölzchen steif in die Luft gestreckt. Die Wirtschaftsgebäude der Höfe sind bereits verkohlt, die rußigen Balken glimmen nur noch. Ab und zu schießt ein Feuerfunke aus einem Dachsparren, bevor er in sich zusammenbricht.
Nach zehn Minuten erreichen wir die Chaussee.
Ach du griene Neine, sagt ein sächsischer Wachmann neben mir. Wir alle, Häftlinge und ihre prospektiven Exekutoren, starren auf das, was über Nacht aus der eher behäbigen Landstraße mit ihrem Platanensaum geworden ist. Ein nicht enden wollender Strom von Flüchtlingen wälzt sich in Richtung Elbe. Schwer beladene Bauernkarren, Pferdewagen, selbst ein mit Frontsoldaten besetzter Truppentransporter machen den Menschen zwischen ihnen das Vorwärtskommen schwer.

Los doch, voran, schreien sie, die Russen sind uns auf den Fersen!
Was tun, Kommandant? wendet sich einer der SS-Leute an Conrad mit einem Seitenblick auf uns. Wenn ich vorschlagen dürfte: Gleich hier niedermachen. Auf der Straße kommen wir nicht weit!
Mann, wohl Grießbrei im Hirn. Damit die Rußkis gleich mit auf den Weg bekommen, was hier gespielt wurde? Los, zum Wäldchen. Bis dahin werdet ihr Flaschen es wohl noch schaffen!
Also stürzen sich zweitausendvierhundert SS-Polizisten mit rund zehntausend Gefangenen kopfüber in das Gedränge, versuchen, sich links vom Flüchtlingstreck mit uns einen Weg zu bahnen.
Zlata, direkt hinter mir, packt mich beim Ellenbogen: Eine Chance. Menschenskind, eine Chance! flüstert sie heiser vor Erregung.
Die Chaussee ist holprig, doch breit. Noch kommt unser Zug mit seiner Bewachung einigermaßen gut voran. Bis zu dem Wäldchen, wo wir die Leichen unserer gestern erschossenen Kameradinnen zu finden erwarten, soll es – keine besondere Behinderung vorausgesetzt – ein Fußmarsch von anderthalb Stunden sein. Wir, so erregt jetzt, daß wir an uns halten müssen, um nichts Unüberlegtes zu tun, rechnen uns aus, daß wir Suhrens geheimen Schießplatz nicht vor elf Uhr erreichen werden. Wenn es überhaupt soweit kommt.
Es kommt nicht soweit. Von allen Seiten gesellen sich weitere Flüchtlinge dem Treck zu: Familien mit ihrem gesamten Haushalt auf Fuhrwerke geladen, geflohene ausländische Zwangsarbeiter, Mütter mit Kinderwagen, Kriegsveteranen in Rollstühlen oder auf Krücken – die Straße ist ein einziges Chaos von Flüchtlingen verschiedenster Herkunft. Unsere Bewacher haben die Übersicht verloren, während wir mit unseren Lagerkleidern mehr und mehr in den Strom hineingezogen werden. – Unvermittelt ein rollendes Geräusch, und dann stürzt etwas aus klarer Himmelsbläue auf uns

herab: Ein Tiefflieger fegt unter ohrenbetäubendem Lärm über uns hinweg, feuert aus seiner Bordkanone auf die Menschen. Im gleichen Moment fühle ich mich am Arm gepackt. Gabriele und Erika, seit langem befreundet, zerren Usch, Kartoffelnase und mich seitlich der Straße in ein Gesträuch: Flach legen, der kommt zurück. Nicht rühren! Tatsächlich rast das Flugzeug ein zweites Mal die Strecke ab. Doch diesmal feuert es nicht. Vielleicht hat der Pilot unsere Streifenkleidung erblickt und sie einzuordnen gewußt.

Wir wollen uns erheben.

Wartet noch, rät Erika. Laßt erst Suhrens Privatarmee außer Sichtweite sein.

Dann ist es soweit. Wir helfen einander auf die Beine, pflücken das klettige Gesträuch aus den Kleidern.

Frei! ruft Usch. Wir sind frei!

Noch zu früh, sagt Erika.

Aber die Hölle, freut sich Kartoffelnase mit einem Blick in die Richtung, aus der wir gekommen sind, sie liegt hinter uns.

Gabriele folgt ihrem Blick ohne Lächeln. Schüttelt sacht den Kopf mit den grauen Stoppeln. Deutet mit dem Finger auf die Gegend ihres Herzens:

Nein, sagt sie. Sie liegt hier. In uns, uns allen. Bis ans Ende unserer Tage ...

Nachwort

von
Eva Demski

Dies soll nichts erklären, denn einer Erklärung bedarf Anja Lundholms Bericht nicht. Es soll auch nicht trösten, denn die Untröstlichkeit wird einen nach der Lektüre dieses Buches noch lange begleiten. Ich möchte sagen, wie hart, krumm und steinig der Weg zu diesem Buch war. Zwischen den Widerständen von außen und den Widerständen von innen schien mir Anja Lundholm manchmal wie zerquetscht, Anja, die man in diesem Fall nicht Autorin nennen sollte – obwohl das ihr Beruf ist –, sondern Erleberin. Es gibt einen Haufen wohlfeiler Wörter, die man wie einen Schirm gegen das Grauen in diesem Buch aufspannen wird: Betroffenheit etwa oder Mut des Opfers oder Bewältigung. Keines dieser Wörter reicht für irgend etwas aus. Durch das Höllentor soll auch der Leser gehen, das Höllentor hat kein Schlüsselloch, durch das es sich schadlos gucken ließe. Historische Voyeure und Berufsbemitleider werden hier nicht bedient – gerade das hat es wohl zu einer solchen Qual gemacht, dieses Buch zu schreiben. Was das ist gegen die Qual, die Welt, wie die Mörder sie gemacht haben, auszuhalten und zu durchleben, weiß keiner von uns. Deshalb mußte die Qual noch einmal durchgestanden, durchgeschrieben werden.

Fangen wir also vor zehn, fünfzehn Jahren an. Da lernte ich eine sehr elegante Dame kennen, die Bücher schrieb und finstere Geschichten mit kühler, leidenschaftsloser Stimme zu erzählen wußte. Sie schrieb, weil es ihr Spaß machte, aber auch, weil es ihr – so meine ich – als die einzig adäquate Art erschien, den Lebensunterhalt zu bestreiten. Anja Lundholm hat viele Berufe gehabt, sie betrachtet aber, denke ich, nur den der Autorin als ihren eigentlichen. Das bedeutet in diesem Fall nicht mehr und nicht weniger, als den Wörtern, allein ihnen, Überleben anzuvertrauen in einem ganz anderen als dem materiellen Sinn. Ich habe das damals gespürt, als ich ihr Buch «Morgengrauen» las – später noch mehr bei «Der Grüne». Da nahm jemand die ihm geschehene Geschichte nicht als Autobiographie, sondern als Exemplum für seine Zeit. Das erschien mir schon damals auf eine vertrackte Weise souverän, fast unzulässig distanziert. Als die Lundholm diese Bücher schrieb, war die verschwitzte, von Tränen und Schweiß befeuchtete Bekenntnisliteratur sehr im Schwange, und auch kleinsten privaten Unbilden wurde ein unmäßiges Interesse entgegengebracht. Und da war plötzlich eine, die anscheinend mehr erlebt hatte, als in ein Menschenleben hineingehen kann, die das aber wie die Farben eines Malkastens benutzte und mischte, ohne Anklage und ohne moralische Zuweisungen und Verurteilungen, sondern wie die Abfolge historisch und menschlich folgerichtiger Monstrositäten. Sie kommt in allen ihren Büchern vor – jene Monstrosität des Alltags, die ganz folgerichtig und mit tödlicher Logik in die Monstrosität des tausendjährigen Reiches mündet. Ihr Kindheitsroman «Geordnete

Verhältnisse» zum Beispiel zeigt vielleicht am beklemmendsten, wieviel ein bürgerlich-sonntäglicher Mittagstisch mit dem Weg in den Faschismus zu tun hat. Lebensstoff und Schreibstoff – das ist – oder war – bei Anja Lundholm so untrennbar verwoben, daß einem die Frage nach der Tatsächlichkeit obsolet erscheinen wollte. Es handelt sich um Tatsachen, gleichermaßen intim und öffentlich, privat und politisch.

Jetzt erst ist mir klar: Alle diese Bücher, mit wenigen, mehr dem modernen Erzählen verpflichteten Ausnahmen (zum Beispiel «Narziß postlagernd» oder «Die Nesthocker»), mußten zu diesem Höllentor führen und auch hindurch – in die wirkliche Hölle. Anja Lundholms andere Bücher sind eine Schutzwehr, sie stehen wie Schilde vor diesem einen, dem schwersten Weg, der mit den Wörtern noch einmal gegangen werden mußte, weil nichts vergessen war und nichts vergessen werden konnte. Aber bleiben wir noch eine Zeitlang in den früheren Jahren, den schwierigen, so uneinheitlich verlaufenen Schriftstellerjahren der Anja Lundholm. Es passierte ihr das, was in Deutschland oft geschieht – und gerade ihr schadete es mehr als anderen, die, nachdem sie in die Schublade «Unterhaltung» gestopft worden sind, trotzig darin bleiben und sich um das Wehen des Feuilletonwindes in den Gipfeln der gebildeten Schichten einfach nicht mehr kümmern. Die reichsten deutschen Autoren kommen so gut wie nie im Feuilleton vor, und es macht ihnen hoffentlich gar nichts aus. In letzter Zeit wird jene seltsame Unterscheidung in U- und E-Musik pflichtschuldigst beklagt, aber das ändert nichts daran, daß auf dem alten Rumpelpfad munter weitergeholpert wird. Das Kästchendenken diagnostizieren die Rezensenten auch, aber immer nur bei anderen Rezensenten, und während der Kampf um die zweimal im Jahr der Agonie bezichtigte Literatur weitergeht, fällt manches durch dieses allzu grobmaschige Sieb. Anja Lundholm hat sich über die zögernde Wahrnehmung, über die falsche Kategorisierung ihrer Bücher immer trösten können – mit ih-

ren Erfolgen im Ausland, mit ihrem eindrucksvollen Leserecho. Über jedes ihrer Bücher hat sie ein geradezu kalligraphisch gemachtes Dossier angelegt, sie weiß, für wen sie schreibt. Dennoch war es für sie immer auch eine Arbeit, deren äußere Mühen und innere Reichtümer sie zu jeder Zeit gelassen und distanziert sieht – so, wie sie auch oft schreibt. Sie rückt das erzählende Ich weit weg von ihrem Leben, aus dessen verschlungenen Läufen sie immer wieder schöpft, aber sie vermeidet es, sich selber allzu nahe zu kommen. Das ist einer ihrer Grundwesenszüge – vielleicht auch eine der Gefahren, in die sie immer wieder gerät. Der Kopf, das Hirn ist ihr die einzige verläßliche Instanz. Der Körper neigt zu Selbstherrlichkeiten und Ausfällen – das nimmt sie ihm übel. Nein, den Körper betrachtet sie als ein mißtrauenerregendes Gehäuse. (Mit ihrer Geschichte im Rücken ist das vielleicht gar kein Wunder.) Aber weil sie so vom Verstand bestimmt, so komponiert und konstruiert schreibt, hatten ihre Bücher es schwer, den ihnen gebührenden Platz zu finden. Immer war sie ein Zwiebelfisch, eine falsche Drucktype im falschen Setzkasten. Das Bekenntnis, die sich unerbittlich ins eigene Innere windende Wörterspirale ist gar nicht ihre Sache. Auch der Report ist es nicht, das Experiment interessiert sie nur am Rande und bei anderen Leuten. Immer wieder nur: Da ist eine Geschichte. Die will erzählt werden. In zweiter Linie scheint es sie erst zu kümmern, ob sie selbst diese Geschichte erlebt hat: Meistens hat sie. Aber nur keine Autobiographie!
Es ist an der Zeit, noch einmal ganz deutlich zu machen: Die Rede war bisher von ihren Büchern vor dem «Höllentor» – von jenen gescheiten, spannenden, den Leser nie betrügenden, realistischen Romanen. Mir ist in den letzten Wochen erst klargeworden, daß sie jedes einzelne dieser Bücher brauchte. Jedes einzelne hat sie ein Stück – auf nicht immer geradem Weg – näher zu diesem Buch gebracht, dem eigentlichen, das geschrieben werden mußte. Schon viel früher habe ich mich mit Anja Lundholm ganz beiläufig, dann in-

tensiver über ihre Zeit im Konzentrationslager unterhalten. Immer hatte mich ein wenig der Ton in ihrer Stimme gestört, jener disziplinierte, manchmal etwas burschikose Ton, als erzählte sie von einer zwar unangenehmen, aber letztlich aushaltbaren Insel. Ich habe lange gebraucht, um zu verstehen, daß jeder, der dort gewesen und zurückgekommen ist, seine ganz eigene Art hat, das Alltägliche zu bewältigen. Auch eine eigene Art, um in Anjas Bild zu bleiben, einen Blick zurück durch das Höllentor zu riskieren. Manche können es nicht, werden es nie mehr können. Andere tun es zwanghaft, das Leben und der Tod haben ihnen nur noch diesen Blick übriggelassen. Anja Lundholm, scheint mir, hat versucht, sich kristallin zu machen, gläsern, durchsichtig, ganz ohne Hitze.

Das Lager: Ich habe mir aus ihren Worten über Jahre ein Bild davon zusammengesetzt, ein winziges Bild, aber dank ihren Erzählungen war dieser kleine, unbeträchtliche Ausschnitt von großer Schärfe und Genauigkeit. Ich weiß gar nicht mehr, vor wie vielen Jahren ich sie gebeten habe, alles aufzuschreiben, aber sie war noch nicht soweit und hat es gewußt. Auch, daß sie es tun müsse, hat sie gewußt. Dies muß vor ihr gestanden haben wie eine vollkommen senkrechte, schwarze Wand. Dann kam die Zeit, in der Verleger und Lektoren sagten: Bloß nichts mit KZ und Nazis! Das Thema ist durch. Das faßt keiner mehr an! Auch das sagte mir Anja ganz ruhig irgendwann, nicht empört und verständnislos, sondern wie eine, die müde geworden ist, die an eine anständigere Welt nicht mehr glaubt und die Gesetze des Marktes einfach hinnimmt. Sie ist nämlich gar nicht weltfremd, auch wenn man es, sitzend in ihrem ewig abgedunkelten, bücher- und cassettengefüllten Zimmer mit dem kleinen Schreibtisch, der aussieht, als könnten an ihm nur Briefe, und zwar ganz kurze, entstehen, glauben möchte. Wie der Betrieb geht, weiß sie, die Anfertigung von Literatur hat für sie vielleicht die Magie behalten, nicht aber deren Verbreitung und Vermarktung. Die Gesetze

des Marktes haben sie begleitet, sie hat sich ihnen nie zur Wehr gesetzt – und sich nie konform verhalten. Je öfter sie zu hören bekommen hatte, daß man es nun genug sein lassen solle mit den Bewältigungsbüchern, um so unwirscher reagierten die Leute. Ein schlechtes Gewissen macht weder freundlich noch offen. Und die ganze Zeit wußte Anja Lundholm, daß sie etwas ganz anderes würde machen müssen (von Wollen kann da wohl keine Rede sein). Keine Schuldzuweisungen und ohnmächtige Anklagen, keine Tränen und keine Begründungen. Sie hatte so lange gewartet und die Ereignisse und Bilder wieder und wieder in sich verdichtet – sie wollte nur noch zeigen, was war und wie sich Täter die Opfer so lang anverwandeln, bis sie kaum noch zu unterscheiden sind. Es ist ja das, was sie erlebt hat und was sie so fest in sich zusammengebunden hat, bis sie manchmal herzlos wirkt und ungerührt. Auch dieses Buch wirkt wohl auf den ersten Blick so, vielleicht gibt es gerade deshalb keinen Weg heraus. Durchlesen kann man es nicht, und weglegen kann man es auch nicht. Als ich das Manuskript zu einem ganz kleinen Teil gelesen hatte, kam mir der Gedanke: Wenn einer von diesen stumpfen, jungen Neonazis das lesen würde – oder einer von ihren glatten, unverschämten Funktionären –, wenn man diesen Text wie eine Granate mitten in den Historikerstreit geworfen hätte – mit einem Schlag müßte jedem klargeworden sein, daß so die Wahrheit aussah, und, weil sie so aussah, es kein Ende, kein Schlußwort geben darf. Nicht jetzt und wohl auch nicht in hundert Jahren.
Ich habe miterlebt, wie Anja Lundholm dieses Buch aus sich herausgebracht hat, der von ihr so mißtrauisch beäugte Körper – ihrer – sagte ihr nachdrücklich, daß das alles nicht auszuhalten sei. Es ging ihr schlecht während des Schreibens, aber gleichzeitig wirkte ihre Stimme gelassen wie sonst, fast heiter. Ganz abgesehen davon, daß über dieses kein Thema hinausgeht: Das wußte sie, sie hat genügend Bücher geschrieben und sich bewußt oder unbewußt auf dieses eine

vorbereitet. Vielleicht ist das eines ihrer Motive, Schriftstellerin geworden zu sein.
Jeder von uns hat sich angewöhnt, gegen Berichte aus dieser Zeit Schutzmechanismen einzusetzen; blickte man ungeschützt in dieses Feuer, würde man vielleicht seelisch blind werden. Vom einen Buch sagen wir, es sei uns zu populär, das andere ist zu philosophisch, ein drittes zu papiern. Alles Abwehrstrategie. Ein einziger Satz, der beschreibt, was damals wirklich war, läßt verstummen – wieviel mehr ein ganzes Buch. Ich habe es nur mit großen Pausen lesen können, weil es diesen beiläufigen Ton beibehält. Ich habe zunächst darauf reagiert, als erzählte mir jemand eine entsetzliche Geschichte, die ihm gerade geschehen ist – und als erhebe er nicht ein einziges Mal die Stimme, so, als sei man nicht einmal einen Ausbruch wert. Hunger und Gewalt, Erniedrigung und Tod – und eigentlich wird da nicht beschuldigt, sondern nur registriert und genau aufgezeichnet.
Wir hatten in den vergangenen Jahren immer wieder davon gesprochen, daß es nie und nirgends in der Welt etwas Vergleichbares gegeben hat. Damit sprachen wir nicht von der Un-Vergleichbarkeit von Auschwitz, sondern von der das Unvorstellbare noch steigernden Tatsache, daß Ravensbrück ein reines Frauenlager war – nur Frauen, Täterinnen und Opfer und jene in der Niemandszone zwischen beidem, jene, die Anja fast am ausführlichsten zu Wort kommen läßt. Die zahlreichen feministischen Publikationen haben sich diesem Thema nur selten genähert, vielleicht regt das «Höllentor» dazu an. Auch von den Frauen als den «besseren Menschen» haben wir oft gesprochen, da hat Anja gelacht, nicht höhnisch, sondern eher nachsichtig. Wer, wenn nicht sie, wüßte es besser? Und dennoch hat sie in einem ihrer früheren Bücher, in «Der Grüne», den Faschismus in Mannsgestalt beschrieben, exemplarisch in seiner Mischung aus Feigheit, Eitelkeit und Grausamkeit.
In keinem Gespräch hat Anja Lundholm mir je gesagt, daß sie das Thema Faschismus – als Thema – behandeln wolle.

Sie wollte nur zurechtrücken, nur berichten, «was war» – einen jener Teile, die man genausowenig verstehen kann wie das Ganze. Jede Entstehungstheorie, scheint mir, hat versagt und muß versagen. Anja Lundholm erzählt, was war, nicht, warum es war. Nun scheint das allgemeine Unterbewußtsein – denn von Bewußtsein läßt sich in diesen Zusammenhängen schwer reden – anzunehmen, daß Menschen mit diesen Erfahrungen andere Menschen seien – was ja stimmt. Nur, in welcher Weise die Gesellschaft dieses Anderssein einfordert, ist merkwürdig und legt nahe, wachsam zu bleiben. Es soll einer, der der Hölle entronnen ist, ganz offenbar gezwungen werden, ein besserer, edlerer, den Niederungen menschlicher Schwächen abgewandter Mensch zu sein. Er soll nicht oberflächlich, nicht heiter, ausgelassen, albern, besitzgierig oder sonst etwas sein. Als späte, unbewußte und grausige Exkulpation hat sich in den deutschen Hinterschädeln die Meinung verdichtet, man habe denen, die das von den Nazis angerichtete Inferno überlebt haben, doch die Chance gegeben, bessere Menschen als alle anderen zu werden. Und, um keine Mißverständnisse aufkommen zu lassen: Die Nazis waren nicht die Minderheit des Volkes! Dieser eigentümlichen Verwirrung ist Anja Lundholm schreibend und lebend entgegengetreten. Sie hat das Gezeichnetsein beschrieben, aber sie hat sich auch vor der «Normalität» nicht gedrückt. Sie liest alles, was sie über diese Themen finden kann, sie ist eine eifrige und kritische Fernsehzuschauerin. Aber man kann auch drei Stunden mit ihr über Kleider oder die Farbe eines Lidschattens reden. Denn seltsam: Wie sehr sie auch der Gesundheit und Funktionsfähigkeit ihres Körpers mißtraut, wie dominierend sie auch ihren Kopf über das «Kleid», wie sie es nennt, setzt – die Schönheit war und ist ihr sehr wichtig, und ich habe sie nie anders als perfekt geschminkt gesehen. Einmal hat sie das damit erklärt, daß sie «sich spüren wolle». Und da ist einem sofort wieder gegenwärtig, wie Millionen von Menschen gewaltsam daran gehindert worden sind, «sich zu spü-

ren». Wenn einer der Übriggebliebenen, der Davongekommenen einen Fehler macht (einen Fehler, von dem man in anderen Zusammenhängen jeden Tag in den Zeitungen lesen kann, Unterschlagung beispielsweise), wird es ihm doppelt angekreidet – denn er hat die Pflicht, doppelt moralisch zu sein. Eine seltsame Umkehrung, eine widerwärtige, gruselige Denkweise – und dennoch weit verbreitet. Das «Höllentor» wird, dessen bin ich sicher, auch da einiges geraderücken. Nicht, indem es postuliert oder einklagt, nicht, indem es appelliert oder analysiert – nur, indem es herzeigt. Die Figuren des Buches, jene Menschen, die es alle gegeben hat, rücken durch die distanzierte, rauhe Art zu erzählen bedrohlich nahe.
Ja, sie hat gewußt, daß sie dieses Buch eines Tages würde schreiben müssen. Es ist eines jener Bücher – davon gibt es wenige –, die sehr eindringlich auf jeder Seite dem Leser klarmachen, daß es diese Seite nie hätte geben sollen. Ein Buch, von dem man immer wieder sagt, daß es nie hätte geschrieben werden dürfen, weil es nie hätte erlebt werden dürfen. Niemand von uns ahnt, was das für eine Kraft gekostet haben muß.

Anja Lundholm

Mit Ausblick zum See
Roman
rororo 12636

Die äußerste Grenze
Roman
rororo 12146

Narziß postlagernd
Briefe einer Ehe
Roman
rororo 5933

Das Höllentor
Bericht einer Überlebenden
Nachwort von Eva Demski
320 Seiten. Gebunden

C 2376/1

Barbara Beuys

Familienleben in Deutschland
Neue Bilder aus der deutschen Vergangenheit.
520 Seiten. Gebunden und als rororo sachbuch 7849

Der große Kurfürst
Der Mann, der Preußen schuf. Biographie.
420 Seiten mit 31 Abbildungen auf 16 Tafeln. Gebunden und als rororo sachbuch 7820

Und wenn die Welt voll Teufel wär
Luthers Glaube und seine Erben.
608 Seiten. Gebunden und als rororo sachbuch 7876

Vergeßt uns nicht
Menschen im Widerstand 1933 - 1945
608 Seiten. Gebunden

SACHBUCH rororo

C 2117/4

Sprich, Erinnerung, sprich

Ida Ehre
Gott hat einen größeren Kopf mein Kind . . . (12160)

Heinz Erhardt
Unvergeßlicher Heinz Erhardt
Heiteres und Besinnliches (4245)

Vera Figner
Nacht über Rußland
Lebenserinnerungen einer russischen Revolutionärin (5974)

George Grosz
Ein kleines Ja und ein großes Nein
(1759)

Virginia Haggard
Sieben Jahre der Fülle
Leben mit Chagall (12364)

Axel Madsen
Jean-Paul Sartre und Simone de Beauvoir (4921)

Berhard Minetti
Erinnerungen eines Schauspielers (5950)

Edith Piaf
Mein Leben (859)

Jean-Paul Sartre
Sartre über Sartre (4040)

Irving Stone
Vincent van Gogh (1099)

ro
ro
ro

C 2142/9

Anja Lundholm kam [illegible] vensbrück. Als eine v[illegible] das Lager, in dem die [illegible] licher Gefangener zu[illegible] Mit diesem Buch rekon[illegible] Figur der Ich-Erzählerin Ruth ihre Erinnerungen in verdichteter Form.

«Anja Lundholm erklärt nicht; sie kommentiert nicht. Sie entschuldigt nicht. Sie schreibt, was geschah.» («Die Zeit»)

«Ein Buch, von dem man immer wieder sagt, daß es nie hätte geschrieben werden dürfen, weil es nie hätte erlebt werden dürfen.» (Eva Demski)

rororo

DM 12.80
9 783499 128738